막내황녀님

막내 황녀님

✦ 4 ✦

사하 장편소설

해피북스
투유

평생 하지 못할 고백이라 생각했다. 그러나 마음을 꺼내놓는 순간은 생각지도 못한 때에 찾아왔다. 죽음과 마주하고 나서야, 카힐은 솔직해질 수 있었다.

"그동안 제가 황녀님께 무례하게 굴었던 것은…… 두려웠기 때문입니다."

내가 가려는 길이 당신을 괴롭게 만들까 봐. 그래서 당신이 웃는 모습을 보지 못하게 될까 봐. 빼거나 더하는 것 없이, 카힐은 제 속마음을 고스란히 드러내며 담담히 말을 이어갔다.

"하지만 이제는 밀어낼 명분도 없지 않습니까."

황녀님을 위해 얼음검을 만들어냈고, 두 번째 맹세를 바쳤다. 더 이상 떨어질 수 없는 운명으로 단단히 묶여버린 것이다. 모든 것이 낱낱이 드러났는데, 여기서 다시 싫은 척하며 밀어내봤자 우스운 꼴일 뿐이었다.

자신이 가려는 길은 여전히 가시밭길이었다. 눈부신 당신과 어울리지 않는, 춥고 어두운 눈과 얼음의 길. 하지만 카힐은 깨달았다. 함께 그 길을 걸어야 한다면, 자신이 더욱 강해지면 된다. 황녀님이 발을 디디시기 전에 딱딱하게 굳은 얼음을 깨어 새로이 흙을 다지고, 햇살을 가리는 나뭇가지를 꺾어내고, 조그만 잔가시 하나 없도록 깨끗하게 밀어버리고……. 그래서 눈이 소복하게 쌓인, 아름다운 설경의 길을 만들어드리면 된다.

쉽지 않은 일이란 것은 알고 있다. 하지만 카힐은 할 수 있다고 생각했다. 아니, 해내야만 한다고 생각했다. 더 이상 망설일 이유도, 주저할 이유도 없었다. 그저 똑바로 나아갈 일만 남았다. 카힐은 황녀님에게 손을 뻗었다. 물기를 머금은 주홍색 눈동자가 잘게 떨리고 있었다. 하얀 뺨에 흥건한 눈물을 닦아주며 말했다.

"제가 잘못했습니다, 황녀님."

손 아래에 닿는 따뜻한 감촉이 얼어붙어가던 세 심장을 천천히 녹였다. 감히 당신을 밀어내고 상처주려 했으니, 대역죄인과 다를 바 없다고 사죄했다.

"앞으로는 그러지 않을 테니……."

서서히 퍼져나가는 온기를 느끼며, 카힐은 옅게 웃었다.

"이제는 제 눈을 피하지 말아주십시오."

❧❦❧

한참 동안 헤맨 것 같았는데, 바깥으로 나오니 여전히 하늘은 깜깜했다. 상아색 탑 뒤에 걸린 초승달도 자리를 조금 움직였을 뿐이다. 미궁을 벗어난 에니샤는 의식을 잃은 카힐과 함께 아르커스로 향했다. 때마침 근처에 와 있던 좌우법사가 에니샤와 카힐을 먼저 찾아냈고, 아르커스까지 옮겨주었다. 곧 벨루안의 강의가 있기도 하고, 하크만의 흔적을 조사하기 위해 일찍 오면 좋겠다고 하였는데 벌써 와 있을 줄은 에니샤도 몰랐다. 너무 일찍 왔다고 혼낼까 봐 숨어 있었다고, 녹시타가 말했다.

좌우법사의 도움을 받아 아르커스에 도착한 에니샤는 성화대 속에 카힐을 넣어놓았다. 천공섬의 세 기둥은 아르커스에 흐르는 마력이 모여드는 중심지였다. 그 아래에 놓인 성화대에서 타오르는 불꽃은 순수한 마력의 응집체이니, 정령의 힘에 얼어붙은 카힐을 녹이는 데 가장 효과적인 수단이었다. 미궁에서 마력으로 응급처치를 하고 곧장 성화 속에 집어넣었으니, 길어도 일주일 정도면 정신을 차릴 것이었다.

"……"

에니샤는 잠시 성화에 휩싸인 카힐을 바라보았다. 금색 불꽃에 감싸인 그는 죽은 듯이 눈을 감고 있었다. 여전히 몸에는 문양이 가득했고, 은회색 머리카락은 원래 색으로 돌아올 줄을 몰랐다.

카힐은 미궁을 벗어나자마자 그대로 의식을 잃어버렸다. 두 번째 맹세는 죽음을 붙잡아둘 뿐이지, 망가진 육체까지 되돌리진 않는다. 아르커스의 성화가 아니었다면, 카힐은 가사 상태에 빠져 눈을 뜨지 못했을 것이다. 그리고 죽은 것도, 산 것도 아닌 몸으로 영원을 보냈으리라.

"내가 널 깨워주지 못하면 어쩌려고 덜컥 맹세나 하고……."

혼잣말을 중얼거리던 에니샤는 입술을 말아 물었다. 그가 좋아한다고 했던 말이 떠올라서였다. 여태 수없이 들어왔던 말이었다. 하지만 카힐이 제게 한 말은 의미가 완전히 달랐다. 카힐은 자신이 가진 모든 것을 걸고 부딪혀왔다. 그래서 무딘 에니샤도 알 수밖에 없도록, 그렇게 고백해왔다.

에니샤 또한 카힐을 좋아했다. 소중히 여기고 특별히 생각하지만, 그가 말하는 감정과는 다른 종류의 것이었다. 에니샤가 같은 마음이 아니라는 건 카힐도 잘 알고 있을 터였다. 그럼에도 고백해온 것이 어째 선전포고처럼 느껴지기도 했다. 내가 당신을 좋아하니까, 그걸 의식하고 신경 써달라는 선전포고 말이다. 앞으로 그를 어떻게 대해야 할지 알 수 없었다.

일단은 카힐이 깨어나는 것이 가장 우선이겠지만…….

에니샤는 한참 성회를 바라보다가, 발걸음을 돌렸다. 아르커스에서 해야 할 일이 많았다. 우선 삼족오로 아카데미에 있을 쌍둥이와 레시나에게 연락을 보낸 뒤, 급하게 대회의를 소집했다.

에니샤는 의자에 앉아 회의장을 바라보았다. 대륙 곳곳에 조사관으로 파견 나간 원로마법사들의 빈자리가 보였다. 당연한 공석인데도, 오늘따라 유독 커다랗게 느껴졌다. 회의가 시작되고, 에니샤는 아카데미 지하 미궁에서 벌어진 일을 이야기했다.

"……이로써 마력봉인의 배후가 아바르티아라는 것은 명확해졌어."

회의장 내에 깊은 침음이 흘렀다. 모두가 예상한 일이었으나, 실제로 눈앞에 들이닥치는 것은 또 느낌이 다른 법이었다. 이르가가 무슨 주술을 만들고 있었는지는 좌우법사와 함께 아카데미로 돌아가 확인해보기로 결론 내렸다. 제물로 바쳐진 희생양이 누구인지도 확인해야 했다.

회의장은 잠시 침묵에 잠겼다. 에니샤는 아르커스의 마법사들을 하나하나 살폈다. 이르가의 말이 선뜩하게 뇌리를 스쳤다.

─ 하지만 진실은 생각보다 가까운 곳에 있답니다.

아르커스 내부에 범인이 있을 거라는 가정은 계속 염두에 두고 있었다. 만일 두 번째 마력봉인이 아르커스 내부에서 벌어졌다면, 이번에야말로 범인을 색출해냈을 것이다. 하지만 외부에서 벌어진 일이었다. 범인을 잡지는 못했으나, 후보군은 대폭 좁아졌다. 조사관들과 같이 아르커스와 대륙을 드나드는 자. 아바르티아와 계약을 맺을 수준의 마력을 가진 자. 대법사의 마력을 봉인할 정도의 마법을 다루는 자. 의심의 줄기는 자꾸만 뻗어나가서 생각하기조차 싫은 곳에 다다랐다.

"……."

에니샤는 주먹을 꽉 움켜쥐었다. 아바르티아는 언젠가 에니샤가 걸려들 것이라는 생각에 봉인 마법진을 설치했을 것이다. 생각보다 일찍 발각되어 주술은 실패했지만, 대신 그는 에니샤에게 불신의 씨앗을 심었다. 주변을 끊임없이 의심하고 불신하여 괴로워하는 것. 그리하여 끝내는 아무도 믿지 못하게 되는 것. 이것이야말로 아바르티아가 바라는 바였다. 그가 원하는 대로 행동하지 않기 위해서라도, 일부러 범인을 색출하지 않으려 덮어놓았는데…….

모두 에니샤만 믿고, 바라보고, 따르는 이들이었다. 그런 왕국민들을 의심하는 스스로가 한심했다. 손톱에 살이 패도록 주먹을 움켜쥐는데, 문득 말랑한 무언가가 손등 위에 얹혔다.

"그러고 있으면 상처 납니다."

벨루안이 꽉 움켜진 주먹을 펴도록 하고는, 푸딩사역마를 손에 쥐여 주었다. 말캉한 사역마를 움켜쥔 에니샤는 마음이 찡해졌다.

"벨루안……."

자그맣게 이름을 부르자, 옆에 앉아 있던 그가 몸을 기울여왔다. 벨루안은 얼굴을 가까이 하고서 나직이 속삭였다.

"당신 잘못이 아니라고 하지 않았습니까. 자꾸 혼자서 자책하지 마십시오."

에니샤는 푸딩사역마를 힘껏 움켜쥐며 고개를 끄덕였다. 너무 세게 쥔 탓인지 푸딩사역마가 끽 하고 소리를 내다가 벨루안의 눈치를 보곤 입을 꽁 다물었다. 회의록을 끄적끄적 섞어가던 녹시타가 고개를 길게 빼고 에니샤를 쳐다보았다. 저도 끼고 싶어서 깃펜을 팔락거리는 것이 보였다. 그에게 살짝 웃어주자, 하늘거리던 깃펜이 격렬하게 파닥였다. 에니샤는 잠시 키득키득 소리 내어 웃었다.

손에 힘을 풀고 푸딩사역마를 말랑말랑 눌러가며 마음을 진정시킨 후, 다시 입을 열었다.

"마력봉인의 새로운 수식 몇 가지를 알아왔어. 연구 진척에 도움이 될 거야. 북부 자드카르 공국에 파견한 조사관들에게서는 새로운 연락이 없었나?"

아바르티아는 북부에서도 흉계를 꾸미고 있었다. 북부만큼은 결코 호락호락하게 넘기지 않을 생각이었다. 에니샤의 질문에 벨루안이 눈매를 찡그리며 답했다.

"이번에 만나면 말씀드리려 했는데……. 북부로 향한 조사관들 전원이 연락 두절입니다."

"……!!"

"하여 제가 직접 조사관으로 나서려 합니다."

아카데미에서 강의를 마친 후, 곧장 북부로 출발할 예정이라는 것이었다. 좌법사를 조사관으로 파견할 정도로 중대한 사안은 오랜만이었다. 에니샤는 느리게 고개를 끄덕였다.

"……그렇게 하자. 대륙으로 나간 다른 조사관들에게도 전하도록."

그리고 단단한 목소리로 말했다.

"안전이 우선이니, 결코 무리한 조사를 벌이지 말라고."

◈◈◈◈

일주일을 예상했지만, 카힐은 사흘 만에 정신을 차렸다. 성화의 불꽃은 얼어붙었던 그를 완전히 녹여주었다. 그러나 카힐은 예전과 조금 달라져버렸다. 전신을 뒤덮고 있던 문양은 사라졌지만, 머리카락과 눈동자 색은 돌아오지 않았다. 남청색이 아닌, 정령의 힘을 쓸 때처럼 창백한 은회색 머리카락과 옅고 투명한 청회색 눈동자로 완전히 변해버렸다. 한계를 넘어서 힘을 사용한 부작용이었다.

아카데미 내에서 카힐이 정령의 힘을 쓴 일은 거의 없었다고 들었다. 머리카락과 눈동자 색이 변한 모습이 알려지지 않은 것이다.
그런데 색깔이 완전히 변하면서 한층 냉랭한 외모가 되어버렸으니,
아카데미로 돌아가면 카힐을 알던 학생들이 많이 놀랄 것 같았다.

"황녀님."

카힐은 아르커스 의복에 로브를 걸치고 있었다. 미궁에서 입고
있던 옷이 너덜너덜해져서 내버린 탓이었다.

에니샤는 그를 올려다보다가 조심스럽게 입을 열었다.

"카힐······."

우물쭈물하는 에니샤의 마음을 훤히 들여다본 듯, 카힐이 살짝
웃었다. 그가 눈매를 휘며 말했다.

"굳이 저를 다르게 대하실 필요는 없습니다."

그 모습은 일견 예전의 카힐로 돌아온 것처럼 보였다. 하지만 에
니샤는 알고 있었다. 같은 듯하면서도 전혀 다르다는 것을 말이다.

아카데미로 돌아가기 위해 마력으로 배를 만들고 있던 벨루안은
에니샤와 카힐이 나란히 마주 서 있는 것을 보고는 괜스레 끼어들
어 말했다.

"배가 준비되었습니다. 곧장 아카데미로 출발하겠습니다."

에니샤는 카힐과 함께 배 위에 올랐다. 벨루안과 녹시타가 뒤이
어 탑승하고, 배가 허공으로 떠올랐다. 배웅 나온 아르커스 마법사
들에게 열심히 손을 흔들어 인사해준 뒤, 배는 천공섬을 벗어나 하
늘을 항해하기 시작했다.

뱃머리에 서서 뭉게뭉게 흩어지는 구름을 바라보던 에니샤는 문
득 생각했다.

…… 그런데 아카데미 괜찮겠지?

❦✦❦

과거 히페리온 황실에는 황권 다툼이 끊이질 않았다. 황족들이 지배와 정복 욕구가 강하여, 가장 높은 자리에 올라야 직성이 풀리는 탓이었다. 항상 단둘만이 태어나는 황실이지만, 높은 확률로 황권 다툼이 일어났다. 원칙적으로 달의 성질을 이어받은 황족은 황위 계승권을 갖지 못한다. 하지만 그런 것 따위를 신경 쓸 황족들이 아니었다. 달의 성질을 이어받은 황족은 자신이 황제가 되지 못할 이유가 없다고 생각했고, 황자의 난을 일으키는 일이 부지기수였다. 그러나 역사에선 언제나 태양의 성질을 이어받은 황족이 승리해왔다. 덕분에 히페리온은 태양이라 일컫는 황제의 호칭을 유지해올 수 있었다. 가끔 황실에 태양의 성질을 가진 아이만 둘이 탄생할 때도 있었다. 그런 경우 제국이 휘청거릴 정도로 황위 쟁탈전이 일어났다.

별 다툼 없이 평화롭게 황태자로 임명받은 경우도 안심할 수는 없었다. 황위를 빨리 물려주지 않는다며 갑자기 발작해선, 선대 황제와 황자를 죽이고 황위에 오르는 일이 심심찮게 있기 때문이었다. 로드고 또한 형제를 죽이고 황위에 올랐다. 황실 역사에서도 손꼽히는 무력을 지닌 로드고는 자신의 형제를 손쉽게 제압하여 황좌를 차지했다. 황족들에게 피 묻은 황좌란 이토록 당연한 것이었다. 하지만 당대에 이르러, 믿기지 않는 일이 벌어졌으니. 히페리온 제국에 혜성처럼 등장한 세 번째 별이 역대 어느 황족도 해내지 못한 '황실 대통합'을 이뤄낸 것이다.

황실에선 가족애가 흘러넘치다 못해 대륙까지 범람했다. 그런 황족들의 모습에 모든 이들이 당혹스러워했으나, 특히 당황한 것은 제국의 사관들이었다. 역사를 기록하는 일을 도맡은 사관들은 히페리온 황가의 잔혹사를 훤히 꿰고 있었다. 아는 만큼 보이는 법이었다. 사관들은 히페리온 황족들이 얼마나 미친 자인지 잘 알고 있었다. 그런 만큼 황실에서 벌어지는 자잘한 사건들을 역사로 기록할 때마다, 제 손으로 쓰면서도 믿지 못했다. 피비린내와 병장기의 쇠 냄새로 점철되었던 황실 역사에 갑자기 분홍색 꽃잎이 샤라랑 날아다니고 있으니 그럴 수밖에 없었다. 특히 여태까지 역사서에 욕을 쓰든, 하소연을 적어놓든 신경도 쓰지 않았던 황족들이 자꾸만 사관들에게 압박을 넣어서 더욱 그랬다.

황족들은 마내 황녀가 초절정 미녀이고, 눈부신 마법 재능을 가지고 있으며, 성자 뺨 후려갈기는 인자한 성품을 지니고 있다고 기록하라며 대놓고 요구했다. 전부 사실이긴 해서 시키는 대로 하지만, 사관들로선 처음 겪는 일이라 얼떨떨할 수밖에 없었다.

그리고 현재.

"으음……. 좋아, 제대로 기록해놓았군."

로시엘은 만족스럽게 웃으며 종이를 내려놓았다. 사관들이 기록한 사료 중에서 에니샤 부분만 정기적으로 검수하고 있었다. 다른 황족들이야 개차반이니 뭐니 써놓아도 죄다 진실이라 상관 않지만, 에니샤를 기록하는 것만큼은 전부 꼼꼼히 검사했다. 어디 한

톨만큼이라도 좋지 않은 소리를 써놓았다 싶으면 당장 사관들을 탈탈 털어 고치라고 난동 부린 것이 벌써 몇 번이었다. 물론 그들이 좋지 않은 소리라고 써놓은 것이라 해봤자, 성정이 무르셔서 황족들이 말도 안 되는 짓거리를 해도 받아주신다, 같은 사소한 점들 뿐이었다. 그래도 에니샤한테는 최고의 찬사만 남겨놓아야 한다며 역사서를 갈아버리는 쌍둥이었다.

"이번에 아카데미 온 것도 기록됐겠네."

로시엘 옆에서 서류를 보던 헬라드가 말했다. 헬라드는 종종 인문학부 건물로 찾아와 로시엘과 함께 서류를 처리했다. 아카데미까지 밀려온 서류는 반드시 쌍둥이가 결재해야만 하는 건들이었다.

교수님 행세를 하기 위해서, 쌍둥이는 황궁의 업무 체계를 뒤엎어놓았다. 헬라드와 로시엘은 맡고 있던 업무 대다수를 아랫사람들에게 넘겼고, 최종 결재는 로드고에게 떠넘겼다. 본디 황족 셋이 나눠 가졌던 의사결정권을 황제가 다시 거둬들인 모양새였다. 권력을 사랑해 마지않는 황족들이 빼앗아 오기는커녕, 있던 것까지 갖다 바쳤으니 전대미문의 일이었다.

하지만 정작 권력을 누리게 된 황제는 몹시 불만이 많았다. 홀로 황궁에서 열심히 일하고 있을 로드고를 떠올린 쌍둥이는 서로를 바라보며 키득키득 웃었다.

"그래도 이번에 명사로 아카데미에 방문하신다고 하셨으니……."

로시엘의 말에 헬라드는 하여튼 폐하도 대단하다고 투덜거렸다. 물론 교수로 쫓아온 그가 할 말은 아니었지만 말이다. 수업 이야기를 하다 보니, 자연스럽게 첫 번째 명사로 아카데미를 찾았던 유디트 엘하르크가 화제에 떠올랐다. 명색이 약혼자였다. 아카데미까지 찾아왔으니, 유디트는 대외적인 시선을 고려하여 헬라드와 함께 차를 마시는 시간을 가졌다. 그러나 아주 당연하게도, 두 남녀는 서로에게 아주 조금도 관심이 없었다. 찬바람이 쌩쌩 몰아치는 분위기는 유디트가 괜스레 몇 번이나 목걸이를 만지면서 더욱 냉랭해졌다.

유디트는 자신의 금강석 목걸이를 뽐내며 나긋하게 말했다.

― 황녀님과 함께 맞춘 것이에요.

둘이서 오붓하게 보석상을 찾아가 하나씩 골랐다며, 유디트는 한껏 자랑했다. 헬라드도 에니샤에게 팔찌를 선물받은 적이 있다고 곧장 받아쳤지만, 언제 적 이야기를 가지고 그러시냐는 우아한 반박이 되돌아왔을 뿐이었다.

"망할……."

헬라드가 갑자기 욕실을 내뱉자, 로시엘이 눈썹을 치켜올렸다. 자신에게 유디트 엘하르크를 갖다 붙인 장본인에게 헬라드가 불퉁히 말했다.

"내 약혼자 생각했다, 왜?"

"아아……."

로시엘이 예쁘게 웃으며 답했다.

"더 욕해도 돼."

"……."

헬라드는 쓸쓸한 마음으로 입을 다물었다. 그래도 조금 미안했는지, 로시엘이 에니샤의 체육 수업 이야기를 꺼냈다.

"엘하르크 왕녀와 함께 수업 참관했던 그날 말이야. 에니샤가 너무 귀여웠어."

어쩜 그렇게 열심히 하던지, 다른 학생들은 하나도 보이질 않았다고 로시엘이 강력한 콩깍지를 쓰고 말했다. 막둥이를 주제로 이런저런 이야기를 나누던 쌍둥이는 히페리온 황족치고 현저히 떨어지는 에니샤의 신체 능력에 대해서도 이야기했다.

헬라드가 고개를 끄덕이며 말했다.

"쭈글이가 좀 허약하지. 왜, 일전에 감기도 걸렸잖아."

에니샤는 감기에 걸린 최초의 히페리온 황족으로 역사서에 기록되었다. 로시엘이 가볍게 한숨 쉬며 중얼거렸다.

"그때만 해도 내 반절도 안 되는 조그만 아이였는데……."

우리 에니샤가 그렇게 뽀작거렸는데, 이제는 다 컸다며 둘이서 감회에 젖어 들던 중이었다. 무언가 교수실 창문을 똑똑 두드렸다. 창문 바깥에서 금빛 삼족오가 하느작하느작 날갯짓을 하고 있었다. 에니샤의 연락임을 알아본 로시엘은 단박에 창문을 열어젖혔다. 그리고 교수실 안으로 날아 들어온 삼족오는 쌍둥이에게 충격적인 이야기를 전했다.

— 오라버니들. 저 카힐에게 두 번째 맹세를 받게 되었어요.

✣

이본은 헤르노어 아카데미의 마법학부 학생이다. 콧잔등에 주근깨가 가득한 그녀는 호기심 많고 재능 있는 마법사로서, 원대한 야심을 품고 헤르노어 아카데미에 입학했다. 동네에선 최고로 잘나가던 우등생이었지만, 막상 아카데미에 와보니 날고 기는 사람이 너무 많았다.

그녀는 자신의 부족한 재능에 좌절하면서도 열심히 노력했다. 그러다 보니 어느덧 아카데미에도 적응하고, 어엿한 선배로서 후배들을 이끌게 되었다. 그런 이본에게는 아무도 모르는 비밀이 하나 있었는데, 바로 현 학생회장 카힐 자드카르의 실체를 알고 있다는 것이었다. 빼어난 외모와 우수한 실력, 정중한 태도로 아카데미 여학생들의 마음을 훔치는 꿈의 이상형, 카힐 자드카르는 사실 인격파탄자였다.

그가 학생회장이 되기 전의 일이었다. 그때는 중간고사 기간이었고, 이본은 시험을 준비하느라 기척을 죽이는 마법을 연습하고 있었다. 마법을 걸어놓고 아카데미 여기저기를 돌아다니다가 목격해버린 것이다. 카힐 자드카르를 고깝게 여기던 검술학부 무리가 그에게 어떻게 박살나는지 말이다.

장정 열댓이 달려들었으나, 카힐은 무기 하나 없이 맨손으로 그들을 흠씬 두들겨 팼다. 잘못했다고 싹싹 비는 이들 앞에서 그가 입매를 비틀며 말했다.

— 그 정도로 되겠습니까? 개처럼 빌어야죠.

거의 웃는 일이 없는 아름다운 얼굴 위로 냉소가 떠올랐다.

— 잘못했다는 개소리라도 짖어보란 말입니다.

……이본은 거기까지 보곤 그만 도망쳐버리고 말았다. 무서워서 더 있을 수가 없었다. 그 뒤로 이본은 누가 카힐 자드카르 이야기

를 할 때마다 한참 동안 어깨를 흠칫흠칫 떨었다.

그리고 올해, 히페리온의 막내 황녀가 아카데미에 입학한다는 소식이 알려졌다. 황녀님은 입학 전부터 엄청난 화젯거리였다. 막내 황녀가 피도 눈물도 없는 냉혹한 학살자라는 소문을 들은 이본은 신빙성 있다고 생각했다. 일단 히페리온 황족이고, 그 카힐 자드카르를 기사로 두고 부렸다니 충분히 그럴 법했다. 그나저나 세 번째 별이라니, 대단하긴 하지만 사람더러 별이라고 말하는 것이 약간 우스웠다. 그냥 셋째 황녀라고 해도 충분할 것을, 무에 그리 대단하다고 별씩이나 갖다 붙이는지. 유치하다고 내심 깔보았다. 그러나 실제로 황녀님을 본 순간, 이본은 너무 놀라서 그만 욕이 나왔다.

— 미친…….

히페리온의 막내 황녀님은 정말 별이었다. 뒤에서 환히 비치는 후광은 물론이요, 그녀가 걸음을 옮길 때마다 사방에 꽃잎이 날리는 듯했다. 이본은 황녀님 뒤에 아무런 빛이 없고, 꽃잎도 날리지 않는다는 것을 한참 후에나 깨달았다. 그리고 우연히 이본과 눈이 마주친 순간. 황녀님은 상냥하게 웃으며 눈인사를 보내주었다. 이본은 그날 당장 교내 어둠의 조직, '막내 황녀님을 사랑하는 모임'에 가입했다. 신입생인 황녀님과 이본이 함께 수업을 들을 일은 없었지만, 같은 마법학부니 오가며 보는 일은 잦았다. 가끔 마주칠 때마다 마법학부 학생이라고 가볍게 인사를 건네주셨는데, 그때마다 이본은 속으로 온갖 지랄발광을 다 떨면서도 겉으론 침착하게 황녀님에게 답인사를 했다.

만족도 최대치의 아카데미 생활을 만끽하고 있을 때였다. 요 며칠 검술학부와 인문학부 친구들이 죽는 소리를 해댔다. 황녀님이 근래 사정이 생겨 수업을 빠지고 있으신 것 때문이었다. 황녀님의 부재에 교수로 일하고 있는 히페리온 황족들은 기분이 땅바닥을 뚫고 지하로 내려갔다. 친구들은 입을 모아 우는 소리를 했다.

─ 수업은 훌륭하다 못해 강의해주시는 것만으로도 감사할 지경인데…….

─ 그럼 뭐가 문젠데?

─ 너무 무서워…….

황녀님이 계실 때는 그나마 괜찮았는데, 근래는 완전히 북부 만년설산 같아서 수업 듣다가 기절할 지경이라는 것이다. 황족들의 수업을 들을 일이 없는 이본으로서는 잘 모르겠지만, 아무튼 힘들다니 위로해줬다. 그리고 오늘도 이본은 마법학부 수업을 듣기 위해 기숙사를 나섰다. 하지만 별로 의욕이 없었다. 한참 황녀님을 보지 못한 탓이었다. 황녀님께서 언제 아카데미에 돌아오실까, 그것만 궁금해하며 터덜터덜 걸음을 옮기고 있을 때였다. 무언가 햇빛을 가리며 어둑하게 그림자가 졌다. 주변에서 하하호호 웃으며 지나가던 학생들이 갑자기 비명을 질렀다. 다들 기겁하면서 허공을 손가락질하는 것에, 이본도 황급히 위를 올려다보았다. 그리고 이본은 입을 떡 벌렸다.

"……?"

하늘에 커다란 배가 나타났다.

변명을 하자면, 일단 구름에 가려서 어디 착지하는지 몰랐다. 당시 에니샤와 카힐, 벨루안은 셋이서 아카데미 지하 미궁에 관해 심각하게 토론하는 중이었고, 녹시타가 조종키를 잡고 있었다. 하지만 녹시타는 에니샤가 뭘 하는지 살피느라 정신이 산만했다. 위치 설정은 해뒀기에 아카데미로 올바르게 향하긴 했으나…….

"……."

하늘을 훤히 꿰뚫으며 화려하게 등장하고 만 것이다.

구름이 걷히고 자신이 어디에 있는지 깨달았을 땐, 이미 늦어버린 뒤였다. 에니샤는 넋 빼고 저를 쳐다보는 아카데미 학생들을 보고는 그만 양손으로 얼굴을 가렸다. 옆에서 벨루안이 위로 아닌 위로를 해줬다.

"아르커스의 좌법사가 아카데미에 강의를 하러 온다는 것은 이미 알려졌지 않습니까. 다들 이해할 겁니다."

그리고 조종키를 잡았던 책임자 녹시타도 우물우물 한마디 거들었다.

"맞아요……! 황녀님이랑 친분 있으니까, 데려다주는 정도는 할 수 있잖아요……."

오히려 황녀님이니까 이 정도 등장은 당연한 거라며 두 마디 하다가 벨루안에게 혼났지만 말이다.

뭔가 자꾸 일이 꼬이는 것 같았다. 평화로운 아카데미 생활은 어디로 갔는지, 이제 흔적조차 찾을 수가 없었다.

"에니샤 님."

먼저 배에서 내린 카힐이 에니샤에게 손을 내밀었다. 자연스럽게 그의 도움을 받아 바닥에 내려서는데, 콧잔등에 주근깨가 있는 귀여운 아가씨가 이쪽을 쳐다보고 있었다. 오가며 얼굴을 본 적 있는 마법학부의 선배였다. 그녀는 멍한 표정을 하고서 에니샤만 넋 놓고 바라보았다. 에니샤는 조금 망설이다가 그녀에게 어색히 웃어 보였다.

그때 저 멀리서 빛나는 두 남자가 보였다. 아주 먼 곳에서도 똑똑히 보이는 그들은 헬라드와 로시엘이었다. 소란에 나와 본 듯한 쌍둥이의 시선은 에니샤를 향하고 있었다. 정확히 말하자면 에니샤와 카힐이 붙잡고 있는 손을 쳐다보고 있었다. 에니샤가 얼른 손을 잡아 빼려 하자, 카힐이 반사적으로 제 손에 힘을 주었다.

"나 이제 내렸는데……."

작게 소곤거리고 나서야 키힐은 죄송하다는 사과를 하고선 손을 놓아주었다. 에니샤는 멀찍이 보이는 마법학부의 상아색 탑을 바라보며 숨을 크게 들이마셨다. 앞으로 뭐가 어떻게 될지 참 막막했으나, 어쨌든 아카데미로 돌아왔다.

……너무 요란해지긴 했지만 말이다.

❧❀❧

생각보다 북부 정세가 급박하게 돌아가고 있었다. 레시나를 만나니, 그녀는 에니샤가 없는 동안 아카데미가 얼마나 살벌했는지 한참 찡찡거렸다. 하소연을 늘어놓은 후에는 바깥에서 주워온 정보를 말해주었다.

"자드카르 공왕이 오랫동안 병석에 누워 있었다고 하지 않았습니까? 근래 병세가 심상찮은 모양입니다. 올해 안에 꽥 한다는 소문도 돌고 있습니다."

"그러면 공왕의 후계자는 어떻게 되지?"

에니샤의 질문에 레시나가 끄응 소리를 내며 답했다.

"우선은 카힐이 제일 높은 승계권자이지만……. 공국을 카르티나 부인이 틀어쥐고 있으니……."

공왕이 서거하는 순간, 자드카르 공국이 어떻게 될지 모르는 것이다. 북부로 향한 아르커스 조사관들까지 연락이 두절된 상황이었다. 느낌이 좋지 않았다. 걱정하는 에니샤를 위해, 벨루안은 강의를 하지 않고 미궁만 조사한 후 곧장 북부로 떠나기로 했다.

조사를 위해 좌우법사와 함께 다시 들어가 보니 지하 미궁은 중심부가 파괴되면서 결계마법진이 완전히 망가져 있었다. 미궁에 걸려 있던 모든 마법이 사라졌으나, 다행히 피해는 없었다. 미궁 내부에 있던 괴수들을 전부 카힐이 깨끗하게 정리해버린 덕분이었다.

이르가가 설치한 제단은 아카데미에 아무런 주술을 행하지 못했다. 그가 제물을 바치고 완성한 첫 번째 주술이 자신의 힘을 늘리는 것인 모양이었다. 제단에 바쳐진 제물은 아카데미 외부에서 끌고 온 것으로 판명되었다.

에니샤가 교장에게 이러한 사실을 전달하는 동안, 벨루안은 마법학부 교수들을 만났다. 그의 말에 따르면 조언해줄 사항이 있어서 대화를 나눴다고 했다. 아카데미 결계마법진을 보완할 방법을 말해준다고 했는데, 교장과 대화를 나누고 돌아오니 그런 분위기가 아니었다.

"……?"

벨루안이 가장 앞에 서 있고, 교수들이 죄다 창백한 얼굴을 하고서 그의 말을 경청하고 있었다. 무슨 군기 잡는 것 같은 분위기에 눈을 동그랗게 뜨자, 벨루안은 아무 일도 없었다는 듯 에니샤를 맞이했다.

"오셨습니까."

나중에 뭔 이야기를 했는지 물어보았으나 벨루안은 마법 이야기만 했다며 딱 잡아뗐다. 하지만 절대 아닌 것 같았다. 가뜩이나 저를 어려워하던 마법학부 교수들이 이제는 숫제 슬슬 피하기 시작했기 때문이었다. 교수님들을 붙잡고 물어보기엔 민망한지라, 에니샤는 그냥 빠르게 포기했다.

좌우법사가 떠나고, 다시 아카데미 생활이 시작되었다. 하지만 에니샤의 머릿속에는 북부 생각이 가득했다. 연락이 끊겼다는 아르커스 조사관들도 걱정되고, 벨루안도 걱정되고, 카힐이 어떻게 될지도 걱정이었다. 불안과 걱정에 휘말린 에니샤의 상태는 가장 가까이 있는 레시나가 잘 알았다.

그녀는 옆에서 열심히 에니샤를 웃기는 데에 힘썼다. 하지만 벨루안에게서 연락이 돌아올 때까지 에니샤는 온전히 마음을 놓을 수가 없었다. 오늘도 걱정에 잠긴 채 레시나와 함께 수업을 들으러 갔다. '마법의 역사'라는 수업인데, 말 그대로 마법의 역사적인 흐름을 배우는 수업이었다. 마법과 연관된 대륙의 역사를 아우르는 과목인지라, 그나마 에니샤가 공부할 것들이 있었다. 마법학부 수업 중에서 타 학부생들도 듣는 유일한 수업이기도 했다. 레시나와 함께 교실에 들어섰을 때였다.

에니샤는 눈을 크게 떴다. 한 남자가 뒷줄 창가 자리에 단정히 앉아 있었다. 창문으로 쏟아지는 햇볕을 나른하게 맞고 있던 그가 천천히 시선을 돌렸다. 그리고 에니샤와 눈이 마주치자, 설핏 희미하게 눈매를 휘어 보였다. 에니샤는 놀라서 그의 이름을 불렀다.

"카힐?"

타 학부생이 듣는 수업이라고는 하지만, 역사에 관심 있는 소수의 인문학부생들이나 듣는 것이 전부였다. 검술학부 학생이 들을 수업은 절대 아니었다. 레시나가 으액 하고 이상한 소리를 내며 말했다.

"아니 저놈은 여기서 뭐 한답니까?"

"잘 모르겠는데……."

일단 레시나와 함께 카힐의 자리 근처에 가서 앉았다. 카힐은 딱히 말을 걸어오거나 하진 않았다. 수업이 시작되고 난 뒤에는 얌전히 교수의 강의에 집중할 뿐이었다. 카힐은 교실 안에서 홀로 툭 튀었다. 교복도 달랐고, 검술학부 학생이라서 그런지 비실비실한 마법학부 학생들 사이에서 유난히 큼직했다.

가벼운 바람이 열린 창문에서 불어왔다. 창백하게 느껴지는 은회색 머리카락이 살짝 하늘거리며 날렸다. 곧고 가지런한 손가락이 깃펜을 쥐고 깔끔한 글씨체로 필기를 해나갔다.

정말 수업을 들으러 온 건가…….

하긴, 마법의 역사에 관심이 있을 수도 있지 않은가. 에니샤는 잠시 고개를 갸웃했다가 저도 강의에 집중했다. 마법의 기원에 관한 학설을 필기하는데, 뺨에 닿는 시선이 느껴졌다. 흘긋 돌아보니 청회색 눈동자가 저를 바라보고 있었다. 눈이 마주치면 시선을 돌릴 줄 알았다. 하지만 카힐은 오히려 대놓고 바라보았다. 에니샤는 당황해서 눈을 몇 번 깜빡이다가, 다시 칠판을 쳐다보았다. 시선을 돌리자, 잠시 옆이 조용했다. 그러다 길쭉한 손가락이 가볍게 에니샤의 책상을 두드렸다. 하는 수 없이 다시 카힐을 바라보았다. 카힐이 살며시 눈웃음치면서 속삭였다.

"깃펜 좀 빌려주십시오."

에니샤는 그의 책상을 쳐다보았다. 탐스러운 깃털에 펜촉도 뾰족하게 깎인 멀쩡한 깃펜이 두 개나 놓여 있었다. 저렇게 고급 깃펜을 놔두고, 왜 애꿎은 에니샤의 깃펜을 탐내는지 알 수 없는 노릇이었다. 에니샤가 깃펜을 쳐다보고 있자, 카힐은 제 책상 위의 깃펜들을 한 손에 움켜쥐었다.

빠각.

가볍게 부러지는 소리가 한차례 울렸다. 그가 으스러진 깃펜 두 자루를 책상에 내려놓으며 말했다.

"실수로 부러뜨렸습니다."

"……."

할 말을 잃은 에니샤는 결국 그에게 여분의 깃펜을 내주었다. 애 성격이 조금 이상해진 것 같았다.

성화에서 얼어붙은 몸을 녹일 때, 혹시 뇌가 손상된 게 아닐까?

에니샤가 그렇게 심각한 고민을 하고 있을 때였다. 창가에 앉아 있던 학생들이 갑자기 웅성거리기 시작했다.

"헉, 왔어……!"

"왔다, 진짜 왔다고……."

다들 똑같은 말만 반복하고 있었다. 창가 자리인 카힐 또한 바깥을 내다보더니, 한쪽 눈썹을 치켜들었다. 학생들의 웅성거림에 교수까지 강의를 중단하고 창문 밖을 슥 내다보았다. 그리고 그대로 석상이 되어버렸다. 안쪽 자리 학생들까지 우르르 창문에 달라붙기 시작했다. 다들 수업 때려치우고 밖을 구경하는 분위기였다.

에니샤는 왠지 뭐가 왔다고 하는지 알 것만 같았다. 레시나를 쳐다보니 그녀는 이미 도망가려고 짐을 싸는 중이었다. 아마 오늘 수업은 여기서 끝이 나리라. 에니샤는 가볍게 한숨을 내쉬곤, 책을 덮고 필기구를 정리했다. 그리고 창가로 걸어갔다.

에니샤가 다가가자 창문에 붙어 있던 학생들이 양옆으로 주욱 밀려나듯 비켜주었다. 창밖을 내다본 에니샤는 재차 한숨을 푹 내쉬었다. 아무리 조용히 다니려고 해도, 태생적으로 그게 안 되는 사람이 있는 법이었다. 혼자 다른 세계 사람인 것처럼, 이 평화로운 아카데미에는 조금도 어울리지 않는 남자. 잘 그을린 모래색 피부, 우묵하게 팬 깊은 눈매, 그리고 에니샤와 똑같은 눈부신 금발에 주홍색 눈동자. 에니샤는 창가에 매달려서 자그맣게 그를 불렀다.

"아빠……!"

그리고 그 작은 목소리를, 남자는 멀리서도 놓치지 않고 잡아냈다. 로드고가 에니샤를 올려다보았다. 굳어 있던 입매 위로 부드러운 미소가 번지고, 살벌하던 눈빛에 분홍색이 덧씌워졌다.

"에니샤."

그에게 방긋 웃어준 에니샤는 레시나에게 책과 필기구를 맡겨놓고 얼른 탑을 내려갔다.

아래로 내려가니 가장 먼저 로드고가 보였다. 그리고 저만치에 늑대 앞의 양처럼 오들오들 떨고 있는 한 무리의 사람들이 보였다. 여기까지 로드고를 안내해 온 교장 이스미온과 아카데미 사람들이었다. 유일하게 떨지 않는 두 사람은 로드고의 직속기사단, 쿠테른 소속의 기사들이었다.

황궁과 아카데미를 연결해주는 이동마법진의 최대 수용 인원이 다섯이라서, 수행원으로 기사 둘만 데려온 모양이었다.

로드고가 팔을 벌렸고, 에니샤는 그에게 달려가 와락 안겼다. 한참 말없이 서로를 꽉 끌어안았다. 단단한 가슴팍에 얼굴을 묻고 있자니, 큼직한 손이 머리를 살살 쓸어주었다. 에니샤가 그를 올려다보자, 로드고는 씩 웃으며 물었다.

"내가 수업을 방해했나?"

에니샤도 마찬가지로 웃으며 장난스럽게 답했다.

"네. 아빠 때문에 수업 끝나버렸어요."

"아아. 미안하게 됐군."

그러나 로드고는 전혀 미안하지 않은 표정이었고, 에니샤도 그러려니 했다. 그가 미안해했으면 더 이상했을 것이었다. 오랜만에 보는 부녀에게 서로를 끌어안는 것보다 더 중요한 일은 아무것도 없었다.

"그런데 왜 이렇게 일찍 오셨어요?"

로드고가 강의를 하기로 한 날짜는 달이 바뀐 뒤였다. 미리 왔다고 해도 많이 이르게 온 편이었다. 에니샤가 고개를 갸웃갸웃하자, 로드고가 되물었다.

"싫은가?"

"아뇨! 절대 그런 거 아니에요."

그냥 궁금해서 물어본 거라고 하니, 로드고가 눈매를 가늘게 좁혔다.

"네게 일이 생겼다 하던데."

에니샤는 곧장 알아챘다.

쌍둥이가 일렀구나…….

어쩐지 두 놈이 조용하다 싶었다. 헬라드와 로시엘은 에니샤가 아카데미로 돌아온 뒤, 평소처럼 대하고 별말이 없었다. 절대 그럴 놈들이 아닌데 웬일로 가만히 있나 했더니, 로드고를 불러온 것이다.

두 번째 맹세 정도면 상식 수준을 벗어난 대형 사건이었다. 저들 힘으로 부치겠다 싶어서 재빠르게 강력한 지원군을 소환한 게 분명했다.

"잠깐 걸으실래요? 제가 아카데미 안내해드릴게요."

이야기가 길어질 것 같아, 에니샤는 로드고와 함께 아카데미 안을 산책하며 대화를 나누기로 했다. 하지만 별로 좋은 선택이 아니었음을 곧장 깨닫게 되었다. 얼마 걷지도 않았다. 마법학부 건물에서 몇 걸음 걸었나 싶었는데, 어느 순간부터 주변에 구름처럼 인파가 몰렸다. 가까이 다가오기엔 너무 무서우니 근처에 오지는 못하고, 다들 멀찍이 떨어져서 로드고를 구경했다. 살면서 히페리온의 황제를 직접 눈으로 보는 일이 얼마나 있겠는가. 벌벌 떨면서도 한 번 보겠답시고 꾸역꾸역 모여들다가 이렇게 된 것이다.

뒤를 돌아보고 헉 하는 에니샤를 따라 로드고도 시선을 돌렸다. 그리고 로드고와 눈이 마주친 맨 앞줄 사람들은 일제히 비명을 지르며 바닥에 주저앉았다.

"아, 아빠……!"

에니샤는 말까지 더듬으며 다급히 로드고를 잡아당겼다. 로드고가 다시 저를 보고 나서야 겨우 한숨 돌렸다. 부디 이스미온이 아카데미에 충분한 의료진을 확보해놨길 바라며, 에니샤는 로드고에게 말했다.

"기숙사 가보실래요? 제 방도 구경하시고, 거기서 차 마셔요, 우리!"

아무래도 바깥 산책은 안 될 것 같아서 새로이 제시한 대안이었다. 로드고야 당연히 에니샤가 하자는 대로 했다. 저를 얌전히 따르는 로드고의 손을 붙잡고 에니샤는 신관기숙사까지 쫄랑쫄랑 걸어갔다. 그래도 가는 길에 틈틈이 아카데미 건물들이 보이면 설명해 주는 것도 잊지 않았다.

신관기숙사에 도착한 에니샤는 로드고를 방으로 데려왔다.

"여기가 제 방이에요!"

"……."

로드고는 잠시 말없이 방을 휘 둘러보았다.

"아빠가 신관기숙사 지어주셨다면서요?"

덕분에 깨끗한 방에서 편하게 지내고 있다고 종알종알 말하는데, 로드고가 갑자기 한숨을 내쉬었다. 그가 깊은 후회에 젖은 목소리로 중얼거렸다.

"역시 건물 한 채를 쓰게 했어야 하는데……."

내 딸이 이런 곳에서 고학생처럼 지내다니 도저히 참을 수가 없다며, 그는 분노했다. 알고 보니 원래는 건물 두 채를 지어서 하나는 통째로 에니샤에게, 다른 하나는 학생들이 사용할 수 있도록 하려 했던 것이다. 하지만 교장이 그렇게는 절대 안 된다며 목숨 걸고 반대했고, 에니샤는 겨우 지금처럼 방 하나에서 지내게 되었다. 새삼 이스미온에게 고마운 마음이 들었다.

화난 로드고를 잘 달래서 응접실에 앉혀두고, 에니샤는 직접 차를 준비해 왔다. 달그락달그락하면서 야무지게 찻잔을 다루는 에니샤를 구경하던 로드고는 어느새 화가 많이 풀려 있었다.

에니샤는 로드고와 함께 차를 마시며 이야기를 나눴다. 아카데미의 지하 미궁에서 이중 봉인을 당했고, 카힐이 얼음검을 만들어내며 저를 구해준 것을 빼놓지 않고 전부 말했다.

"……허면 봉인은."

"지금은 괜찮아요. 제단이 부서지면서 원래대로 하나만 남았어요. 그리고……."

에니샤는 로드고의 눈치를 살피며 말했다.

"제가 두 번째 맹세를 받게 되었는데요……."

"그렇군."

의외로 로드고는 고개를 한 번 끄덕였을 뿐, 추궁하지 않고 넘어갔다. 왜 이렇게 쉽게 넘어가나 싶은데, 이어서 로드고가 던진 질문에 생각하던 것을 싹 잊어버렸다.

"친구는 많이 사귀었고?"

에니샤는 시무룩하게 답할 수밖에 없었다.

"아니요……. 친구 없어요……."

기가 죽어서 우물우물 대답하고 나자 절로 한숨이 나왔다. 친구는 무슨, 다들 저랑 같이 수업 들어주는 것만으로도 감사해야 할 판이었다.

로드고가 쯧 하고 짧게 혀를 차며 말했다.

"헬라드와 로시엘 탓인가."

솔직히 아니라고는 할 수 없었다. 쌍둥이가 교수로 쫓아오지 않았으면 조금, 아주 조금은 친구를 사귈 수 있었을지도 모른다. 그래도 나름 좋은 점이 있다고, 에니샤는 억지로 꾹꾹 착즙해서 말해줬다.

쌍둥이와 아카데미 생활을 하는 장점을 열심히 찾다가 결국 포기하고 화제를 돌렸다. 이런저런 잡담을 나누다가, 에니샤는 속에 묻어두었던 이야기를 꺼냈다.

"저기, 아빠……."

로드고를 만나면 꼭 물어보고 싶었던 것이 있었다.

"아빠는 소중한 사람이 배신하면 어떻게 할 거예요?"

"죽여야지."

단칼에 돌아온 대답에 에니샤는 잠시 할 말을 잃었다. 로드고는 내가 뭘 잘못했냐며 눈썹을 치켜 보이고선 차를 홀짝였다. 에니샤한테는 적당한 크기였던 찻잔이 큼직한 로드고의 손에선 앙증맞게 느껴졌다. 그가 차 마시는 것을 바라보던 에니샤는 질문을 고쳐 물었다.

"죽일 수 없는 사람이면요?"

망설이다가 조그맣게 조건을 붙였다.

"가족이라든가……."

하지만 별로 의미 없는 조건이었다.

"내가 죽일 수 없는 사람은 너뿐인데."

로드고가 찻잔을 내려놓으며 픽 웃었다.

"왜, 아빠를 배신하려고?"

어째서 이야기가 이렇게 흘러가는지 모를 일이었다. 말문이 막힌 에니샤에게 로드고가 스윽 웃었다.

"그런 일이 있거든, 아빠가 너를 죽일 수는 없으니……."

그는 한없이 장난스러운 어조로 말했다.

"네가 나를 죽이면 되겠군."

"……?"

"단숨에 죽여줬으면 좋겠어. 슬퍼할 시간도 없도록 말이지."

"……??"

내 딸은 대법사니까 그 정도 실력은 될 것 같다며 로드고가 진지하게 첨언했다. 히페리온에서 존속살해는 흔한 일이니, 흠도 되지 않을 거라는 소리도 했다. 그러더니 저를 죽일 때는 쌍둥이놈들도

꼭 죽여달라는 부탁 또한 잊지 않았다. 저만 빼놓고 둘이서 시시덕
거리는 꼴은 보기 싫다는 이유였다.

"그런 거 아니에요!"

아빠랑 오라버니들을 왜 죽이냐고, 농담으로도 그런 말씀 마시
라고 눈매를 뾰족이 세워 보였다. 그 모습을 보고 피식피식 웃던
로드고가 한 손으로 턱을 괴며 물었다.

"대법사의 일인가?"

에니샤는 작게 고개를 끄덕였다. 그는 잠시 아무 말도 하지 않고
바라보았다. 똑바로 들여다보는 주홍색 눈동자는 이미 에니샤의
마음을 전부 알고 있는 것 같았다.

"아무것도 신경 쓰지 마라, 에니샤. 히페리온도, 아르커스도……."

에니샤는 꼭 깨물고 있던 입술을 살짝 벌렸다.

"어떤 문제든 네가 행복할 수 있는 선택을 하면 된다. 다른 무엇
보다 그것이 가장 중요하니까."

"……네, 아빠."

속에서 설명할 수 없는 감정이 울컥 차올랐다. 마음을 간신히 진
정시키고 고개를 끄덕였다. 로드고는 에니샤가 조금 차분해질 때
까지 기다려준 뒤, 느릿하게 말했다.

"내 딸은 챙겨야 할 사람이 많아서 힘들겠어."

하지만 항상 아빠를 1번으로 생각하라며, 진담 같은 농담을 던
졌다. 에니샤는 그의 말에 다시 키득키득 웃을 수 있었다.

쌍둥이와 로드고는 빈말로도 살가운 사이라 할 수 없었다. 서로를 꺾어야 할 경쟁자로 여기고 있으니 당연한 일이었다. 이번 대황실에서 존속살해가 일어나지 않은 것은 어디까지나 에니샤 덕분이었다. 그러나 서로 못 잡아먹어서 으르렁대지만, 필요할 때 가장 먼저 손 내밀 수 있는 사이이기도 했다. 에니샤라는 대전제 아래 기본적인 신뢰 관계가 구축되어 있기 때문이다. 그런고로 쌍둥이가 두 번째 맹세라는 비상사태에 로드고를 소환한 것은 어찌 보면 당연한 일이었다.

황족들은 하크만과 관련된 일도 빼놓지 않고 주시했다. 하지만 아직 히페리온 차원에서 나설 수 있는 일이 없으며, 그런 일이 생긴다면 에니샤가 곧장 도움을 청할 것을 알기에 상황을 지켜보며 기다리는 중이었다.

여태까지의 경험과 교훈을 통해, 황족들은 대법사인 에니샤도 존중할 수 있게 되었다. 에니샤가 가출한 전적 때문에, 아카데미를 부쉈다간 무슨 일이 생길까 후환이 두려워서 조용한 것도 있었다. 그러나 카힐 자드카르의 두 번째 맹세는 그런 차원의 문제가 아니었다.

"이놈이 기어코 일을 치는군……."

로드고의 말에 헬라드와 로시엘이 고개를 끄덕였다. 야심한 밤, 로시엘의 교수실에서 삼부자가 에니샤 몰래 황족회의를 열었다. 의제는 당연히 카힐 자드카르였다. 쌍둥이는 아카데미에 가는 조건으로 에니샤의 일상을 소상히 보고해주기로 약속했다. 때문에 로드고는 이미 전후사정을 다 알고 있었다.

"미치겠습니다, 진짜."

로시엘이 드물게 원색적인 욕설을 섞어가며 말했다. 헬라드가 삐뚤게 웃으며 답했다.

"우선은 본인을 불러다가 이야기를 들어봐야지."

때마침 똑똑 문 두드리는 소리가 들려왔다. 카힐이 도착한 것이다. 이미 다 예상하고 온 것인지, 카힐은 기세가 흉흉한 세 남자를 보고서도 별로 놀라지 않았다.

"히페리온의 태양을 뵙습니다."

가장 먼저 로드고에게 정중히 인사한 후, 쌍둥이들에게도 황족을 향한 예를 갖추었다.

"히페리온의 별들을 뵙습니다."

로드고와 쌍둥이가 일제히 카힐을 쳐다보았다. 히페리온 황족 셋이서 죽일 듯이 노려보는데도 태연한 낯짝이 아주 뻔뻔스러웠다. 저놈을 어찌 죽여야 잘 죽였다고 소문이 날까, 그런 생각을 하며 살의를 더해가던 때였다. 문 밖에서 가벼운 발자국 소리가 들리더니, 누군가 또다시 문을 두드렸다. 야심한 시각이었다. 카힐을 제외하고는 찾아올 사람이 없었다. 문을 두드린 이는 용감했다. 안에서 허락의 말이 떨어지기도 전에 달칵 문을 열어버렸다. 그리고 열린 문 사이로 조그만 소녀가 쏙 하고 방 안으로 들어왔다. 에니샤는 커다란 눈을 깜빡깜빡하며 눈앞의 사람들을 살피다가, 느릿하게 질문했다.

"지금 뭐 하시는 거예요……?"

에니샤의 질문에 황족들은 꿀 먹은 벙어리가 되었다. 또 몰래 카힐을 불러다가 뭐라 하려던 것을 들켰다. 이번에는 빼도 박도 못하게 현장에서 검거되었으니, 크게 혼나겠구나 싶었다. 그런데 상황은 전혀 의외의 방향으로 흘러갔다.

"북부 정세를 논의하는 중이었습니다, 황녀님."

카힐이 로드고와 쌍둥이의 편을 들어주는 것이 아닌가. 그것 외에는 별일 없었다며, 카힐은 에니샤에게 조곤조곤 설명해주었다. 에니샤가 의자에 앉을 수 있도록 자연스럽게 안내해주는 것도 잊지 않았다. 그리고 그 모습을 본 황족들은 더욱 기분이 나빠졌다.

이 새끼가 왜 우리 편을 들어……?

⟡

이럴 줄 알았다. 에니샤는 로드고가 동부에 왔을 때부터 예상하고 있었다. 이놈의 삼부자가 분명 저 몰래 카힐을 잡을 것이 분명하다고 말이다. 그리하여 일부러 야심한 시각까지 기다렸다가 현장을 급습했다. 역시나 셋이서 작당하고 카힐을 괴롭히고 있었다. 하지만 에니샤가 예상하지 못한 것은, 카힐이 황족들의 편을 들어주는 것이었다. 심지어 시간이 늦었으니, 황녀님께선 기숙사로 돌아가서 주무시는 것이 좋겠다는 말까지 하는 게 아닌가. 카힐의 은근한 종용에 결국 에니샤는 황족들에게 별소리도 못 하고 기숙사로 돌아가게 되었다. 카힐이 바래다주겠다 하여, 일단 둘이서 교수실을 나왔다. 한적한 곳에 다다르자마자 그에게 물어보았다.

"정말 괜찮겠어?"

자처해서 불구덩이에 뛰어드는 카힐이 걱정스러웠다. 하지만 에니샤만 전전긍긍이었고, 정작 그는 태연했다.

"괜찮습니다. 황족들께서 저를 챙겨주시는 것이니, 오히려 감사할 따름입니다."

"……."

그게 이렇게도 포장되는구나…….

이 정도면 좋게 말하는 수준이 아니라 그냥 거짓말이었다. 에니샤는 카힐을 가만히 쳐다보았다. 눈이 마주치자, 그가 살며시 눈웃음을 지었다. 서로 거짓말이라는 것을 뻔히 알았다. 그러면서도 카힐이 황족들을 감싸주는 이유는 결국 에니샤 때문이었다. 에니샤가 소중히 생각하는 사람들이니 허물을 덮어주는 것이었다. 여태껏 그가 많이 변했다고 생각했지만, 아직 착하고 순한 늑대모피는 그대로 남아 있었다.

"……고마워."

에니샤는 조그맣게 감사 인사를 건넸다. 그러자 카힐이 당당히 말했다.

"칭찬도 해주십시오."

맡겨놓은 듯한 요구였다. 에니샤는 얼떨결에 잘했어, 하고 말했다. 그러자 카힐이 살풋 눈매를 찌푸리며 물었다.

"머리는 쓰다듬어주시지 않는 겁니까?"

"……?"

"예전에는 그리해주지 않으셨습니까."

카힐이 짐짓 불쌍한 척 눈매를 늘어뜨렸다. 옛날에야 어리고 귀엽게 느껴져서 자주 머리를 쓸어줬다. 하지만 지금은 훌쩍 커버려서 쌍둥이들과 키가 비슷해진 카힐이었다. 그런 카힐을 쓰다듬어주려니 영 어색했다. 그래도 해달라고 하니까 일단 머리를 쓰다듬어주었다. 에니샤가 발돋움을 하여 손을 내밀자, 카힐이 고개를 살짝 숙여왔다. 조심조심 머리카락을 헤집는 손길에 그는 가볍게 숨을 내쉬었다. 포근한 이불에 감싸이기라도 한 것처럼, 한껏 만족스러운 얼굴이었다. 에니샤는 그의 머리를 두어 번 슥슥 쓸어주고선 중얼거렸다.

"이게 뭐라고……."

작은 혼잣말을 놓치지 않은 카힐이 슬쩍 웃으며 답했다.

"제겐 중요한 일입니다. 저는 에니샤 님을 좋아하니까요."

대놓고 수작부리는 것이라며 당당하게 선언하는 카힐이었다. 당당한 대꾸에 에니샤는 할 말을 잃어버렸다. 카힐은 아무 일도 없었다는 듯, 그런 에니샤를 이끌었다.

"기숙사까지 데려다드리겠습니다."

시간이 늦었으니 어서 주무셔야 한다며 채근했다. 그의 등쌀에 밀려 에니샤는 결국 기숙사로 돌아갔다.

에니샤를 데려다주고, 카힐은 다시 로시엘의 교수실을 찾아왔다. 문을 여는 순간, 아까와는 사뭇 다른 기류가 흘러나왔다. 의자에 앉은 황족 셋이 일제히 카힐을 쳐다봤다. 평범한 사람이라면 그 자리에 주저앉아 움직이지도 못했을 기세였다. 그러나 카힐은 간단히 목례하며 예를 갖출 뿐이었다. 로드고가 턱짓으로 의자를 가리켰다. 그래도 에니샤 앞에서 편들어줬으니, 자리에 앉는 정도는 허락해주는 것이었다.

카힐은 의자를 끌어다 반듯하게 앉았다. 기다란 직사각형 탁자의 한쪽 끝에 황족들이, 다른 끝에 카힐이 앉게 되었다. 꼭 취조라도 하는 모양새를 해두고서, 로드고가 입을 열었다.

"공왕의 병세가 심상찮다던데……."

주홍색 눈이 카힐을 쏘아보았다. 에니샤와 닮았으면서도, 닮지 않은 눈이었다. 안광이 도는 눈동자는 짐승의 그것처럼 느껴지기도 했다. 로드고가 느릿하게 질문했다.

"어찌할 생각이지?"

카힐은 공손히 시선을 내리깔고서 답했다.

"제가 다음 대의 공왕이 되려 합니다."

당돌하다 못해 건방진 대답이었다. 로드고는 비죽 웃음을 흘리며 말했다.

"원하면 마음대로 할 수 있는 것처럼 말하는군."

"최선을 다할 뿐입니다."

겸손히 답하지만, 그간 카힐이 제법 영특하게 일 처리를 해왔다는 것은 누구보다 황족들이 잘 알고 있었다.

아카데미로 쫓겨난 뒤, 카힐은 곧장 자신의 지지 기반을 만들어나갔다. 북부 출신 학생들을 전부 제 편으로 끌어들이는 것이 첫 시작이었다. 아카데미에서 확실한 실력을 보여주고 학생회장이라는 직위까지 획득해 스스로를 입증했다. 당연히 자드카르 공국에도 카힐의 소식이 흘러 들어갔다. 눈부시게 성장하는 왕자는 카르티나 부인의 폭정에 지친 이들을 매료시키기에 충분했다. 고대 정령과 계약한 자드카르 왕실의 적통. 타고난 배경도 완벽한데, 그 능력마저 출중하니 자연스럽게 기대를 걸 수밖에 없었다.

카르티나 부인을 반대하는 귀족들은 은밀히 카힐에게 접촉을 시도해왔다. 카힐은 그들을 통해 공국에 눈과 귀를 심어놓고, 천천히 세력을 뻗어나갔다. 그러나 여전히 쉽지 않은 상황이었다. 카르티나 부인 덕분에 호의호식하는 귀족들이 현 권력을 틀어쥔 실권자라는 것이 문제였다. 카힐의 이복동생, 악시온은 팔 하나를 잃고 광증에 시달리고 있었다. 하지만 카르티나 부인은 그런 악시온을 공왕으로 앉히고, 자신이 섭정 노릇을 할 심산이었다. 그녀를 지지하는 귀족들은 이미 카르티나 부인을 섭정여왕으로 밀고 있었다. 카힐의 세력과 카르티나 부인의 세력이 서로 한바탕 붙을 기회를 노리며 덩치를 불리는 중인데, 갑작스럽게 공왕의 병세가 심각해졌다. 카힐이 완전히 자리를 잡기 전에 밀어내려는 카르티나 부인의 계략이 분명했다. 누가 되었든, 공국은 이제 새로운 왕을 맞이할 것이다. 그리고 카힐 자드카르는 동토의 주인이 되어야 했다.

"히페리온은 공식적으론 너를 지지할 생각이나, 그것뿐이다."

로드고의 말에 카힐은 짧게 예, 하고 답했다. 아무리 히페리온이라고 해도, 별다른 명분 없이 타국의 왕위 쟁탈전에 끼어들었다간 내정 간섭이라는 비난을 피하기 어렵다. 자존심 높고 완고한 북부인들이 그렇게 얻어낸 왕관을 좋아할 리도 없었다. 여기서부터는 카힐의 몫이었다.

"그래서……."

로드고가 눈매를 가느스름히 좁히며 본론을 꺼냈다.

"내 딸에게 두 번째 맹세를 바친 이유는?"

그 자리에서 죽었어야지, 맹세까지 바쳐가며 구질구질하게 살아남은 이유를 묻는 것이었다. 여태 얌전히 눈을 내리깔고 답하던 카힐이 처음으로 똑바로 시선을 맞춰왔다. 그리고 흔들림 없이 분명하게 말했다.

"제 모든 것을 바칠 만큼 황녀님을 연모하기 때문입니다."

기어코 말해버린 카힐이었다. 황족들의 이마 위로 일제히 힘줄이 솟아올랐다.

"……네가? 무슨 자격으로?"

로시엘이 냉소하며 차갑게 잘라 말했다.

"내 동생을 위험한 길에 끌어들이지 말라고 경고하였을 텐데."

화를 참지 못한 헬라드가 탁자 모퉁이를 움켜쥐었다. 힘 조절을 하지 못한 탓에 두툼한 목재로 만든 탁자가 그대로 으스러졌다.

"죽고 싶냐?"

헬라드가 입매를 한껏 비틀며 비아냥거렸다.

"아니, 이제 죽지도 못 하니 그리 나대는 건가."

그는 제 손에 묻은 탁자 부스러기를 아무렇게나 털어내며 음산히 말했다.

"에니샤에게 조금이라도 해를 끼치는 순간, 공국이고 뭐고 다 쓸어버릴 거니까……."

뒷말은 굳이 할 필요도 없었다. 살심 가득한 황족들 앞에서, 카힐은 꿋꿋하게 말했다.

"결코 그런 일은 없도록 하겠습니다. 황녀님만큼은 반드시……."

카힐은 잠시 말을 멈추고 숨을 골랐다. 투명한 청회색 눈동자 위로 단단한 의지가 깃들었다. 결코 부러지지 않을 맹세였다.

"반드시, 제가 지켜내겠습니다."

✦◆✦

로드고의 강의는 결국 없던 일이 되었다. 아카데미에 도착한 첫날, 로드고를 본 학생들이 대거 실신하는 사태가 일어난 탓이었다. 강의를 해봤자 제대로 진행되지 않을 것이라는 판단 아래, 수업은 취소되었다. 아쉬워하는 이들도 있었지만, 에니샤로서는 아주 다행인 일이었다. 팔불출 수업은 쌍둥이에게 시달리는 것만으로도 충분했다.

본의 아니게 한가로워진 로드고는 에니샤의 수업을 참관하기로 했다. 일찍 돌아올 생각은 절대 하지 않는 황제 때문에 제국에서 비서관들은 눈물로 강을 만드는 중이었으나, 오랜만에 에니샤를 만난 로드고가 그런 걸 신경 쓸 리가 없었다. 에니샤가 수업을 듣는 것도 구경하고, 쉬는 시간에는 함께 아카데미를 둘러보는 등등 아주 알차게 시간을 보냈다. 하지만 같이 수업을 듣는 학생들이 황제의 등장에 숨도 제대로 못 쉬는 탓에, 많이 참관할 수는 없었다.

로드고가 가장 좋아한 수업은 역시 마법 수업이었다. 전투마법을 연습하는 실전 마법 수업에서 에니샤는 로드고 앞이라고 특히 열심히 마법을 썼다. 금색 마력으로 팡팡 마법을 쏘아낼 때마다 로드고는 흐뭇함을 감추지 못했다. 아카데미가 부서질까 근심 걱정에 잠겨 있던 이스미온은 생각보다 로드고가 얌전히 굴어주는 덕에 무척 행복해했다.

카힐은 무엇 때문인지 갑자기 무척 바빠졌다. 거의 얼굴 보기가 힘들다가 마법의 역사 수업시간에나 가끔 만났는데, 하루는 목덜미에 커다란 멍이 시퍼렇게 들어서 온 적도 있었다. 깜짝 놀라서 물어보니 로드고가 대련을 핑계로 카힐을 두들겨 패놓은 탓이었다. 검술학부 학생들을 위해 손수 검술을 보여주겠다는 아주 훌륭한 명목 아래, 로드고는 카힐을 아주 자근자근 밟아놓았다. 이제 헬라드는 곧잘 상대해냈지만, 아직 로드고한테는 부족한 카힐이었다. 보통 학생이었다면 그대로 목뼈가 부러졌을 것이나 카힐은 살아남았다. 로드고가 너무하긴 했지만, 그래도 이 정도 심술로 끝나서 다행인 것도 같았다.

그렇게 나름 평화로운 일상이 흘러갔다. 하지만 에니샤는 마음 한구석으론 끊임없이 불안해했다. 언제 부서질지 모르는 얄팍한 평화였다. 에니샤는 이미 어느 정도 각오를 다져놓고 있었다. 허나 아무리 마음의 준비를 해두었어도, 눈앞에 닥치는 상황은 항상 급작스러웠다. 폭풍전야처럼 고요하던 어느 날, 녹색의 삼족오가 에니샤를 찾아왔다.

— 대법사……!

녹시타가 눈물을 터뜨리며 말했다.

— 벨루안하고 연락이 안 돼요…….

녹시타는 한참 동안 눈물을 펑펑 흘렸다. 누구보다 오랫동안 함께해왔던 세 사람이었다. 겉으로 티를 내진 않지만, 녹시타는 내심 벨루안을 많이 믿고 의지했다. 이번에 벨루안을 북부로 보낼 때도 그랬다. 북부로 보낸 조사관들 전부가 연락이 끊겼어도, 벨루안만큼은 분명 상황을 해결할 실마리를 가져오리라고 녹시타는 굳게 믿었다. 벨루안이 아르커스 내에서 에니샤 다음가는 실력자이기도 하고, 자신이 아는 벨루안이라면 충분히 그럴 수 있으리라 여긴 것이다. 그런데 벨루안마저도 연락이 끊겨버렸으니, 녹시타가 충격을 받을 수밖에 없었다.

"녹시타, 우선 울지 말고……."

에니샤는 침착하게 녹시타를 달랬다. 그리고 일단 아르커스에는 상황을 알리지 말고, 혼자 아카데미로 찾아오라 말했다. 녹시타는 눈물 가득한 눈을 하고서 그러겠노라고 답했다. 삼족오를 흩어 보낸 뒤, 에니샤는 한참 동안 홀로 생각에 잠겼다.

"……."

찾아오지 않기를 바랐던 순간이었다. 그러나 결국에는……. 에니샤는 고개를 내저어 생각을 끊어냈다. 최대한 조용히 일을 처리해야 했다. 미리 짜두었던 계획 하나를 곱씹으며 걸음을 옮겼다. 오늘 이 시간대에 로드고가 교장을 만날 것이라는 이야기를 들었다. 교장실을 찾아가니 그곳에는 로드고와 이스미온, 그리고 카힐이 자리하고 있었다. 갑작스러운 에니샤의 방문에 세 사람이 놀라서 바라보았다. 에니샤는 조금 잠긴 목소리로 로드고를 불렀다.

"……아빠."

심상찮은 에니샤의 모습에 로드고는 눈매를 가늘게 좁혔다. 그가 잔뜩 얼어서 정자세를 하고 있던 이스미온을 쳐다보며 말했다.

"잠시 자리를 비켜줬으면 좋겠소."

로드고의 협박 같은 부탁에 교장인 이스미온이 교장실에서 쫓겨났다. 안락의자에 앉아 있던 로드고가 말없이 팔을 벌렸다. 에니샤는 그에게로 걸어가서 저도 모르게 무너지듯 안겼다. 열기가 후끈 올라오는 더운 몸에 끌어안기고 나서야, 자신이 차갑게 식어 있었음을 깨달았다. 에니샤는 간신히 숨을 고르고서 말했다.

"북부에 조사관으로 파견한 좌법사와 연락이 끊겼어요."

"……그래서."

무슨 말을 할지 알면서도 묻는 것이었다. 에니샤는 천천히 답했다.

"조용히 문제를 해결하기 위해 제가 직접 다녀오고 싶어요."

그의 미간에 깊은 주름이 잡혔다.

"조용히 해결해야 하는 이유는?"

"말씀드릴 수 없어요……."

로드고뿐만이 아니라, 어느 누구에게도 말할 수 없는 이유였다. 마음이 돌덩이를 매단 것처럼 무겁게 가라앉아갔다. 에니샤는 로드고의 눈을 들여다보며 입을 열었다.

"가야만 하는 일이에요. 저를 보내주세요."

"……."

서로 한참을 마주 보았다. 영영 떨어지지 않을 것처럼 얽힌 시선 속에서 결국 물러난 것은 로드고였다. 그가 깊게 한숨을 내쉬었다.

"일주일."

그리고 에니샤를 지긋하게 바라보며 말을 이어갔다.

"일주일을 주겠다. 이미 제국군을 자드카르 근처에 주둔시켜놓았으니⋯⋯. 북부에 제국령을 만드는 것도 나쁘지 않겠지."

일주일이 지나거나, 에니샤의 신변에 이상이 생길 경우 히페리온 제국군은 곧장 자드카르를 침공할 것이다. 명분 없는 전쟁에 쏟아질 비난과 정치적인 불리함을 감수하고서라도 밀어붙일 테니, 그전에는 돌아오라는 소리였다.

말을 끝마친 로드고의 시선이 옆으로 향했다. 그가 다소 사나운 목소리로 이름을 불렀다.

"카힐 자드카르."

로드고는 카힐을 노려보듯 하며 말했다.

"북부에서 벌어진 일이니, 네놈이 책임지도록."

에니샤를 따라가라는 명령이었다. 어떻게든 따라갔을 카힐에겐 그다지 필요 없는 명령이기도 했다.

"그리고⋯⋯."

로드고는 제 눈을 피하지 않는 카힐을 보며 잠시 입매를 비틀었다가 이어 말했다.

"내 딸을 지켜라."

당연한 명령이라 수긍하는 카힐에게 그는 말을 덧붙였다.

"이는 히페리온의 황제로서, 차기 자드카르 공왕에게 하는 부탁이다."

"⋯⋯!"

에니샤는 깜짝 놀랐다. 에니샤 앞이 아니면, 살면서 아쉬운 소리라곤 해본 적 없을 남자였다. 그런 로드고의 입에서 무려 부탁한다는 소리가 나온 것이다. 매사 무심한 카힐도 적잖이 놀란 기색이었다. 에니샤는 입술을 꼭 깨물었다. 아주 잠깐이었지만, 로드고는 제 약점을 드러낸 것처럼 일순 약해 보였다. 그가 죽일 수 없는 단 한 사람이자, 유일한 약점. 사랑하는 나의 가족…….

울컥하는 마음에 로드고를 끌어안았다. 꼭 끌어안는 손에 로드고가 낮게 웃었다. 서로 아무 말도 하지 않았지만, 대화를 나눈 것과 같았다. 로드고는 에니샤를 도닥여주며 느릿하게 입을 열었다.

"내 딸의 능력을 믿지만……."

그는 에니샤의 이마 위에 가볍게 입술을 눌렀다 떼고서 속삭였다.

"아무리 어른이 되어도, 항상 물가에 내놓은 아이 보듯 불안한 법이니 말이다."

이건 아빠라서 어쩔 수 없는 것이라며 말한 로드고가 카힐을 턱짓하며 말했다.

"다치지 말거라. 위험한 일은 전부 저놈을 시키도록 하고."

머리카락 한 올 다치지 않고 일주일 안에 돌아오겠다고 단단히 약속한 후, 에니샤는 그길로 곧장 기숙사에 돌아왔다. 쌍둥이들에게는 일부러 찾아가지 않았다. 그럴 시간이 없기도 했고, 얼굴을 봤다간 마음 약해질까 두려웠다. 기숙사에 도착하자마자 레시나를 찾아가 통보했다.

"자드카르로 갈 거야."

"예……?"

침대에서 뒹굴거리고 있던 레시나가 얼떨떨하게 되물었다. 에니샤는 그녀와 함께 간단하게 짐을 챙기며 상황을 설명해주었다. 그리고 녹시타가 도착하자마자 당장 자드카르로 떠날 준비를 했다. 동부 헤르노어 아카데미와 북부 자드카르 공국은 멀리 떨어져 있었다. 녹시타가 급하게 초장거리 이동마법진을 그렸으나, 이동 인원이 한정적이었다. 하여 레시나와 녹시타가 이동마법진을 이용하고, 에니샤는 카힐과 함께 정령의 힘을 통해 공국으로 향하기로 했다. 예전 같았으면 자드카르까지 제 한 몸 옮기기도 힘들었을 카힐이지만, 한계를 넘어선 지금은 달랐다. 에니샤를 데리고도 충분히 공국까지 이동할 수 있게 되었다.

공국에 도착해 약속한 장소에서 만나기로 하고, 에니샤와 카힐은 먼저 출발했다. 설풍이 부드럽게 몸을 감쌌다. 하얀 눈바람이 눈앞을 완전히 덮기 전, 카힐이 문득 말했다.

"너무 걱정하지 마십시오."

작은 위로가 몽글몽글했다. 걱정해주는 그를 위해서라도, 에니샤는 일부러 웃으며 답했다.

"위로해줘서 고마워."

그러자 카힐은 설핏 마주 웃었다. 그 말을 끝으로, 에니샤와 카힐은 완전히 눈바람에 뒤덮였다.

◈◈◈

벨루안은 천천히 호흡을 들이마시고 내뱉었다. 심장 위에서 느껴지는 압박감에 크게 숨을 들이마실 수도 없었다. 전신에 마력제어구가 채워진 탓이었다. 원래 무식하게 물량으로 밀어붙이면 답이 없는 법이었다. 아르커스에서 만든 것만은 못하나, 팔다리에 대여섯 개씩 마구잡이로 채우고 목에도 채워놓으니 당할 수가 없었다. 숨조차 간신히 쉬는 꼴이었다.

"……."

몸을 움직이자 쇠사슬 소리가 음침하게 울렸다. 냉기가 올라오는 벽에 겨우 몸을 기대놓고서, 벨루안은 앞선 일들을 되짚어 생각했다.

처음 자드카르에 도착했을 때, 그는 공국을 가득 뒤덮은 악령들을 보았다. 이 정도면 이미 주술사들이 나라를 집어삼켰다고 봐도 이상하지 않을 정도였다. 심상찮은 일이 벌어지고 있다는 생각이 들었다. 빠르게 조사에 착수한 벨루안은 가장 먼저 사라진 조사관들의 흔적부터 되짚어나갔다. 흔적은 전부 자드카르 왕궁에서 끊어져 있었다. 왕궁 내부를 탐사하기 위해 신중하게 움직여나가던 때였다. 새빨간 눈동자를 가진 남자가 벨루안을 찾아왔다.

— 아, 이런……. 대어가 걸려들었네.

아바르티아였다. 그가 북부에 마수를 뻗쳤다는 사실은 알고 있었다. 하지만 기껏해야 주술사들이나 들끓으리라 생각했지, 하크만의 본체가 직접 와 있을 줄은 몰랐다.

벨루안은 곧장 마력을 끌어올렸다. 악령의 군주에게 사역마를 쓸 수는 없었다. 아르커스의 마법만을 사용해야 했지만, 어느 정도 자신 있었다. 최소한 도망치는 정도는 할 수 있으리라고 여겼으나……. 결과는 처참한 패배였다.

아바르티아는 처음부터 끝까지 저를 농락했다. 힘없는 미물을 다루듯 굴리다가, 마지막에는 왕궁의 지하에 처박아놓았다. 과거 대법사는 어떻게 저 괴물을 봉인까지 몰아넣은 것일까. 반짝이는 금빛 마력을 생각하던 벨루안은 쓰게 웃었다.

그녀가 저를 구하러 오기 전에 어떻게든 이곳을 탈출해야 했다. 마법은 봉인당했으나, 팔다리가 잘린 것은 아니었다. 어떻게든 방법을 강구해내야 했다. 생각을 이어나가던 때였다.

"좌법사! 좌법사아!!"

경망스러운 목소리가 들려오더니, 쇠창살을 열고 누군가 불쑥 들어섰다. 분홍색 눈동자가 벨루안을 자세히 들여다보더니 씩 웃었다.

"아직 안 죽었네요."

"……."

스칸샤의 주술사였다. 하크만이 아바르티아라는 것을 알면서도 옆에 붙어 있다니, 이놈도 단단히 미쳤구나 싶었다.

벨루안은 시선을 내려 주술사의 손을 확인했다. 양손이 마치 장갑을 낀 것처럼 새까맸다. 악령으로 손의 모양을 만들어낸 것이었다. 카힐 자드카르가 잘라낸 손을 대신하여 붙인 듯했다. 하지만 아직 다루는 것이 익숙지 않은 듯, 손의 움직임이 어색했다. 관찰하는 시선이 싫은지, 주술사는 홱 소리 나게 손을 등 뒤로 감췄다.

"뭡니까, 무례하게."

짐짓 토라진 척하는 표정을 보고 확실히 미친놈이라 생각하는

데, 느긋한 걸음 소리가 들려왔다.

"아직 살아 있나?"

나긋하게 묻는 소리에 주술사는 냉큼 일어나 답했다.

"예! 아직 팔팔합니다. 제어구 몇 개 더 채워도 될 것 같은데요?"

"그래……?"

아바르티아가 벨루안을 바라보았다. 삼백안의 눈동자가 뱀처럼 섬뜩했으나, 벨루안은 그의 눈을 피하지 않았다. 똑바로 마주쳐오는 시선에 아바르티아는 무표정하게 중얼거렸다.

"건방지게 구네……."

그러자 옆에 서 있던 주술사가 냉큼 마력제어구를 하나 더 꺼내들어 팔뚝 위에 채웠다.

"……!!"

벨루안은 이를 악물었다.

간신히 신음은 참았으나, 몸이 크게 필띡였다. 기어코 내장이 상했는지 입가로 핏줄기가 흘러내렸다.

숨을 쉬지 못해 헐떡이며 괴로워하는 모습을 아바르티아는 가만히 내려다보았다. 새로운 장난감을 구경하듯 그리 바라보다가, 문득 낮은 웃음소리를 흘렸다. 무슨 재밌는 생각을 떠올렸는지, 그는 아주 기쁜 표정을 하고서 입을 열었다.

"좌법사."

아바르티아가 새빨갛게 달아오른 눈으로 웃었다. 그리고 즐거워서 어쩔 줄 모르는 목소리로 속삭였다.

"네가 사역마를 왜 그리 잘 다루는지, 궁금하지 않아……?"

에니샤와 카힐은 먼저 자드카르 공국에 도착했다. 만나기로 한 장소까지 녹시타가 잘 찾아올 수 있을지 조금 걱정되긴 했지만, 레시나를 붙여놓았으니 괜찮을 것 같았다. 그리고 에니샤는 호된 북부 추위에 직격타를 맞았다.

"추워……!"

겨울옷을 꺼내 입고 왔지만 어림도 없었다. 너무 추워서 머리카락마저 곤두서는 기분이었다. 오들오들 떠는 에니샤에게 카힐은 곧장 저가 입고 있던 겉옷을 벗어주었다. 그가 단단히 단추를 여며주며 말했다.

"약속 장소 근처에서 북부 옷을 마련하는 것이 좋겠습니다. 우법사와 레시나의 것도 말입니다."

커다란 옷에 폭 파묻힌 에니샤는 고개만 끄덕였다.

긴 소맷자락에 손가락도 꽁꽁 감추어 놓은 뒤에야 겨우 주변을 살필 여력이 났다. 에니샤와 카힐이 도착한 곳은 널따란 설원이었다. 저 멀리 굴뚝 연기가 피어오르는 마을이 보였다. 한낮인데도 먹구름 때문에 사방이 어둑했다. 우중충한 잿빛 하늘과 앙상한 나뭇가지, 응달에 쌓인 눈과 얼음. 간간이 보이는 상록수마저도 눈이 쌓여서 하얬다. 숨을 뱉자 하얗게 입김이 일어났다.

한여름으로 접어드는 때인데 이런 추위라니…….

에니샤는 앞서 걸어가는 카힐에게 종종 쫓아가 질문했다.

"원래 여름에도 이렇게 추워?"

길을 확인하고 있던 카힐이 잠시 멈칫하였다가 답했다.

"그렇지 않습니다. 이 정도는 아니었는데……."

그때 하늘 위로 거뭇한 무언가가 휙 스치듯이 지나갔다. 기이한 울음소리가 귓전을 울렸다. 에니샤와 카힐은 하늘을 올려다보았다가, 서로를 바라보았다.

"악령……입니까."

에니샤는 고개를 끄덕였다. 대낮 하늘에 악령이 날아다니는 정도면, 공국 전체가 이미 주술사의 손바닥 위에 있다고 봐야 했다. 마법사와 같이 힘을 가진 사람이 아니면 악령을 보지 못하니, 여태껏 소문이 퍼지지 않았으리라. 자드카르의 이상기후도 악령 때문일 가능성이 9할 이상이었다.

에니샤는 느리게 마력을 끌어올렸다. 금빛 마력이 손바닥 위에 조그맣게 피어올라서, 어딘가를 향해 일직선으로 쏘아져 나갔다. 흩어지는 빛의 궤적을 바라보는 카힐에게 간단히 설명해주었다.

"아르커스 조사관들의 흔적을 추적하는 거야."

"……좌법사는 추적하지 않으십니까?"

카힐이 왜 물어보는지 알고 있었다. 다른 누구보다 벨루안을 가장 걱정하고 있을 텐데, 그를 먼저 추적하지 않으니 의아해하는 것이다.

에니샤는 짤막히 답했다.

"아직은……."

그를 걱정하는 것은 사실이나, 아직은 안 된다. 상황이 어디까지 흘러갔는지를 확인해야 했다.

혹시 다른 아르커스 마법사들이 알게 되었다면…….

에니샤는 이어지려는 생각을 간신히 잘라냈다.

추적마법을 걸어놓고, 에니샤와 카힐은 마을로 걸어갔다. 얕게 쌓인 눈 위에 뽀득뽀득 발자국을 찍어가며 걸어가다, 카힐이 어디선가 버려진 썰매를 주워왔다. 귀퉁이가 부서진 낡은 썰매지만, 잠깐 타는 정도는 문제없었다.

카힐은 에니샤를 썰매 위에 앉히고 줄을 잡아끌었다. 썰매를 다루는 솜씨가 능숙했다. 덕분에 에니샤는 편하게 앉아 갈 수 있었다. 가는 동안 카힐과 이런저런 이야기를 나눴다. 카힐은 아카데미 방학 중에 몇 번 공국을 찾았지만, 그때는 이렇지 않았다고 알려주었다. 근래 들어서 갑자기 악령에게 뒤덮였다는 것이다. 정황상 커져가는 카힐의 세력에 위협감을 느낀 카르티나 부인이 주술사들과 손을 잡은 것으로 보였다.

"……아까 교장실에서는 무슨 이야기를 하고 있었어?"

"마찬가지로 북부 이야기였습니다. 이번 일이 아니었더라도, 조만간 자드카르를 찾아왔을 겁니다."

에니샤는 잠시 카힐의 뒷모습을 바라보았다. 주술사들 손에 엉망으로 변해버린 고향을 보며 무슨 생각을 하고 있을까. 그는 슬퍼하거나 화내지 않았다. 평소처럼 무덤덤했다. 침묵의 의미를 알아챘는지, 카힐은 묻지도 않았는데 답해주었다.

"자드카르에는 그다지 정이 없습니다. 굳이 말하자면 의무와 책임 정도입니다. 오히려 저는…… 히페리온을 고향과 같이 생각하고 있으니까요."

북부에서 가장 고귀한 혈통을 잇고, 왕관을 쓰게 될지도 모르는 카힐이었다. 그런 카힐이 덤덤하게 늘어놓는 말에 에니샤는 눈을 깜빡였다. 카힐이 문득 뒤를 돌아보았다. 그리고 에니샤와 눈을 맞추고서 살짝 웃으며 말했다.

"북부에는 에니샤 님이 없지 않습니까."

에니샤는 그의 말에 잠시 입을 벌렸다. 얼마간 그러고 있다가 멍하니 중얼거렸다.

"……너 뭔가 뻔뻔해졌어."

자꾸 대놓고 던져대는 말에 얼굴이 화끈거렸다. 카힐은 고개를 옆으로 조금 기울이며 되물었다.

"그래서 싫으십니까?"

불손한 놈이라 칭찬도 잘 안 해주시는 거냐고 묻는 소리에 어이가 없었다. 에니샤는 이상한 말 하지 말고 썰매나 끌라며 그를 타박했다. 카힐은 낮게 웃음을 터뜨렸다.

마을에 도착한 에니샤와 카힐은 곧장 상점으로 향했다. 머리카락이며 얼굴이며 하나도 보이지 않도록 에니샤를 싸매놓은 후, 카힐은 상점에서 털이 달린 두터운 망토와 벙어리장갑, 목도리 따위를 잔뜩 구매했다. 돈을 많이 쓰는 손님 덕분에 마음 흡족해진 사장이 말을 붙여왔다.

"여행자인가 보오?"

"그렇습니다."

"거 아주 훤칠하니 잘생겼구만. 여자 여럿 울리겠어."

사장의 넉살에 카힐은 감사합니다, 하고 짧게 인사하고 말았다.

"조심하쇼. 요새 사역마를 다루는 마법사가 돌아다닌다고 하니……."

카르티나 그년이 불러온 것이 분명하다며, 마녀가 빨리 죽든지 해야 겨우 숨통이 트일 것 같다고 사장이 욕설을 내뱉었다. 카힐은 방금 구입한 털 귀마개를 에니샤의 손에 쥐여 주었다. 좋지 않은 말을 해대니 귀를 막는 것이 좋겠다는 뜻이었시만, 에니샤는 그러지 않았다. 대륙에서는 사역마를 사용하는 마법사가 극히 드물다. 사실 아예 없다고 봐도 좋을 수준이었다. 대륙인들에게 악령과 사역마란 금기시되는 삿된 존재였다. 때문에 주술사가 아니고서야 사역마를 다루는 일은 없었다. 과거의 어느 순간과 겹치는 듯해서, 에니샤는 잠시 쓰게 미소 지었다.

카힐은 사장에게서 몇 가지 정보를 더 캐내고선 가게를 벗어났다. 각종 겨울옷으로 휘감겨 새끼 곰처럼 뚱뚱해진 에니샤는 조용히 카힐을 따라갔다. 카힐은 침울해진 에니샤를 몇 번이나 살피며 확인했다. 약속 장소는 마을 여관이었다. 은빛 늑대가 조잡하게 그려진 나무 간판이 북풍에 삐걱삐걱 휘날렸다.

여관에 도착하니, 레시나와 녹시타는 이미 도착해 있었다. 심지어 둘은 이미 북부 옷을 잔뜩 껴입고 있었다. 레시나와 단둘이 방 안에 갇혀 있던 녹시타는 에니샤가 도착하자마자 쏜살같이 튀어나와서 안겼다.

"대법사아……."

칭얼거리는 녹시타의 모습에 레시나가 옆에서 콧방귀를 뀌었다.

"아니, 누가 보면 내가 잡아먹기라도 한 줄 알겠네."

당신 입고 있는 겨울옷은 누가 다 마련해줬냐며, 레시나가 녹시타를 구박했다. 에니샤는 녹시타에게 끌어안긴 채 그녀에게 물어보았다.

"그런데 겨울옷은 어디서 났어?"

"아아, 가난한 여행자라고 불쌍한 척해서 얻어왔습니다."

정말 그녀의 친화력은 무인도에 떨어져도 동물이랑 친해져서 살아남을 수준이었다. 감탄하는 에니샤에게 레시나가 잔뜩 뽐내며 답했다.

"그리고 이것저것 필요한 정보도 많이 알아왔죠! 아주 훌륭한 부하 아닙니까?"

에니샤는 그녀에게 잘했다고 열심히 칭찬해주었다. 그때까지도 가만히 에니샤를 끌어안고 있던 녹시타가 갑자기 어딘가를 쳐다보았다. 별생각 없이 시선을 따라가니, 녹시타는 카힐을 열심히 노려보고 있었다. 눈싸움이라도 하는지 눈썹에 잔뜩 힘까지 주고서 노려보다가, 에니샤의 품에 갑자기 고개를 파묻었다. 에니샤보다 덩치가 큰 녹시타였다. 그런데 자꾸 파고드는 탓에, 그만 뒤로 넘어질 뻔했다. 지켜보고 있던 카힐이 재빠르게 에니샤를 붙잡아줬다. 카힐은 눈매를 찌푸리며 나지막하게 경고했다.

"적당히 하십시오."

하지만 녹시타는 보란 듯이 에니샤를 더 끌어안으며 말했다.

"대법사는 내 거야……!"

애들 싸움하는 것도 아니고, 유치하게 왜 이러는지 모를 일이었다. 에니샤는 녹시타를 겨우 달래서 떼어놓았다. 그리고 본격적으로 회의를 시작하기 전에, 에니샤는 추적마법이 끊어진 것을 확인했다.

"전부 자드카르 왕궁에서 흔적이 끊어졌어."

왕궁 안을 확인해야 하는데, 상당히 강력한 결계가 쳐져 있는 것 같았다. 추적마법이 강제로 파훼된 모양새가 아주 너덜너덜했다. 결계가 있다는 말에 여관방에 모인 이들의 얼굴이 진부 심각해졌다. 주술사들이 쳐놓은 결계를 부수려면 제단을 찾거나 주술 자체를 파훼해야 했다. 하지만 제단을 찾기엔 시간이 부족했고, 주술을 파훼하기엔 일이 너무 커졌다. 다 같이 방법을 고심하던 때였다. 카힐이 가만히 입을 열었다.

"왕궁으로 들어갈 수 있는 방법이 있긴 합니다."

그리고 잠시 머뭇거렸다가 덧붙여 말했다.

"조용한 방법은 아니지만……."

❧◈❧

공왕의 병세가 깊어진 뒤로, 자드카르 왕궁의 분위기는 더욱 음울해졌다. 북부에서 여름은 눈이 녹고 얼어붙었던 강물이 녹아 흐르는 귀한 시간이었다. 헌데 이상기후로 여름에도 눈이 내리니, 모두가 입을 모아 망국의 징조라고 탄식했다. 하지만 언제나 그렇듯, 권력을 누리는 자들은 자신의 안위가 중할 뿐 나라의 미래에는 관심이 없었다. 그들은 자기 배를 불려줄 수 있는 사람을 따랐고, 그것은 카르티나 부인이었다.

광증에 시달리는 악시온을 왕위에 앉히고, 카르티나 부인이 섭정여왕으로 올라서려 한다는 소문은 이미 자드카르에 널리 퍼져 있었다. 지금이야 아직 공왕이 살아 있지만, 올해를 넘기기가 힘들 터였다. 카르티나 부인의 폭정에 짓눌려 신음하던 왕국민들은 공왕의 사후를 두려워하며 근심에 젖어 들었다. 그러나 모두가 숨죽이고 기다리는 유일한 희망이 남아 있었으니. 바로 카힐 자드카르였다.

왕국에서 쫓겨난 왕자가 스스로의 힘으로 흙바닥에서부터 차근차근 기어 올라왔다는 이야기는 냉혹한 추위에 지친 왕국민들에게 마지막 남은 불씨였다. 자드카르 왕궁의 경비대장 게오르 또한 겉으로는 카르티나 부인에게 고개를 조아려도 왕자의 귀환을 기다리고 있었다. 왠지 그가 돌아오면 모든 문제가 해결되리라는 막연한 기대감이 있었다. 카르티나 부인을 꺾는 것이 결코 쉽지 않은 일임을 알면서도 그러했다.

"정작 왕자는 죽었는지 살았는지도 모르는데 말입니다."

함께 경비를 서고 있던 기사의 푸념에 게오르는 엄중히 답했다.

"동부의 헤르노어 아카데미에서 지내고 계신다 하지 않는가. 때가 되면 분명 돌아오실 것이네."

"하지만 카르티나 부인을 상대하실 수 있을까요? 그 마녀가 인간 같지 않은 힘을 가지고 있는데……."

기사의 되물음에 게오르는 잠시 말문이 막혔다. 왕자가 정령의 계약자라고는 하나, 그것이 진실인지조차 알지 못하는 상황이었다. 단 한 번도 왕자를 실제로 본 적이 없으니 말이다. 갑자기 모든 기대가 한없이 막연하게 느껴지며 쓸쓸한 한숨이 배어나왔다. 기약 없는 희망만큼 사람을 괴롭게 하는 것이 있을까. 게오르가 말문이 막힌 채 침묵하고 있을 때였다. 기사 한 명이 급하게 달려와 보고했다.

"대장님! 웬 미친놈이 갑자기 왕궁에 들어오겠다고……!"

그런데 검술도 미친 수준이라서, 달려들던 기사 전부가 나가떨어졌다는 것이다.

게오르는 급하게 정문으로 나가보았다. 로브를 덮어쓴 한 남자가 바닥에 널브러진 기사들 사이에 홀로 서 있었다. 검을 든 반듯한 자세에서 느껴지는 기운이 심상찮았다. 게오르는 마른침을 삼키며 검을 겨눴다. 남자가 게오르를 돌아보았다.

"……그대가 경비대장인가."

중저음의 미성이었다. 설산에서 불어오는 북풍처럼 서늘하게 속으로 파고드는 목소리에 몸이 절로 진저리쳐졌다. 자신이 상대할 수 있는 수준이 아니었다. 게오르는 겨우 입을 열었다.

"어찌하여 자드카르의 기사를 공격하는 것이오."

"왕궁에 들어가겠다는 말을 꺼내니, 아무것도 묻지 않고 검을 휘두른 것은 그쪽이었다."

"……그에 대해선 사과드리겠소. 허나 왕궁에 신원이 불확실한 자를 들일 수는 없는 바. 지금이라도 신원을 밝혀주었으면 좋겠소."

그러자 남자가 로브의 모자를 걷어 내렸다. 게오르는 눈이 휘둥그레졌다. 얼음을 잘라 만든 듯 서늘한 인상의 미남자였다. 정문에 있던 모든 자들이 홀린 듯 남자를 쳐다보았다. 저를 향한 시선 속에서, 남자는 곧게 앞으로 손을 내뻗었다. 허공에서 눈바람이 하얗게 엉켜들며 얼어붙기 시작했다. 투명한 얼음이 남자의 손에서 태어나 검의 형상을 이루었다. 불꽃처럼 타오르는 모양을 가진, 아름다운 얼음의 검이었다. 게오르는 멍청하게 중얼거렸다.

"저, 정령……?"

그 무엇보다 확실한 증거였다. 남자는 얼음검을 가지런히 늘어뜨리고서 질문했다.

"아직도 내 신원을 증명해야 하는가?"

북부 고대 정령의 계약자이자 자드카르 왕실의 혈통을 이은 적장자. 카힐 자드카르의 귀환이었다.

"……그래서 그냥 보내주셨습니까?"

날카롭게 질문하는 말에, 로드고는 고개를 끄덕였다.

"폐하!!"

로시엘이 드물게 목소리를 높여 소리쳤다. 화난 표정으로 입을 꾹 다물고 있던 헬라드도 로드고를 노려보았다. 하지만 로드고는 조금도 개의치 않고서 받아쳤다.

"그러면 너희들은 어찌할 생각이었지? 보내주지 않을 생각이었나?"

"그런 것이 아니라……!"

"시일을 다투는 문제다. 위한답시고 준비해주다가 늦어져서 일이 틀어진다면."

로드고가 서늘한 목소리로 질문했다.

"그건 누가 책임질 것이지?"

"……."

로시엘이 숨을 깊게 들이마셨다. 그리고 순순히 잘못을 인정했다.

"……제가 감정적이었습니다."

에니샤가 북부로 떠났다는 말에 쌍둥이는 그야말로 눈앞이 확 뒤집히는 듯했다. 어린 동생이 위험한 곳으로 향했다는 것을 알게 된 순간 분노를 참을 수가 없었다. 매사 이성적인 로시엘마저도 불같이 화를 냈다.

항상 이런 식이었다. 에니샤는 대법사이고, 그에 맞는 능력을 가지고 있으며, 마력을 되찾아갈수록 자신의 책임과 의무를 수행하기 위해 노력했다. 새장 안에 가둬둘 수 없다는 사실을 알기 때문에, 쌍둥이는 대법사인 에니샤도 지지하고 응원해주기로 약속했다. 하지만 어디까지나 이성적인 판단일 뿐, 실제로 마음 쓰는 것은 그렇지 못했다. 아카데미로 도망간 에니샤를 끝끝내 쫓아왔을 정도이니, 아르커스 놈들에게 정신 나갔다고 욕할 처지가 아니었다.

이번 북부 문제도 비슷했을 것이다. 로드고가 제 선에서 마무리 짓지 않았다면, 결국 에니샤를 방해해버렸을지도 몰랐다.

그래서 만일 에니샤가 좌법사를 잃게 되었다면…….

그 후폭풍을 상상해본 쌍둥이는 잠시 머릿속이 캄캄해졌다. 로드고가 내린 판단이 옳았다. 여태껏 입을 다물고 있던 헬라드가 말문을 열었다.

"……폐하가 오랜만에 좋은 결정을 내리긴 하셨는데."

헬라드는 뻐딱하게 질문했다.

"그래서 우리는 가만히 구경만 하고 있는 겁니까?"

"그럴 리가."

핏줄은 못 속이는 법이었다. 아무리 로드고가 이성적인 결단을 내렸다고는 하지만, 속을 털어보면 결국 쌍둥이와 다를 바가 없었다.

로드고는 로시엘을 돌아보며 질문했다.

"자드카르 근처에 주둔시켜놓은 제국군의 규모가 어느 정도였나."

마음을 가라앉힌 로시엘이 차분한 목소리로 답했다.

"공국과 반나절 거리에 제국군 500이 주둔 중입니다. 그리고 약 하루에서 사흘 정도 거리를 두고 북부 내에 주둔하고 있는 제국군이 1,000 이상입니다. 전부 주둔 기간이 반년 이상인지라, 북부 기후에 적응 또한 마친 상태입니다."

"완벽하군. 1,500 정도면 충분하지. 아니 그런가?"

쳐다보며 묻는 소리에 헬라드가 느릿하게 답했다.

"……충분합니다."

로드고가 손가락으로 의자의 팔걸이를 두드렸다. 가볍게 두드리는 소리가 얼마간 이어지다, 로드고는 다시 입을 열었다.

"나와 헬라드가 직접 북부로 가겠다. 로시엘 너는 잠시 황궁으로 돌아가 있도록."

아카데미 마법학부의 교수진을 전부 동원한다면, 북부까지 두 명 정도는 옮길 수 있는 이동마법진을 만들어 내리라. 로드고와 헬라드가 북부 제국군을 이끌고, 로시엘은 제도 황궁에서 뒷받침을 하면 될 것이었다.

"일주일 뒤가 어찌 될지는 모르지만⋯⋯."

로드고가 거만하게 웃으며 말했다.

"자드카르가 제국령으로 편입된다면, 황궁에서 처리해야 할 일이 많지 않겠느냐?"

카힐 덕분에 무사히 자드카르 왕궁에 입성했다. 에니샤와 레시나, 녹시타는 카힐의 시중인이라고 거짓말을 하고 뒤따라 들어왔다. 로브로 얼굴을 가린 모양새는 누가 봐도 수상했지만, 아무도 캐묻지 않았다. 카힐 자드카르의 등장에 왕궁은 발칵 뒤집어졌다. 겨우 일행들 신상이나 따지고 있을 정신이 없는 것이다. 카힐이 옮기는 걸음 하나하나에 시선이 달라붙고, 수군거리는 말소리가 들렸다. 보는 사람이 숨 막힐 정도이건만, 카힐은 무심하게 행동했다.

카힐은 왕궁에서 손님에게 내주는 방으로 들어섰다. 왕족이라면 본래 사용하던 궁으로 안내받아야 정상이었다. 그러나 손님용 방으로 안내한 것은, 카힐이 공국에서 제대로 된 대우를 받은 적이 없는 탓이었다.

"어릴 때 제가 지내던 곳은 마구간지기나 살 법한 허름한 방이었으니까요."

카힐은 대수롭잖다는 듯 설명해줬다. 에니샤가 마음 아파하는 눈치를 보이자, 카힐은 얼른 덧붙여 말했다.

"과거 일입니다. 지금은 아무렇지도 않으니……."

나중에 시간이 나면 궁을 안내해드리겠다고, 카르티나 부인의
온실이 볼 만하다며 화제를 돌렸다. 호기심 가득한 눈으로 방 안
곳곳을 살피던 레시나가 불쑥 질문했다.

"그래서 이제 어떡하는 겁니까?"

"카힐을 위해 급하게 저녁 만찬을 마련할 예정이라는데……. 우
리는 만찬이 끝나기 전까지 결판을 내야지."

에니샤는 차근차근 계획을 설명했다. 카힐이 이목을 끄는 동안,
에니샤와 녹시타는 왕궁 내부를 탐사할 예정이었다. 주술사들의
결계 내부인 만큼, 큰 움직임을 보이면 발각될 가능성이 높았다. 최
대한 마법을 적게 써가며 움직여야 하니, 아르커스 조사관들을 발
견하기까지 제법 시간이 걸릴 터였다. 그리고 카힐은 그동안 카르
티나 부인을 상대해야 했다. 만일을 대비하여 레시나를 그의 옆에
붙여놓을 테지만, 걱정스러울 수밖에 없었다. 에니샤는 카힐이 자
드카르에서 어떤 학대를 받았는지 알지 못했다. 하지만 그가 품고
있는 복수심의 근원이 카르티나 부인이라는 사실만큼은 알고 있었
다. 에니샤는 카힐에게 조심스레 물었다.

"괜찮겠어?"

카힐은 에니샤를 빤히 바라보았다. 말간 눈동자에 얼마간 에니
샤를 담고 있다가, 불쑥 말했다.

"아니요, 무섭습니다."

에니샤가 눈을 크게 뜨는데, 카힐이 이어 말했다.

"하지만 에니샤 님이 나중에 칭찬을 해주신다면 괜찮을 것도 같습니다."

"……."

대체 칭찬이 뭐라고…….

결국 에니샤는 나중에 머리를 잔뜩 쓰다듬어주기로 약속했다. 옆에 있던 레시나는 한숨을 푹푹 쉬며 신세한탄을 늘어놓았다.

"살다 살다 북부의 마녀까지 보게 될 줄이야…….."

정말 황녀님 옆에서는 실시간으로 목숨줄이 짧아지는 기분이라며 한탄했지만, 그래도 카힐 옆에 잘 붙어 있어 보겠다고 말해줬다.

에니샤와 녹시타는 로브 모자를 깊게 눌러쓰고, 기척을 지우는 마법을 걸었다.

"그럼, 다녀올게."

카힐과 레시나에게 인사를 건네고, 본격적으로 자드카르 왕궁 탐험을 시작했다.

"흔적들이 여러 갈래로 흩어져 있는데, 우선 가장 최근의 흔적부터 추적해나가는 걸로……."

에니샤가 소곤소곤 설명하며 마법을 전개할 때였다.

"……저기, 대법사."

녹시타가 옷자락을 꼭 잡아왔다. 그러더니 레시나와 함께 돌아다닐 때 옆에서 들었다며 조그맣게 말했다.

"카르티나 부인을 따르는 사람 중에…… 사역마를 쓰는 마법사가 있대요."

그것이 전부였다. 녹시타는 그 이상 아무것도 말하지 않았다. 그저 에니샤를 가만히 쳐다보았다. 그가 말하는 의미를 에니샤도 알고 있었다. 에니샤는 녹시타에게 가만히 고개를 내저어 보였다.

"아직 확실한 건 없어. 속단하지 말자."

"그렇죠? 내가 너무 멋대로 생각한 거죠……?"

"그래."

확신처럼 딱 잘라 답해주는 말에, 녹시타는 눈물이 그렁그렁해졌다. 그러곤 입술을 꼭 깨물었다가 중얼거렸다.

"……나 안 울어요."

"알고 있어."

"진짜 안 울 거예요."

울지 않는다고 몇 번이나 말하는 녹시타를 얼러가며, 에니샤는 흔적을 추적해나갔다. 기척을 지우는 마법을 걸었지만, 사람들 속에 주술사가 섞여 있을지도 모를 일이었다. 최대한 인적이 드문 곳을 찾아서 조심스럽게 움직였다.

자드카르 왕궁은 히페리온과는 분위기가 극과 극이었다. 화려하게 번쩍이며 사람을 압도하는 히페리온 황궁과 달리, 자드카르 왕궁은 전체적으로 음울하고 축축했다. 악령이 왕궁 하늘을 떠도는 탓에 더욱 그리 보이는지도 몰랐다.

회색 왕궁을 잠시 올려다보던 때였다. 어디선가 갈색의 마력 덩어리가 꾸물꾸물 기어왔다. 힘겹게 움직이는 그것은 다 찌그러진 삼족오의 모양을 갖추고 있었다. 황급히 찾아가 삼족오를 건져오자, 불안하게 흔들리던 마력이 간신히 상대방과 연결되었다. 떠오른 얼굴은 아르커스의 원로마법사, 테네리페였다.

— 대법사님……?

테네리페는 북부로 파견된 조사관 중 한 명이었다. 그가 믿기지 않는다는 얼굴로 에니샤를 바라보았다.

"테네리페."

에니샤가 이름을 부르는 순간, 그는 어린아이처럼 울기 시작했다. 극한 상황까지 몰렸다가 에니샤를 보고 긴장이 풀린 탓이었다. 테네리페는 흐느끼면서도 띄엄띄엄 끊어지는 목소리로 그간의 상황을 전했다. 북부로 온 조사관들은 전부 왕궁 안에서 주술사들과 전투를 벌이다 패배했다. 주술사들은 기이할 정도로 강한 힘을 가지고 있었다. 마치 그들에게 지속적으로 힘을 공급해주는 무언가가 있는 것처럼, 끊이지 않고 주술을 쏟아냈다는 것이다. 벨루안 전에 마지막으로 파견된 조사관이었던 테네리페는 겨우 주술사들의 손아귀에서 벗어났으나, 마력을 죄다 소진해버렸다.

— 저를 일부러 놓아준 것 같기도 했습니다…….

하지만 왕궁에서 벗어날 힘이 없었다며, 아르커스에 연락을 해보려 계속 시도하던 중이었다는 것이다. 번번이 결계에 부딪쳐 실패했는데, 에니샤가 왕궁 안에 들어온 덕분에 삼족오가 여기로 날아온 것이다. 분함을 참지 못한 테네리페는 피딱지가 앉은 입술을 짓씹다 윽, 하고 짧게 신음을 뱉었다. 에니샤는 얼른 그를 만류했다.

"천천히 말해도 괜찮아."

테네리페는 아닙니다, 하고 고개를 내젓고선 곧장 이야기를 이어갔다.

— 허나 약간의 소득은 있었습니다.

테네리페가 목소리를 낮추어 느릿하게 말했다.

— 자드카르 왕궁을 다스리는 카르티나 부인이…… 아무래도 사령술사인 것 같습니다. 그리고 여태껏 옆에서 얌전히 듣고 있던 녹시타가 불쑥 끼어들어 물었다.

"사령술사?"

에니샤와 테네리페는 동시에 그를 쳐다봤다. 녹시타가 멀뚱멀뚱 눈을 깜빡였다.

카르티나 부인이 뛰어난 사령술사라면…….

이쪽에는 사령술사들의 왕인 녹시타가 있었다. 테네리페는 크게 흥분한 어조로 빠르게 말을 늘어놓기 시작했다.

— 우법사께서 계시니 걱정할 필요가 없겠군요! 공왕은 이미 죽은 사람입니다. 자드카르는 카르티나 부인과 시체에게 놀아나고 있는 겁니다.

북부가 마법이나 주술에 대해 지식이 얕고, 공국의 마법사들이 전부 카르티나 부인에게 넘어간 탓에 아무도 눈치채지 못한 듯했다. 사령술사가 되살려낸 시체지만, 병색이 짙어서 그렇다고만 여겼으리라. 하지만 이제 악시온이 올해로 성년이 되었다. 때가 되었으니, 카르티나 부인은 저가 실컷 가지고 놀던 공왕을 다시 죽일 생각이었다.

"어때, 녹시타?"

테네리페의 말을 들은 에니샤는 녹시타에게 의견을 물어보았다. 테무르 일족은 모든 사령술사들을 압도하는 재능을 가지고 태어난다. 그리고 녹시타는 그런 테무르 일족을 이끄는 수장이 될 뻔했던 만큼, 누구보다 강한 힘을 가지고 있었다. 다만 본인이 그 힘을 사용하길 싫어하지만……

"새로 만드는 건 싫지만, 남이 만들어놓은 시체를 움직이는 것까진 괜찮아요."

녹시타가 의욕적인 목소리로 답했다.

"그리고 나도 뭔가 하고 싶으니까……! 벨루안이 없으니, 내가 대법사를 지켜야 해요."

혹시 죽은 자를 되살려야 한다 해도, 대법사를 위해서라면 할 수 있다며 결연히 주먹을 쥐어 보였다. 녹시타의 말에 테네리페가 놀라 질문했다.

— 설마 좌법사께 무슨 일이 생겼습니까?

에니샤는 녹시타가 쓸데없는 말을 하지 못하도록 손을 꼭 쥐고서 대신 답했다.

"벨루안도 조사관으로 북부를 찾았다가 연락이 끊겼어."

— 이럴 수가…….

테네리페가 아연한 얼굴로 에니샤를 바라보았다. 그는 벨루안을 만나지 못한 것 같았다. 아르커스 조사관들이 상황을 아는 경우와 모르는 경우 두 가지 수로 나누어 계획을 세워둔 에니샤였다. 아직 상황을 모르고 있다면 희망이 있었다. 에니샤는 두 번째 계획으로 방향을 틀었다.

"녹시타, 우선 테네리페를 도와줘."

테네리페와 함께 다른 조사관들의 흔적을 추적하라는 말에 녹시타가 눈썹을 모으며 질문했다.

"······대법사는요?"

"벨루안을 찾아올게."

조사관들까지 전부 알게 되기 전에 빠르게 움직여야 했다. 테네리페에게 녹시타를 보내겠다고 말한 후 삼족오를 흩었다.

"······."

녹시타가 고개를 아래로 푹 숙였다. 그가 웅얼거리는 목소리로 질문했다.

"벨루안한테 무슨 일 있는 거죠? 그래서 대법사 혼자 가려는 거죠······?"

"녹시타."

그의 뺨을 두 손으로 감쌌다. 녹시타의 눈을 들여다보며 천천히 속삭였다.

"나는 네가 그랬어도 똑같이 행동했을 거야."

"알아요."

녹시타는 제 뺨을 감싼 에니샤의 손에 가만히 얼굴을 부비적거렸다. 그러다 조그맣게 말했다.

"벨루안에게 마지막 기회를 줄 거예요. 하지만 대법사를 상처 준다면······."

물기에 젖어 있던 녹색 눈동자가 짙게 가라앉았다.

"그때는 용서하지 않겠어요."

"······."

에니샤는 고개를 끄덕일 수밖에 없었다.

카힐 자드카르가 돌아왔다. 화려하게 제 힘을 드러내며 귀환을 알린 그로 인해, 벌써부터 왕궁 분위기가 어수선했다. 많은 이들이 버려진 왕자의 귀환에 관심을 가졌다. 발 빠른 귀족 몇몇은 이미 카힐에게 접촉을 시도하는 듯했다.

"나의 피앙세."

카르티나는 다정하게 미소 지으며 그를 불렀다.

침대 머리맡에 기대앉은 공왕이 멍하니 그녀를 바라보았다. 늙고 병든 몸뚱이는 보기 추했다. 주름진 얼굴에는 검버섯이 가득했고, 총기를 잃은 눈동자는 죽은 생선과 같았다. 그러나 카르티나는 더없이 사랑스럽다는 눈으로 공왕을 바라보았다. 자신이 만들어낸 피조물이니 어찌 사랑스럽지 않을 수 있을까.

"카힐이 공국으로 돌아왔다고 하는데……. 당신은 몸이 좋지 않으니 얼굴 보기가 어렵겠어요. 그렇죠?"

카르티나의 질문에 공왕은 천천히 고개를 끄덕였다. 고분고분한 그가 좋아서, 카르티나는 소리 내어 웃었다. 처음 만났을 때와 비교하면 정말이지 상상도 할 수 없는 모습이었다. 북부를 호령하던 늑대 같은 남자. 그러나 카르티나는 서서히 그에게 스며들었다. 마침내 그를 죽이고 새로 태어나게 만들었던 순간이란! 그때의 희열은 언제 곱씹어도 짜릿했다.

되살아난 시체는 주인의 명을 충실히 따르는 꼭두각시가 되었다. 공왕의 비호를 등에 업고, 카르티나는 공국을 제 마음대로 갖고 놀았다. 가장 먼저 왕국 내의 마법사들을 전부 제 편으로 끌어들이고, 욕심 많은 귀족들에게도 손을 뻗었다. 거금을 지원받은 마법사들은 카르티나의 주술을 눈감아주었고, 권력을 약속받은 귀족들은 카르티나의 폭정에 찬동했다. 악시온도 무럭무럭 자라주었고, 카힐도 쫓아냈으니 전부 순조롭게 흘러가는 듯했으나……. 히페리온이 끼어들며 모든 것이 어그러졌다. 이제 장성한 카힐이 자드카르로 돌아오기까지 했다. 그러나 카르티나는 아무것도 겁나지 않았다. 그분께서 직접 자드카르를 찾아와주셨기 때문이었다.

처음 그분을 뵈었을 때, 카르티나는 두려움을 고백했다. 제 야망이 이루어지지 않을까 겁이 난다고 흐느꼈다. 그러자 그분께서는 느긋하게 미소 지으며 물으셨다.

— 나를 믿지 못하는 건가?

어둠 속에서도 빛나는 붉은 눈동자. 가장 아름다운 홍옥을 골라 박은 듯한 그 눈동자에, 카르티나는 홀리듯 대답했다.

— 믿고 있습니다. 언제나 제 모든 것을 다하여…….

희고 부드러운 발등 위에 경애와 복종의 키스를 바쳤다. 순종하는 자에게 너그러우신 분이었다. 카르티나는 자신이 원하던 것보다 넘치도록 보답받을 수 있었다. 그분만을 위한 제단을 쌓아 바친 보답으로 제게 내려주신 장난감은 근래 가장 유용하게 쓰는 것이기도 했다.

— 네게 쓸 만한 것을 내어주마.

사역마를 쓰는 마법사였다. 보라색 눈동자를 가진 미형의 남자를 처음 보았을 때는 시체라 생각했다. 눈빛이 새까맣게 죽어 있었기 때문이었다. 그러나 살아 있는 자임을 알게 되었어도 달라지는 것은 없었다. 남자는 시체와 다름없는 꼭두각시였다. 카르티나가 원하는 것이면 무엇이든 해냈다. 살인도 서슴지 않는 남자의 힘 덕분에, 카르티나는 카힐이 오기 전에 제 입지를 더욱 탄탄히 다져놓을 수 있었다. 오히려 카힐이 찾아온 게 고마울 지경이었다. 이번에야말로 확실하게 그를 정리할 수 있을 테니 말이다. 악시온의 팔을 잘라냈으니, 카힐은 사지를 잘라 몸뚱이만 남겨줄 생각이었다.

다만 유일하게 거슬리는 것이 하나 있었다. 바로 히페리온이었다. 북부 정세가 심상찮은 것을 감지한 제국은 발 빠르게 제국군을 공국 근처에 주둔시켜두고 있었다. 하지만 제아무리 정신 나간 황족들이라 하여도, 아무 명분 없이 타국의 왕위 쟁탈전에 끼어들 수는 없는 법이었다. 모든 것이 완벽했다. 이제 왕관을 쓰는 일만 남았을 뿐이었다. 카르티나는 공왕의 뺨을 쓰다듬으며 나긋하게 말했다.

"걱정하지 마요. 우리 악시온이 꼭 공왕이 되도록 할 테니까요."

◦◦◦◦◦

에니샤는 녹시타를 테네리페에게 보낸 뒤, 홀로 남았다. 잠시 가만히 서 있다가, 크게 숨을 들이마시고 내뱉었다. 그리고 결계에 걸리지 않을 최대치를 계산하여, 정확히 그만큼 마력을 끌어올렸다. 하늘을 향해 두 손을 뻗었다. 금빛 마력이 수십 줄기로 흩어지며 날아갔다. 왕궁 전체를 샅샅이 헤집는 추적마법이었다. 궁 뒤편의

숲 쪽으로 보낸 마법 하나가 뚝 잘려나갔다. 벨루안이 잘라낸 것이 분명했다. 에니샤는 곧장 가속마법을 걸어 숲으로 향했다. 상록수들이 빽빽한 숲은 검은 어둠에 휘감겨 있었다. 어둠 속을 헤집으며 미친 듯이 그의 이름을 불렀다.

"벨루안!"

돌아오는 대답은 없었으나, 마법이 파훼되는 흔적으로 보아 분명 이곳에 있었다. 추적마법을 재차 걸어가며 벨루안을 쫓아가다 보니, 어느 순간 나무들이 사라지고 확 트인 평원이 드러났다. 구름 사이로 드러난 달빛이 환하게 땅을 비추었다. 그리고 에니샤는 드디어 그를 마주볼 수 있었다.

"……."

무언가 차가운 것이 얼굴에 닿았다. 하늘이 흐리다 했더니, 진눈깨비가 내리는 것이었다. 눈도 비도 아닌 것이 온몸을 적셨다. 머리카락도 엉망으로 피부 위에 달라붙었다. 에니샤와 벨루인은 진눈깨비에 축축하게 젖은 채 서로를 바라보았다. 한참을 하염없이, 그리 쳐다보기만 했다. 입술을 깨물었다. 내뱉어야 하는 말이 목에 걸려서 도무지 빠져나오질 않았다. 메마른 동토를 추적추적 적시는 진눈깨비는 덜 녹은 눈과 섞이며 구질구질한 흙탕물을 만들어냈다. 에니샤는 떨어지지 않는 입술을 억지로 떼어냈다.

"……너였어?"

나를 봉인한 배신자가 너였던 거야?

결국 꺼내놓은 말에서는 피비린내가 진동했다. 가슴이 뒤집어지고 엉망으로 할퀴어졌다. 아프고 고통스러운 것을 꾹 참고서, 에니샤는 애원하듯 속삭였다.

"벨루안, 제발……."

제발 아니라고 말해줘. 내가 오해했다고, 잘못 알고 있는 거라고
말해줘.

하지만 벨루안은 조용히 답했다.

"죽여주십시오."

"……."

눈앞이 새까매졌다. 속에서 무언가 와륵 무너져 내리면서 몸이
제멋대로 덜덜 떨렸다. 애처롭게 흔들리는 손을 꽉 움켜쥐었으나,
떨림은 멎지 않았다. 사실 알고 있었다. 마력을 봉인당하고 히페리
온의 세 번째 별로 태어났을 때. 이미 그때부터 어렴풋이 생각했지
만, 확실한 증거가 없으니 덮어두자고 생각했다. 의심하고 싶지 않
았기에 애써 모른 척한 것이었다. 그러나 아카데미의 지하 미궁에
서 마력봉인을 당했을 때. 에니샤는 더 이상 진실을 외면할 수 없
었다. 조사관들과 같이 아르커스와 대륙을 드나드는 자. 아바르티
아와 계약을 맺을 수준의 마력을 가진 자. 대법사의 마력을 봉인할
정도의 마법을 다루는 자. 아무리 생각해도 벨루안뿐이었다. 지하
미궁에 갇혔을 때 벨루안은 아카데미 근처에 있기도 했다. 모든 정
황이 그를 가리켰다. 그럼에도 불구하고, 혹시나 하는 마지막 희망
으로 눈을 가리고 귀를 틀어막았다. 하지만 추론은 틀리지 않았다.
흔들리는 에니샤의 눈동자를 들여다보던 벨루안이 쓰게 웃었다.

"……처음부터 짐작하고 계셨군요."

그래서 아르커스에 오시는 것을 두려워하셨습니까.

그의 속삭임이 북풍에 흐트러졌다. 서늘한 바람이 두 사람 사이를 크게 쓸어냈다. 에니샤는 대답 대신 천천히 마력을 끌어올렸다.

"좌법사, 벨루안 리고스."

금빛 마력이 피어올라 수십 개의 작은 초승달로 변했다. 마력은 뾰족하게 날을 세웠다. 손끝만 까닥하면 곧장 날아가 목을 베어낼 것이다.

"대법사로서 묻겠다."

가빠진 숨에 가슴팍이 크게 오르락내리락했다. 에니샤는 마지막으로 질문했다.

"아르커스의 배신자는 너인가?"

"그렇습니다."

창백하게 질린 입술이 잔인한 말을 뱉었다.

"제가 악령의 군주와 계약을 맺었고, 아르커스를 배신했으며……."

결코 듣고 싶지 않았던 이야기가 끝끝내 들려왔다.

"당신의 마력을 봉인했습니다."

마지막 말을 끝으로, 벨루안은 눈을 감았다. 그는 어떠한 저항도 없이, 조용히 자신의 죽음을 기다렸다.

어금니를 꽉 깨물었다. 하늘에서 끝없이 떨어지는 진눈깨비가 뺨에 닿더니, 물로 변해 흘러내렸다. 얼굴 위에 기다랗게 물의 흔적이 그려졌다. 마치 눈물 자국과 같은 그것을 달고서, 에니샤는 숨을 몰아쉬었다. 손가락이 움직였다. 금빛 초승달들이 벨루안을 향해 매서운 기세로 쏟아졌다. 허공을 가르는 파공음이 울리고, 눈과 흙이 사방으로 튀었다.

"……."

벨루안이 느릿하게 눈을 떴다. 그가 서 있는 곳을 제외하고, 주변의 모든 것이 초토화되어 있었다. 벌겋게 흙이 파인 자국들이 땅 위에 흉터처럼 빼곡했다. 그러나 벨루안은 옷깃 하나 다치지 않았다.

에니샤는 그에게 달려들었다. 뒤엉킨 몸이 바닥으로 고꾸라졌다. 벨루안의 배 위에 올라타서, 그의 가슴팍이며 어깨며 주먹으로 마구 내려쳤다. 잔뜩 갈라진 목소리로 소리쳤다.

"왜 그랬어, 왜 그랬냐고!!"

왜 나를 배신하고, 아바르티아와 계약을 맺고……. 도대체 왜……!

엉망으로 내려치는 주먹에는 힘이 없었다. 하지만 벨루안은 그 어떤 때보다도 고통스러운 얼굴이었다. 그는 턱을 딱딱하게 굳혔다가, 왈칵 입을 열었다.

"어째서……!"

벨루안이 에니샤의 손을 거칠게 잡아챘다. 그리고 제 목을 짓누르게 하며 소리쳤다.

"어째서 저를 죽이지 않으십니까! 당장 배신자를 처단하란 말입니다!!"

"멍청아!!!"

피맺힌 목소리가 고요한 평원을 찢어놓았다. 들썩거리며 몰아쉬는 숨에 하얀 입김이 가득히 번졌다. 에니샤는 눈을 질끈 감으며 속삭였다.

"내가 널 어떻게 죽여……."

✖✖✖✖✖

부모님이 죽었다. 그들의 죽음은 교만의 대가였다. 재능을 믿고 감당할 수 없는 악령을 불러냈으나, 사역마로 삼지 못했다. 괴물은 부모님을 살해했다. 그것이 어린 벨루안마저 잡아먹으려 들었을 때. 벨루안은 목숨을 걸고 악령을 제압하여 사역마 계약을 맺었다.

어머니와 아버지의 피를 뒤집어쓴 벨루안을 처음 발견한 것은 리고스 가문의 사람들이었다. 그들은 부모님의 죽음보다 벨루안이 맺은 계약에 더욱 관심을 기울였다.

— 뛰어난 후계자로구나. 가문을 이끌어나갈 자격이 충분해.

리고스가 짊어져야 할 가문의 의무. 더 뛰어난 사역마를 길러내어 아르커스를 지켜야 한다는 그 빌어먹을 의무 앞에선, 부모의 죽음조차 하찮아졌다. 재능을 믿고 어리석은 짓을 벌인 부모님도, 그런 부모님을 빼다 박은 듯한 가문의 사람들도……. 진부 지긋지긋했다. 벨루안은 아르커스를 떠났다. 가문에 대한 회의감, 스스로에 대한 자학이 뒤섞인 행동이었다. 모든 것을 내던지고 싶었다.

대륙으로 내려간 벨루안은 제멋대로 살았다. 하지만 아무런 대비 없이 충동적으로 아르커스를 벗어난 것이었다. 그는 자신이 얼마나 귀하게 보호받고 자라왔는지 뼈저리게 깨달았다. 모든 것을 내던진다 하였지만, 정작 아르커스의 마법과 리고스 가의 사역마가 아니면 살아남을 수가 없었다.

어느 순간 뒤를 돌아보았을 때, 벨루안은 쫓기고 있었다. 대륙에서 사역마가 어떤 취급을 받는지도 모르고 마구잡이로 사역마를 써댔으니 당연한 일이었다. 거액의 현상금이 내걸렸고, 용병들이 추격을 시작했다. 도망자 신세가 되어 하루하루를 버텨나가던 때였다. 벨루안은 그녀를 만났다. 아직도 선명히 기억했다.

— 사역마를 쓰는 마법사구나.

부슬부슬 내리는 빗줄기, 골목길 안에 가득 흩뿌려졌던 핏물, 눈부신 금빛 마력의 파편.

— 사람들이 너를 죽여달라 하던데…… 순순히 죽을 생각은 없어 보이네.

자신을 내려다보던 맑은 눈동자, 빗물에 젖은 머리카락을 쓸어 넘겨주던 손길.

— 그럼 나랑 같이 가는 건 어때? 나는 네가 마음에 들거든.

어둠 속에서 홀로 눈부시게 반짝이는 사람. 벨루안은 홀린 듯이 그녀를 따라나섰다.

그녀는 이상한 사람이었다. 누군가 도와달라고 하면 지나치질 못했고, 강한 힘을 가지고 있으면서도 뽐내질 않았다. 커다란 나무처럼 모든 것을 끌어안다가도, 부드러운 갈대처럼 유순해졌다. 굴러가는 나뭇잎을 보고 깔깔 웃을 만큼 장난스럽지만 화를 낼 때는 누구보다 무서웠다. 어떤 것에도 흠집나지 않을, 참으로 단단한 사람이었다. 문득 그녀를 흔들어보고 싶다는 충동이 치솟았다. 돈이 없어 여관에 방을 하나만 잡았던 날이었다.

— 사역마를 다루는 마법사를 죽이고 사례금 받기로 했는데, 널

살려버려서…….

그래서 가난해진 것이라고 종알종알 이야기를 늘어놓는 그녀를 바라보며, 벨루안은 입술을 깨물었다. 저를 앞에 두고도 하나도 긴장감 없는 모습이 마음에 들지 않았다.

— 무섭지도 않습니까?

그녀는 의아히 되물었다.

— 뭐가?

벨루안은 짧게 한숨을 내쉬었다가 천천히 다가갔다. 침대에 앉아 있는 그녀를 그대로 짓눌렀다. 그녀가 침대 위로 쓰러졌다. 머리카락이 넓게 펼쳐지고, 침대가 삐걱거리는 소리가 들려왔다. 가느다란 손목을 한 손에 붙잡은 채, 벨루안은 그녀를 내려다보며 말했다.

— ……이런 것이.

그녀는 눈을 크게 뜬 채 저와 눈을 마주쳤다. 이내 맑은 웃음소리가 들려왔다. 한바탕 크게 웃고서는, 그녀가 웃음기 어린 목소리로 답했다.

— 네가 날 무서워해야지.

사자가 토끼를 무서워하진 않잖아?

할 말을 잃은 벨루안에게 그녀는 눈매를 접어 웃으며 물었다.

— 왜, 지금이라도 죽여줄까?

장난치듯 까닥이는 손가락 끝에서 금빛 마력이 피어올랐다. 눈매를 살짝 찌푸리는 순간, 마력이 벨루안의 이마를 딱 소리 나게 때렸다. 그녀가 와르륵 웃음을 터뜨렸다.

— …….

벨루안은 천천히 침대에서 물러났다. 혼자 킥킥 웃던 그녀가 손을 휘휘 내저으며 말했다.

— 넌 마구간에서 자도록.

결국 방에서 쫓겨나 건초 더미 위에서 잠을 청하게 되었다. 그날 벨루안은 뜬눈으로 밤을 지새웠다. 잠자리가 불편해서 그런 것은 아니었다. 손바닥 아래 붙잡혔던 손목의 감촉이, 가깝게 붙었을 때 얽혔던 숨결이, 맑게 웃던 얼굴이…… 자꾸만 생각나서 도통 잠을 이룰 수가 없었다. 지금 생각하면, 첫눈에 반했던 것이리라. 그러나 그때는 사랑이란 감정이 무엇인지 몰랐다. 벨루안은 그녀가 아르커스의 대법사가 되어버린 뒤에야 제 마음을 깨달았다. 이미 돌이킬 수 없어진 뒤였다. 이름을 제물로 바치고 올라선 대법사의 자리. 모든 것을 바쳐야 하기에, 결혼은 꿈꿀 수도 없는 자리. 좌법사인 자신이 그녀와 연인이 될 확률도 없었고, 그녀는 저를 결코 이성으로 대하지 않기도 했다. 그러나 점점 부풀어가는 마음은 가죽으로 만든 공과 같았다. 질긴 껍데기에 가뒀지만 자꾸만 커져나갔다. 어느 순간 크게 터져버려서 갈기갈기 찢어질 것을 알고 있으나 어찌 손쓸 수가 없었다.

마음을 누르기 위해 새까맣게 죽어가던 나날들이었다. 악령이 나타났다. 정신 나간 마법사들이 영혼을 바치고 불러낸 악령의 군주였다. 급하게 상황을 파악하러 달려간 벨루안은 그것과 마주쳤다. 어둠에서 태어난 가장 순수하고 잔혹한 악. 악령의 붉은 눈과 마주쳤을 때 깨달았다.

— 재밌네……. 사역마를 다루는 마법사라…….

의지는 상관없었다. 악령이 원하는 순간, 그 어떤 인간도 벗어날 수 없다는 것을.

— 나랑 계약할까?

악령은 벨루안을 멋대로 헤집고 파헤쳤다. 나긋한 목소리가 깊숙하게 감춰놓았던 것을 짚어냈다.

— 이뤄질 수 없는 사랑이라.

— ……!!

아주 짧은 동요였다. 그러나 그것이면 충분했다. 악령은 벌어진 마음의 틈새로 파고들며 달콤하게 속삭였다.

— 내가 도와줄게.

벨루안은 영혼을 빼앗기고 말았다. 마력이 가득한 영혼을 집어삼킨 악령은 잔뜩 배부른 미소를 지었다.

— 이건 장난감으로 내버려 둬볼까…….

악령은 영혼과 함께 벨루안의 기억을 잘라갔다. 다시 정신을 차렸을 땐, 모든 것을 잊어버린 뒤였다. 벨루안은 아무것도 알지 못하고 그녀를 보필하는 데 최선을 다했다. 대법사는 대륙으로 뛰쳐나온 악령의 군주, 아바르티아를 봉인하는 데 성공했다. 그녀가 아니었다면 누구도 해내지 못했을 일이었다.

다시 평화가 이어지던 때였다. 어느 날 대법사가 사라졌다. 어떠한 전조도 없이, 갑작스럽게 벌어진 일이었다. 그녀의 실종에 아르커스는 중심을 잃고 흔들리기 시작했다. 그리고 벨루안 또한 형편없이 무너져 내렸다. 아무리 노력해도 그녀를 되찾을 수가 없었다. 결국 생각은 극단적인 방법에 다다랐다.

벨루안은 녹시타를 히페리온 제국으로 보낸 뒤, 악령을 소환할 마법진을 준비했다. 정성 들여 그린 마법진 위에서 칼로 제 몸을 크게 베어냈다. 상반신 위로 커다란 선이 그어지고, 피가 쏟아졌다. 스스로를 죽음에 가깝게 몰아붙이며 악령을 소환했다. 악령에게 영혼을 팔아서라도 그녀를 되찾고 싶었다. 그러나 벨루안은 몰랐다. 자신이 이미 영혼을 팔아버렸다는 사실을.

소환에 응하여 나타난 악령, 아바르티아는 넋이 나간 채 저를 바라보는 벨루안을 보며 즐겁게 웃었다.

— 가엾은 것……. 기억이 없어서 몰랐구나?

그가 새빨간 눈을 잔인하게 빛내며 속삭였다.

— 네가 대법사를 봉인했잖아.

✦✦✦

진눈깨비는 어느새 그쳐 있었다. 흐린 하늘은 여전했지만, 구름 사이로 언뜻 드러난 달무리가 빛을 드리웠다. 벨루안은 에니샤를 바라보았다. 과거와 달리 조금 어려진 외관. 소녀와 성인의 경계에 선 그녀는 예전과 많이 달라졌다.

"아직은 괜찮아. 되돌아갈 수 있어."

그러나 맑은 눈빛만큼은 조금도 변하지 않았다. 여전히 벨루안을 깨끗하게 담아냈다.

"아르커스에도 알리지 않았어. 조용히 찾아왔으니까……."

너는 계속 좌법사로 살아갈 수 있다고, 그녀가 말했다. 하지만 벨루안은 허탈하게 웃으며 답했다.

"그럴 수 없습니다."

영혼을 뺏긴 아바르티아의 꼭두각시였다. 아바르티아가 원하면 벨루안은 에니샤에게도 해를 끼칠 수 있었다. 악령에게 영혼을 줘버린 더러운 배신자는 빛으로 돌아갈 자격이 없었다. 평생을 어둠 속에 박혀서 속죄해도 모자랐다. 그녀는 자신을 이곳에 버리고 떠나야 했다. 하지만 언제나 그렇듯, 그녀는 어둠 속에서도 빛을 잃지 않았다. 오히려 더욱 커다랗고 환하게 반짝였다.

"네 영혼은…… 내가 되찾아줄게."

어떻게?

벨루안은 이제 알고 있었다. 아바르티아는 누구도 이길 수 없는 존재였다. 악령은 봉인에서 풀려나 새로운 육체를 입었고, 그녀가 대법사 시절의 마력을 되찾아도 상대할 수 없을 만큼 훨씬 강해졌다. 패배는 분명했고, 멸망은 눈앞에 뚜렷이 그려졌다. 하지만…….

"그러니까 다시 좌법사가 되어줘."

나의 왼쪽에 서서, 아르커스를 받쳐줘.

작고 가느다란 손가락이 빗물에 젖은 벨루안의 머리카락을 쓸어 넘겨주었다. 불가능하다고, 말도 안 되는 일이라고 머릿속에서 아우성쳤다. 그러나 벨루안은 믿고 싶었다. 빛으로 내딛는 마지막 한 발자국을 남겨놓고 망설이는 자신을, 그녀는 부드럽지만 강하게 잡아당겨주었다.

"참고로 이번엔 종신계약이야. 죽을 때까지 충성하도록. 그리고……."

에니샤가 눈썹을 치켜올리며 단단히 덧붙여 말했다.

"두 번 다시 나를 배신하지 마. 그땐 정말 죽여버릴 거니까."

멍하니 그녀를 바라보았다. 벨루안은 꽉 죄인 목소리로 중얼거렸다.

"……당신 때문에 미치겠습니다."

눈을 동그랗게 뜨는 것이 보였다. 벨루안은 그 모습을 보며 웃었다. 정말 미쳐버릴 것 같았다. 나를 어둠 속에서 끌어내는 당신이 너무 눈부시게 반짝여서. 참을 수 없는 감정에 손을 뻗어 그녀를 끌어안았다. 작은 몸을 품 안에 가두어놓고서, 목덜미에 얼굴을 묻었다. 벨루안은 천천히 숨을 뱉어내며 속삭였다.

"후회할 겁니다, 대법사."

이제 무슨 수를 쓰든, 나는 당신 곁을 떠나지 않을 테니까.

✦◈✦

카힐을 위한 저녁 만찬이 준비되었다. 카르티나 부인과 이복동생인 악시온, 그리고 리사엘라가 참석하는 만찬이었다. 악시온과 리사엘라는 일전에 히페리온을 찾아온 적이 있었다. 그때 얼굴을 보았으나, 벌써 몇 년 전의 이야기였다. 그사이 많이 달라졌을 것이다. 특히 악시온이 어찌 되었을지는, 아무리 무심한 카힐이라도 궁금했다. 자신이 직접 팔 한쪽을 없애주었으니 말이다.

레시나는 불안한 기색이 역력한 표정으로 부산하게 방 안을 빙글빙글 돌아다니다, 문득 카힐을 쳐다보고 말했다.

"그……. 근데 그렇게 입으니 몰라보겠습니다."

"그렇습니까."

짤막히 대꾸한 카힐은 거울을 바라보았다. 짙은 남청색의 북부식 예복을 갖춰 입은 카힐은 확실히 평소와 달랐다. 귀티 나는 생김새가 확실히 왕자님 같다고 호들갑 떠는 레시나 옆에서, 카힐은 황녀님을 떠올렸다. 제국식 예복만큼 화려하지는 않지만, 북부의 예복들도 나름 특색 있고 괜찮았다. 돌아가기 전에 기념품으로 한두 벌 챙겨드려도 좋을 것 같았다. 카힐은 저와 마찬가지로 북부식 예복을 입은 레시나를 돌아보았다. 저녁 만찬에서 무슨 일이 벌어질지 몰라 불안해하는 그녀에게 간단히 말했다.

"카르티나 부인이 쓸데없는 이야기를 많이 할 터인데……. 그냥 무시하면 됩니다."

"……."

레시나는 잠시 아무 말도 하지 못했다. 그녀도 카힐이 자드카르 공국에서 어떤 일을 겪었는지 알고 있었다.

"저는 괜찮으니 걱정하실 필요는 없습니다."

카힐은 딱 잘라 말한 뒤, 저를 데리러 온 시종을 따라 레시나와 함께 연회장으로 향했다. 넓은 연회장 한가운데 기다란 직사각형의 식탁이 놓여 있었다. 만찬 음식을 푸짐하게 차린 그곳에는 단 세 사람만이 자리하고 있었다. 카르티나 부인, 악시온, 리사엘라…….

카힐은 잠시 세 남녀를 물끄러미 바라보았다. 카르티나 부인이 자리에서 일어나 카힐을 맞이했다.

"오랜만이구나. 몇 년 만이지?"

다정하게 인사를 건네는 그녀는 기억 속의 모습과 조금도 달라지지 않았다. 카힐이 그녀를 관찰하는 동안, 카르티나 부인 또한 카힐을 위에서부터 아래까지 천천히 훑어 내렸다.

"……정말 몰라보게 달라졌네, 카힐."

"부인께서는 그대로이십니다."

뼈가 담긴 대답에 카르티나 부인이 짙게 미소 지었다. 카르티나 부인이 가장 상석인 끝자리에 앉고, 그 양옆에 카힐과 레시나, 악시온과 리사엘라가 나눠 앉았다. 팔 한쪽을 잃은 악시온을 시중들 사람이 필요할 텐데, 연회장에는 그들을 제외하곤 아무도 없었다. 함께 조용히 식사할 생각은 없는 모양이었다. 오늘 연회장에서 곱게 빠져나가진 못하겠다는 생각이 들었다.

카힐이 악시온에게 시선을 옮기며 인사를 건넸다.

"그간 잘 지냈는지 모르겠구나, 악시온."

그리고 헐렁한 한쪽 소매를 대놓고 쳐다보며 긁어내렸다.

"팔은 괜찮아 보이는 듯하다만……."

"……."

악시온과 리사엘라가 독기 어린 눈으로 카힐을 노려보았다. 감정을 고스란히 드러내는 모습이 확실히 어렸다. 그러나 아무 말도 않는 것으로 보아, 카르티나 부인이 무어라고 단단히 일러놓은 모양이었다. 무슨 생각으로 이곳에 저를 불러들였는지는, 저녁 만찬이 끝나고 나면 알게 되리라.

식탁에는 북부식으로 요리한 음식들이 가득했다. 소금 가마에서 구운 고기는 육질이 부드러웠고, 훈제 청어에서는 맛있는 냄새가 피어올랐다. 북부에서 귀한 취급을 받는 싱싱한 과일도 바닥이 깊은 접시에 수북이 담겨 있었다. 아마 카르티나 부인의 유리온실에서 따왔으리라.

온갖 진귀한 화초와 과실수들로 가득한 온실을 떠올린 카힐은 역겨움을 감추지 못했다. 선뜻 식기를 들지 못하는 카힐을 바라보며, 카르티나 부인이 노래하듯 낭랑히 말했다.

"오랜만의 북부 음식이지? 예전의 추억을 떠올릴 수 있으면 좋겠구나. 네가 예전에 즐겨 드나들던 곳도 그대로 남겨두었단다."

기억나니, 카힐?

그녀가 무엇을 묻는지 눈치챈 카힐은 입매를 비틀며 답했다.

"……어찌 잊겠습니까."

결코 잊을 수 없다. 한구석에 묻어두었던 기억이 수면 위로 떠올랐다. 좁고 어두운 골방, 아무리 비명을 지르고 애타게 두드려도 열리지 않던 문, 추위와 배고픔에 얼어붙어가던 어린 날의 제 모습. 예전이었다면 카르티나 부인의 말에 형편없이 흔들렸을 것이다. 그러나 카힐은 이제 어둠이 두렵지 않았다. 황녀님이 원하시는 것을 이루실 때까지 시간만 끌면 된다. 굳이 힘들게 말을 섞고 감정 소모할 이유는 없었다. 동요 없이 적당히 받아 넘기던 때였다.

카르티나 부인이 반응하지 않을 수 없는 질문을 던졌다.

"옆에 계신 분은…… 연인?"

카힐과 레시나는 동시에 대답했다.

"아닙니다."

"아닌데요."

그리고 서로를 쳐다보았다. 잠시라도 연인으로 엮인 것에 참지 못하는 두 사람이었다. 여태까지 평정심을 잘 유지하던 카힐은 다소 불쾌함이 묻어나는 목소리로 말했다.

"저를 도와주시는 분입니다."

"어머, 그렇구나."

그 말을 끝으로, 기묘한 식사 자리가 이어졌다. 카르티나 부인만 즐겁게 떠들고, 카힐이 짤막히 대답만 던지며, 나머지는 입을 꾹 다물고 있는 만찬이었다. 혼자서 이런저런 이야기를 늘어놓던 카르티나 부인이 갑자기 한숨을 내쉬었다. 그녀가 짐짓 투정 부리듯 카힐에게 말했다.

"오랜만에 모인 가족이잖니? 그런데 왜 이리 무뚝뚝해."

절인 올리브를 먹고 있던 레시나가 황당한 표정으로 카르티나 부인을 쳐다보았다. 무뚝뚝하긴 무슨, 살인 나도 할 말 없는 관계였다. 그런데도 저리 뻔뻔스레 말하니 놀라울 법도 하리라. 하지만 카르티나 부인에게 익숙한 카힐은 침착히 답할 뿐이었다.

"제가 말주변이 없어서 그럽니다. 북부에 머무르는 동안 대화를 나눌 기회는 많이 있을 테니……."

"미안하지만, 카힐."

말을 잘라낸 카르티나 부인이 우아하게 나이프를 내려놓았다.

"내가 만족스러울 만큼 충분히 이야기를 나누기 전까진……."

그녀가 그림 같은 미소를 지으며 말했다.

"여기서 아무도 나가지 못할 테니까."

잠시 침묵이 내려앉았다. 덧창을 닫고 두터운 커튼까지 단단히 덮어놓았는데도, 어디선가 스산한 한기가 몰려왔다. 연회장을 밝히는 촛불의 작은 불꽃이 파르르 흔들리고, 검은 그림자가 짙어졌다.

포크를 쥔 레시나의 손이 덜덜 떨리기 시작했다. 레시나는 카힐에게 입 모양으로 사령술사, 하고 속삭였다. 북부의 마녀라 불리더니, 정말 그렇게 된 모양이었다. 카힐은 손에 쥐고 있던 나이프를 접시에 내려놓으며 입을 열었다.

"……아직도 저를 어린아이처럼 여기시는군요."

카르티나 부인과 정면으로 시선을 마주하고서 질문했다.

"힘으로 짓누를 수 있다, 그리 생각하시는 겁니까?"

그녀가 말없이 짙게 미소 지었다. 고대 정령의 계약자에게 사령술사 따위, 비할 것이 아니었다. 그런데도 자신감이 넘치는 그녀는 무언가 믿는 구석이 있는 듯했다.

카힐이 눈매를 좁히던 때였다. 연회장 바깥에서 웅성거림이 들려왔다. 두터운 나무문 너머에서 소리 높여 무어라 외치는 목소리가 이어졌다. 현 자드카르 공국의 핵심 인물들이 전부 모인 자리였다. 어지간한 일이 아니고서야 감히 소란을 일으킬 자는 아무도 없었다. 만일 소란스럽게 하는 이가 있다면, 광증을 앓아 겁을 느끼지 못하거나……. 이곳이 두렵지 않은 사람이리라.

"……."

식사 자리에서 결례임을 알면서도, 카힐은 문 쪽을 가만히 내다보았다. 포효하는 늑대를 새긴 두껍고 커다란 나무문은 성인 남자가 안간힘을 써야만 간신히 열렸다. 혼자서는 열기 힘든 문이었다. 아무래도 열어드리는 게 좋을 것 같았다.

카힐은 식기를 접시에 가지런히 내려놓았다. 드르륵, 의자가 뒤로 밀리는 소리와 함께 자리에서 일어났다. 자신을 쳐다보는 시선들에도 아랑곳 않고 문을 향해 걸어가던 때였다.

"……!"

카힐은 살짝 눈을 치떴다. 그리고 재빠르게 뒤로 서너 걸음 물러섰다. 위험 감지에 탁월한 재능을 가진 레시나 또한 기겁하며 의자에서 구르다시피 내려왔다. 레시나가 막 의자 뒤에 숨은 순간이었다. 쾅, 하고 울리는 굉음과 함께 빛이 번쩍였다. 산산이 부서진 나뭇조각들이 연회장 가득히 밀려들었다. 피어오르는 연기 사이로 로브를 쓴 작은 체구의 인영이 보였다. 그녀의 발치에는 쓰러진 기사들이 아무렇게나 엎어져 있었다.

하얀 손이 모자를 걷어내며 거침없이 걸음을 옮겼다. 내딛는 발을 따라 로브 자락이 길게 휘날리고, 눈부신 금빛 머리카락이 사뿐히 흐트러졌다. 끝이 치켜올라간 눈매에 담긴 주홍색 눈동자가 빛났다. 선명한 색을 품은 눈동자에 카르티나 부인이 믿기지 않는다는 목소리로 중얼거렸다.

"히페리온……?"

자드카르 공국으로 향하면서, 에니샤는 눈동자 색을 바꾸지 않았다. 불편함을 감수하면서도 모자로 가리고 다닌 이유는 신변 보호 때문이었다. 유사시 히페리온임을 쉽게 밝히기 위해서였다. 남의 왕위 쟁탈전에 개입했다는 비난을 들었으면 들었지, 에니샤가 다치는 것만큼은 볼 수 없다는 로드고의 뜻이었다. 악시온도, 리사엘라도 멍하니 에니샤를 바라보았다. 이곳에 뜬금없이 히페리온의 막내 황녀가 있는 이유가 무엇인지, 자드카르 사람들은 아무도 이해하지 못하고 있었다. 카힐을 제외하고 말이다. 하지만 에니샤는 그들에게 차근차근 설명해줄 인내심이 없었다.

손가락이 가볍게 맞부딪혔다. 딱 소리와 함께 식탁에 그득히 차려져 있던 음식이 일제히 한쪽으로 쓸려나갔다. 음식은 하필 리사엘라가 앉아 있는 쪽으로 죄다 쏟아져버렸다.

"꺄아아악!"

곱게 차려입은 드레스가 음식물로 범벅이 되었다. 리사엘라는 온갖 음식들을 뒤집어쓴 채, 파랗게 질린 얼굴로 파드득 자리에서 일어났다. 그러나 에니샤는 그쪽으론 눈길 한 번 주지 않았다. 검지를 쭉 내뻗어 까닥였다. 금빛 마력이 손가락을 둥글게 휘도는가 싶더니, 카르티나 부인이 식탁 위로 내동댕이쳐졌다. 그녀는 그대로 수르륵 끌려와 식탁 끝에 다다랐다. 몰아치는 상황에 정신 못 차리고 허우적거리던 카르티나 부인이 겨우 고개를 들어올렸다. 에니샤는 아무 말 없이 그녀를 내려다보았다.

카르티나 부인은 황망히 외쳤다.

"이, 이 무슨 무례한……!"

이미 무례함의 범주를 한참 벗어났으니, 의미 없는 말이었다. 상식을 파괴하는 행동에 당황하는 카르티나 부인을 바라보며, 에니샤는 무표정하게 질문했다.

"네 주인 어디 있어?"

"!!"

시종일관 여유롭던 카르티나 부인이었다. 그녀의 얼굴이 처음으로 뻣뻣하게 굳었다. 밀랍처럼 하얗게 굳은 카르티나 부인이 시선을 돌리려 하자, 가느다란 손이 턱을 꽉 붙들었다. 에니샤는 그녀의 턱을 움켜쥔 채 나직이 말했다.

"두 번 말하게 하지 마."

그리고 싸늘하게 속삭였다.

"아바르티아 어디에 있냐고."

❧❦❧

녹시타와 테네리페는 왕궁 어딘가에 갇혀 있을 아르커스의 조사관들을 찾고 있었다. 테네리페의 상태가 좋지 않았지만, 조사관들을 찾는 것이 우선이었다. 가족이나 다름없는 아르커스 마법사들을 위해서, 테네리페는 고통도 꾹 참고서 녹시타를 따라나섰다.

탐색은 쉽지 않았다. 자드카르 왕궁을 단단히 덮고 있는 결계를 건드리지 않는 선에서 마법을 사용해야 하기 때문이었다. 하지만 녹시타 덕분에, 테네리페는 혼자 있을 때보다 훨씬 빠르게 조사관들의 흔적을 짚어나갈 수 있었다.

"좌법사께서도 붙잡히셨다니…….."

탄식하듯 중얼거리는 테네리페에게 녹시타가 뚱하니 말했다.

"걱정하지 마. 벨루안보다 내가 강해."

아르커스의 첫 번째가 대법사라면, 두 번째는 좌법사 벨루안이었다. 그 사실은 아르커스 마법사라면 누구나 아는 것이었다. 하지만 테네리페는 모르는 척 장단을 맞춰주었다.

"맞습니다. 우법사님께서 훨씬 강하시지요. 이제 걱정이 없습니다."

녹시타는 항상 어르고 달래야 한다는 것 또한, 아르커스 마법사들이라면 잘 알고 있는 사실이었다. 겉보기에 맹하고 실제로도 그런 우법사지만, 가진 능력은 경외감을 가질 만한 것이었다. 세상만사 관심 없다는 표정으로 쏘아 보내는 우법사의 마법을 한 번이라도 지켜본 이들은 절대 그의 능력을 의심하지 않았다.

서류도 잘 처리하고…….

크게 움직이는 걸 싫어하는 덕분인지, 서류 정리하는 실력은 따라올 자가 없었다. 아르커스의 서류탑이 하늘을 뚫지 않은 것은 전부 녹시타 덕분이었다. 모든 걸 귀찮아하는 성격도 질서를 상징하는 우법사와는 잘 어울리는 것 같다고, 테네리페가 쓸데없는 생각을 하고 있을 때였다.

녹시타가 돌연히 걸음을 멈췄다. 하마터면 그의 등에 얼굴을 부딪칠 뻔한 테네리페도 급하게 발을 멈췄다. 눈을 느릿하게 깜빡거리던 녹시타가 짤막한 소리를 냈다.

"……어."

그러더니 가만히 어딘가를 응시했다. 녹시타의 시선을 따라 의아히 먼 곳을 쳐다보던 테네리페는 급하게 숨을 들이켰다. 눈부시게 반짝이는 황금색의 마력이 깊은 어둠을 몰아내고 하늘로 솟구치고 있었다. 높이 쏘아져 나간 마력은 결계와 맞부딪혔다. 둥, 하고 커다랗게 울리는 소리와 함께 마력이 환하게 번쩍이고, 왕궁을 뒤덮은 결계의 모양새가 그대로 드러났다.

만천하에 드러난 결계는 징그러웠다. 기분 나쁜 검은 선들이 서로 얽히고설키며 살아 있는 것처럼 꿈틀꿈틀 움직였다. 누가 보더라도 흉측한 모습이었다. 결계가 드러나며, 자드카르의 하늘을 배회하던 악령들 또한 고스란히 비쳤다. 여태껏 결계의 존재조차 모르고 있던 왕궁 사람들은 하늘을 수놓은 결계와 악령들을 보고 비명을 질렀다. 왕궁 곳곳에 숨어 있던 주술사들이 황급히 움직이는 것이 느껴졌다.

테네리페는 입을 떡 벌리고 그 광경을 바라보았다. 의심할 바 없이, 금빛 마력의 주인은 대법사였다. 그러나 대법사께선 분명 최대한 조용히 상황을 해결하자고 말하셨는데……. 넋이 나간 테네리페 옆에서 녹시타가 조용히 중얼거렸다.

"대법사 화났다……."

가뜩이나 커져 있던 테네리페의 눈이 튀어나올 듯이 부릅떠졌다.

"예? 대법사께서, 왜, 어찌하여……?"

기겁하며 되묻는 말은 엉망으로 토막 나 있었다. 녹시타는 그의 질문을 가뿐히 무시하곤, 먼저 앞장서 걸어가며 말했다.

"대법사한테 가자."

❧◦✿◦❧

이렇게까지 화가 난 것은 오랜만이었다. 최대한 이성적으로 행동하자고 스스로에게 되뇌었으나, 그게 될 리가 없었다. 모든 원흉이 아바르티아라는 건 익히 짐작했다. 그러나 그 과정에서 벨루안이 얼마나 괴로운 고통을 겪었는지 알게 된 순간, 머릿속에서 무언가 꽥 나가버리는 느낌이었다.

에니샤는 마지막 이성을 끌어모아 벨루안에게 아르커스 조사관들을 찾아달라고 부탁했다. 여태껏 카르티나 부인의 꼭두각시로 살았으니, 그는 내부 사정을 잘 알고 있었다. 혹여나 아바르티아에게 다시 조종당해 실수할까 봐 두려워하는 그에게 에니샤는 말했다.

— 넌 아무것도 걱정할 필요 없어.

그저 그 말 한마디에 벨루안은 모든 두려움을 내려놓았다. 한없이 약하게 구는 그를 꼭 안아주곤, 어서 조사관들을 찾으라며 보냈다. 그리고 곧장 카르티나 부인이 있는 곳에 들이닥친 것이다.

들끓는 머릿속이 뜨거웠다. 에니샤는 차가운 눈으로 카르티나 부인을 내려다보았다. 그녀는 곱게 치장한 얼굴을 엉망으로 일그러뜨리고 저를 올려보고 있었다.

감히 내 좌법사를 멋대로 다루다니…….

턱을 움켜쥔 손에 지긋하게 힘을 주며 속삭였다.

"아바르티아 어디에 있냐고."

카르티나 부인의 눈동자에서 동공이 급격하게 줄어들었다. 아무 연관도 없어 보이는, 그저 세상 편하게 살아왔을 것 같은 히페리온의 막내 황녀에게서 제 주인의 진명이 흘러나오니 당황한 것이다. 그러나 이 정도로 굽힐 여자가 아니었다. 카르티나 부인은 금세 독기를 되찾았다. 그녀가 에니샤의 손을 강하게 뿌리치며 소리쳤다.

"무슨 헛소리를……!"

"다 알고 있어."

매섭게 잘라내는 말에 카르티나 부인이 몸을 움찟 떨었다. 에니샤는 무표정하게 그녀를 추궁했다.

"상황 파악 안 돼? 너 그 정도 머리는 돌아가잖아?"

"……."

카르티나 부인은 입술을 꽉 다물었다. 그녀는 무언가를 가늠해 보듯 에니샤를 샅샅이 살피다가, 마침내 본성을 드러냈다.

"히페리온의 황녀가 어찌 그분의 존함을 아는지는 모르겠으나……."

표독스러운 눈매 위로 흉측한 악의가 차올랐다.

"제아무리 히페리온이라 하여도 인간일 뿐. 주인님께서 직접 내어주신 힘을 품은 저를 꺾을 수는 없지요."

그녀가 힘을 끌어올리며 악에 받친 목소리로 외쳤다.

"제국은 자드카르를, 그리고 이 나를 건드린 것을 후회하게 될 것입니다!"

아르커스를 건드린 것으로 모자라, 히페리온까지 입에 담다니. 에니샤가 화낼 요소를 아주 고루고루 갖추는 중이었다. 로드고와 쌍둥이들이 종종 그러듯, 에니샤는 한쪽 입매를 비틀었다. 그리고 비뚜름한 웃음을 지은 채 말했다.

"말할 생각이 없구나."

그럼 이쪽으로 찾아오도록 만드는 수밖에.

짧은 중얼거림과 함께 마력을 내뻗었다. 왕궁의 천장을 꿰뚫고 솟아오른 마력이 결계와 부딪치는 순간, 카르티나 부인도 악에 받친 소리를 내지르며 힘을 끌어올렸다. 검은 연기가 줄기줄기 뻗어나가 바깥에 기절해 있던 자드카르 기사들에게 향했다. 단순히 기절했을 뿐인 그들에게서 우드득 목뼈 부러지는 소리가 들려왔다. 멀쩡히 살아 있는 자를 시체로 만들고, 다시 되살리는 것이었다.

횅하니 바람구멍이 뚫린 천장을 통해 왕궁을 덮고 있던 주술이 발각된 것을 확인한 카르티나 부인이 상스러운 말을 내뱉었다.

"망할 계집년이……!"

시체들이 일제히 에니샤를 공격했다. 미리 바짝 경계심을 세우고 있던 카힐과 레시나가 에니샤를 보호하기 위해 달려들던 때였다. 작은 목소리가 소란을 꿰뚫고 들려왔다.

"그만."

한 토막 말이 떨어지는 동시에, 카르티나 부인의 시체들이 허물어진 인형처럼 우수수 바닥으로 넘어졌다. 파훼 수준을 넘어서서 아예 무력화된 사령술에 카르티나 부인이 짧은 경악성을 내뱉었다. 녹시타가 폐허가 된 복도를 타박타박 걸어오며 말했다.

"대법사 괴롭히지 마요."

"대법사……?"

카르티나 부인의 얼굴이 사색으로 물들었다. 그녀는 그간 주술사들을 이용해 아르커스 조사관들을 지하감옥에 가둬왔다. 똑똑한 여자인 만큼, 상황이 어찌 돌아가는지 대충 파악한 것이리라. 카르티나 부인이 분함에 눈물 흘리며 처절하게 부르짖었다.

"주인님……!"

그리고 드디어 이 모든 사태를 일으킨 장본인이 모습을 드러냈다. 허공에서 회오리치는 검은 연기와 함께 달콤한 냄새가 물씬 흘러나왔다.

"안녕, 에니샤."

새빨간 눈동자를 빛내며 아바르티아가 사뿐히 식탁 위에 내려앉았다. 엉망으로 망가진 연회장에서 그나마 유일하게 멀쩡하던 식탁에 서서, 그가 나긋나긋 말했다.

"나를 만나러 북부까지 찾아와주다니, 감격했어."

짐짓 감동받은 어조로 말을 늘어놓는 모양새가 뻔뻔스럽기 짝이 없었다. 주변을 한 바퀴 둘러본 아바르티아가 살짝 눈썹 사이를 좁혔다.

"하지만 미안해. 나도 공들인 것이 있어서. 쉽게 끝내기는 좀 그렇고……."

그가 손을 가벼이 내저었다. 왕궁 전체가 흔들렸다. 바깥에서 사람들의 절규가 들렸다. 단순히 결계를 보고 놀라는 소리가 아니었다. 죽음의 공포에 맞닥뜨린 비명이었다. 카르티나 부인이 왈칵 피를 토해내며 바닥에 엎드렸다. 그녀의 몸에서 검은 연기가 자욱하게 피어올랐다. 한계를 넘어선 힘을 끌어올린 부작용이었다. 카르티나 부인을 매개체로 이용하여 왕궁의 시체란 시체는 전부 되살린 것이다. 피를 토하고 몸을 떠는 카르티나 부인은 쳐다보지도 않고, 아바르티아는 에니샤를 보며 싱긋 웃었다.

에니샤는 깊게 숨을 들이마셨다.

"녹시타."

녹시타가 재깍 대답했다.

"걱정 마세요, 대법사. 이 정도는 내가 할 수 있어요."

그의 대답을 들은 뒤, 카힐과 레시나를 돌아보았다. 카힐은 가만히 시선을 마주해왔다. 도와주고 싶다는 그의 의지를 모르는 바는 아니었으나, 각자 할 일이 따로 있는 법이다. 그는 왕실의 적자이니 자드카르의 일을 해결해야 했고, 에니샤는 대법사이니 아르커스의 일을 해결해야 했다. 에니샤의 눈빛이 뜻하는 바를 읽어낸 카힐이 낮게 답했다.

"제게 에니샤 님보다 중요한 것은 없습니다."

"알고 있어. 하지만 내가 하게 해줘."

두 사람의 대화를 지켜보던 녹시타가 입을 삐죽이더니 카힐을 노려보았다. 대법사한테 건방지게 굴지 말고 말 들으라는 의미였다. 에니샤는 카힐에게 가만히 속삭였다.

"어차피 너랑 나는 연결되어 있잖아."

"······."

그 말을 듣고 나서야, 카힐은 몸을 움직였다. 녹시타와 카힐, 레시나는 세 방향으로 나뉘어 일제히 바깥으로 튀어나갔다. 주술과 시체로 범벅이 되었을 왕궁을 탈환하기 위해.

이제 연회장에는 반쯤 시체가 되어버린 카르티나 부인, 진즉부터 기절해버린 악시온과 리사엘라, 그리고 아바르티아와 에니샤만이 남았다. 아바르티아가 입술을 혀로 핥으며 말했다.

"단둘이서 얘기하는 거야······?"

"그래."

에니샤는 차갑게 웃으며 모든 마력을 아낌없이 끌어올렸다.

"넌 오늘……."

등 뒤로 황금빛 날개가 펼쳐졌다. 주홍색 눈동자가 선뜩하게 빛났다.

"나랑 끝장을 보자."

활짝 펼쳐진 날개에 아바르티아가 눈을 크게 떴다. 에니샤는 평소 날개를 펼치는 일이 거의 드물었다. 마력 소모가 심하기 때문이었다. 가뜩이나 부족한 마력에 억지로 날개까지 펼친 이유는 하나였다. 아르커스의 마법을 사용하기 위해서였다. 그리고 그것은 에니샤가 전력을 다하겠다는 뜻이기도 했다.

끝없이 뽑아 올리는 마력이 봉인을 건드렸다. 심장 위로 저릿한 감각이 느껴졌지만, 에니샤는 웃었다. 오늘 죽는 한이 있어도 저놈은 한 대 때려야 속이 풀릴 것 같았다.

아바르티아가 눈매를 찡그리며 말했다.

"무리하지 마. 너 아직……."

"닥쳐."

에니샤는 세 가지 마법을 동시에 전개하며 받아쳤다.

"날 이렇게 만든 건 네놈이야."

그때부턴 대화가 필요 없었다. 아바르티아가 천장에 뚫린 구멍을 통해 바깥으로 벗어났다. 에니샤는 날개를 한 차례 크게 펄럭였다. 거친 바람이 바닥을 가득 쓸어내고, 몸이 허공으로 치솟았다.

아바르티아와 에니샤는 검은 밤하늘 위에 떠올랐다. 발 아래로 자드카르 왕궁이 펼쳐졌다. 깊은 어둠에 잠겨야 할 왕궁은 번쩍이는 횃불과 끔찍한 비명 소리로 어지러웠다. 땅에는 시체가 걸어 다니고 하늘에는 악령이 날아다니니, 지옥의 일부라 해도 손색없을 모습이었다.

에니샤와 아바르티아는 잠시 서로를 마주 보았다. 시선이 엇갈린 찰나, 에니샤의 손 위에서 마력이 둥글게 뭉쳐 들었다. 빛이 번쩍 터져나갔다. 순간적으로 가려진 시야 속에서 뾰족한 마력 칼날들이 쏟아졌다.

아바르티아는 검은 연기를 불러내 마법을 파훼했다. 그러나 아래서 숨죽여 도사리고 있던 금빛 줄기가 발목을 잡아챘다. 줄기는 순식간에 아바르티아의 몸을 얽어맸다. 마력 줄기가 닿은 부분에서 타들어가는 소리가 들려왔다. 아바르티아는 고통스러운 신음을 내뱉으며 크게 몸부림쳤다. 검은 연기가 마력 줄기를 터뜨렸다. 마법이 산산이 부서지며 마력 파편이 사방으로 흩뿌려졌다.

에니샤는 멈추지 않고 다음 공격을 준비했다. 유연하게 날개를 다루며 파편 사이를 헤집고 날려들었다. 목줄기를 노리고 쏘아낸 마법은 기어코 악령에게 상처를 입혔다. 피가 흘러내리는 목덜미를 움켜쥐고서, 아바르티아는 드물게 목소리를 높였다.

"에니샤⋯⋯!!"

그는 에니샤의 공격을 피하기만 하고 맞받아치지 못했다. 아바르티아가 성난 목소리로 말했다.

"뭐 하는 짓이야. 봉인이라도 뜯을 생각이야?"

"필요하다면."

"⋯⋯."

아바르티아가 말없이 눈매를 가늘게 좁혔다. 에니샤는 그를 노려보며 말했다.

"세 번째야, 아바르티아."

카힐, 히페리온, 그리고 벨루안까지. 더 이상 참을 수가 없었다.

"선택해. 좌법사 영혼 내놓든지, 아니면······."

다시 마력을 끌어올리며 내뱉듯이 말했다.

"오늘 끝까지 가보든지."

봉인을 건드리자 몸에서 경련이 일어났다. 하지만 에니샤는 멈추지 않을 생각이었다. 잘게 떨리는 에니샤의 손끝을 발견한 아바르티아가 입술을 깨물었다. 그는 어쩐지 조금 기운 빠져 보이는 모습으로 에니샤를 물끄러미 바라보다가 불쑥 말했다.

"너는 너무 단단해."

한없이 무른 줄 알았는데······.

"결국 끝까지 좌법사를 버리지 않네."

그의 목소리가 아련하게 흩어졌다.

"버림받는 것도 안 되고, 버리는 것도 안 되고."

아바르티아가 고개를 천천히 기울였다. 그는 눈썹을 살며시 찡그리며 혼잣말처럼 질문했다.

"뭘 어찌해야 네게 상처를 줄 수 있을까?"

일견 어린아이의 호기심처럼 천진난만하게 들리는 목소리였으나, 담긴 내용은 잔인하기 짝이 없었다. 아바르티아가 자꾸 저에게 상처를 주려는 이유는 알고 있었다. 틈을 찾기 위해서였다.

사역마와 계약을 맺는 방법은 단순하다. 적정한 대가를 바치고 악령을 제압하면 사역마로 삼을 수 있다. 하지만 거꾸로 악령의 힘이 더 강하다면, 두 가지 경우로 나뉜다. 악령에게 잡아먹히거나, 원하지 않는 계약을 당해 영혼을 뺏기거나. 아바르티아가 벨루안과 강제로 계약할 수 있었던 이유는 마음의 틈을 찾아냈기 때문이다. 다시없을 강한 힘을 가진 악령은 자신이 원하는 대로 마음껏 사람을 헤집을 수 있었다. 하지만 그것이 불가능했던 유일한 상대가 바로 에니샤였다. 과거 아바르티아를 봉인할 때, 에니샤 혼자 맞섰던 이유도 그 때문이었다. 에니샤는 그에게서 영혼을 지켜낼 수 있는 단 하나의 존재였다.

"어려워……."

홀로 중얼거리던 아바르티아가 천천히 손을 내뻗었다. 그의 손바닥 위에서 둥그스름한 구체가 솟아났다. 투명하고 맑은 보랏빛을 띤 구체는 검은 사슬에 휘감겨 애처롭게 파들거렸다. 아바르티아가 가볍게 손을 움켜쥐었다가 다시 펼쳤다. 그러자 사슬은 부서지고, 보라색 구체는 어딘가로 빠르게 날아가 버렸다.

"영혼 돌려줄게. 어차피 소용없다는 것 확인했으니 이제 필요도 없고."

"……."

에니샤는 천천히 마력을 가라앉혔다. 온몸이 저릿저릿했다. 한껏 흥분했던 머리가 식고 나니 뒤늦게 고통이 밀려오는 것이다. 봉인에서 마력을 꺼내 쓰진 않았지만, 직전까지 들쑤신 탓에 심장 위가 따끔거렸다. 호흡을 가다듬는 에니샤에게 아바르티아가 느릿하게 입을 열었다.

"아프지 마, 에니샤."

그는 알 수 없는 눈을 하고서 말했다.

"나는 계약을 맺고 영혼을 가지고 싶은 거지, 네가 죽는 걸 보고 싶은 게 아냐."

내가 아닌 다른 것 때문에 아파하는 것도 싫어.

아바르티아는 그리 말하고선 알 수 없는 눈빛을 해 보였다.

에니샤는 속으로 한숨을 쉬었다. 앞뒤 안 가리고 밀어붙인 것은 그만큼 열 받은 탓이었지만, 한편으론 계산된 행동이기도 했다. 아바르티아가 제게 가진 집착을 생각하면, 어느 정도 물러나리라 예상하고 덤빈 것이다.

일단 생각대로 흘러간 것 같았다. 여기서 더 무리했다면 정말 큰일이 벌어졌을 수도 있었으니 다행이었다. 예상보다 아바르티아가 훨씬 순순해서 조금 놀랐긴 하지만 말이다.

그나저나 얘는 진짜…….

에니샤는 아바르티아를 빤히 바라보았다. 악령의 사고방식은 어째 맞닥뜨릴 때마다 새로이 감탄하게 된다. 정말 이해할 수가 없었다. 에니샤가 진저리치던 때였다.

"그런데…….."

멀찍이 떨어져 있던 아바르티아가 슬며시 가까이 다가왔다. 날개를 움직여 물러나기도 전에 성큼 붙어선 그는 달콤한 향내를 풍기며 질문했다.

"카힐 자드카르랑 연결되었다는 게 무슨 소리야?"

도대체 뭐가 어디서부터 잘못되었는지, 카르티나는 알 수 없었다. 카힐이 왕궁에 들어왔을 때까지는 평소처럼 침착했다. 예상 밖의 사건이지만 너끈히 감당해낼 수 있다고 생각했고, 실제로도 그러했다.

하지만 히페리온의 막내 황녀라니…….

타오르는 주홍색 눈동자를 마주한 순간, 좋지 않은 예감이 온몸을 엄습했다. 그러나 그때까지만 해도, 카르티나는 자신의 승리를 의심치 않았다. 그녀의 믿음이 깨어진 것은 그분을 불렀을 때였다.

— 안녕, 에니샤.

황녀에게 한가로이 인사를 건네는 모습을 보자마자, 눈치 빠른 카르티나는 곧장 뭔가 단단히 잘못되었음을 깨달았다. 주인님은 절대 저런 표정을 지으시는 분이 아니었다. 다정한 목소리로 인사를 건넬 분도 아니었다. 그리고 히페리온의 황녀가 금빛 날개를 펼쳐들었을 때. 똑똑한 그녀는 직감했다. 일단 이곳에서 도망쳐야 한다고 말이다.

카르티나는 기절한 악시온과 리사엘라를 추슬러 황급히 왕궁을 벗어났다. 주술의 매개체로 사용된 몸은 속이 너덜너덜했다. 그러나 카르티나는 고통을 억지로 참아가며 필사적으로 움직였다. 아직 공왕은 자신의 꼭두각시로 남아 있고, 공국 내에 저를 지지하는 귀족들도 많다. 판은 얼마든지 새로 짤 수 있다. 지금은 공국 바깥으로 잠시 탈출했다가, 상황을 지켜보고 다시 되돌아오는 것이 가

장 상책이었다. 그전에 자드카르 공국 자체가 없어질지도 모르겠
지만…….

그녀는 왕궁에 펼쳐지는 지옥도를 바라보았다. 지금은 왕궁만
집어삼키고 있으나, 얼마 지나지 않아 빠르게 공국 전체로 퍼져나
가리라. 제아무리 정령의 계약자이고 아르커스 마법사들이라 하여
도, 주인님이 직접 불러낸 존재들이니 쉽지 않을 것이었다. 이 지옥
에 휘말리면 저도 목숨을 잃을지 몰랐다. 카르티나는 서둘러 안전
한 곳으로 달아났다. 마부와 말 네 마리를 죽이고 시체로 되살려내
밤낮없이 마차를 몰도록 했다. 자드카르 공국의 국경선을 막 넘어
섰을 때였다.

"……!!"

마차 창밖을 내다본 카르티나는 기겁하여 헛숨을 들이켰다. 붉
은색과 주황색 바탕에, 금색으로 사자와 검이 그려진 깃발. 히페리
온 제국기가 펄럭이고 있었다. 끝없이 늘어선 막사 앞에는 단단한
갑주를 갖춰 입은 히페리온의 정예병들이 가득했다.

카르티나는 재빠르게 주술을 펼쳤다. 뭐가 어찌 된 일인지 상황
을 파악하는 것은 나중이었다. 그녀의 주술이 마차를 뒤덮어 감추
려던 때였다. 벼락처럼 내리치는 소리와 함께 마차가 크게 흔들렸
다. 제대로 한 바퀴 바닥을 뒹구는 마차에 카르티나는 비명을 지르
며 사방을 더듬었다. 마차 문이 우드득 소리와 함께 뜯겨나갔다. 그
리고 카르티나는 주황색 눈동자와 마주했다.

"아니, 이게 뭐야."

장난스러운 목소리가 그녀를 쿡 찔렀다.

"이거 내 동생한테 갖다 주면 딱 좋아할 것같이 생겼는데……."

카르티나를 위아래로 훑어본 남자는 옆을 돌아보며 질문했다.

"폐하는 어떻게 생각합니까?"

"나쁘지 않은 전리품이군. 꺼내라."

"예에."

평화로운 대화가 끝나자마자, 무언가 마차를 퍽 하고 내려쳤다. 주술로 보호를 걸어놓은 마차는 조각조각 부서져 내렸다. 산발이 된 머리에 나뭇조각을 뒤집어쓴 채, 카르티나는 소리조차 지르지 못하고 앞을 바라보았다. 그곳에는 주홍색 눈동자를 가진 두 남자가 서 있었다. 악몽을 꾸더라도 이보단 지독하지 않으리라. 꽉 죄어드는 목에서 억지로 목소리를 뽑아 더듬더듬 말했다.

"당신들이 왜 이곳에……."

히페리온의 황제와 황태자는 똑같이 한쪽 입매를 비틀며 웃었다. 그리고 동시에 대답했다.

"내 딸 보러."

"내 동생 보러."

⚜

왕궁을 훑어보던 레시나의 입에서 탄식이 절로 흘러나왔다.

"어우야……."

이거 되겠습니까? 절대 안 될 거 같은데? 아무리 봐도 다 죽은 것 같은데?

목구멍에서 질문들이 간질간질하게 맴돌았으나 물어볼 사람이 없었다. 레시나는 입 밖으로 튀어나오려는 말들을 꿀떡 삼켰다.

오늘 자드카르 공국이 절단 나도 결코 이상하지 않으리라. 그도 그럴 것이, 왕궁은 살아 있는 사람보다 죽은 사람이 더 많아 보였다. 시체와 악령이 살육을 저지르고, 죽은 인간은 되살아나 새로운 살육을 일삼았다. 무한한 연쇄는 끝나지 않을 것처럼 보였다. 황녀님의 명령이니 최선을 다해보겠다만, 완전히 처리해낼 자신은 없었다.

레시나는 흡 하고 짧게 숨을 들이마시곤 손가락을 맞부딪쳤다. 맞부딪치는 손가락에서 딱딱 소리와 함께 번쩍이는 붉은 빛이 튀었다. 일단 당장 눈에 보이는 악령들부터 때려잡고 있을 때였다. 어디선가 쏘아져 온 마법이 레시나 앞을 가로막던 시체를 내려쳤다. 얼굴에 주근깨가 박힌 젊은 청년이 쓰러지는 시체 사이로 나타났다. 레시나를 발견한 그는 눈을 크게 뜨더니, 예의바르게 자기소개부터 했다.

"테네리페입니다."

"아, 예, 레시나입니다."

서로 아르커스의 원로마법사입니다, 히페리온의 마법기사입니다, 하면서 주섬주섬 악수하고 인사를 나눈 뒤, 사이좋게 시체와 악령 하나씩을 처치했다. 그나마 말 걸어볼 만한 사람을 만난 레시나는 그에게 슬쩍 물어보았다.

"그……. 오늘 여기서 살아 나갈 수 있을 것 같습니까?"

테네리페는 눈을 치뜨며 의아히 답했다.

"당연히 살아 나가야지요."

"하지만……."

"대법사께서 계시고, 좌우법사들도 이곳에 있으니 걱정하실 필요 없습니다. 그리고 다른 무엇보다……."

테네리페는 어딘가를 내다보며 말했다.

"우법사께서 힘을 쓰기로 하셨으니까요."

레시나는 그를 따라 쳐다보았다. 저 멀리 성벽의 망루 위에, 녹시타가 로브를 기다랗게 펄럭이며 서 있었다. 왕궁을 한눈에 내려다볼 수 있는 곳이었다. 레시나는 성벽을 기어오르는 시체들을 보고 질린 표정을 지었다. 어떻게 해서든 죽이겠다고 꾸역꾸역 벽을 타고 오르는 시체들의 모습은 징그럽다는 말로는 표현이 부족했다.

녹시타는 시체들이 거의 발치에 다가올 때까지도 움직이지 않고 가만히 지켜보기만 했다. 저러다 허약한 우법사가 시체들한테 와구와구 뜯어 먹히는 것이 아닐까, 레시나가 혼자 조바심 내던 때였다.

"!!"

보면서도 믿을 수 없는 광경이 눈앞에 펼쳐졌다. 녹시타에게서 짙은 어둠이 흘러나왔다. 의지를 가지고 움직이는 어둠은 빠르게 왕궁을 뒤덮어나갔다. 그것이 제 발치에도 다다르자, 레시나는 힉하고 질겁했다. 하지만 테네리페는 태연히 어둠을 받아들이며 그 광경을 지켜볼 뿐이었다.

어둠은 왕궁 전체를 뒤덮었다. 녹시타가 천천히 눈을 감았다. 그는 숨을 깊게 들이마시고 내뱉었다. 몇 번 심호흡한 후에, 자그맣게 입술을 달싹였다.

"테무르의 핏줄이 명하노라."

기이한 목소리가 어둠에 닿은 모든 자에게 울려 퍼졌다. 레시나는 저도 모르게 손으로 귀를 틀어막았다. 속을 긁어내며 파고드는 목소리에 본능적인 거부감을 느낀 탓이었다. 살아 있는 사람이라면 거북함을 느낄 수밖에 없는 목소리였다.

한껏 귀를 막고 있던 레시나는 눈을 부릅떴다. 방금까지 제멋대로 날뛰던 시체들이 일시에 움직임을 멈추었다. 그 무엇도 막을 수 없을 것처럼 폭주하던 시체들은 돌처럼 버쩍 굳어선, 죄다 녹시타만 쳐다보았다.

"모두 근원으로 돌아갈지니."

녹시타는 느릿하게 눈을 떴다. 축 처진 눈매 속에 담긴 진녹색 눈동자 위로 안광이 감돌았다.

"죽음에 순종하라."

마지막 말을 내뱉는 순간, 시체들은 일제히 소리 없는 절규를 내질렀다. 고요한 비명이 왕궁을 가득 메우고, 이내 사그라졌다. 시체들은 전부 본연의 상태로 되돌아갔다. 바닥에 철퍽철퍽 넘어지는 시체들을 보며 레시나는 입만 떡 벌렸다.

"와……. 미친……. 맙소사, 와아……."

말을 못 하고 어버버거리는 레시나 옆에서 테네리페가 심각한 표정으로 말했다.

"시체는 처리했지만 악령을 어찌해야 할지 걱정……."

그러나 그는 말하다 말고 하늘을 쳐다보았다. 테네리페가 짧은 신음을 흘렸다.

"……아아."

수백, 수천 자루의 얼음검이었다. 각각이 정교한 모양새를 이룬 얼음검은 왕궁의 하늘을 빼곡하게 채웠다. 끝없이 수를 불려나가던 얼음검이 어느 순간 우뚝 멈추었다. 그리고 각자 방향을 달리하여 제멋대로 틀어지는가 싶더니, 빠르게 쏘아져 나갔다.

얼음검들은 정확히 악령들을 꿰뚫었다. 관통당한 악령들은 단말마의 비명을 내지르며 검은 연기로 흩어졌다. 일시에 사라지는 악령들 탓에 왕궁 하늘이 연기로 순간 거뭇하게 뒤덮였다. 새까만 연기 사이로 눈바람이 몰아쳤다. 소용돌이치며 하늘로 치솟은 눈바람 속에는 카힐이 자리하고 있었다. 그는 하늘을 뒤덮은 결계로 날아가, 그 중심에 얼음검을 내려찍었다. 결계가 커다랗게 요동쳤다. 여태껏 저항하고 있던 주술사들이 입에서 피를 토해내며 쓰러졌다. 카힐이 박아 넣은 얼음검을 중심으로, 검은 결계가 하얗게 얼어붙어가기 시작했다. 순식간에 얼어붙었다가, 이내 쩍 하는 소리와 함께 갈라지더니 결국 엉망으로 깨져버렸다.

테네리페는 우박처럼 쏟아지는 얼음 조각을 피하기 위해 머리 위에 마력을 덧씌웠다. 그가 레시나의 머리 위에도 마력을 씌워주며 중얼거렸다.

"대법사께선 여전하시군요."

"예?"

저건 카힐 자드카르라고 알려주려던 레시나는 뒤이은 말에 고분고분 고개를 끄덕였다.

"어디서 저런 괴물들만 쏙쏙 주워 오시는지……."

"동감입니다."

테네리페와 레시나가 의견의 일치를 다지는 동안, 하늘이 서서히 밝아졌다. 왕궁을 뒤덮고 있던 악령이 걷히고 빛이 드러나는 것이었다. 기나긴 밤이 끝나가고 있었다.

"……."

결계를 부순 카힐은 테네리페와 레시나가 있는 쪽을 흘긋 바라보았다. 그곳에도 없었다. 카힐은 다시 땅으로 내려가지 않고 다급하게 주변을 샅샅이 살폈다. 그러다 원하는 것을 찾아내곤 빠르게 날아갔다.

"에니샤 님……!"

금빛 날개를 단 에니샤가 힘없이 허공에서 떨어지고 있었다. 마력을 다한 날개는 접기도 전에 파편으로 부스러졌다. 반짝거리는 금빛 속에서 추락하는 에니샤를 끌어안았다. 안아 드는 품에 에니샤는 힘겹게 눈을 떴다. 카힐이 에니샤의 뺨을 어루만지며 속삭였다.

"괜찮으십니까? 너무 무리하셨습니다."

얼음검으로 사방을 작살내버렸으나 여전히 쌩쌩한 카힐과 달리, 에니샤는 다 죽어가고 있었다. 에니샤는 반쯤 잠긴 목소리로 중얼거렸다.

"미안해……. 아바르티아가 너 죽일지도 몰라……."

카힐에게 설명을 해주고 싶은데, 도저히 입술이 움직이질 않았다. 몇 번 달싹거리던 에니샤는 결국 말하는 것을 포기했다. 너무 잠이 와서 견딜 수가 없었다. 결국 에니샤는 카힐의 품에 툭 하고 고개를 묻었다. 그리고 기절하듯 잠들어버렸다. 카힐은 그런 에니샤를 소중하게 끌어안고서 천천히 땅에 내려섰다. 혹시라도 불편하실까 조심스레 고쳐 안으며, 새근새근 잠든 얼굴을 바라보았다.

"……."

누구보다 힘든 상황일 터였다. 그러나 조금도 내색하지 않고, 항상 있는 힘껏 부딪치는 그녀였다. 이 작고 가녀린 몸으로 짊어진 짐의 무게가 어느 정도일지, 가늠조차 하기 어려웠다.

"저는 걱정하지 않으셔도 됩니다."

당신의 허락 없이는 죽을 수 없는 몸이니까요. 그러니 저 하나만이라도 걱정하지 않고, 마음의 짐을 덜어주셨으면 좋겠다고……. 카힐은 듣지 못할 에니샤에게 나직이 속삭였다.

❧❀❧

자드카르 공국은 하루아침에 모든 것이 뒤바뀌었다. 왕궁은 폐허가 됐고, 수백의 사상자가 발생했다. 밤새도록 끝나지 않는 악몽에 시달린 공국민들은 아침 동이 트는 것을 보고서야 눈물을 터뜨리며 안심했다.

카힐은 엉망이 된 자드카르 왕궁의 책임자로서 뒷수습을 하느라 정신없이 하루하루를 보냈다. 그리고 무리하게 마력을 사용한 에니샤는 그날 이후 깊은 잠에 빠져들었다. 에니샤가 기절하듯 잠들어 있는 동안, 좌우법사는 왕궁에 갇혀 있을 아르커스 조사관들을 찾는 데 전념했다. 왕궁을 샅샅이 수색한 끝에 지하 깊숙한 곳에서 조사관들을 찾아냈다. 그곳은 자드카르를 뒤덮은 주술의 중심이기도 했다. 오랫동안 주술이 벌어진 듯, 거대한 제단과 함께 뼈 무덤이 쌓여 있었다. 조사관들 중에 사망자는 없었으나, 그들 전부 마력이 하나도 없이 텅 비어 있었다. 주술사들에게 마력을 빼앗긴 탓이었다. 그들은 아르커스 마법사들의 마력을 빼앗아 저주를 만드는 데 사용했다. 강제로 마력을 추출 당했으니, 회복에 오랜 시간이 걸릴 터였다. 조사관들은 어느 정도 몸을 추스를 때까지 공국에서 휴식을 취하게 되었다.

카힐은 주술사들을 포함하여 그들에게 협력한 이들을 찾아 처벌을 내렸다. 또한 공국 내에서 카르티나 부인의 편에 섰던 귀족들을 전부 숙청했다. 그렇게 자드카르 공국이 점차 제자리를 찾아가는 동안, 사람들의 관심이 가장 많이 몰린 것은 역시 카르티나 부인이었다. 공국을 제멋대로 다루다 못해 악령에게까지 팔아넘긴 마녀였다. 모두가 그녀의 단죄를 바랐다. 하지만 카르티나 부인은 혼란을 틈타 악시온과 리사엘라를 데리고 도주한 뒤였다. 그녀의 행방을 추적하기엔 당장 망가진 공국을 수습하는 것만도 벅찼다. 제대로 된 처벌을 내리지 못한 것에 모든 공국민들이 안타까워했다. 그러나 그렇게 영영 사라질 줄 알았던 카르티나 부인은 의외의 귀환을 하게 되었다. 히페리온 제국군이 그녀를 붙잡아 직접 공국으로 끌고 온 것이다.

공국의 사람들은 모두 경계심을 바짝 세웠다. 혼란스러운 정세를 파고들어온 히페리온이었다. 혹시나 제국이 기회를 노려 공국을 집어삼킬까 두려울 수밖에 없었다. 하지만 자드카르가 걱정하는 것과 달리, 히페리온은 공국이 어찌 되든 말든 조금도 흥미가 없었다. 자드카르 왕궁을 방문한 히페리온의 사자는 딱 한 가지에만 지대한 관심을 가지고 있었으니…….

"새롭게 태어날 자드카르를 위한 히페리온의 선물이니, 받아주었으면 좋겠군."

우정의 증표라며 카르티나 부인과 악시온, 리사엘라를 밧줄로 꽁꽁 묶어다 나란히 늘어놓은 헬라드가 카힐에게 물었다.

"근데 내 동생은 어디 있지?"

✕◗✦◖✕

이르가는 잔뜩 불안한 눈빛으로 입술을 잘근잘근 씹었다. 새까만 손으로 기다란 황금낫을 꼭 쥐고서 제 주인만 하염없이 쳐다보았다.

차가운 북풍이 불어오고, 아바르티아의 검은 머리카락이 길게 휘날렸다. 밝은 대낮의 태양 아래, 폐허가 된 왕궁이 적나라하게 드러났다. 무너진 성벽과 건물을 수리하는 사람들이 개미 떼처럼 질서정연하게 움직였다. 그리고 아바르티아는 자드카르의 하늘에서 말없이 그것들을 내려다보았다.

무표정한 얼굴에선 속내를 읽을 수가 없었다. 주인의 마음을 짐작하려 애쓰던 이르가의 눈에 눈물이 고였다. 낫을 그러쥔 손이 형편없이 떨렸다. 자드카르는 제법 오랫동안 공을 들인 곳이었다. 악령이 다스릴 첫 번째 나라로 골랐기에, 아바르티아가 직접 나서서 주술사들을 이끌었다. 그런데 이리 형편없이 망가진 것이다.

주인의 분노를 두려워하는 종과 달리, 정작 아바르티아는 차분했다. 실패로 돌아갔지만 크게 감흥이 없었다. 공국을 집어삼키는 일 따위, 너무 쉬워서 처음부터 별로 재밌지도 않았다. 어차피 악령을 섬길 욕심 많은 인간들은 사막의 모래알처럼 넘쳐났다. 원한다면 아바르티아는 지금이라도 당장 북부를 지옥으로 만들어버릴 수 있었다. 그러나 부질없는 짓이었다.

"……."

아바르티아는 눈매를 가느스름히 좁혔다. 뱀과 같은 시선이 왕궁을 훑어 내렸다. 저곳 어딘가에 에니샤가 세상모르고 잠들어 있으리라. 봉인을 뜯어내면 죽을 줄 알면서도 제게 달려들던 그녀의 모습이 떠올랐다. 어느 정도 물러나 줄 것을 계산하고 그런 짓을 벌인 것이 분명했다. 하지만 아바르티아가 끝까지 영혼을 내주지 않았다면, 그녀는 정말 봉인을 뜯어버렸을 것이다.

배신자를 위해서 목숨을 바치다니.

아바르티아는 에니샤를 도저히 이해할 수 없었다. 그녀가 제 사람들에게 보내는 무한한 애정을 확인할 때마다, 속에서 음습한 감정이 끓어올랐다. 좋아하는 것을 잔뜩 만들게 해서 하나씩 건드리면 무너질 줄 알았건만, 그녀는 되레 강해지기만 했다. 결국 이번에도 에니샤는 제 것을 지켜냈지 않은가.

전부 죽여버리고 싶다. 그녀의 주변에 아무것도 남기지 않고 깨끗하게 지워버려서, 저만 바라보도록 만들고 싶다. 나는 이렇게 네 생각뿐인데…….

아바르티아는 비틀린 미소를 지었다. 그의 시야에 한 남자가 걸려들었다. 성벽을 복구하는 인부들을 격려하고, 직접 현장을 둘러보는 그는 멀리서도 눈에 들어오는 단정한 미남자였다.

카힐 자드카르.

아바르티아의 미소가 더욱 비뚤어졌다. 에니샤의 심장에 새겨진 맹세를 확인했다. 어느새 두 번째 맹세까지 바쳤는지, 아닌 척하면서 머리 굴리는 것이 영악한 놈이었다. 조금씩 에니샤의 곁을 파고들어오는 꼴이 선명하게 보였다. 그리고 본인은 모르는 것 같지만, 에니샤 또한……. 다른 눈으로 그를 바라보고 있었다.

"……거슬려."

거슬려서 참을 수가 없었다. 봉인 속에서 인내심을 키웠다고 생각했는데, 에니샤와 엮인 문제에는 그렇지도 않은 모양이었다. 아바르티아는 나른하게 숨을 뱉어내며 말했다.

"내년 생일에 선물을 주도록 할까."

"……!!"

말도 못 하고 바들바들 떨고 있던 이르가가 눈을 커다랗게 떴다. 그는 조그마한 목소리로 용기 내어 말했다.

"허나…… 그리하면 햇수가 모자라 주술이 불완전할 것입니다."

"그 정도는 감내하여야겠지."

본래는 성년까지 기다렸다가 품에 안겨주려고 했던 선물이다. 하지만 더 이상 기다릴 수가 없었다. 그녀가 자꾸 마음을 허물고, 조금씩 내어주는 모습을 보고 싶지 않았다. 처음부터 끝까지 에니샤는 온전히 제 것이어야 했다. 그러니 그녀의 마음이 커지기 전에,

완전히 자각해버리기 전에. 아바르티아는 모든 것을 끝낼 생각이었다. 그때는 아무리 그녀라 하여도, 절대 버텨내지 못하리라.

✿❋✿

— 카힐 자드카르에게 두 번째 맹세를 받았어?

아바르티아가 새빨간 눈을 번뜩이며 질문했다. 집착 어린 어조에 분노가 선명했다. 에니샤는 아무것도 말하지 못했다.

— 더 이상 마음을 내주지 마.

아바르티아는 에니샤를 꽉 끌어안고서 귓가에 속삭였다.

— 다 죽여버리기 전에.

사특한 목소리가 온몸에 파고들었다. 금빛 날개를 힘껏 퍼덕였지만 벗어날 수 없었다. 날개는 유리 파편처럼 조각나고, 에니샤는 검은 어둠 속으로 추락했다. 끝없는 어둠은 깊은 물처럼 차가웠다. 손발을 허우적거렸으나 깊게 가라앉기만 했다. 점차 조여드는 어둠에 숨이 막히고, 참을 수 없어진 순간이었다.

"!!"

에니샤는 눈을 반짝 떴다. 가쁘게 숨을 몰아쉬며 천천히 주변을 살폈다. 새까맣지 않고 희미한 빛을 품은 부드러운 어둠이었다. 고요한 밤공기에 감싸인 침실은 평화로웠다. 빠르게 뛰던 심장이 점차 느려져갔다.

꿈이구나.

에니샤는 안도의 한숨을 내쉬었다. 얼마나 잠들어 있던 것인지, 온몸에 기운이 없었다. 배도 고프고 몸도 찌뿌둥했다. 꼼지락꼼지락 몸을 일으키려던 에니샤는 묵직하게 느껴지는 무게감에 옆을 돌아보았다. 익숙한 은회색 머리카락이 침대 머리맡에 흩어져 있었다.

"카힐……."

옆에 의자를 끌어다놓고 간병하다가 엎드려서 잠든 모양이었다. 많이 피곤한지, 이름을 불러도 답이 없었다. 에니샤는 잠든 카힐을 바라보았다. 아바르티아는 에니샤가 카힐에게 두 번째 맹세를 받았다는 사실을 알게 되었다. 맹세의 흔적을 확인하자마자 그가 보였던 섬뜩한 눈빛은 기억에 선명했다. 뇌리에 틀어박히듯 해서 꿈까지 꿨을 정도였다. 이미 이르가에게 카힐을 죽이라고 한 차례 명한 적 있던 아바르티아였다. 그는 분명 카힐을 가만두지 않을 것이다.

저 때문에 이게 무슨 고생인지…….

에니샤는 미안한 마음에 카힐을 물끄러미 바라보았다.

"……?"

카힐의 머리카락에 눈송이가 붙어 있었다. 아직도 칠칠치 못하게 이런 걸 붙이고 다니는구나 싶었다. 에니샤는 손으로 머리카락을 살살 털어주었다. 그러다 보니 쓰다듬는 것처럼 되어버렸다. 보드라운 은회색 머리카락을 만지고 있자니, 아주 옛날에 카힐이 선물해줬던 늑대모피가 떠올랐다. 은빛 늑대의 모피가 딱 이런 색깔이었던 것 같았다. 모피 털이 부드러워서 그때도 종종 만지며 놀았던 기억이 났다. 늑대모피는 황녀궁 침실에 여전히 곱게 모셔져 있었다. 황궁으로 돌아가면 늑대모피 위에 누워서 낮잠이라도 잘까,

쓸데없는 생각을 하고 있을 때였다. 카힐이 부스스 고개를 들어올렸다. 그의 손이 제 머리를 쓰다듬고 있던 에니샤의 손을 천천히 그러쥐었다.

"황녀님……?"

잠에서 덜 깬 목소리가 깊숙이 가라앉아 흘러나왔다. 날것의 눈빛은 채 가시지 않은 경계심으로 날카로웠다. 하지만 점차 초점이 선명해지면서, 사납던 눈빛은 완전히 누그러졌다. 그가 부드럽게 웃으며 속삭였다.

"일어나셨습니까……."

에니샤는 작게 고개를 끄덕였다. 카힐은 얼마간 에니샤의 손을 만지작거리다, 자리에서 일어나 물을 떠왔다. 그리고 직접 입가에 잔을 갖다 대주었다. 그가 기울여주는 대로 미지근한 물을 몇 모금 마시던 에니샤는 뭔가 이상함을 깨달았다. 두꺼운 천으로 이루어진 벽이라니, 아무리 봐도 왕궁이 아니었다.

막사……?

의아히 주변을 둘러보는 에니샤에게 카힐이 설명했다.

"제국군 주둔지입니다."

그렇구나, 하고 넘기려던 에니샤는 뒤늦게 되물었다.

"……제국군?"

그 한마디에 머릿속으로 온갖 망상이 펼쳐졌다. 설마 일주일이 지나서 로드고와 쌍둥이가 공국으로 쳐들어온 것인가? 그들이라면 충분히 제멋대로 밀어붙일 수 있었다. 막내 황녀를 애타게 찾아 헤매는 불쌍한 히페리온이라고, 말도 안 되는 소리를 해가며 공국을 짓밟는 모습이 눈에 선했다. 카힐이야 제 주인의 가족들이니 제 대로 대응도 못 했을 테고 말이다. 이미 머릿속에서 공국이 제국령 으로 변해버린 이야기 한 편을 완성해낸 에니샤는 그만 얼굴이 창 백해지고 말았다. 다행히 눈치 빠른 카힐이 금방 진실을 알려줬다.

"공국은 무사합니다."

"……하아."

에니샤는 크게 안심하며 가슴을 쓸어내렸다.

"그러면 아빠랑 오라버니들이 나를 제국군 주둔지로 데려온 거야?"

"그렇습니다."

"나 얼마나 잠들어 있었어?"

"오늘로 보름입니다."

15일이나 잠들어 있었다니.

에니샤는 눈이 동그래졌다. 로드고와 쌍둥이가 얼마나 저를 걱정했을지, 벌써 가슴이 콕콕 쑤셨다. 에니샤는 잠시 망설이다가 가장 묻고 싶었던 것을 질문했다.

"……다른 건 잘 해결된 거지?"

"물론입니다. 전부 황녀님 덕분입니다."

불안하던 마음이 스르륵 가라앉았다. 자세하게 묻고 싶은 것은 많았다. 좌우법사와 아르커스의 조사관들은 어찌 되었는지, 공국 상황은 어떠한지, 카르티나 부인은 어떻게 처리했는지……. 하지만 지금은 하나하나 물어볼 기력도 없었고, 그저 잘 해결되었다는 한마디면 충분하다 싶었다. 분명 자신이 잠든 동안에 다들 훌륭하게 일 처리를 했으리라고, 에니샤는 믿어 의심치 않았다. 에니샤는 가장 고생한 사람 중 하나인 카힐의 머리를 슥슥 쓰다듬으며 칭찬했다.

"수고했어."

카힐은 희미하게 웃으며 에니샤의 손길을 만끽했다. 그의 얼굴에 옅게 남아 있던 피로감이 깨끗이 사라졌다. 왠지 커다란 개를 만져주는 기분이었다. 얼마간 그를 쓰다듬어주며 평화로움을 만끽하던 에니샤는 문득 궁금해졌다.

"그런데 너는 왜 여기 있어?"

자드카르 공국은 크게 부서졌다가 새로 만들어지는 중이었다. 카르티나 부인이 잃어버린 권력은 자연스레 카힐에게 넘어갔을 것이다. 자드카르의 총책임자가 되었으니, 카힐은 누구보다 바쁠 수밖에 없었다. 분명 잠잘 시간도 없이 바쁠 터였다. 그런데 제국군 주둔지에서 노닥거리고 있다니 이상한 일이었다. 걱정되어 문병을 온 것인가 싶어서 고개를 갸웃갸웃하며 그를 바라보았다. 하지만 카힐에게서 흘러나온 대답은 에니샤의 상상을 초월한 것이었다.

"그것이……."

카힐은 담담한 어조로 말했다.

"인질로 붙잡혀 왔습니다."

"하……!"

로시엘이 기가 막힌다는 듯 헛웃음을 터뜨렸다. 서류를 들고 있는 그의 손은 부들부들 떨리고 있었다. 로시엘 앞에 도열해 있던 비서관들은 아무 말도 못 하고 함께 떨었다. 물론 로시엘은 열 받아서 떠는 것이었고, 비서관들은 무서워서 떠는 것이었다.

"어디서, 이런, 근거 없는 헛소문이……."

너무 화나서 말도 제대로 못 하던 로시엘은 서류를 내던지듯 책상에 내려놓았다.

히페리온 황녀와 자드카르 공국의 왕자가 세기의 사랑을…….

구겨진 서류가 채 감추지 못한 글자가 눈에 들어오자, 로시엘은 결국 자리를 박차고 일어났다. 로시엘이 자리에서 일어나는 순간, 바들바들 떨고 있던 비서관들은 일제히 바닥에 주저앉았다. 그 와중에 아무도 비명을 지르지 않은 것은, 시끄러워지면 더 큰 참사가 벌어진다는 것을 알기 때문이었다.

로시엘은 신경질적으로 머리카락을 쓸어 넘겼다. 이리 얼토당토 않은 헛소문이 퍼질 줄 알았다면, 절대 에니샤를 북부로 보내지 않았을 것이다. 근래 북부 정세가 위태로워지며, 대륙의 모든 나라가 자드카르를 주목하고 있었다. 이런 상황 속에서 에니샤는 화려하게 힘을 펼쳐 보였다. 하여 히페리온의 황녀가 북부의 왕위 쟁탈전에 개입했다는 사실이 만천하에 알려졌다. 여기까진 상관없었다. 막내 황녀가 카힐 자드카르와 개인적인 친분이 있어 도움을 줬다고 포장할 만한 수준이었다. 카르티나 부인이 주술사를 부렸기에, 마법사의 도움이 절실했다는 그럴듯한 핑계도 있었다. 문제는 우정과 호의로 끝나야 할 소문이 걷잡을 수 없이 불어나서, 세기의 사랑으로 변해가고 있다는 것이었다. 공국에서 버림받아 밑바닥으로 추락했다가 스스로의 힘으로 기어 올라와, 기어코 왕관을 되찾아낸 자드카르의 버려진 왕자. 아무것도 없는 왕자를 거둬들여 정신적인 지주가 되어주고, 기사로 삼아 뒷받침해주었으며, 마침내 왕위 쟁탈전까지 도운 히페리온의 막내 황녀. 둘 다 외모 출중하고 가진 능력이 뛰어나 대륙에서 인기를 끄는 유명 인사였다. 호사가들이 말 지어내기 이렇게 좋은 소재도 없을 터였다. 다들 신이 나서 왕자와 황녀의 사랑 이야기를 제멋대로 지어내고 떠들어댔다.

로시엘이 가장 열 받는 점은, 아주 틀린 말도 아니라서 정정하기 어렵다는 것이었다. 사실관계만 늘어놓고 보면 딱 그렇게 보이기 때문이었다. 하지만 절대 사랑은 아니었다. 주종 관계일 뿐이지, 아무튼 연인 관계는 아니었다. 정적 속에서 혼자 씨근덕거리던 로시엘이 불현듯 섬뜩하게 미소 지었다.

"헛소리 나불대는 놈들의 혓바닥을 잘라야겠어."

로시엘은 기다란 속눈썹을 팔랑이며 예쁜 눈웃음과 함께 말했다. 하지만 비서관들은 쉽게 고개를 끄덕일 수가 없었다. 혓바닥만 자를 것 같지가 않아서였다. 황녀님의 사랑 이야기 한번 잘못 흘렸다고 사람을 토막내버리는 건 너무 과잉 처벌이었다. 이를 어찌 만류해야 할지, 머리끝까지 화난 로시엘 앞에서 다들 전전긍긍하고 있을 때였다.

"화, 황자님, 북부에서 새로운 보고가 들어왔습니다……!"

비서관의 눈은 희망으로 반짝이고 있었다. 이번 소식이야말로 분노한 황자님을 진정시킬 효과적인 수단이라고 확신했기 때문이었다. 비서관은 서류를 목숨줄마냥 부둥켜 잡고서 말했다.

"카힐 자드카르를 제국군이 억류하고 있다 합니다."

"……."

로시엘은 말없이 손만 까닥였다. 비서관이 냉큼 그의 손에 서류를 쥐여 줬다. 서류를 쭉 훑은 로시엘은 한층 누그러진 얼굴로 말했다.

"……그래. 이 정도는 해줘야지."

이래야 내가 황궁에서 보조하는 보람이 있지 않느냐며, 로시엘이 흡족하게 웃었다. 그래도 완전히 마음에 차는 것은 아니었다. 자신이 북부에 있었다면 어떤 식으로 처리했을지 생각해보던 로시엘이 짧게 쯧 하고 혀를 차며 중얼거렸다.

"하여간 이게 다 두 짐승 놈만 보낸 탓이지……."

똑바로 일 처리 안 해오면 둘 다 아주 달달 볶아버릴 생각을 하며, 로시엘은 다시 자리에 앉았다.

＊＊＊

자드카르 왕궁의 경비대장, 게오르는 자꾸만 혼미해지는 정신을 가다듬으려 애썼다. 벌써 며칠째 단식 농성인지 모를 일이었다. 그나마 카힐 왕자님이랑 말 섞어본 경험이 있다고 사자로 차출되긴 했는데, 이렇게 힘들 줄 알았다면 어떻게 해서든 빠졌으리라.

게오르는 제국군 주둔지를 쳐다보았다. 튼튼한 막사가 줄지어 늘어선 가운데 히페리온 제국기가 용맹스럽게 휘날리고, 기사들은 맹렬하게 이쪽을 노려보았다. 그들과 눈이라도 마주칠세라, 게오르는 얼른 바닥으로 시선을 떨어트렸다. 게오르의 앞에 늘어선 자드카르 귀족들이 몸을 움찔 떠는 것이 보였다. 단식 농성이 길어지며 노귀족 몇몇은 기절해서 실려 나가기까지 했지만, 히페리온은 꿈쩍도 하지 않았다.

차가운 밤공기에 오들오들 떨며, 게오르는 자신이 이곳까지 끌려오게 된 과정을 떠올려보았다. 그러니까 처음 시작은, 자드카르 왕궁에 히페리온의 황태자가 사자로 찾아왔을 때였다. 외국으로 도주하려던 카르티나 부인과 그녀의 아들딸을 붙잡아 온 황태자는 아무런 대가를 바라지 않고 그들을 자드카르에 넘겨줬다. 카힐 왕자님께서 히페리온과 각별한 인연이 있는 덕분이었다. 특히 히페리온의 막내 황녀는 카르티나 부인이 이끄는 주술사들을 물리치는 데 결정적인 역할을 했다. 황녀님이 왕자님과 연인 관계여서 왕위 쟁탈전까지 도왔다는 소문은 공국 내에도 자자했다. 그런 가운데 막내 황녀를 귀하게 여긴다는 황족들이 공국으로 직접 선물과 함께 찾아왔으니, 사람들은 혹 이번 기회에 혼담을 진행하는 것이 아니냐며 설레발을 쳐댔다. 하지만 기뻐하던 것도 잠시였다. 훈훈하던 분위기는 황태자가 질문을 던진 순간부터 급격히 망가지기 시작했다.

― 근데 내 동생은 어디 있지?

평소 매사 침착하고 차분한 카힐 왕자님이었다. 하지만 그때 처음으로 크게 당황한 모습을 보이시며, 황태자에게 조심스레 답했다.

— 마력을 무리하게 사용하신 탓에 잠들어 계십니다.

— 무리?

황태자가 한쪽 눈썹을 치켜올리며 질문했다.

— 에니샤가 무리하게 내버려뒀다고?

— ……죄송합니다.

자초지종을 들은 황태자는 어이없다는 듯 되물었다.

— 그래서 지금 잠이 들었고, 언제 깨어날지 모르는 상태라는 건가?

카힐 왕자님의 얼굴이 어두워졌다.

— 모두 제가 부족한 탓에…….

— 변명은 됐고.

그 당시 게오르는 제 눈을 의심했다. 황태자가 검을 뽑아 들었기 때문이다. 시퍼런 진검을 뽑아 든 황태자는 싸늘하게 웃으며 말했다.

— 일단 맞자.

그리고 게오르는 왕궁 홀에서 벌어지는 칼싸움을 눈앞에서 목도하게 되었다. 황태자는 카힐 왕자님을 말 그대로 두들겨 팼다. 카힐 왕자님은 충분히 막아낼 실력이 있으면서도, 목숨이 위험할 정도로 급소를 노리는 공격만 제외하곤 반격하지 않고 고스란히 맞았다. 왕자님을 구하기 위해 달려드는 자드카르 기사들까지 만류하면서 말이다. 실컷 두들겨 팬 다음, 황태자는 카힐 왕자님을 끌고 황녀님이 잠든 곳을 찾아갔다. 그러더니 한 손엔 황녀님을 곱게 끌어안고, 나머지 한 손엔 카힐 왕자님의 멱살을 틀어쥔 채 말했다.

— 내 동생 못 일어나면 이 새끼는 죽여버릴 테니 그렇게 알도록.

당연히 난리가 났다. 하지만 황궁 기사들이 총출동해도 황태자 하나를 못 막았다. 황태자는 히페리온 기사들과 함께 카힐 왕자님을 데리고 유유히 사라졌다.

자드카르 공국은 발칵 뒤집혔다. 귀족들은 공국 국경선 너머의 제국군 주둔지에 항의 서한을 보내는 한편, 왕자님을 찾아올 사신단을 꾸렸다. 각종 선물을 이고 지고 주둔지를 찾아가 싹싹 빌었으나, 황족들은 꿈쩍도 하지 않았다. 그리하여 이렇게 주둔지 앞에서 단식 농성까지 벌이는 사태에 이른 것이다. 허나 자드카르 노귀족들이 추위와 배고픔을 못 견디고 픽픽 쓰러져도 소용이 없었다. 황족들은 눈앞에서 시체가 실려 나가도 눈 하나 깜짝하지 않을 성정이었다. 심지어 제국군들조차 자드카르 귀족들을 경멸 어린 눈으로 바라보았다. 제국군들은 아무 말도 하지 않았으나, 눈빛에서 목소리가 들렸다. 분명 이렇게 말하고 있었다.

감히 우리 막내 황녀님을! 죽인다! 너희 다 죽여버린다!

"……."

보름간 제대로 먹지도, 씻지도 못하고 제국군 주둔지 앞에서 시달리던 게오르는 생각했다.

왜 카힐 왕자님은 하필 막내 황녀님을 좋아하시는 걸까…….

이건 가시밭길 정도가 아니라 불타는 화형길이었다. 아무리 생각해도 다른 사람과 연인이 되는 게 좋을 것 같았다. 그리고 그런 게오르의 생각은 히페리온의 황제와 황태자를 알현하면서 완전히 굳어졌다.

"생각해봤는데, 밖에 내버려두는 것도 거슬리더라고."

황태자는 그리 말하며 사신으로 찾아온 자드카르 귀족들을 한밤중에 불러들였다. 황족들이 머무는 막사로 불려간 귀족들은 일제히 헛숨을 들이켰다. 그간 여러 악명으로만 들어오던 히페리온의 황제를 실제로 마주한 탓이었다. 처음 황태자를 봤을 때도 무섭다고 생각했지만, 황제는 정말이지 말문이 막히는 외모였다. 막사 안에 들어서는 순간부터 위압감이 온몸을 짓눌렀다. 등 뒤에서 검은 연기가 피어오르는 듯한 환상이 보였다. 자드카르 공국을 침범했다는 악령이 황제라고 해도 그렇구나, 하고 고개를 끄덕일 수 있을 정도였다. 너무 무서워서 목소리도 나오질 않았다.

게오르는 다른 사람들과 함께 파들파들 떨었다. 아주 자연스럽게, 자드카르 사신들은 막사 바닥에 무릎을 꿇었다. 그리고 겨우겨우 목소리를 짜내어 간청했다.

"왕자님을 돌려주십시오……."

거의 울먹이는 어조로 간청하는 말에 황제 로드고는 눈썹을 치켜올리며 말했다.

"언제부터 왕자 취급을 하였다고 이러는지 모르겠군."

그가 느슨하게 웃으며 되물었다.

"버려진 왕자를 주워서 키워낸 것은 히페리온인데 말이지. 아니그런가?"

정확히 말하면 히페리온의 막내 황녀님이 주워서 기른 것이지만, 휘리릭 포장해버리는 로드고였다. 어쨌든 자드카르 사신들은 할 말이 없었다.

"그대들을 부른 이유는 협상을 하기 위해서가 아니라……."

옆에 앉아 있던 헬라드가 로드고의 말을 대신 잡아챘다.

"그만 꺼지라고 부른 것이다."

모욕적인 언사였지만, 어느 누구도 항의하지 못했다. 다들 여기서 살아나갈 수는 있을까 걱정하느라 정신이 없었다. 아무리 생각해도 죽어서나 나갈 수 있을 것 같다며 떨고 있는데, 막사 문이 활짝 젖혀졌다.

"아빠! 헬라드 오라버니!"

헉.

자드카르 사람들은 일제히 눈을 부릅떴다. 사악한 기운으로 물들어 있던 천막을 일시에 정화하는 듯한, 환하고 아름다운 외모의 소녀. 카힐 왕자님에게 안겨서 들어온 소녀의 찬란한 금발과 주홍색 눈동자는 의심할 바 없이 히페리온의 상징이었다. 그러나 아무리 봐도 이 험악한 집안의 딸이라곤 믿을 수 없는 외모였다.

천사인가……?

멍청하게 황녀님을 바라보던 게오르는 문득 황족들을 돌아보았다. 여전히 시꺼멓고 악당처럼 생긴 황족들이었다. 그러나 전부 흉흉하던 기세는 어디 갖다 치우고, 허둥지둥 일어나 황녀님에게 달려갔다.

"에니샤, 언제 일어났어?"

"침대에 누워 있지 어찌 힘들게 여기까지……!"

저를 걱정하는 황태자와 황제에게 둘러싸인 황녀님은 보고 싶어서요, 하고 작게 답했다. 그러자 짐승 같던 황족들은 일제히 생크림이 되어서 흐물흐물 녹아내렸다. 그 광경을 지켜보고 있자니, 머릿속에 갑자기 벼락이 내려쳤다. 게오르는 본능적으로 깨달았다.

살고 싶으면 황녀님한테 매달려야 한다!

황족들이 하는 미친 짓에는 이제 놀랄 일도 없다고 생각했다. 하지만 에니샤가 익숙해지는 만큼, 그들의 광증도 나날이 발전해갔다. 어떻게 하다하다 자드카르 공국의 왕자를 제국군 주둔지로 납치해 올 생각을 하는지……. 에니샤가 깨어나지 않았다면, 헬라드는 정말로 카힐을 죽여버렸으리라.

인질로 잡혀온 카힐은 에니샤 때문에 왕궁으로 돌아가지 않고 얌전히 붙잡혀 있었다. 주둔지 안에 갇혀 있으면서, 이렇게 밤마다 몰래 에니샤를 보러 찾아왔던 것이다.

"하아아아……."

상황 설명을 들은 에니샤는 한숨을 내쉬었다. 침상이 꺼져라 푸우우욱 숨을 내쉰 후에 질문했다.

"그래서 내가 잠든 보름 내내 자드카르 사신들이 떨면서 밖에서 기다리고 있고?"

"그렇습니다. 하지만 그쪽은 신경 쓰실 필요가 없습니다."

북부 사람들은 튼튼하기 짝이 없어서 이 정도로는 절대 죽지 않는다는 것이다. 그러면서 자리에서 일어나려는 에니샤를 만류하며 다시 이불을 덮어주기까지 했다.

"저도 인질 생활이 썩 나쁘진 않았습니다."

심각한 상황인데 어쩨 카힐도 조금 즐기고 있는 듯한 느낌이었다. 그를 흘겨본 다음, 에니샤는 침상에서 힘차게 일어났다. 그리고 그대로 바닥에 고꾸라졌다.

"으악!"

카힐이 잽싸게 에니샤를 받아 들었다. 그에게 폭 끌어안긴 에니샤는 으으 죽는 소리를 냈다. 보름 만에 움직이는 몸이었다. 당연하다면 당연하게도, 혼자서 움직일 수가 없었다.

"제가 안아드리겠습니다."

카힐은 손쉽게 에니샤를 훌쩍 안아 들었다. 어쩌나 가뿐히 안아 올리는지, 에니샤는 조그만 빵이나 인형이 된 기분이었다. 익숙하게 그의 목덜미에 팔을 두르며 에니샤가 물었다.

"……아빠랑 오라버니한테 갈 건데, 괜찮겠어?"

"물론입니다. 황녀님을 다른 사람에게 맡길 수는 없지 않습니까."

에니샤를 끌어안은 손에 조금 더 힘이 들어갔다. 카힐이 눈썹을 늘어뜨리며 질문했다.

"제가 안아드리는 것이 싫으십니까?"

"아니, 그건 아닌데…….."

"그럼 됐습니다."

그리하여 에니샤는 카힐에게 안긴 채 로드고의 막사를 찾아가게 되었다.

막사를 급습하니 펼쳐진 풍경이 가관이었다. 자드카르 귀족들이 전부 지옥에 입장한 얼굴로 바닥에 무릎을 꿇고 있었다. 그리고 로드고와 헬라드는 몹시 거만하고 시건방진 표정을 하고서 그들을 내려다보고 있었다.

"아빠! 헬라드 오라버니!"

에니샤가 등장하자마자, 두 황족들은 거의 순간이동하듯 다가왔다. 로드고가 카힐에게서 에니샤를 빼앗듯이 안아 들었다. 매서운 눈빛이 카힐을 서걱 베어냈다. 하지만 일단 에니샤를 보는 게 더 급해서, 카힐 문제는 뒷전이 되었다. 에니샤도 다른 무엇보다 당장 눈앞의 로드고와 헬라드가 우선이었다.

세 사람은 얼마간 분홍분홍한 시간을 가졌다. 서로 몰랑거리며 물고 빨고 하다가 뒤늦게 정신을 차린 에니샤가 질문했다.

"로시엘 오라버니는요?"

"황궁에."

헬라드가 옆에서 에니샤의 볼을 만지작거리며 말했다.

"걔는 비실비실하고 깔끔 떨어서 이런 데 못 와."

하지만 로시엘은 과거 훌륭하게 정벌을 다녀온 경험이 있었다. 한 달 만에 승리를 거둬 왔던 정벌을 떠올려보던 에니샤는 그때 말고는 로시엘이 전쟁에 나선 일이 없다는 것을 깨달았다. 확실히 로시엘의 예민한 성정을 생각하면 상상되질 않았다. 특히 막사처럼 방음도 제대로 되지 않는 곳에서 지내며 야전을 치러야 한다면…… 아마도 같이 출정한 병사들이 몹시 불행해질 터였다.

그렇구나 하고 고개를 끄덕이던 에니샤는 자드카르 귀족들을 돌아보았다.

"……."

다들 턱이 빠질 것처럼 입을 벌리고 이쪽을 바라보는 중이었다. 말랑해져 있던 에니샤는 뒤늦게 눈매를 뾰족하게 해 보이며 로드고와 헬라드를 돌아보았다. 무엇 때문에 그러는지 뻔히 알면서도, 두 남자는 모른 척 딴청을 부렸다.

뭐라 혼내야 할지 고민하던 때였다. 자드카르 귀족들 뒤편에 있던 한 사내가 벌떡 자리에서 일어났다.

"황녀님!!"

에니샤는 로드고에게 안긴 채 그를 돌아보았다.

"저는 자드카르 왕궁의 경비대장 게오르라고 합니다."

기운차게 자기소개를 한 사내는 그때부터 밑도 끝도 없이 에니샤 찬양을 늘어놓기 시작했다. 뜬금없는 돌발 행동에 자드카르 귀족들은 미친놈 보듯 게오르를 바라보았다. 하지만 퍼부어지는 에니샤 찬양은 즉시 효과를 발휘했으니. 로드고와 헬라드는 아닌 척하면서도 표정이 상당히 누그러져갔다.

에니샤는 속으로 감탄했다.

이 남자…… 제법인데?

위기 상황에서 막내 황녀님을 칭송하는 것은 황궁에서 최소 3년이상 일한 시종들만이 터득하는 기술이었다. 그걸 이리 짧은 시간내에 파악하다니, 대단한 사내였다.

구구절절 찬양을 늘어놓던 게오르는 가장 마지막으로 에니샤를 향해 고개를 조아리며 청했다.

"……하여, 저희 왕자님을 모셔가도 될는지……."

여기서 핵심은 다른 누구도 아닌, 정확히 에니샤에게 부탁하는 것이었다. 자연스럽게 로드고와 헬라드는 에니샤를 바라보았다. 에니샤는 로드고의 가슴팍에 얼굴을 기대며 그들에게 말했다.

"저도 무사히 깨어났고, 이제 카힐은 보내줘도 되잖아요."

눈에 넣어도 아프지 않을 막둥이의 말에 두 사람은 그럼 보내줄까, 하며 너그러운 표정들을 띠었다.

얼음장 같은 분위기가 훈훈하게 바뀌어가던 때였다. 전혀 예상치 못한 곳에서 문제가 터졌다. 막사 입구에 얌전히 서 있던 카힐이 말했다.

"아직 조금 더 붙잡혀 있어도 될 것 같습니다."

자드카르 귀족들은 기겁하여 카힐을 쳐다보았고, 로드고와 헬라드는 죽일 듯이 노려보았다. 헬라드가 어금니를 꽉 물었다가 말했다.

"……가라, 좀."

"죗값을 충분히 치르고 싶습니다."

"아, 가라고!!"

쫓아내고 싶은 납치범과 석방을 원하지 않는 인질은 서로 한참 동안 옥신각신했다. 언제나 그렇듯이, 중재안을 제시한 것은 에니샤였다.

"제가 자드카르 왕궁을 방문하도록 할게요."

어차피 아르커스 마법사들도 왕궁에서 휴식을 취하고 있으니 찾아가야 했다. 그리하여 에니샤가 자드카르 왕궁에 가는 것으로 합의를 보고 나서야, 히페리온은 카힐을 겨우 풀어줄 수 있었다. 그리고 헬라드는 앞으로 저놈 함부로 잡아 오면 안 되겠다고 학을 뗐다.

에니샤가 잠들어 있고 카힐이 붙잡혀 있는 동안, 좌우법사는 공국에 남아 아르커스 조사관들을 회복시키는 데 힘쓰고 있었다.

"오늘은 이만하면 되지 않겠습니까, 좌법사님?"

마법사들에게 마력을 불어넣어주던 테네리페가 이마에 송골송골 맺힌 식은땀을 닦아내며 말했다. 벨루안은 가벼이 고개를 끄덕이며 답했다.

"마무리하도록 하지."

"예!"

테네리페가 마지막으로 마법사들의 상태를 확인하고, 벨루안은 바깥으로 나갔다.

북부의 여름밤은 서늘하고 차가웠다. 기둥들이 길게 늘어선 회랑을 천천히 걸어가며, 그는 상념에 잠겼다. 대법사는 아바르티아를 봉인했으나, 여섯 군주를 잡아먹은 악령은 강력했다. 아바르티아는 봉인을 조금씩 허물며 기회를 노렸다. 봉인이 가장 약해진 순간 제 힘을 한 줄기 뻗어내, 계약자인 벨루안을 조종하여 역으로 대법사를 봉인하는 데 성공했다. 하지만 벨루안의 마법진은 대법사의 마력을 감당하지 못했다. 마법진은 마력과 충돌을 일으켰고, 그 대가로 대법사는 육체를 잃고 영혼만 남았다. 그리고 히페리온의 세 번째 별로 태어나 지금에 이른 것이다.

벨루안은 쓰게 웃었다. 아마 아카데미 지하 미궁의 봉인마법진도 자신이 그렸을 터였다. 하지만 두 번이나 그려놓고선 수식 하나조차 떠올리지 못했다. 악령의 지식을 바탕으로 마법진을 그린 뒤, 아바르티아가 기억을 잘라가 버린 탓이리라.

봉인마법진을 기억한다면 조금이나마 보탬이 될 텐데…….

그녀에게는 항상 받기만 할 뿐이었다. 벨루안이 달을 바라보며 한참 생각에 빠져 있을 때였다.

"벨루안."

저를 부르는 목소리에 벨루안은 천천히 옆을 돌아보았다. 녹시타가 로브 자락을 끌며 사박사박 걸어와, 두어 걸음 앞에서 멈춰 섰다. 아르커스의 좌법사와 우법사는 서로를 마주 보고 섰다. 달빛이 어리며 기둥의 그림자가 길게 늘어졌다. 벨루안은 시선을 아래로 내리깔았다. 녹시타가 조용히 입을 열었다.

"네가 변화를 일으킨다면……. 내 역할은 질서와 안정을 지키는 거야."

녹시타는 어느 정도 상황을 짐작한 모양이었다. 아르커스가 삼두체제를 선택한 이유는 권력의 삼등분을 위해서이나, 서로를 견제하려는 목적도 있었다. 어느 하나가 타락하였을 때, 나머지 둘이 썩은 부위를 잘라내야 한다. 변화라고 둘러 표현했으나, 결국 벨루안이 한 짓은 아르커스를 멸망으로 몰아넣은 것이었다. 이 자리에서 우법사인 녹시타가 질서를 위해 자신을 처벌한다 하여도 할 말이 없었다. 침묵하는 벨루안을 바라보던 녹시타가 말했다.

"하지만 대법사한테는 네가 필요해."

그리고 나도······.

　흐릿한 목소리로 덧붙이곤 입을 다물었다. 끊어졌던 대화가 다시 이어진 것은 한참 달빛이 깊어진 뒤였다.

　"기억나? 처음 만났을 때."

　당연히 기억하고 있었다. 저와 녹시타는 오로지 대법사에 의해 이어진 인연이었다. 처음 만났을 때, 둘은 서로를 거의 없는 사람 취급하며 무시했다. 성격이 극과 극으로 다른 데다가, 대법사의 사랑을 나눠 가져야 한다는 사실에 열이 뻗친 탓이었다. 하지만 물과 기름처럼 어울리지 못하던 두 사람이 하나로 뭉친 계기 또한 대법사였다. 벨루안은 녹시타가 했던 말을 기억 속에서 끌어올려 중얼거렸다.

　"혼자서는 그녀를 지켜낼 수 없으니까."

　그러니 도와달라고 말하며, 녹시타는 제게 손을 내밀었다.

　"······."

　녹시타가 눈을 조금 빠르게 깜빡였다. 기억하냐고 물어놓곤, 막상 벨루안의 입으로 그 말을 들으니 쑥스러운 모양이었다. 살짝 붉어진 얼굴을 하면서도, 녹시타는 시선을 똑바로 맞춘 채 말했다.

　"내가 널 내버려두는 이유는 어디까지나 대법사를 위해서야."

　서로를 견제해야 할 삼두법사가 썩어 문드러진 하나를 잘라내지 않고 끌어안았다. 아르커스가 알게 된다면 경악할 사건이나, 녹시타에겐 지극히 당연한 일이었다. 녹시타는 느릿한 어조로 말했다.

　"우리는 아르커스가 아닌 대법사를 위해 살아가는 존재이니."

　그러니까 앞으로 잘해.

단단히 경고를 덧붙인 후, 녹시타는 먼저 홱 뒤돌아서며 말했다.

"추우니까 그만 들어가자."

그리고 조금 있다가 작게 덧붙여 말했다.

"······좌법사."

그 말을 끝으로 녹시타는 빠르게 걸어가 버렸다. 벨루안은 얼마간 멍하니 서서 녹시타의 뒷모습을 바라보았다. 그러다 이내 웃으며 뒤따라갔다.

✦✦✦✦✦✦

카힐을 자드카르 귀족들과 함께 보낸 뒤, 에니샤는 때늦은 저녁을 먹었다. 오랫동안 공복이었던지라 부드러운 수프를 먹기로 했다. 하지만 거의 세숫대야만큼 먹어치운 탓에, 유동식을 먹는 의미가 조금 없어져버렸다. 이게 다 로드고와 헬라드가 옆에서 한 숟가락만 더 먹으라며 졸라댄 탓이었다. 에니샤는 그만 배가 빵빵해지고 말았다. 통통해진 배를 끌어안고, 오늘 밤은 헬라드 옆에서 잠들기로 했다.

로드고는 제국군을 철수시키는 문제로 기사들과 밤늦게까지 회의할 예정이었다. 에니샤가 식사하는 것을 처음부터 끝까지 지켜본 뒤, 로드고는 에니샤의 이마에 쪽 소리 나게 뽀뽀하며 말했다.

"일찍 자거라."

"네, 아빠."

"헬라드가 자꾸 말 걸거든 한 대 세게 때리도록 하고."

저놈은 단단해서 여린 손이 다칠 수도 있으니, 꼭 마법으로 때리라는 말도 잊지 않았다. 에니샤는 로드고를 한번 꼭 끌어안아주곤, 모포에 둘둘 말려서 헬라드에게 달랑 안겼다.

"걱정 말고 회의나 하십시오, 폐하. 제가 아주 잘 돌볼 테니."

헬라드는 싱글싱글 웃으며 에니샤를 안고 제 막사로 향했다.

막사로 가는 동안, 에니샤는 신기한 눈으로 주둔지를 둘러보았다. 횃불이 활활 타오르고 제국기가 휘날리는 주둔지의 모습에서 악명 높은 히페리온 제국군의 단면이 보이는 듯했다. 밤이 늦었지만 경계심이 느슨해진 느낌은 전혀 없었다. 주둔지를 돌아다니던 기사들은 헬라드와 에니샤에게 각 잡힌 인사를 건넸다. 헬라드는 설렁설렁 그들의 인사를 받아넘겼다. 로드고랑 헬라드가 정벌을 다니면 이런 모습이구나 싶었다. 그들이 전쟁터 한가운데서 날뛰는 모습도 상상해보는데, 헬라드가 문득 인상을 찌푸리며 말했다.

"잠깐 저기 들렀다 가자."

헬라드가 향한 곳은 카힐이 갇혀 있던 막사였다.

막사 앞을 지키던 기사들은 이미 저만치서 헬라드가 보이자마자 무릎을 꿇었다. 카힐이 몰래 에니샤의 막사를 들락날락하는 것을 막지 못한 죄였다. 정령의 힘으로 나다니는 카힐을 어찌 막겠느냐만, 어쨌든 잘못은 잘못이었다.

"에니샤, 잠깐 귀 좀 막고 있어."

에니샤는 모포에서 손을 꺼내서 귀를 틀어막았다. 단단히 막은 것을 확인한 후, 헬라드는 서늘한 표정으로 기사들에게 무어라 말했다. 대충 짐작하건대, 나가는 것은 막지 못하더라도 부재는 재빨리 알아채 보고해야 할 것 아니냐는 소리였다. 기사들이 흙바닥에 머리를 박았다. 헬라드는 손을 휘휘 내저으며 일어나라 말한 뒤, 상대가 카힐 자드카르라 이 정도로 끝낸다며 마무리 지었다. 그러곤 시킨 대로 열심히 귀를 막고 있던 에니샤의 손을 톡톡 두드렸다. 에니샤가 손을 떼자, 헬라드는 씩 웃으며 말했다.

"잘했어. 이제 진짜로 자러 가자고."

헬라드의 막사는 조금 어수선했다. 너른 침상에는 이불이 구겨져 있었고, 한쪽에는 갑주와 칼 여러 자루가 놓여 있었다. 탁자에 자드카르 공국의 지도가 커다랗게 펼쳐져 있었다. 상아를 깎아 만든 작은 표식들이 다닥다닥 올라앉은 지도에는 진군 경로인 듯한 선이 죽죽 그려져 있었다. 구체적인 세부 작전까지 다 나왔던 모양이었다. 에니샤가 일어나지 않았다면, 제국군은 진실로 카힐을 죽이고 자드카르를 침공했으리라. 지도에서 또 나라 하나 없애버릴 뻔했던 위기를 넘긴 것이다. 에니샤는 속으로 안도의 숨을 내쉬며 다시금 건강의 중요성을 되새겼다.

헬라드는 에니샤를 침상에 앉혀놓고 이불을 머리에 덮어씌웠다.

"잠깐만, 오라버니 옷 갈아입게."

훌렁훌렁 옷 벗는 소리를 들으며 기다리고 있자니 곧 이불이 걷혔다. 침의로 갈아입은 헬라드는 이불에 쓸려서 엉망이 된 에니샤의 머리카락을 정돈해줬다. 그리고 꾸벅꾸벅 졸고 있던 에니샤를 침대에 눕혔다.

에니샤는 무거운 눈꺼풀을 밀어 올려 그를 바라보았다. 가운데를 여며 묶는 침의는 옷자락이 느슨했다. 가슴팍까지 훤히 보이는 것이, 아마 로시엘이 봤으면 어린 동생 앞에서 경망스러운 차림이라고 타박을 줬으리라. 헬라드가 움직이는 것을 따라 늘씬하게 단련된 근육이 꿈틀거렸다. 갈수록 로드고를 닮아가는 것 같았다.

그를 관찰하는 동안, 헬라드는 침상 위에 부드러운 모포와 베개 따위를 이리저리 늘어놓았다. 그리고 에니샤에게 목 끝까지 이불을 덮어주고 요모조모 들여다보며 물었다.

"음……. 이렇게 하면 되나……. 어때, 괜찮아?"

에니샤는 고개만 간신히 끄덕였다. 너무 졸리고 피곤해서 벌써 반쯤 잠든 기분이었다. 눈이 가물가물하는 에니샤에게 헬라드가 팔베개를 해줬다. 그에게 마주 보듯 돌아눕자, 손가락이 코끝을 장난스럽게 문질렀다.

"이번에는 제때 일어나는 거지, 쭈글아? 보름씩 잠들고 그러면 안 된다."

에니샤는 네에 하고 늘어지게 대답했다. 너무 졸려서 정말 대답한 건지 아닌지 조금 헷갈렸다. 얼굴 위에 가벼운 감촉이 연이어 내려앉았다. 나직한 한숨 소리와 함께 가라앉은 목소리가 귓가로 스며들었다.

"아프지 말고……."

에니샤는 저를 토닥이는 손길을 느끼며 깊이 잠들었다.

⚜

자드카르의 새로운 주인으로서, 카힐은 많은 일을 감당하고 처리해야 했다. 그중 가장 중요한 것은 현 자드카르 공왕의 처분이었다. 자드카르 왕궁을 방문한 에니샤는 카힐의 부탁을 받곤 좌우법사와 함께 공왕을 찾았다. 공왕의 침실에 들어서자마자 녹시타는 얼굴을 찌푸리며 중얼거렸다.

"시체 냄새……."

예상했던 대로 공왕은 이미 죽은 사람이었다. 에니샤는 눈살을 찌푸렸다. 카르티나 부인이 관리하지 못한 탓에, 부패가 진행되어 몰골이 말이 아니었다. 공왕의 상태를 살펴본 녹시타가 카힐에게 질문했다.

"어떻게 할래요……?"

카힐은 잠시 입을 다문 채 공왕을 바라보았다. 썩어 문드러진 아버지의 시체를 보는 아들의 눈빛은 건조했다. 슬픔이나 동정은 담겨 있지 않았다. 단지 냉철하게 상황을 판단할 뿐이었다. 가족에게 받은 사랑이 없으니 당연하겠지만, 에니샤는 마음이 조금 착잡해졌다. 내가 더 잘해줘야겠다는 생각이 들었다.

얼마간 공왕을 바라보던 카힐이 질문했다.

"혹시 계속 이 상태를 유지할 수도 있습니까?"

녹시타는 카힐이 질문한 뜻을 곧장 눈치챘다.

"살아 있는 사람처럼 보이게 할 수도 있어요."

"그럼 부탁드리겠습니다. 왕성을 복구하는 것만으로도 무리인지라, 국장까지 치를 여력이 없기도 하고……."

카힐은 에니샤를 돌아보며 말했다.

"아직 조금만 더 황녀님 곁에 있고 싶습니다."

내년이면 카힐은 아카데미를 졸업할 예정이었다. 학생회장이기도 하니, 유예 기간을 두고 싶은 모양이었다. 공왕은 허수아비로 왕위에 앉혀두고, 카힐이 실권을 전부 끌어안는 방향으로 문제를 정리했다.

내년이면 카힐이 북부로 완전히 떠나겠구나…….

공왕으로서 대관식까지 치르고 나면, 이제 1년에 한 번 보기에도 힘들어지리라. 당연한 이별이지만 살짝 섭섭한 것은 어쩔 수 없었다. 올해 아카데미에 있는 동안 카힐을 많이 봐봐야겠다는 생각이 들었다.

공왕 문제를 해결한 뒤에는 아르커스 조사관들을 보러 갔다. 왕궁에서 잘 먹고 잘 쉬었는지, 다들 얼굴이 포동포동했다. 그들은 에니샤가 등장하자마자 주르륵 매달려선 너무 무서웠다고 칭얼거렸다. 서부 주술사들에게 산 채로 마력을 추출 당한 이야기를 늘어놓던 마법사들은 일제히 입을 모아 말했다.

"하지만 대법사께서 구하러 와주실 줄 알았습니다."

그들의 굳건한 신뢰가 귀엽고 기특했다. 에니샤는 다들 고생 많았다고 다독여주었다. 그리고 슬슬 아카데미로 돌아갈 준비를 시작했다. 너무 오랫동안 학교에 가지 않았다. 이래서야 불량 학생이라고 제적을 당해도 할 말이 없었다.

하루빨리 돌아갈 채비를 하는 한편, 에니샤는 마지막으로 자드카르 왕궁을 구경하기로 했다. 안내자는 카힐이었다. 하지만 둘이서 대놓고 돌아다닐 수는 없었다. 카힐과 자신이 연인이라는 소문이 퍼진 탓이었다. 로시엘이 제도에서 길길이 날뛰었다고 들었다.

로드고와 헬라드도 분명 소문을 알 터였다. 심지어 두 사람은 아직 공국 국경선 근처에 있었다. 이런 상황에서 카힐이랑 있는 모습을 남들에게 보였다간, 이번에야말로 카힐의 목이 날아갈지도 몰랐다.

에니샤는 카힐과 함께 기척을 죽이는 마법을 걸고 몰래몰래 왕궁을 산책했다. 카힐은 사람들이 잘 다니지 않는 길을 속속들이 골라 안내했다. 이곳저곳을 구경하며 카힐과 대화를 나눴다. 카르티나 부인의 유리온실을 구경한 후, 기다란 복도를 따라 걷던 에니샤는 그에게 질문했다.

"카르티나 부인은 어찌 했어?"

리사엘라와 악시온까지 헬라드가 자드카르 왕궁으로 손수 끌고 왔다고 들었다. 카힐이 어떤 식으로 처분을 내렸을지 궁금했다. 하지만 카힐은 자세히 말해주지 않고 얼버무렸다.

"잘 처리했습니다."

"어떻게?"

"말씀드리고 싶지 않습니다."

"뭐야, 그게."

이러면 더욱 궁금하지 않은가. 알려달라며 그의 앞을 막아서고 쫑긋쫑긋 고개를 디밀었다.

"황녀님……."

난감한 표정을 짓던 카힐이 작게 웃음을 터뜨렸다. 무심하다 못해 냉랭하게 보이던 눈매가 시원스레 휘어졌다. 날카롭던 인상이 한결 유해졌다. 그가 이렇게 웃는 모습을 보는 것은 처음이었다. 에니샤는 신기한 기분으로 카힐을 올려다보았다. 카힐이 웃음기 묻은 눈으로 무어라 말하려던 때였다.

"!!"

저 멀리서 인기척이 들렸다. 에니샤는 다급한 눈으로 카힐을 쳐다보았다.

"들키겠어……!"

기척을 죽이는 마법은 모습까지 감춰주진 않는다. 정면에서 마주치면 들킬 수밖에 없었다. 당황한 에니샤와 달리, 카힐은 침착하게 주변을 살피더니 에니샤의 손목을 붙잡고 몇 걸음 앞으로 걸어갔다. 그리고 어딘가의 문을 열고 쑥 들어가며 에니샤를 끌어당겼다. 어어, 하는 사이에 문이 닫히고 사방이 깜깜해졌다. 카힐은 에니샤를 뒤에서 끌어안다시피 감싸고 섰다. 문밖에서 누군가 대화를 나누는 소리가 들렸다. 아마도 지나가던 하녀들인 모양이었다. 하필이면 복도에 멈춰 서서 깔깔 웃으며 이야기를 나눴다. 그녀들이 지나갈 때까지 꼼짝없이 기다려 할 판이었다.

에니샤는 숨죽인 채 조용히 어둠 속을 살폈다. 카힐과 저가 숨은 방은 잡동사니를 쌓아두는 창고인 모양이었다. 가구며 잡다한 물건이 빽빽하게 가득 차서, 문 앞에 겨우 딱 붙어 서 있을 공간밖에 없었다.

등 뒤에 느껴지는 온기가 낯설었다. 평소에는 잘만 기대고 안기고 다 했으면서, 갑자기 그랬다. 괜히 어색해 몸을 꼼지락거리는데, 카힐이 속삭였다.

"정말 궁금하십니까?"

숨결이 귓가를 스쳤다. 낮게 가라앉은 미성이 에니샤를 간질였다. 에니샤는 열심히 문에만 시선을 고정한 채로 중얼거렸다.

"이제 안 궁금한 것 같아……."

작은 웃음소리가 들려왔다. 오늘따라 그가 자주 웃는 것 같았다. 머리 위에 무언가 얹혔다. 카힐이 느슨하게 턱을 괴며 속삭였다.

"황녀님께는 항상 좋은 모습만 보여드리고 싶습니다."

에니샤는 눈을 깜빡였다. 부드러운 목소리가 머리카락을 타고 흘러내렸다.

"그래야 조금이라도 덜 불손해 보이지 않겠습니까?"

"……이런 게 불손하다는 거야."

"앞으로 주의하겠습니다."

"지금부터 주의할 생각은 없고?"

카힐은 못 들은 척 아무 말도 하지 않았다. 그러다 불쑥 말했다.

"황녀님."

바깥의 하녀들이 언제 지나갈까, 그것만 기다리던 에니샤는 고개를 위로 들어올렸다. 하지만 카힐이 여전히 머리 위에 턱을 얹어 놓고 있어서 얼굴을 볼 수가 없었다.

그가 나직하게 말했다.

"좋아한다고 말씀드려도 됩니까?"

"어……?"

짧지만 온갖 질문이 뒤섞인 소리였다.

왜? 지금? 그리고 저번에 한번 말했는데 또?

하지만 카힐은 의문을 긍정으로 알아들은 모양이었다. 슬며시 고개를 아래로 내린 카힐이 귓가에 입술을 바짝 붙였다.

"좋아합니다. 정말 많이……."

노골적인 고백이었다. 기억을 떠올리던 에니샤는 얼굴이 화끈해졌다. 좋아한다고 한 번 말했으면 충분하지, 왜 자꾸 티를 내는지 모를 일이었다.

"……황녀님?"

앞서가던 카힐이 걸음을 멈춰 서고 뒤를 돌아보았다.

"아무것도 아냐."

에니샤는 잠시 그를 흘겨보았다가, 어서 걷기나 하라는 뜻으로 고개를 까닥였다. 아카데미로 돌아온 에니샤는 지금 카힐과 함께 이스미온을 찾아가는 길이었다. 교장실에 들어서니 이스미온은 눈 밑이 퀭해져있었다.

"오셨습니까……."

그가 이미 시체가 되어버린 듯한 목소리로 말했다. 이스미온은 아무 말도 안 했지만, 에니샤는 뭐가 어찌 돌아가는 상황인지 바로 알아챘다. 에니샤를 포함하여, 이번 북부 사태의 주역들이 전부 헤르노어 아카데미에 소속되어 있었다. 여기저기서 교장을 괴롭히며 정보를 캐물었을 것이다. 하지만 절대 가만히 있을 히페리온이 아니었다. 제도로 돌아간 로시엘이 히페리온에 대해 입이라도 벙긋 했다간 아카데미를 날려버리겠다고 협박했을 게 분명했다. 히페리온과 타국들 사이에 찡겨서 납작한 샌드위치가 되어버린 이스미온은 그간 혹독하게 마음고생, 몸고생 다 했으리라.

에니샤는 그에게 진심을 담아 사과했다.

"미안해요……."

고생 많이 했다고 달래주자, 이스미온은 눈물이 그렁그렁해졌다. 금사로 꽃무늬 자수가 놓인 손수건을 꺼내 눈물을 콕콕 찍어낸 그가 한숨도 한 번 푸욱 내쉰 후, 말문을 열었다.

"하렌이 새로운 예지를 받았습니다."

"……!!"

"하지만 에니샤 님에게만 말씀드리겠다고 고집부리는 탓에…… 듣지는 못했습니다."

에니샤는 하렌과 단둘이서 이야기를 나눠보기로 했다.

하렌은 교장실 옆의 빈 방에서 에니샤를 기다리고 있었다. 혼자 방 안을 초조하게 배회하던 하렌은 문이 열리자마자 토끼처럼 놀란 눈을 하고서 쳐다보았다. 안대는 어디 갔는지, 예언자의 상징인 금녹색 눈동자를 고스란히 드러내고 있었다. 에니샤는 등 뒤로 문을 닫으며 조심스레 이름을 불렀다.

"하렌……?"

그리고 이름을 부르는 순간, 하렌이 달려왔다. 조그만 아이는 에니샤의 허리를 있는 힘껏 끌어안고서, 품에 얼굴을 묻었다. 맞닿은 부분이 뜨끈하더니 축축해졌다.

"악령이 마음을 바꿨어요. 이제 얼마 남지 않았어요…….'

"……."

에니샤는 잠시 입술을 깨물었다. 이번에 북부에서 아바르티아와 맞닥뜨리면서, 그가 마음을 고쳐먹은 모양이었다. 여러 생각이 복잡하게 떠올랐다. 시간이 부족했다. 마력봉인 연구에 박차를 가하고 있지만, 빠른 시일 내에 끝날 수 있는 것은 아니었다. 우선 아르커스에 스칸샤를 더욱 주시하라 명하고, 히페리온에도 경고를 전해야 할 것 같았다. 에니샤가 대응책을 생각하는 동안, 한참을 훌쩍이던 하렌이 천천히 고개를 들어올렸다. 하렌은 물기 젖은 눈을 하고서 속삭였다.

"울지 마세요······."

뜬금없는 말이었다. 정작 눈물은 자신이 흘리면서, 하렌은 에니샤에게 울지 말라며 흐느꼈다. 서럽게 들썩이는 작은 어깨를 끌어안아주며 물었다.

"내가 울고 있었니?"

하렌은 입술을 꽉 깨물고서 고개만 끄덕였다. 작은 손이 옷자락을 움켜쥐었다. 가냘픈 손끝은 형편없이 떨리고 있었다. 하렌이 어디까지 봤는지는 알 수 없다. 하지만 한 가지는 확실했다. 그가 본 것은 결코 피할 수 없는 미래였다. 에니샤는 하렌을 달래고 도닥였다.

"걱정하지 마. 울지 않을게."

하렌이 느리게 더듬더듬 말을 늘어놓았다.

"죄송해요······. 고작 이런 말씀이나 드리는 것 빼곤 제가······ 할 수 있는 게 아무것도 없어서······."

"괜찮아, 하렌. 어차피 바뀌지 않는 미래고······."

절망적인 표정을 짓는 하렌 앞에서 에니샤는 씩 웃으며 말했다.

"네가 나보고 행복해진다는 예언도 해줬잖아."

"······."

하렌은 에니샤와 가만히 눈을 마주했다. 거울처럼 맑은 금녹색 눈동자는 영혼을 들여다보는 느낌이었다. 천천히 눈을 깜빡이던 하렌이 속삭였다.

"맞아요……."

그 과정이 아무리 험난하여도 가장 마지막엔 환하게 웃으실 거라고, 찬란한 행복을 누리실 거라고. 하렌은 그렇게 말하며 다시금 에니샤의 품에 얼굴을 묻었다.

✦❀✦

아카데미에 돌아오니 곧장 시험 기간이었다. 시험이 끝난 후에는 종강식을 치르고, 그런 다음엔 바로 여름방학이었다. 방학 기간 동안 아카데미에 남아 있는 학생들도 많지만, 에니샤는 당연히 황궁으로 돌아갈 예정이었다.

수업을 한참 못 들었지만, 시험이 별로 걱정되진 않았다. 마법 수업들이야 어차피 다 아는 내용뿐이고, 공부할 것은 마법의 역사와 행정학개론밖에 없었다. 레시나가 조금 걱정이긴 했으나, 그녀도 총명한 편이니 잘해낼 것이었다. 그리고 에니샤가 열심히 학교 생활에 매진하는 동안, 막둥이 따라 북부까지 쫓아갔던 교수님들도 뒤늦게 아카데미로 귀환했다.

학생들은 공포에 떨었다. 북부를 작살내놓을 뻔한 히페리온 황족들의 소문이 아카데미에도 자자한 탓이었다. 물론 옛날에도 두려움의 대상이었다. 하지만 그전에는 막연히 무서웠다면, 이제는 구체적으로 무서운 존재가 되어버린 것이다. 그리고 황족들의 등쌀에서 살아남은 카힐은 어쩐지 영웅이 되어버렸다.

"그런데 이 자식들이 에니샤 님이랑 카힐 놈이랑 연인이라고 헛소문을……!"

각종 소문을 전해주던 레시나가 주먹을 불끈 움켜쥐며 분통을 터뜨렸다. 에니샤의 측근인 레시나에게 다들 슬쩍슬쩍 물어보는 모양이었다. 레시나는 누가 물어볼 때마다 아니라고 까칠하게 대답하고, 때로는 길길이 화를 내기도 했다. 그러나 소용이 없었다. 오히려 몰래몰래 와서는 다 알고 있다며, 응원합니다……! 하고 귓가에 속삭이고 도망간다는 것이다. 어차피 내년에 카힐이 아카데미를 졸업하고, 공왕위를 받아 북부로 돌아가면 자연스럽게 사라질 소문들이었다. 에니샤는 그냥 웃고 넘겼다. 그렇게 나름 평화로이 하루하루를 흘려보내고 있을 때였다. 에니샤는 아카데미로 돌아온 쌍둥이들과 크게 다툼을 벌이게 되었다. 에니샤를 교수실에 불러놓고 노닥거리던 그들이 해서는 안 될 말을 했기 때문이었다.

"저 그만 시험공부 하러 갈게요."

행정학개론은 외워야 할 범위가 넓었다. 도서관에서 레시나랑 공부하기로 했다는 말에 헬라드와 로시엘은 입술을 댓 발 내밀었다. 로시엘이 조금만 더 놀다 가자고 살랑거리며 말했다.

"오라버니가 시험문제 알려줄게."

로시엘의 말을 듣자마자 에니샤는 눈초리를 매섭게 하고서 되물었다.

"지금 뭐라고 하셨어요?"

실수를 깨달은 로시엘이 황급히 말을 돌리려 했으나, 이미 늦은 뒤였다. 에니샤는 바락바락 화를 냈다.

"어떻게 교수님이 되어서 그런 말을 해요! 아무리 오라버니들이 날 챙긴다고 해도……!"

그때부터 쌍둥이는 잘못했다고 열심히 매달렸지만, 에니샤는 단단히 뿔이 났다. 그러고 나서 지금까지 수업 시간을 제하곤 얼굴도 보지 않고 있는 것이다. 수업 시간에도 쌩하니 모른 척하는 탓에, 헬라드와 로시엘은 전전긍긍하고 있었다. 오늘도 행정학개론 수업이 끝나자마자 에니샤는 쌩 도망가 버렸다. 에니샤를 열심히 뒤따라 다니던 레시나가 눈치를 살피며 물었다.

"그……. 이제 용서해드려도 괜찮지 않을까요……?"

"시험 끝나고 나서."

며칠만 지나면 시험이었다. 그전에는 최대한 어울리는 걸 자제할 생각이었다. 교수인 오라버니들과 어울리다 괜히 오해받는 것보단 낫지 않겠느냐는 에니샤의 말에 레시나가 고개를 끄덕였다. 그러다가 헛 하고 말했다.

"시험 끝나고 '달콤함의 날'인 거 아십니까?"

"그게 뭐야?"

레시나는 에니샤에게 자세히 설명해주었다. '달콤함의 날'은 제국에는 없는 동부 고유의 풍습으로, 존경하고 좋아하는 사람에게 초콜릿과 사탕, 과자 같은 달콤한 것을 주는 날이었다.

요즘 젊은 애들은 별 걸 다 하는구나 싶었다.

"그러니까 그때 과자를 드리면서 다시 대화를 나누시면 좋을 것 같습니다."

레시나의 의견에 에니샤는 고개를 끄덕였다. 좋은 생각이었다. 시무룩한 쌍둥이들에게 과자를 주면 자연스럽게 화해할 수 있을 것이다. 에니샤가 긍정적인 반응을 보이자 레시나는 신나서 말했다.

"오늘 과자나 사러 갈까요?"

시험 기간이 끝나고 나서 과자를 사러 가면 상가도 붐비고 맛있는 것들도 다 떨어지고 없을 것이라며, 오늘 가자고 졸라댔다. 어차피 시험공부도 다 끝내놓은 상황이다. 한동안 아카데미에 박혀서 공부만 했으니, 기분 전환할 겸 오늘은 쉬어도 괜찮을 것 같았다. 에니샤와 레시나는 바깥에 나가서 과자를 사오기로 했다.

상점가로 나가보니, 달콤함의 날을 위한 상품이 준비되어 있다는 광고가 거리에 가득했다. 에니샤는 누구누구에게 선물할지 목록을 꼽아보며 레시나와 상점 사이를 걸었다.

"일단 오라버니들이랑 카힐한테 주고⋯⋯. 이스미온이랑 하렌도 챙기고 싶어. 마법학부 교수님들께도 드릴까?"

"저는요?"

"너도 당연히 줘야지."

"그럼 제일 큰 걸로 주십시오. 아, 저는 술 들어간 초콜릿 좋아합니다."

럼주가 들어간 초콜릿이면 좋겠다고 군침 흘리는 레시나의 모습에 에니샤는 키득키득 웃었다. 둘이서 상점가를 쏘다니며 한창 구경하던 때였다. 생각지도 못한 사태가 벌어졌다. 사람이 많은 거리를 걷고 있던 에니샤는 누군가와 세차게 부딪혔다.

"앗⋯⋯!"

쓰고 있던 로브 모자가 홀렁 젖혀질 뻔해서 다급하게 붙잡았다. 레시나가 놀라서 에니샤를 챙겼다.

"괜찮으십니까?"

"응. 그냥 부딪힌 거야."

저놈 쥐어박아야겠다고 아득거리는 레시나를 말리는 동안, 에니샤와 부딪혔던 작은 소년이 꾸벅 인사를 했다.

"죄송합니다."

그러곤 다시 후다닥 어딘가로 뛰어가 버렸다. 레시나가 캬악 하고 성질내며 소리쳤다.

"저 싸가지 없는 놈!"

괜찮다고 열심히 달래는데, 뭔가 허전했다. 품속을 더듬어보던 에니샤는 잠시 눈을 깜빡거렸다. 그리고 레시나를 돌아보며 말했다.

"나 지갑 없어졌어."

당황한 에니샤 옆에서 레시나는 더 당황한 표정을 지었다.

"예? 쟤가 지금 누구 지갑을……?"

그녀가 세상에서 제일 불행한 소매치기를 향해 중얼거렸다.

"미쳤나 봐요……."

역시나 소매치기는 금방 잡혀버렸다. 검거 과정에서 에니샤는 나설 것도 없었다. 레시나가 냉큼 추적마법을 걸어서 잡아냈기 때문이다. 으슥한 골목길에 몰린 소년은 저를 쫓아온 에니샤와 레시나를 보곤 크게 당황했다. 레시나는 소년을 구석으로 몰아넣으며 음산히 말했다.

"너 이 자식……."

불타는 레시나의 눈을 본 소년이 히익 하고 바닥에 주저앉았다. 소년은 냅다 무릎 꿇고 싹싹 빌기 시작했다.

　"잘못했어요!"

　"잘못은 당연히 했고."

　레시나는 우두둑 소리 나게 손을 꺾으며 슬렁슬렁 다가갔다.

　"처벌도 받아야지?"

　"으아아악!!"

　기겁하며 소리 지르던 소년의 시선이 에니샤에게 향했다. 로브 모자를 눌러쓰고 얌전히 뒤편에 서 있던 에니샤는 소년을 쳐다보았다. 소년은 재빠르게 무릎걸음으로 다가와선 에니샤 앞에서 질질 울며 애원했다.

　"부모님이 아프셔서……. 의원한테 진료를 받을 돈이 없어서 그랬어요. 한 번만 용서해주세요."

　"부모니이이이임?"

　레시나가 소년의 머리를 쾅 하고 쥐어박으며 말했다.

　"쪼그만 게 어디서 거짓말이야!"

　"아얏!"

　"발랑 까진 놈이!"

　에니샤는 손을 내저어 만류했다.

　"그만해, 레시나."

　"하지만……!"

　반발하는 레시나를 물리고, 에니샤는 소년에게 까닥까닥 손짓했다. 소년이 주춤거리며 훔쳐갔던 지갑을 내놓았다. 에니샤는 지갑만 챙기고, 소년의 손바닥에 가지고 있던 돈을 다 털어줬다. 샛노란 금화와 은화가 짤그랑짤그랑 떨어졌다.

"이 정도면 진료비, 약값, 당분간 생활비까지 넉넉하지?"

"……네?"

얼빠진 표정의 소년에게 에니샤는 픽 웃으며 말했다.

"그냥 주는 거야."

소년이 흥분을 감추지 못하고 새빨개진 얼굴로 외쳤다.

"감사합니다!!"

주머니에 미어터져라 돈을 밀어 넣고서, 소년은 에니샤의 마음이 바뀔세라 후다닥 도망가 버렸다. 레시나가 입을 삐죽삐죽하면서 투덜거렸다.

"어휴, 저놈 오늘 장사 다 끝났겠네요."

에니샤 님은 마음이 물렁해서 탈이라며, 그렇게 퍼주다간 남는 거 없다고 꿍얼댔다. 대륙 최고 부자인 막내 황녀님에겐 모래 한 알 내어준 정도라는 것을 알면서도, 레시나는 끝없이 에니샤의 낭비를 한탄했다. 에니샤는 레시나에게 미안하다고 말했다.

"하지만 부모님이 편찮으시다니까……."

가족과 관련된 이야기는 에니샤가 가장 약한 부분이었다. 거짓말했을 가능성이 훨씬 높다는 것을 알고 있었다. 하지만 만에 하나 진실일 경우를 생각해서 소년을 내버려두고 싶었다. 에니샤의 설명을 듣고 나서도, 레시나는 계속 뚱한 표정으로 삐죽거렸다. 에니샤는 살짝 웃으며 말을 돌렸다.

"케이크 먹으러 갈래?"

"……제 돈으로요?"

"응."

"……."

레시나는 에니샤와 함께 얌전히 케이크 가게로 향했다.

❧❀❧

"와, 진짜 부자네, 부자야."

레오는 신나서 불룩한 주머니를 짤랑짤랑 흔들었다. 붉은 머리 여자한테 붙잡혔을 때는 꼼짝없이 망했다고 생각했는데, 로브 쓴 누나 덕분에 살았다.

헤르노어 아카데미 학생일까?

저보다 서너 살 정도 많을 것 같은 누나는 순진했다.

"부모가 아프긴 무슨, 날 때부터 골목길 쓰레기랑 뒹굴었는데……."

고아로 뒷골목 전전하면서 살아왔던 레오였다. 아픈 부모님 따위, 애초부터 존재하지도 않았다. 콧노래를 흥얼거리던 레오는 잠시 멈칫했다. 저를 믿어주던 모습이 생각난 탓이었다. 레오는 얼른 고개를 내저어 생각을 털어냈다. 그리고 형들이 있는 곳으로 달려 갔다. 금화 몇 개는 제 몫으로 몰래 숨겨놓고, 나머지는 전부 자랑스럽게 내밀었다.

"오늘 이만큼 벌어왔어요!"

대장이 묵직한 주머니를 보고 눈썹을 치켜올렸다. 주머니를 열어본 그의 입이 떡 벌어졌다.

"야, 레오 자식이 들고 온 것 봐라!"

대장의 말에 다른 형들도 우르르 몰려와서 금화와 은화를 보고 환호성을 내질렀다. 레오는 속으로 안도했다. 저 정도면 당분간 맞지 않을 것 같았다. 하지만 레오의 생각은 보기 좋게 빗나갔다.

"너 이거 어떻게 털었냐?"

우쭐해진 레오는 무용담을 늘어놓았다. 멍청한 누나가 그냥 주머니를 털어줬고, 엄청 부자인 것 같았다는 말에 형들의 눈빛이 이상해졌다.

"그런데 겨우 이거 받고 끝냈다고……?"

"네?"

철썩 소리와 함께 눈앞에 별이 번쩍 튀었다. 몸이 확 돌아가고, 고막이 먹먹해졌다. 레오는 얻어맞은 뺨을 움켜쥐고서 멍하니 대장을 바라보았다.

"주머니를 싹 다 뒤졌어야 할 거 아냐. 보석 같은 장신구도 있었을 텐데."

"그, 그게…….."

"어차피 여기도 슬슬 끝물이야. 크게 한탕 하고 다른 도시로 뜨자."

대장이 히죽 웃으며 말했다.

"그년들 이쪽으로 데려와."

"……."

못 하겠다고 말할 수가 없었다. 그랬다간 형들이 저를 죽일지도 몰랐다. 레오는 발을 질질 끌면서 다시 시내로 나갔다. 처음부터 분위기가 도드라져서 한눈에 들어왔던 이들이었다. 케이크 가게 테라스에 앉아 있는 두 여자를 금방 찾아낼 수 있었다. 주춤거리며 그쪽으로 다가가니, 붉은 머리카락의 여자가 휙 돌아보았다.

"너……."

그녀는 얼굴을 오만상 찡그리며 말했다.

"아까 그만큼 털어줬는데 뭘 또 바라나?"

"그런 게 아니라……."

무서운 형들의 얼굴이 머릿속에 떠올랐다. 레오는 저도 모르게 절박한 눈을 하고서 말했다.

"도와주세요……. 누나들이 필요해요……."

"아오, 귀찮게 굴지 말고 저리 가라?"

붉은 머리의 여자가 입에서 불을 뿜을 듯이 무섭게 굴었다. 아무래도 틀린 것 같았다. 그럴듯한 핑계를 댔어야 하는데, 얻어맞으면서 머리도 굳었는지 개소리만 해버렸다. 이딴 말을 듣고 따라와 줄 사람은 아무도 없었다.

심지어 방금 소매치기까지 했는데…….

레오는 마지막 희망을 가지고 로브 쓴 누나를 바라보았다. 여전히 모자를 깊게 눌러써서 얼굴이 보이지 않았다. 하지만 레오를 보고 있는 것은 확실했다. 왠지 아까 대장한테 맞아서 벌겋게 부은 뺨을 바라보는 것 같기도 했다. 누나는 아무 말 안 하고 물끄러미 바라보다가, 조용히 질문했다.

"거짓말하는 거 아니지?"

가슴이 두근거렸다. 마음속에서 누군가 속삭였다. 지금이라도 거짓말이라 말씀드리고 빨리 돌아가자. 하지만 또 다른 누군가가 외쳤다. 빈손으로 돌아갔다간 형들이 너 가만두지 않을걸? 형들한테 죽도록 맞을 것을 생각하니 등골이 섬뜩했다.

"아, 아니에요."

레오는 가슴을 쭉 펴며 당당하게 말했다.

"거짓말하는 거 아니에요."

그러자 그녀는 군말 없이 자리에서 일어났다.

"앞장서."

뭘 도와달라는 것인지 묻지도 않았다. 그냥 망설임 없이 선뜻 따라나서서 되레 레오가 놀랄 정도였다.

뭐야…….

이 정도면 순진한 게 아니라 멍청한가 싶었다. 어쨌든 덕분에 무사히 위기를 넘길 수 있을 것 같았다. 레오는 대장과 형들이 기다리는 곳으로 두 사람을 데려갔다. 점차 으슥해지는 골목에 의문을 가질 법한데도, 둘 다 아무 말이 없었다. 갑자기 가슴이 답답해졌다. 다분히 충동적으로, 레오는 누나를 돌아보았다. 모자를 눌러쓰고도 잘 따라오던 누나가 걸음을 멈췄다. 레오는 누나에게 질문했다.

"왜 믿어주셨어요?"

아까부터 계속 기분이 이상했다. 해서는 안 되는 말인 줄 알면서도, 레오는 튀어나오는 말을 막을 수 없었다.

"저 같은 놈들은 원래 아무도 안 믿어주는데, 누나는 왜……."

로브를 쓴 누나는 잠시 침묵하다가 입을 열었다.

"그냥 그러고 싶어서."

"……."

진짜 바보 같은 이유였다. 사람이 이렇게 순진하고 착해 빠져서, 대체 어떻게 세상을 살아갈까. 하지만 레오는 어리석다고 비웃지 못했다. 자꾸만 속이 거북하고 꿈틀거렸다. 망설이던 레오는 주먹을 꼭 움켜쥐었다가, 결국 굳게 결심했다.

"……저기, 누나."

레오는 로브 쓴 누나를 바라보며 말했다.

"돌아가시는 게 좋을 것 같아요."

붉은 머리 여자가 무슨 헛소리를 하는 거냐고 성질냈다. 하지만 자세히 설명할 시간이 없었다. 레오는 조바심을 내며 얼른 말을 이어갔다.

"생각해봤는데 그냥 제가 알아서 할 수 있을 것 같아서요. 그러니까 그냥 돌아가세요!"

두 사람의 등을 억지로 떠밀고, 레오는 골목길 안쪽으로 뛰어갔다. 붉은 머리 여자는 눈치가 빠른 듯하니, 이 정도 했으면 알아서 잘 도망칠 것이다. 하지만 얼마 가지도 못하고, 레오는 형들이랑 맞닥뜨렸다. 깜짝 놀라서 굳어버린 레오에게 형들이 물었다.

"여자들은?"

레오는 숨을 몰아쉬며 말했다.

"중간에 도망가서…… 놓쳐버렸어요……."

형들의 눈이 사나워졌다. 거친 목소리가 끼어들었다.

"레오 이 새끼, 일을 완전히 조져놓네."

대장이 레오의 뒤통수를 후려갈겼다. 픽 하고 몸이 꺾였다. 레오는 겨우 넘어지지 않고 바로 섰다.

"아직 멀리 못 가고 근처에 있을 거야. 주변 뒤져봐."

대장의 명령에 레오는 눈을 부릅떴다. 어디서 그런 용기가 났는지 알 수 없었다. 레오는 커다랗게 소리치며 매달렸다.

"안 돼요!!!"

허벅지를 붙잡고 필사적으로 늘어지는 레오를 우악스러운 손길이 떼어냈다.

"이 새끼가 미쳤나!"

있는 힘껏 버텨보았지만, 그래봤자 한계는 뚜렷했다. 레오는 금방 머리채를 쥐어 잡혀서 뜯겨 나갔다. 작은 몸이 흙바닥 위로 나동그라졌다. 뒤쪽에 서 있던 다른 형들이 발로 걷어차고 침을 뱉었다. 욕설과 구타가 사정없이 떨어졌다. 배를 걷어차인 레오는 왈칵 역류한 토사물을 바닥에 뱉어냈다. 지저분한 놈이라 낄낄대는 형들에게 두들겨 맞으며 생각했다.

내가 도둑질을 하지 않았더라면. 거짓말을 하지 않았더라면. 조금만 더 강한 힘이 있었더라면. 그랬다면 이런 일은 없었을 텐데…….

쓰레기 같은 자신이 경멸스러웠다. 입안 가득 감도는 비릿한 피맛을 느끼며, 벌레처럼 힘없이 꿈틀거리던 때였다. 맑으면서도 힘 있는 목소리가 들려왔다.

"그만."

짧은 명령이 들려온 곳에는 로브를 쓴 누나가 서 있었다. 레오는 얻어맞아 퉁퉁 붓고 시뻘게진 얼굴로 쳐다보았다.

왜……. 도망치라고 했는데, 어째서 여기에 있는 것일까.

멍하니 쳐다보았다. 누나는 제 꼴을 보고서도 아무것도 묻지 않았다. 말없이 저를 따라나서 줬던 때처럼, 그저 짤막한 질문을 던질 뿐이었다.

"괜찮아?"

갑자기 눈물이 왈칵 터졌다.

"누나……."

레오는 엉엉 울면서 말했다.

"잘못했어요……. 죄송해요……."

줄줄 흘러내리는 눈물이 상처에 닿자 쓰리고 따가웠다. 하지만 레오는 아픈 줄도 모르고 목 놓아 울었다. 멍청한 건 누나가 아니었다. 바보 멍청이는 자신이었다. 끅끅거리는 레오를 바라보던 누나가 천천히 로브 모자를 걷어 내렸다.

"……!"

제 눈앞에 펼쳐진 눈부신 금빛에, 레오는 울음을 뚝 그쳤다. 천천히 눈을 끔뻑였다. 지금 자신이 무얼 보고 있는지, 제대로 실감나지 않았다. 걷어낸 모자 아래로 떨어지는 별처럼 탐스러운 황금색 머리 타래. 태양의 광휘를 그대로 잘라낸 듯한 주홍색 눈동자. 히페리온의 세 번째 별이었다. 그녀는 고양이처럼 웃으며 물었다.

"누나가 도와줄까?"

"……히끅."

얻어터져서 얼굴이 뚱뚱하게 부은 레오는 아까부터 계속 히끅거
리며 딸꾹질을 하고 있었다. 에니샤는 잠시 아까 있었던 일을 떠올
려보았다.

― 도와주세요…….

레오가 도움을 청한 순간, 마력을 쏟아냈다. 금빛이 골목길을 가
득 메웠다. 눈부신 빛 속에서 퍽퍽 구타 소리가 이어졌다. 그리고
빛이 사그라졌을 땐, 모든 것이 끝나 있었다. 핏덩이가 되어 길바닥
에 널브러진 남자들은 레시나가 경비대를 불러 깔끔하게 넘겼다.
히페리온의 막내 황녀님이 직접 처리하고 넘긴 놈들이니, 더욱 엄
중히 처벌받을 것이었다. 레오는 에니샤가 따로 데리고 나왔다. 그
리고 지금 이렇게 딸꾹질하는 애를 데리고 길을 걷는 중이다.

타박타박 걸어가던 에니샤는 슬쩍 레시나 옆으로 갔다. 그녀의
옷자락을 톡톡 잡아당긴 후에, 발돋움해서 귓속말로 물어보았다.

"어린애 앞에서 너무 잔인했나?"

"에이, 뭘 그런 걱정을 하십니까."

저 나이대면 뒷골목에서 온갖 지랄은 다 보고 겪었을 거라며, 레
시나가 퉁명스레 말했다.

"그런가……."

꼬질꼬질한 몰골의 레오가 귓속말하는 에니샤와 레시나의 눈치
를 살폈다. 에니샤는 레오가 불안해하지 않도록 방싯 웃어줬다.

"······."

레오는 어쩐지 얼굴이 새빨개졌다. 그러곤 딸꾹질도 멈추고서 조용히 뒤따라왔다.

에니샤가 레오를 데려간 곳은 아까 레시나와 함께 케이크를 먹었던 가게였다. 사장님이 '막내 황녀님을 사랑하는 모임' 회원인 곳으로, 예전에 유디트와 온 적도 있었다. 에니샤는 가게 앞에 붙어 있는 '점원모집-숙식제공'이라는 전단지를 손가락으로 가리켰다. 레오는 전단지와 에니샤를 번갈아 바라보았다. 여기서부터는 레오가 해내야 할 몫이었다. 에니샤의 응원을 받으며, 레오는 가게 안으로 들어섰다. 딸랑 하는 방울 소리와 함께 인상이 푸근한 사장이 레오를 쳐다보았다.

"저기······."

머뭇거리던 레오는 바깥을 흘긋 내다보았다. 커다란 통유리창에 달라붙은 에니샤가 힘내라고 손을 흔들어줬다. 레오는 크게 숨을 들이마시고선 외쳤다.

"여기서 일하고 싶습니다!"

✕◦❁◦✕

레오는 무사히 취직이 되었다. 가게 밖에서 응원하고 있던 에니샤의 모습이 채용에 큰 도움이 된 것은 부정할 수 없는 사실이었다. 하지만 레오는 부지런하고 성실했다. 야무지게 일을 해내는 덕에 지금은 가게 사장님도 아들처럼 여기며 일을 가르치는 듯했다.

소소한 사건이 지나고, 드디어 시험날이 되었다. 일주일 동안 과목별로 치르는 시험에 학생들은 퀭한 눈을 하고서 교정을 돌아다녔다. 에니샤도 두근두근한 마음으로 시험을 치렀다. 열심히 공부한 보람이 있는지, 딱 하나를 제외하고 모든 시험에서 만점을 거뒀다. 유일하게 하나 틀린 것은 '마법의 역사' 시험이었다. 천공의 마도왕국 아르커스에 관한 문제였는데, 자신 있게 답을 적어 넣었다가 틀려버렸다. 알고 보니 대륙에는 잘못된 정보로 알려져 있어서 오답이 된 것이었다. 대법사가 아르커스 문제를 틀리다니 속상한 일이었다. 하지만 에니샤는 그냥 내버려뒀다. 괜히 정정하려고 들었다간 일이 더 복잡해진다. 어차피 그거 하나 틀려도 학부에서 1등을 차지하기엔 무리 없었다. 마법학부의 실기시험은 전부 완벽 그 이상을 해냈기 때문이다. 유일한 걸림돌이었던 헬라드의 수업은 따로 성적을 매기지 않고 통과 여부만 결정했다. 기초체육에서도 가뿐하게 통과를 받아냈으니, 에니샤의 앞을 가로막을 건 아무것도 없었다.

에니샤는 성적표가 나오면 로드고한테 자랑해야겠다고 생각했다. 그리고 시험이 끝나고 종강식을 앞둔 어느 날. 드디어 '달콤함의 날'이 찾아왔다.

미리 과자를 사다놓은 에니샤는 레시나의 도움을 받아 전날 밤까지 정성껏 포장도 마쳤다. 하지만 달콤함의 날은 에니샤가 생각했던 것과는 전혀 다른 방향으로 흘러가버렸으니…….

"……?"

아침 일찍부터 기숙사 앞이 난리였다. 뭐 때문에 이렇게 시끄러운지 모를 일이었다. 잠에서 깬 에니샤는 졸린 눈을 비비며 창문 밖으로 고개를 내밀어보았다.

기숙사 앞에는 사람들로 바글바글했다. 거의 시장 바닥처럼 북적거리는 가운데 레시나가 보였다. 그녀는 삑삑 호루라기를 불고 깃발을 휘둘러가며 교통정리 중이었다.

"자자, 사탕은 이쪽! 초콜릿은 저쪽! 쿠키는 가운데로 오시고, 부서지기 쉬운 케이크류는 요쪽으로!"

거기 새치기하지 말라며 엄하게 타이르는 것도 잊지 않았다. 에니샤는 입만 벌리고 있다가, 다시 고개를 집어넣었다.

"무슨 행사를 하는 건가……?"

혼잣말을 중얼거리며 간단하게 씻고 옷을 챙겨 입었다. 과자를 담아놓은 작은 바구니도 잊지 않고 챙겼다. 아카데미의 평화를 위해, 제일 먼저 쌍둥이에게 과자를 주러 갈 생각이었다. 바구니를 들고 기숙사 방문을 열어젖힌 에니샤는 그대로 멈춰 섰다.

"……?"

방문 앞에 과자가 엄청나게 쌓여 있었다. 고개를 갸웃거리며 일단 문을 닫고 나왔다. 그리고 기숙사 앞으로 나왔을 때.

"……??"

에니샤는 크게 당황해버렸다. 기숙사 앞에서 북적거리던 사람들이 일제히 저를 쳐다보더니, 환호성을 내지르며 달려들었기 때문이다. 손에 과자를 든 사람들이 미친 듯이 몰려들었다. 그만 깔려 죽을 뻔한 에니샤는 마법을 써서 간신히 탈출한 뒤, 영문도 모르고 일단 달리기 시작했다.

기숙사 앞에 쌓여 있는 과자의 산을 지나서 부지런히 도망가는데, 저만치 앞에서 레시나가 손짓했다. 에니샤는 레시나가 있는 곳으로 쏙 하고 숨었다. 저를 숨겨주는 레시나의 품에 안겨서, 에니샤는 하얘진 얼굴로 질문했다.

"이게 어떻게 된 일이야? 저 과자들은 다 뭐고……?"

"뭐긴 뭡니까, 전부 에니샤 님 앞으로 온 겁니다."

지금 아카데미에 외부인들까지 몰래 기어 들어와서 난리도 이런 난리가 없다며, 레시나는 혀를 내둘렀다.

에니샤는 좌절했다. 오늘 하루를 어떻게 보내야 할지 벌써 막막했다. 최대한 빠르게 과자를 나눠주고, 기숙사에 숨어 있어야 할 것 같았다.

"……일단 이거 받아."

바구니에서 위스키 봉봉을 꺼냈다. 한 입 깨물면 안에 그득 들어 있는 술이 줄줄 흘러나오는 초콜릿이었다. 어제 포장 도와주면서 다 봤을 텐데도, 레시나는 아무것도 모르는 척 능청스럽게 기뻐했다. 그리고 에니샤가 인문학부 건물로 가는 것을 도와준 뒤, 다시 기숙사로 돌아갔다.

인문학부에 들어선 에니샤는 무슨 첩자마냥 작전을 펼쳐가며 로시엘의 교수실로 향했다. 로시엘의 교수실 앞에도 과자가 수북했다. 그는 단것을 좋아하지 않으니, 전부 쓰레기통에나 들어가지 않으면 다행이었다. 복도에 누군가 걸어오는 소리를 들은 에니샤는 다급하게 문을 두드렸다.

"로시엘 오라버니……!"

여태 수많은 학생이 두드려도 절대 열리지 않았던 문이 거짓말처럼 벌컥 열렸다. 에니샤는 후다닥 교수실 안으로 들어갔다.

"에니샤?"

헥헥 숨을 몰아쉬는 에니샤를 로시엘이 놀란 눈으로 쳐다보았다. 시험 전에 다투고서 따로 찾아온 것은 오늘이 처음이었다.

에니샤는 바구니를 뒤적뒤적해서 네모반듯한 초콜릿을 꺼냈다. 짙은 갈색의 초콜릿은 설탕을 거의 넣지 않아서 달지 않고 씁쌀했다. 하나 까서 로시엘의 입에 넣어주며 빠르게 설명했다.

"오늘 좋아하는 사람한테 과자 주는 날이래요! 그래서 오라버니한테 가장 먼저 주는 거예요!"

"……."

로시엘은 아무 말도 못 하곤, 넋이 나간 얼굴로 우물우물 초콜릿을 씹었다. 항상 냉소를 머금던 얼굴이 조금 우스울 정도로 느슨하게 풀려 있었다. 그게 참 귀여워서, 마음 같아선 로시엘을 놀리며 옆에서 노닥노닥하고 싶지만 여유 부릴 시간이 없었다. 얼른 포옹하고 그의 뺨에 쪽 소리 나게 뽀뽀했다.

"저 바빠서 가볼게요! 사랑해요!"

그리고 다시 퇴장했다.

"에, 에니샤……!"

뒤늦게 정신 차린 로시엘이 에니샤를 불렀지만 돌아보지 않았다.

이제 다음 차례는 헬라드였다. 그에게 가장 먼저 주고, 검술학부에 있을 다른 목표물들에게 과자를 전달한 후 다음 장소로 건너갈 예정이었다. 에니샤는 무슨 군사작전 세우듯 경로를 탐색하고 정탐까지 해가면서 검술학부로 이동했다.

검술학부도 난리였다. 과자를 든 사람들이 사냥감을 노리며 어슬렁어슬렁 돌아다니고 있었다. 그들 중 몇몇은 오늘 아침 기숙사 앞에서 본 얼굴들이었다. 에니샤는 마른침을 꼴깍 삼키곤 살금살금 헬라드의 교수실로 향했다. 그리고 교수실 앞에 펼쳐진 풍경에 헛숨을 들이켰다. 여기도 과자가 잔뜩 쌓여 있는데, 죄다 난도질되어 있었다. 누가 헬라드의 성질머리를 제대로 건드린 모양이었다. 에니샤가 교수실 문을 두드린 순간, 헬라드의 이름을 부르기도 전에 문이 쾅 하고 열렸다.

"한 번만 더 과자 준답시고 문 두드리면 죽여버린다고……. 에니샤?"

살인마 같은 얼굴로 등장했던 헬라드의 눈이 동그래졌다. 에니샤는 사냥꾼한테 쫓기는 토끼처럼 얼른 교수실 안으로 들어가선 문을 닫았다. 그리고 눈만 깜빡깜빡하는 헬라드에게 레몬 향이 상큼한 마들렌을 건넸다.

"오라버니 주려고 과자 가져왔어요."

"과자……?"

꼭 로시엘이 그랬던 것처럼, 헬라드는 멍청한 얼굴이 되어버렸다. 에니샤가 입에 넣어준 마들렌을 와구와구 씹어 삼킨 그가 질문했다.

"오라버니 주려고 과자 가져온 거야……?"

"네! 오라버니들한테 제일 먼저 주는 거예요. 근데 저 바빠서 가봐야 해요. 사랑해요!"

폴짝 발돋움해서 그의 뺨에 뽀뽀한 후, 에니샤는 빠르게 사라졌다. 헬라드 또한 뒤에서 애타게 불렀지만, 에니샤는 바람처럼 휘리릭 날아가 버렸다.

검술학부에 온 김에 줄 사람이 있었다. 에니샤는 사람이 없는 복도를 두리번거리며 살폈다.

카힐도 여기 있으려나…….

학생회장실로 찾아갈까, 잠시 길을 고민하던 때였다.

"에니샤 님!"

익숙한 목소리가 저를 불렀다. 뒤를 돌아보니 예르넨 하일레제가 있었다. 그와 만나는 건 오랜만이었다. 아무래도 학부가 다르다 보니 마주칠 일이 거의 없었던 탓이었다. 평소였다면 하일레제 노공작은 어찌 지내시는지, 그간 별일은 없었는지 안부 인사부터 주고받았을 것이다. 하지만 오늘의 에니샤는 아주 바쁜 사람이었다. 그래서 대뜸 본론부터 꺼냈다.

"선물이에요."

바구니에서 과자를 꺼내 쥐여 주자, 예르넨의 눈이 커졌다. 그가 망설이다가 조심스럽게 웃으며 말했다.

"사실 저도……."

부스럭 소리와 함께 예르넨이 예쁘게 포장한 과자를 꺼냈다. 리본까지 달려 있는 과자를 건네며 그가 수줍게 웃었다.

"에니샤 님께 드리고 싶었는데, 기회가 없었습니다."

"아…….."

줄 생각만 하고 있었지 받을 생각은 못 했던 에니샤였다. 예르넨에게서 과자를 받아 들며, 고맙다고 말하려던 때였다. 서릿발처럼 차가운 목소리가 들려왔다.

"⋯⋯에니샤 님."

무표정한 얼굴의 카힐이 복도 끝에 서 있었다. 뭔가 분위기가 이상했다. 비유를 하자면, 바람피우다가 들킨 느낌이었다. 전혀 그런 상황이 아닌데도 말이다. 이게 다 카힐의 표정이 좋지 않은 탓이었다. 에니샤를 바라보던 카힐의 시선이 천천히 아래로 떨어졌다. 시선은 정확히 에니샤의 손을 향했다. 예르넨이 준 과자를 들고 있는 손이었다.

하여간 다들 질투심만 많아가지곤⋯⋯.

에니샤는 속으로 혀를 쯧쯧 차며 과자를 얼른 바구니에 집어넣었다. 그러곤 예르넨의 등을 떠밀었다.

"과자 고마워요, 예르넨. 다음에 봐요."

"예⋯⋯?"

예르넨이 적잖이 당황한 얼굴로 쳐다보았다. 에니샤는 그를 올려다보며 말했다.

"카힐이랑 조용히 나눌 이야기가 있어서요. 자리를 비켜주시겠어요?"

예르넨은 잠시 입술을 깨물었다가, 무거운 목소리로 말했다.

"소문이 사실인 모양이군요."

그건 거짓말이라고 말해주려는데, 예르넨이 정중히 인사하곤 뒤돌아섰다.

"⋯⋯실례했습니다."

에니샤는 예르넨을 붙잡으려다가 말았다. 소문을 정정할 기회는 다음에도 있을 것이다. 일단은 카힐부터 달래야 할 것 같았다. 카힐은 여전히 싸늘한 얼굴이었다. 예르넨의 뒷모습을 지켜보던 그가 다시 에니샤를 돌아보았다.

"화났어?"

뭐 때문에 그러냐는 에니샤의 질문에 카힐이 반문했다.

"좋아하는 사람이 다른 남자와 과자를 주고받는데, 당연한 일 아닙니까?"

"그런 의미로 주는 것 아니잖아. 그리고 네 것도 있어."

"……."

카힐은 갑자기 아주 얌전해졌다. 에니샤는 그의 손바닥 위에 작은 과자 봉지를 올려놓았다. 로시엘처럼 단것을 즐기지 않는 그를 위해, 아몬드를 잔뜩 넣고 설탕은 최소한으로 넣은 뒤 바삭하게 구운 쿠키였다.

카힐은 한참 동안 과자봉지를 내려다보다가, 조심스럽게 품에 집어넣었다. 그리고 말랑해진 얼굴로 말했다.

"저도 드릴 것이 있습니다."

그가 꺼낸 것은 동글동글한 초콜릿이 가지런하게 담긴 상자였다. 에니샤가 카힐을 올려다보자, 그가 조금 수줍은 어조로 말했다.

"직접 만들었습니다."

"와아……. 이런 것도 할 줄 알아?"

손재주가 없어서 포장도 레시나의 도움을 받았던 에니샤는 열심히 감탄했다. 그러다 뭔가 이상함을 깨달았다. 초콜릿이 꽝꽝 얼어붙어서 얼음이 되어 있었다.

"……?"

얼음초콜릿을 손에 들고 카힐을 올려다보자, 그가 곧 이유를 깨닫곤 주섬주섬 변명했다.

"……아까 조금 화가 났던 모양입니다."

저도 모르게 힘이 새어나가면서 손에 쥐고 있던 초콜릿을 꽝꽝 얼어붙게 만든 것이다. 날도 덥고 하니, 시원하게 얼린 초콜릿을 먹는 것도 나쁘지 않았다. 에니샤는 얼음초콜릿을 입안에 넣고 잘각잘각 굴렸다.

"맛있다. 잘 먹을게."

에니샤가 먹는 모습을 지켜보는 카힐은 이제 완전히 누그러져 있었다. 슬슬 이동해야 할 것 같아서 바구니를 챙기던 에니샤는 아주 좋은 생각이 떠올랐다.

"카힐, 바빠?"

"그럴 리가요."

바쁜 일이 있어도 없다고 잡아뗄 기세였다. 에니샤는 픽 웃으며 그에게 말했다.

"그럼 나 조금만 도와줘."

눈과 얼음의 정령과 계약한 카힐은 아주 편리한 이동수단이었다. 에니샤는 정령의 힘을 이용해 아카데미 곳곳을 돌아다녔다. 마법학부 학생들과 교수들에게 과자를 주자, 다들 무척 깜짝 놀랐다. 특히 갤러스 교수는 에니샤가 준 과자가 폭탄이라도 되는 것처럼 흠칫거리다가, 개미만 한 목소리로 감사히 잘 먹겠다고 인사했다.

이스미온과 하렌에게 과자를 주는 것을 마지막으로, 과자 나눠 주기는 끝이 났다. 마음 같아선 더 나눠주고 싶지만, 몸이 하나밖에 없어서 이 정도만 하기로 했다. 카힐 덕분에 편하게 움직였음에도 피곤해서 하품이 절로 나왔다. 분위기를 타서 열심히 하긴 했는데, 귀찮아서 다음에는 안 해야겠다는 생각이 들었다.

에니샤는 마지막으로 카힐의 도움을 받아 기숙사에 귀환했다. 그리고 과자의 산과 맞닥뜨렸다.

"……."

과자가 천장에 닿을 만큼 높이 쌓여 있어서, 방문이 보이질 않았다. 목이 부러질 듯이 위를 올려다보던 에니샤는 카힐을 돌아보았다. 그가 소매를 걷고 나서서 과자를 옆으로 치워주었다.

"그래도 다행입니다. 황자님들께서 모르셨으니……."

에니샤는 우르르 무너지는 과자산을 보며 고개를 끄덕였다. 헬라드와 로시엘은 달콤함의 날이 있는 줄 몰랐던 모양이다. 아마 그들이 알았더라면, 에니샤는 오늘 하루를 무사히 넘기지 못했으리라.

어쨌든 오라버니들하고도 대충 화해했고, 과자도 다 돌렸다. 카힐에게 고마웠다고 인사하고 막 방 안으로 들어가려던 때였다.

"에니샤 님!"

다소 급한 목소리에 뒤를 돌아보았다. 카힐이 드물게 긴장한 얼굴을 하고서 말했다.

"다음에 같이 케이크를 드시러 가지 않으시겠습니까? 에니샤 님께서 좋아하시는 가게에……."

마침 케이크 가게에 취직시켜놓은 레오가 잘하고 있는지 한번

보러 가려던 참이었다. 카힐과 함께 가면 딱 좋을 것 같았다. 에니
샤는 단박에 수락했다.

"좋아!"

그러자 카힐은 세상을 얻은 것처럼 행복해했다. 별로 어려운 부
탁도 아닌데 말이다. 손가락 걸어서 약속도장을 콩 찍어놓고서, 에
니샤는 방으로 들어왔다.

후다닥 씻고 잠옷으로 갈아입은 후에 침대로 뛰어들었다. 일단
한숨 자고 봐야 할 것 같았다. 푹신한 베개에 얼굴을 파묻은 에니
샤는 문득 생각했다.

그러고 보니 카힐은 카르티나 부인을 어떻게 처리한 것일
까……?

결국 끝까지 말해주지 않았다. 하지만 그가 비밀로 하더라도, 로
드고나 쌍둥이는 알고 있을 터였다. 나중에 황족들한테 몰래 물어
봐야겠다고 생각하며, 에니샤는 다시금 길게 하품했다.

※

"헉, 허억……."

카르티나는 정신없이 숲을 내달렸다. 맨발에 흙 알갱이와 돌 조
각이 박혀 들고, 숨이 턱 끝까지 차올랐으나 멈출 수 없었다.

검은 어둠으로 휘감긴 숲에 보름달이 희미한 빛을 흩뿌렸다. 은
빛 늑대의 울음소리가 기다랗게 들려왔다. 본능적인 공포에 오금
이 저렸으나, 달리는 발을 멈출 수는 없었다. 주인에게 버림받은 종

의 말로는 비참했다. 카르티나는 어떻게든 살길을 모색했으나, 히페리온이 또다시 모든 것을 망쳐놓았다. 히페리온 황족은 괴물 같은 자들이었다. 황제와 황태자는 주술마저 끊어내는 힘을 가지고 있어서 도저히 상대할 수가 없었다.

공국으로 끌려온 카르티나는 지하감옥에 갇혔다. 마력제어구를 차면서 꼭두각시로 만들어놓았던 공왕과도 연결이 끊어진 탓에, 그녀는 아무것도 할 수 없었다. 무력한 하루하루를 보내던 중, 카힐 자드카르가 찾아왔다. 그는 어떠한 설명도 없이 저와 악시온, 리사엘라를 숲에 풀어놓았다. 그리고 늑대의 울음소리가 울려 퍼지는 순간. 카르티나는 정신없이 제 아들딸의 등을 떠밀며 도망치라 소리 질렀다. 하지만 밤의 숲에서 시작된 사냥은 사냥감이 목숨을 잃을 때까지 이어졌다. 결국 카르티나는 눈앞에서 악시온과 리사엘라가 산 채로 뜯어 먹히는 모습을 지켜봐야 했다. 절망하는 그녀의 앞에 카힐 자드카르가 모습을 드러냈다. 카르티나는 동정을 구걸했다.

"제발⋯⋯!"

그러나 입을 연 순간, 카르티나는 자신이 단 한 번도 카힐의 부탁을 들어준 적이 없다는 사실을 기억해냈다. 꺼내달라는 애원도, 살려달라는 비명도 언제나 비웃으며 무시했다. 기억의 단편과 눈앞의 참극이 겹쳤다. 카힐 자드카르는 제게 고스란히 되갚아준 것이다.

늑대들이 어슬렁거리며 물러났다. 그곳에 남은 것은 뼈와 살점뿐이었다. 새빨간 핏덩이를 바라보던 카르티나는 발작하듯 외쳤다.

"나도 죽여! 죽이라고!!"

피가 나도록 가슴을 벅벅 긁었다. 카힐 자드카르는 괴로워하는 카르티나를 물끄러미 내려다보았다. 무심한 얼굴에선 감정을 읽어낼 수가 없었다. 카힐은 느릿하게 질문했다.

"당신의 죗값을 죽음으로 치를 수 있다고 생각합니까?"

이미 죽음보다 더한 짓을 저질러놓고, 또 무엇을 하겠다는 것일까. 그 어떤 고문을 하더라도 이보다 더 고통스러울 수는 없으리라. 독기에 찬 눈으로 카힐을 노려보던 카르티나는 헛웃음을 터뜨렸다.

"네놈도 참으로 지독하구나……."

카르티나는 크게 숨을 들이마셨다가, 카힐에게 달려들었다. 허리춤에 꽂힌 검을 뽑아낸 다음 그대로 제 가슴에 찔러 넣었다. 날카로운 검 끝이 살을 가르고 심장을 찔렀다. 붉은 피가 솟구치고, 시야가 새까매졌다. 영원한 안식을 눈앞에 두고서, 카르티나는 생각했다. 분명 막을 수 있었음에도, 자신이 검을 뽑도록 내버려둔 카힐 자드카르가 이상하다고……. 하지만 그놈이 무슨 흉계를 품었든 상관없었다. 이제 모든 것이 끝났으니까. 카르티나는 죽음을 받아들이며 허물어졌다.

"……!!!"

그리고 다시 의식을 차렸다. 가장 먼저 본 것은 축 처진 눈매 속에 담긴 진녹색 눈동자였다. 기이한 안광이 감도는 눈동자를 보자마자, 그녀는 무언가 단단히 어그러졌음을 느꼈다.

테무르 일족……?

놀라운 힘을 계승하여 사령술사들의 왕이라 불리나, 과거 아르커스의 대법사에게 멸족을 당했던 자들이다. 존재할 리 없는 자를 바라보던 카르티나는 비명을 질렀다. 깨질 듯한 두통과 함께 온몸을 구속하는 압박이 느껴졌다. 머릿속에서 지배의 목소리가 울려 퍼졌다.

— 순종하라.

— 순종하라.

— 테무르의 명에 순종하라.

그것은 거부할 수 없는 명령이었다. 이것이 무엇인지, 카르티나는 누구보다 잘 알고 있었다. 여태 수많은 사람에게 수없이 자행했으나, 직접 겪는 것은 처음인 일. 자신은 죽음을 거스르고 시체로 되살아난 것이다.

"아아아악!!!"

머리카락을 잡아 뜯으며 바닥을 굴렀다. 어떻게든 복종하지 않으려 머리를 벽에 쾅쾅 박기도 했다. 그러나 전부 의미 없는 저항이었다. 절망과 공포에 온몸이 와들와들 떨렸다. 정신없는 중얼거림이 입에서 흐느끼듯 새어 나왔다.

"아, 안 돼……. 말도 안 돼……."

그녀는 천천히 고개를 들어올렸다. 서늘한 빛을 머금은 청회색 눈동자가 카르티나를 응시하고 있었다. 카르티나는 그의 발치에 엎드려 애원했다.

"죽여줘……."

그러나 대답 대신, 카힐 자드카르는 입매를 비틀었다. 꼭 히페리온 황족과 같이 비뚤 웃음이었다. 그는 겨울바람 같은 목소리로 속삭였다.

"앞으로도 공국을 위해 몸 바쳐 노력해주십시오, 카르티나 부인."

자드카르의 왕위 쟁탈전에 개입함으로써, 히페리온 제국은 북부에도 영향력을 행사하게 되었다. 특히 차기 공왕 카힐 자드카르와 히페리온 황족들의 두터운 친분은 대륙 내에서도 큰 화제였다. 정작 당사자인 황족들은 카힐이랑 친하다는 말을 들으면 불같이 화를 냈지만 말이다. 허나 마음에 안 드는 것과는 별개로, 이번 왕위 쟁탈전을 기점으로 로드고와 쌍둥이는 카힐을 새롭게 판단하게 되었다. 그가 일 처리한 방식이 마음에 쏙 들었기 때문이었다. 에니샤를 제외하곤 칭찬에 박한 황족들이 드물게 잘했다는 말을 내뱉을 만큼 말이다.

카힐은 카르티나 부인 앞에서 그녀의 아들딸이 은빛 늑대에게 쫓기다 잡아먹히는 꼴을 보여줬다. 절망한 카르티나가 자살하자, 기다렸다는 듯 시체로 되살려냈다. 그런 다음 꼭두각시가 된 카르티나 부인을 조종하여, 공국 내에서 그녀를 따르던 잔당들을 남김없이 찾아내 처단했다. 단 한 명도 남기지 않고 깨끗하게 쓸어내는 방식은 결벽에 가까워서, 일견 로시엘을 연상시킬 정도였다.

카힐의 일처리에서 가장 감탄한 점은 카르티나를 시체로 되살려냈다는 것이었다. 아르커스의 우법사가 도와준 모양인데, 그를 어찌 꼬셔냈는지가 궁금했다. 좌우법사는 에니샤의 말만 따르는 놈들이었다. 어떻게 혓바닥을 놀려서 에니샤 몰래 도움을 받았는지, 하여튼 보통내기가 아니었다. 히페리온에 있을 때부터 비범한 놈인 줄 알아봤지만, 날이 갈수록 무섭게 커가는 것이 눈에 뚜렷하게 보일 정도였다. 한 손으로 턱을 느슨히 괴고 서류를 읽던 로드고는 피식 웃으며 중얼거렸다.

"아주 영악해……."

이만하면 확실히 스칸샤를 대적할 만하리라.

로드고는 책상 위에 흩어진 서류 중에서 스칸샤에 관한 것을 집어 들었다. 몇 년간 조용하던 스칸샤의 움직임이 심상찮으며, 본격적으로 전쟁 준비에 들어간 것 같다는 보고였다. 내년 중으로 출정을 예상한다는 첩자의 보고에는 두려움이 섞여 있었다.

스칸샤와 자드카르에 관한 서류를 한데 겹쳐놓으며, 로드고는 책상 서랍에 넣어놓았던 편지지를 꺼내들었다. 에니샤에게 보낼 편지였다. 아르커스와 협업하기로 한 후, 스칸샤와 관련된 정보는 모두 에니샤에게 전달하고 있었다. 오늘 들어온 정보 또한 이번 서신에 함께 보낼 생각이었다.

앞으로 상황이 어떻게 흘러갈지는 모르겠으나, 스칸샤와의 전면전은 피할 수 없을 것이다. 하지만 히페리온은 오래전부터 전쟁을 준비해왔다. 황족들은 부디 막둥이가 히페리온의 출정을 허락해주길 기다릴 뿐이었다. 악령은 대법사의 몫이지만, 스칸샤는 히페리온의 몫이니 말이다.

뒤늦게 달콤함의 날이 뭔지 알게 된 헬라드와 로시엘은 무척 슬퍼했다. 미리 알았더라면 과자로 집을 지어줬을 것이라는 헬라드의 말에 에니샤는 등골이 오싹했다. 쌍둥이까지 나섰다면 에니샤는 정말 과자에 깔려 죽었을지도 몰랐다.

달콤함의 날에 받은 과자산은 에니샤가 온 힘을 다해도 먹어치울 수 없는 양이었다. 어떻게 처분할까 고심하다가, 결국 주변의 고아원에 기부했다. 에니샤의 과자산은 고아원 열 곳을 배불리 먹이는 기적을 만들어냈다. 그리고 종강식 전날, 에니샤는 카힐과 함께 레오가 일하고 있는 케이크 가게에 찾아갔다. 에니샤가 가게에 들어서자마자, 레오가 쏜살같이 튀어나왔다.

"누나!!"

황녀님이란 것을 알면서도 여전히 누나라고 부르는 레오였다. 무례한 호칭이지만 귀여워서 그냥 봐주고 있었다. 예전 모습이 조금도 떠오르지 않을 만큼, 레오는 훌륭한 점원이 되어 있었다. 신나서 재잘거리는 레오의 머리를 쓰다듬어주고 있자니, 옆에서 카힐이 무뚝뚝하게 질문했다.

"……아는 사이입니까?"

"아, 어쩌다 보니."

자리에 앉은 에니샤에게 레오가 케이크를 수북하게 가져다줬다. 모양이 조금 어설픈 케이크 하나는 자신이 직접 만들었다며, 한 번만 드셔보시라고 귀엽게 조르기도 했다. 에니샤가 케이크를 먹고 대단하다고 칭찬해주는 동안, 카힐은 홍차만 마시며 말없이 지켜보았다. 그러다 가게를 나설 때, 레오가 누나는 공짜라고 헤헤 웃자 싸늘하게 잘라 말했다.

"값을 치르겠습니다."

"……."

무서워서 꽁꽁 얼어붙은 레오의 손 위에 은화 한 닢을 얹어놓고, 카힐은 가게를 나왔다. 에니샤는 로브 모자를 덮어주는 그에게 말했다.

"애한테 왜 그래."

"어릴 때부터 버릇을 들여놓아야 합니다."

건방지게 굴지 않도록 교육을 시켜놔야 한다는 말에 에니샤는 잠시 카힐을 쳐다보았다.

네가 할 말은 아닌 거 같은데…….

에니샤 주변에서 제일 건방지고 불손한 카힐이었다. 함부로 친절을 베풀면 안 된다는 카힐의 당부를 들은 뒤, 에니샤는 기숙사로 돌아왔다. 제국으로 돌아갈 짐을 마저 쌀 생각이었다.

방으로 돌아오니, 편지가 여러 통 도착해 있었다. 에니샤는 가장 먼저 로드고에게서 온 편지를 뜯어보았다.

"……."

한참 심각한 표정으로 읽어본 후, 책상 위에 커다란 대륙 지도를 펼쳤다. 중부의 히페리온, 북부의 자드카르, 서부의 스칸샤, 그리고 동부의 엘하르크와 헤르노어 아카데미를 차례대로 훑어 내렸다. 그런 다음 깃펜에 붉은 잉크를 묻혀, 여태 제단이 발견됐던 위치를 지도 위에 표시했다. 지도는 금세 붉은 표식으로 가득해졌다.

"흐음……."

에니샤는 깃펜을 살랑살랑 흔들며 한참 고심했다. 아바르티아는 무슨 생각을 하고 있는 것일까. 제단은 발각되는 대로 열심히 파괴하고 있고, 이번에 자드카르를 집어삼키려는 것도 저지했다. 하지만 에니샤는 알고 있었다. 사실 제단을 세우는 것 따위, 아바르티아에겐 유희에 불과하다는 것을. 그딴 것이 없어도 그는 충분히 에니샤를 제압할 수 있고, 히페리온을 무너뜨릴 수 있다. 굳이 제물을 바치는 수고를 할 필요가 없는 것이다. 악령의 마음을 어찌 알겠느냐만, 정황상 어떤 주술 하나를 공들여가며 만들고 있는 것은 확실했다. 그게 무엇인지는 짐작할 수 없으나, 어차피 아바르티아가 마음먹고 나선 이상 주술을 저지하기는 불가능하다. 이쪽에서 할 수 있는 일은 최선을 다해 방어하는 것뿐이다.

일단 언제 일을 서지를지가 최대 관건이었다. 히페리온이 스칸샤에 심어놓은 첩자는 내년을 예상했고, 하렌 또한 얼마 남지 않았다고 예언했다. 아바르티아의 변태력으로 추측해봤을 때, 분명 아무 날짜나 골라잡지는 않았을 것이다. 뭔가 기념일 같은 날이 있을까 떠올려보던 에니샤는 눈매를 살며시 찌푸렸다. 내년 봄에는 에니샤가 열여섯 번째 생일을 맞이한다.

"……생일선물인가."

에니샤는 지그시 입술을 깨물었다. 모든 문제를 해결할 수 있는 유일한 방법이 있기는 했다. 에니샤가 마력을 되찾는 것이었다. 하지만 시간이 너무 없었다. 지하 미궁에서 새롭게 발견해낸 수식으로 봉인 연구는 한 차례 큰 진전을 맞이했다. 그런데도 현재까지 밝혀낸 수준은 3분의 1에 불과했다. 일정을 최대한 당겨본다고 해도 내년 봄까지는 무리였다. 강제로 봉인을 뜯어내는 방법도 염두에 두고 있지만, 후폭풍이 어떻게 밀려올지 알 수 없었다. 이번에도 잠깐 건드린 것만으로 보름이나 잠들었지 않은가. 에니샤는 고개를 내저었다. 이쪽은 정말 최후의 수단으로 삼아야 할 것이다.

아르커스 원로회와 함께 다른 방법을 고려해보고 있긴 했다. 에니샤의 주도로 연구하고 있는 마법은 과거 사냥대회에서 에니샤가 갇힌 적 있던 아르커스의 새장이었다. 새장 안에 갇힌 자의 마력을 빼앗고 행동 불능 상태로 만드는 마법을 강화하여 악령에게 시험해보고 있었다. 아바르티아에게도 통할지는 모르겠지만, 할 수 있는 모든 방법은 다 써볼 생각이었다. 아무래도 이번 여름에는 아르커스에 조금 길게 머물러야 할 것 같았다.

생각을 정리하며, 에니샤는 다음 편지를 집어 들었다. 그리고 저도 모르게 방싯 웃었다.

……제국으로 돌아가기 전에 볼 수 있을까요? 엘하르크를 구경시켜 주고 싶어요. 왕궁에서 연회가 있으니, 부디 참석해주길 바라요.

— 그리움을 담아, 유디트 엘하르크

❦❧

유디트의 초대를 받은 에니샤는 종강식 후 곧장 제국으로 돌아가지 않고, 엘하르크 왕국을 방문하기로 했다. 안 그래도 언젠가 엘하르크에 가보고 싶다고 생각했던 차였다. 제 마음을 어찌 알고 이렇게 딱 초대장을 보내줬는지, 괜히 마음이 몽글거렸다. 다만 생각과는 조금 달라져버렸으니…….

"별거 없네."

"그러게. 제국에선 지방 영주의 성도 이만하진 않을 텐데 말이야."

마차에서 내린 헬라드와 로시엘은 자연스럽게 엘하르크 왕궁을 평하했다. 두 사람의 뒤를 따라 레시나와 카힐이 내렸다.

"와, 엘하르크 왕궁은 처음 와봅니다!"

"……."

그리고 가장 마지막으로 마차에서 내린 에니샤는 한숨을 내쉬었다. 엘하르크에 며칠만 있다 가겠다고 하니, 다들 우르르 따라온 것이다. 쌍둥이는 그렇다고 쳐도, 카힐은 당장 공국으로 돌아가 여름방학 내내 격무에 시달려야 하는데 전혀 상관없다는 듯 따라왔다.

이번 연회는 유디트가 주최한다고 들었다. 대륙의 유명인인 히페리온 쌍둥이와 자드카르 왕자가 참석한다면, 연회의 주인인 유디트의 명성을 높이는 계기가 될 터였다. 특히 헬라드는 유디트의 약혼자니, 참석하는 것이 서로를 위해서 좋았다. 물론 유디트는 헬라드에게 초대장을 보내지 않았지만 말이다. 어쨌든 따라오는 것도 나쁘지 않을 듯해서 다 데려왔는데, 에니샤는 마차에서 내리자마자 후회하고 있었다.

쌍둥이는 벌써 칼 같은 눈을 하고서 트집 잡을 만반의 준비를 갖추고 있었다. 하지만 그러든지 말든지, 마중 나온 유디트는 조금도 신경 쓰지 않았다.

"에니샤……!"

그녀의 눈에는 에니샤만 들어왔다. 유디트가 예의도 잊고 에니샤를 와락 부둥켜안았다. 한참 껴안고 부비적거린 후에야, 그녀는 뻬딱한 표정을 하고 서 있는 기타 등등을 돌아보았다. 유디트는 뒤늦게 얼굴을 가다듬고선 우아하게 말했다.

"히페리온의 별들을 뵙습니다."

"일찍도 인사하는군."

헬라드가 받아치는 말에 유디트가 눈웃음치며 답했다.

"황녀님께서 너무 눈부신 탓입니다."

"……."

기분 나빠하면서도 에니샤 칭찬에 수그러드는 헬라드였다.

그렇게 복작거리며 인사를 나누고 있는데, 저 멀리서 한 무리의 사람들이 헐레벌떡 다가왔다. 가장 앞에 자리한 남자가 히페리온 황족들에게 비굴할 정도로 굽실거리며 인사했다.

"히페리온의 별들을 뵙습니다!"

엘하르크의 왕태자이자 유디트의 오라버니, 벤야민 엘하르크였다. 얼굴을 보자마자 참 뺀질거리게 생겼다는 생각이 들었다. 히페리온에 대한 소문을 익히 들었는지, 벤야민은 곧장 에니샤부터 공략하기 시작했다.

"먼 길 오시느라 고생 많으셨습니다. 국빈을 대접하기 위한 만찬을 마련해놓았습니다. 어서 안으로 드시지요."

과하게 친한 척하는 그가 무슨 생각을 하고 있는지 아주 훤히 보였다. 에니샤는 눈썹을 모으며 답했다.

"식사는 다음 기회에 대접받도록 할게요."

"예? 하지만……!"

눈치 없이 매달리는 벤야민에게 에니샤는 딱 잘라 선을 그었다.

"엘하르크 왕실이 아닌, 유디트 님의 초대를 받고 왔으니까요."

점잖은 대답과 달리, 방싯 미소 짓는 에니샤의 얼굴은 이렇게 말하고 있었다.

귀찮게 굴지 말고 꺼져.

에니샤의 노골적인 '꺼져'를 본 벤야민이 멍청한 표정을 지었다. 그 모습을 본 쌍둥이가 뒤에서 대놓고 웃었다. 유디트도 연신 큼큼 헛기침을 하는 것이, 웃음을 참으려 애쓰는 눈치였다. 그녀는 간신히 표정을 가다듬은 후, 에니샤의 손을 꼭 붙잡으며 말했다.

"제 손님은 제가 알아서 잘 대접하도록 할게요."

그리고 어안이 벙벙해 있는 벤야민을 내버려두고, 유디트의 궁으로 향했다. 에니샤는 유디트의 손을 잡고 걸어가며 질문했다.

"제가 너무 무례했나요?"

"그럴 리가요. 아주 속이 시원했어요."

내가 이래서 꼬마아가씨를 좋아한다며 유디트는 환하게 웃어 보였다. 그리고 유디트의 궁까지 가는 동안, 에니샤는 조금 민망해졌다. 유디트가 멀쩡한 일행들을 그림자 취급한 탓이었다. 에니샤만 어찌나 살뜰하게 챙기는지, 가끔씩 얼굴이 화끈할 정도였다.

약혼자 내버려 두고 이래도 되나……

에니샤는 슬쩍 뒤를 돌아보았다. 헬라드는 로시엘과 대화를 나누며 뒤따라오고 있었다. 당연하다면 당연하게도, 헬라드 또한 유디트에겐 콩알만큼도 관심이 없었다. 헬라드와 유디트의 결혼은 에니샤의 성년식 이후에 치를 예정이었다. 서로를 전략적 사업 상대 정도로 여기고 있는 두 사람의 신혼이 어떨지, 에니샤는 걱정이 이만저만이 아니었다.

작은 근심을 속에 품고, 엘하르크 왕궁을 둘러보았다. 전체적으로 차분한 색조의 왕궁은 건물이 높고 위로 쭉쭉 뻗어 있어서, 직선적이면서도 딱딱한 느낌이었다. 화려하고 웅장한 히페리온 황궁과는 또 다른 느낌이어서 구경하는 맛이 쏠쏠했다.

유디트의 궁은 여러 건물들 중에서도 손꼽게 좋았다. 유디트는 에니샤에게 간단하게 궁을 안내해주곤 다과를 들었다. 에니샤와 기타 등등이 함께하는 다과회였다.

"……해서, 오늘 밤부터 연회거든요."

에니샤는 향료를 넣고 얇게 반죽해 겹겹이 감아서 구워낸 과자를 한 입 먹어보았다. 나무의 나이테 같은 단면이 재미있다고 생각하며 오물오물 먹는 동안, 유디트는 오늘 있을 연회 이야기를 해주었다. 동부의 유명 인사들이 전부 모이는 연회이며, 히페리온 황족과 자드카르 차기 공왕이 참석한다는 말에 난리가 났다는 것도 말해줬다.

과자를 다 먹은 에니샤에게 제 몫의 과자도 밀어준 유디트가 황홀한 표정으로 말했다.

"꼬마아가씨의 드레스는 전부 준비해놨어요……!"

안 그래도 그녀가 쌍둥이와 카힐, 레시나의 연회복까지 준비해놨다고 들었다. 오랜만에 다 같이 잘 꾸민 모습을 보겠다고 고개를 끄덕일 때였다. 유디트가 그윽한 목소리로 물었다.

"다 먹었어요?"

에니샤가 고개를 끄덕이자, 그녀가 의미심장하게 웃으며 말했다.

"그럼…… 지금부터 시작해볼까요?"

엘하르크 왕궁에서 열리는 오늘의 연회는 동부가 오랫동안 기다려온 것이었다. 연회의 주인이 동부를 뒤흔드는 마녀, 유디트 엘하르크라서 그렇기도 하지만, 참석하는 귀빈들이 장난 아니기 때문이었다. 근래 대륙을 부숴놓았다는 소문의 주인공들이 온다는 말에, 유디트의 연회는 그 어느 때보나도 성황이었다.

유디트는 다른 무엇보다 예쁘게 치장한 에니샤를 볼 수 있어 기분이 좋았다. 그녀는 오늘 연회에서 우리 꼬마아가씨가 이렇게 귀엽고 예쁘다고, 온 동부에 자랑하겠다는 원대한 목표를 품고 있었다.

연회의 주인으로서 손님들을 맞이하고, 대화를 나누며 바쁘게 시간을 보내던 때였다. 벤야민이 슬그머니 유디트 쪽으로 다가왔다. 유디트가 왕위 계승에서 밀려난 후 서로 아는 척도 안 하다가, 히페리온과 약혼한 이후부터 은근하게 아는 척하는 벤야민이었다. 유디트가 버러지 보듯 하는데도 아랑곳 않고 들러붙던 벤야민이

본색을 드러냈다.

"왕손과 황녀님이 잘 어울리지 않겠느냐?"

유디트는 혐오스러운 걸 보듯 개소리를 하는 벤야민을 쳐다보았다. 벤야민의 아들은 에니샤와 비슷한 나이였다. 하지만 나이 빼곤 공통점이 아무것도 없었다. 어디서 그렇게 덜떨어진 애를 갖다 대는지…… . 그녀는 한심하단 눈초리로 흘겨보며 말했다.

"죽고 싶지 않으면 입조심해요, 오라버니."

"뭐?"

발끈하는 벤야민에게 유디트는 싸늘하게 경고했다.

"황녀님 건드렸다간, 내가 나서기도 전에 목이 날아갈 테니."

"……."

벤야민이 입을 꾹 다물었다.

그의 표정에서 심상찮음을 느낀 유디트가 설마, 하며 캐물으려던 때였다. 연회장이 크게 술렁였다. 어두운 극장의 무대 위, 주인공이 나타나 한 줄기 조명이 떨어지듯 모든 시선이 연회장의 입구를 향해 쏠렸다. 유디트는 밀려오는 희열에 저도 모르게 부채를 양손으로 꼭 움켜쥐었다. 유디트와 시녀들이 혼신의 힘을 다해 치장한 에니샤가 연회장으로 사뿐사뿐 걸어 들어왔다. 금빛 물결처럼 펼쳐진 머리카락이 샹들리에의 불빛을 받아 반짝였다. 옅게 분홍색이 도는 드레스는 에니샤에게 맞춘 듯이 어울렸다. 작은 보석들로 머리부터 발끝까지 장식했지만, 모양새와 배치가 섬세하여 과하지 않고 차분하면서도 화려한 차림새였다. 레이스 장갑을 낀 가느다란 손으로 부채를 그러쥔 채 걸음을 옮기는 모습이 살아 움직이는 인형 같았다.

금색 속눈썹 아래 보석 같은 눈동자가 천천히 연회장을 둘러보았다. 그리고 에니샤의 뒤를 따라 차분하게 연회장에 들어서는 세 남자. 에니샤에게 넋을 빼고 있던 이들은 히페리온의 쌍둥이와 자드카르 차기 공왕의 등장에 또 한 번 놀랐다. 미모의 네 사람이 한데 모여 있으니, 불빛이 필요 없을 정도로 번쩍거렸다.

미리 연회장에 입장해서 위험 요인은 없는지 살피고 있던 레시나는 에니샤를 보고 혀를 내둘렀다.

"오늘 황녀님 미모 미친 거 아닙니까?"

그리고 옆에 있던 이스미온이 대답했다.

"그러게 말입니다……."

엘하르크 대귀족 출신인 이스미온 또한 오늘 연회에 초청받았다. 신분을 버렸으나, 헤르노어 아카데미의 교장이라는 것만으로도 충분히 초청 자격이 있었다. 물론 이스미온은 유니트의 연회에 오기 싫어했지만 말이다.

레시나와 함께 열심히 에니샤를 감상하던 이스미온이 불쑥 말했다.

"그나저나 예감이 좋지 않습니다."

엘하르크는 대륙에서도 특히 여권이 뒤떨어지는 편이었다. 유디트가 아무리 특출해도 왕위를 잇지 못한 것은 여자이기 때문이었다. 보통 여자는 남자의 소유물로 여겨지는 경우가 대다수인지라, 엘하르크 여성들은 외국인과 결혼하는 것을 선호할 정도였다. 감히 히페리온을 건드리진 못하겠지만, 문제는 '건드린다'의 기준이 서로 다르다는 것이다. 히페리온 기준으로 하면, 오늘 연회장에서 살아나갈 사람은 없다고 봐야 했다. 이스미온은 장담했다.

"오늘 연회, 무조건 피 볼 겁니다."

이렇게까지 강렬한 예감은 처음이라고 중얼거리는 그에게 레시나가 눈썹을 치켜올리며 받아쳤다.

"그건 예지 능력 없는 나도 알고 있습니다."

레시나가 받아치자, 이스미온이 얼굴을 찡그렸다. 왠지 못생긴 주제에 눈치만 빠르다고 말하는 표정이라서, 레시나는 기분이 나빠졌다. 그리고 오늘 연회의 진주인공인 에니샤는…….

"……."

시무룩해져 있었다.

다들 멀찍이서 입 벌리고 구경만 하지, 도통 말 걸어줄 생각을 하지 않았다. 사실 유디트의 연회에 초대받은 뒤, 에니샤는 내심 기대를 했다. 어쩌면 사교계 기 싸움 같은 걸 경험해볼지도 모른다고 말이다! 꽃들의 전쟁, 칼 대신 부채를 든 전투, 웃는 얼굴 뒤에 숨겨진 날카로운 말. 소문으로나 들어봤던 것들을 실제로 보는 걸까, 무척 설렜지만 부푼 꿈이었다. 지금 연회장은 에니샤가 눈만 한 번 깜짝여도 다들 비명 지르며 도망갈 분위기였다. 쌍둥이는 엘하르크 남 귀족들과 대화를 나누고 있고, 카힐만 옆에 있는데도 그랬다. 남자든 여자든 에니샤에게 감히 말 붙일 생각도 못 했다. 유디트와 인사한 뒤, 맛있는 거나 조금 주워 먹고 돌아가야겠다고 생각하던 때였다. 누군가 에니샤 옆에 알짱거리며 접근해왔다. 갈색 머리카락에 평범하게 생긴 남자는 벤야민의 아들이자 엘하르크의 왕손이었다.

"히페리온의 세 번째 별을 뵙습니다."

에니샤와 비슷한 나이대로 보이는 그가 인사를 건넸다.

"황녀님께서 엘하르크를 찾아주시다니, 왕실의 영광입니다."

무난한 인사로 시작한 왕손의 이야기는 슬슬 이상한 쪽으로 흘러갔다. 에니샤가 예의에 어긋나지 않는 선에서 적당히 받아주자, 왕손은 자신감을 얻었는지 과감한 발언까지 던졌다.

"저와 테라스에서 조용히 이야기를 나누지 않으시겠습니까?"

보통 연회에서 이성이 테라스로 가자고 청하는 데는 두 가지 의미가 있다. 정말 조용한 대화를 나누자는 뜻이거나, 성적인 뜻이 있거나. 그리고 둘 중 어느 쪽이든, 에니샤는 왕손과 테라스에 가고 싶지 않았다.

"그건 곤란할 것 같네요."

"아아……."

하지만 왕손은 아빠를 닮았는지 눈치가 없었다.

"그렇다면 내일은 시간이 어떠십니까? 제 궁의 후원이 아름답습니다. 놀러 와주시면……."

포기할 줄 모르고 집적거리는 왕손을 보고 있자니, 갑자기 팔뚝에 소름이 돋아났다. 과거 연회장에서 겪었던 좋지 않은 기억이 떠오른 탓이었다. 그때도 분명 누가 말을 걸자마자, 쌍둥이들이 쏜살같이 쫓아왔다. 혹시나 싶어서 헬라드와 로시엘이 있는 쪽을 돌아본 에니샤는 헛숨을 삼켰다. 이미 쌍둥이가 이쪽으로 다가오고 있었다. 둘 다 표정이 아주 삐딱한 것이 심상찮았다. 그들이 나서기 전에 어떻게든 해야 했다. 에니샤는 지금 상황에서 그나마 도와달라고 할 수 있는 사람을 쳐다봤다.

"카힐……!"

황족들의 성질머리를 누구보다 잘 알고 있는 카힐이었다. 카힐이 한 걸음 앞으로 나서자, 왕손은 못마땅한 표정으로 인사를 했다. 아까부터 같이 있었지만 이제야 아는 척해주는 것이었다. 서로 통성명을 한 후, 카힐은 그에게 정중히 말했다.

"황녀님께서 몸이 좋지 않으시니……."

"말도 안 되는 소리 하지 마십시오."

왕손은 카힐의 말을 잘라내며 날카롭게 굴었다.

"무슨 자격으로 대화마저 못 하도록 가로막는 겁니까?"

좋은 분위기를 망치지 말라며 이죽거렸다. 그러자 카힐이 에니샤를 돌아보더니, 허락을 구하는 눈빛을 보내왔다. 당장 쌍둥이를 막는 것이 급한 에니샤는 뭔지도 모르고 고개를 끄덕였다.

커다란 손이 손목을 움켜쥐었다. 한 손에 답삭 잡혀버린 에니샤는 눈을 크게 떴다. 그리고 카힐은 대형 사고를 저질렀다. 에니샤를 제 뒤로 숨기며, 엘하르크의 왕손에게 선언한 것이다.

"연인입니다."

낮지만 분명한 목소리는 연회장에 가득히 울려 퍼졌다. 어느새 음악도 멎어 있었다. 모두가 동작을 멈추고서 이쪽을 쳐다보았다. 에니샤도 놀라서 아무 말도 못 하고 입만 벌렸다. 고요와 경악이 뒤섞인 가운데, 헬라드가 음산히 입을 열었다.

"……뭐 이 새끼야?"

진짜 이번엔 정말로 카힐이 죽을 뻔했다. 에니샤는 헥헥 숨을 몰아쉬었다. 카힐이 폭탄 발언을 던지자마자, 에니샤는 냅다 그의 손을 잡고 달렸다. 안 그랬다간 연회장 한가운데서 살인사건이 일어났을 것이다.

카힐은 에니샤가 끄는 대로 얌전히 끌려왔다. 한참 달려온 에니샤는 뒤늦게 주변을 둘러보았다. 일단 연회장을 탈출해서 최대한 멀리 오긴 왔는데, 여기가 어딘지 알 수 없었다. 관목들이 줄지어 늘어서 있고, 드문드문 장의자가 놓여 있었다. 멀리서 음악 소리가 들려오는 것으로 보아, 연회장과는 그렇게 멀지 않은 듯했다. 고요한 어둠이 내려앉은 정원은 희미한 달빛으로 어스름했다. 에니샤는 허리에 양손을 얹고서 카힐을 꾸짖었다.

"그런 거짓말을 하면 어떡해!"

일찍 죽고 싶으냐며 다그치려던 에니샤는 멈칫했다.

아, 얘 못 죽지…….

두 번째 맹세의 주인인 에니샤는 카힐에게 죽는다는 말을 하는 것이 실례인가 아닌가를 놓고 잠시 고민했다. 그리고 에니샤가 고민하는 동안, 카힐은 그럴듯한 변명을 해댔다.

"하지만 엘하르크의 풍습상, 연인이 있다고 말하지 않았으면 왕손은 물러나지 않았을 것입니다. 게다가 아주 눈치 없는 자였지 않습니까?"

틀린 말은 아니었다. 가만히 내버려뒀다면 왕손은 연회장 한가운데서 끔찍하게 살해당했으리라. 어차피 온 대륙에 연인 사이라고 소문난 상황이기도 하니, 카힐도 그런 것들을 고려하고 거짓말한 것 같지만……

에니샤는 한숨을 푹 내쉬었다. 아무래도 어느 쪽이든 연회장 살인사건이 일어날 운명이었던 모양이다. 무어라 더 말하려는데, 어디선가 끙끙 앓는 신음이 들려왔다.

"으……, 으읏……!"

귀를 쫑긋하며 소리가 들려오는 방향을 쳐다보았다. 설마 진짜 살인사건이 일어나는 건가? 무슨 일이 있는 것인가, 잔뜩 긴장한 표정을 지을 때였다. 잔뜩 달아오른 신음이 재차 들려왔다.

"아아……!"

"……."

소리의 정체를 알아챈 에니샤와 카힐은 말없이 다른 곳으로 자리를 옮겼다. 사실 연회가 한창인 정원에서 그렇고 그런 일들이 벌어지는 것은 지극히 당연했다. 오히려 건전하게 있는 에니샤와 카힐이 특이한 경우였다. 알 거 다 알고 있는데도, 에니샤는 많이 민망했다. 옆에 카힐이 있어서 더 그런 듯했다.

바지런히 걸어서 도착한 곳은 분수대였다. 어린 소년천사가 자그마한 물동이에서 물을 쫄쫄 흘려보내는 분수대 주변은 화강암 판석이 널찍하게 깔려 있었다. 이쪽은 수풀이 없고 사방이 환해서 그런지, 밀회를 즐기는 연인들이 꺼리는 장소 같았다. 근처가 조용한 것을 확인한 후, 에니샤와 카힐은 다시 서로를 마주 보았다. 카힐이 살며시 눈을 내리깔며 물었다.

"저 때문에 곤란하셨습니까?"

순한 양처럼 구는 그에게 에니샤는 고개를 내저으며 답했다.

"나보단 네가 곤란해졌지……."

에니샤는 히페리온 황실에서 암살자를 고용하는 경우까지 생각하고 있었다. 정말 왜 그랬냐고 끙끙거리자, 카힐이 말간 눈으로 말했다.

"제가 질투심이 많은 것 같습니다."

질투심 많은 사람이야 에니샤 주변에 넘쳐났지만, 그걸 이렇게 대놓고 말하는 건 처음이었다. 카힐은 퍽 곤란하다는 얼굴로 고백했다.

"사실 지금이라도 당장 달려가서 그놈을 죽여버리고 싶습니다."

주제도 모르고 황녀님을 넘보는 꼴에 눈앞이 아찔했다는 것이다. 가만 보니 언회장 살인사건을 일으킬 후보자는 따로 있었다. 말문이 막힌 에니샤에게 카힐이 용서를 구했다.

"죄송합니다. 전부 제가 황녀님을 심하게 좋아하는 탓입니다."

진지하게 뱉어놓는 말이 간지러웠다. 뭘 또 이런 걸 사과하고 그러는지 모를 일이었다. 에니샤는 조금 붉어진 얼굴을 하고선, 그냥 괜찮다고 손을 내저었다. 그리고 대화가 끊어졌다. 두 사람은 잠시 조용히 침묵했다. 멀찍이서 희미한 음악 소리가 들려왔다. 에니샤는 얼마간 카힐과 함께 가만히 음악을 들었다. 부드러운 여름밤의 공기가 몸을 감싸 안았다. 밤하늘에 반짝이는 별과 아련한 음악 소리, 은은한 어둠이 무척 아름답다는 생각이 들었다. 촉촉하게 젖어드는 기분을 만끽하고 있는데, 카힐이 나직하게 말했다.

"한 곡 부탁드려도 괜찮겠습니까?"

에니샤가 눈을 깜빡이자, 그가 변명처럼 덧붙였다.

"오늘 예쁘게 치장하셨는데, 춤 한 번 제대로 추지 못하셨으니……."

카힐의 말대로 드레스가 아깝긴 했다. 그리고 카힐도 오늘 멋지게 차려입지 않았는가.

에니샤는 새삼 그를 바라보았다. 목깃이 살짝 올라온 셔츠에 단정히 크라바트를 매고, 은사자수가 들어간 예복을 반듯하게 갖춰 입었다. 로드고와 쌍둥이 때문에 눈이 하늘만큼 높아진 에니샤도 감탄할 만큼 멋진 모습이었다.

반짝반짝한 에니샤의 시선에 그가 살며시 웃었다. 뺨이 화끈거렸다. 저를 바라보는 카힐의 눈빛이 설탕 덩어리처럼 달짝지근한 탓이었다. 세상에서 제일 귀하고 사랑스러운 것을 바라보는 듯한 시선과 함께, 카힐은 정중히 손을 내밀었다. 크고 길쭉한 손 위에 포개진 에니샤의 손은 한참 작아 보였다. 괜히 손가락을 꼼질거리며 그에게 말했다.

"나 춤 못 추는 거 알지?"

"모릅니다."

카힐이 옅게 웃으며 말했다.

"항상 잘하시던데요."

입에 침도 안 바르고 거짓말하는 행태가 뻔뻔스러웠다. 에니샤는 다 알면서도 속아주기로 했다.

고즈넉한 밤의 정원에서 둘만의 무도회가 열렸다. 옷자락이 사락사락 스치고, 구두와 판석이 맞닿으며 가벼운 발소리를 냈다. 허리를 감싸 안은 손은 정중하고 따뜻했다. 오로지 에니샤를 위해 맞춰주는 춤은 참으로 편안해서, 정말 카힐의 말처럼 잘 추는가 싶은 착각이 들 정도였다.

문득 카힐을 떠나보냈을 때가 떠올랐다. 그때도 춤을 췄지만, 지금과는 사뭇 달랐다. 그동안 많은 것이 달라졌다는 사실이 갑자기 피부에 와닿았다. 하얀 달빛이 투명하게 부스러지는 은회색 머리카락을 쳐다보다가, 조심스럽게 시선을 내렸다. 언제나 그렇듯, 저를 바라봐주는 눈이 그곳에 있었다.

"있지, 카힐."

서로의 몸이 가까이 맞닿았다. 에니샤는 조그맣게 속삭였다.

"난 누군가를 이성적으로 좋아해본 적이 없어서, 그게 뭔지 모르겠어."

느릿하게 떨어져나가며, 드레스 자락이 둥글게 휘돌았다. 그의 손이 다시 에니샤를 부드럽게 끌어당겼다.

"저는 황녀님을 이성으로만 좋아하는 것이 아닙니다."

에니샤는 카힐에게 끌어안기는 모양새가 되었다. 발이 멈추고, 부풀었던 드레스 자락이 가라앉았다. 바로 코앞에 자리한 청회색 눈동자는 맑고 옅었으나, 속이 짙었다.

"단순히 남녀 간의 사랑이었다면…… 아마 저는 오래전에 마음을 접었을 겁니다."

음악 소리는 여전히 이어지고 있지만, 춤은 멈추었다. 그의 말뜻이 쉽게 이해되지 않았다. 카힐이 낮게 웃더니, 이내 얼굴을 가까이 붙이고서 속삭였다.

"절 책임져주셔야 합니다, 황녀님."

그가 에니샤의 손을 살며시 들어올렸다. 손등 위에 입술이 닿았다. 경애를 담은 키스와 함께, 속삭임이 에니샤를 파고들었다.

"저는 당신에게 매여 있으니까요."

몸도, 마음도 전부 말입니다.

카힐은 그리 속삭이며 웃었다. 에니샤는 입술을 살며시 깨물었다. 당연한 소리였다. 그가 첫 번째와 두 번째 맹세를 바쳤으니, 에니샤는 주인으로서 책임질 의무가 있었다. 하지만 갑자기 그런 생각이 들었다. 맹세로 묶여버린 것은, 어쩌면 카힐이 아닌 자신일지도 모르겠다고.

✦◦✦◦✦

갑작스러운 소동으로 연회는 잠시 중단되었다. 하지만 그 어떤 손님도 짜증을 내거나 불쾌해하지 않았다. 연회의 주인인 유디트조차 재밌어서 깔깔거리는 와중에, 불행한 사람은 히페리온의 쌍둥이들뿐이었다.

유디트는 한참 뒤에야 어수선한 연회장을 정리했다. 손님들에게 우아한 양해의 말을 건넨 그녀는 이내 싸늘한 표정을 지으며 왕손을 돌아보았다. 그리고 버둥거리는 왕손을 끌고 어디론가 사라졌다. 왕손이 살려달라고 외쳤지만, 아무도 도와주지 않았다.

유디트와 왕손이 연회장에서 사라진 후, 연회가 재개되었다. 손님들은 전부 아까 있었던 흥미로운 사건을 두고 삼삼오오 떠들기 바빴다. 그리고 헬라드는 로시엘과 함께 병나발을 불고 있었다.

"……."

남자 귀족들이 사용하는 흡연실 한구석을 차지한 두 쌍둥이는 살벌한 표정으로 술병을 비워나갔다. 독주로 이름난 것들만 마시는데도, 취하기는커녕 갈수록 눈빛이 번쩍거렸다. 흡연실에서 간단히 담배를 피우고 카드놀이를 하며 잡담하던 귀족들은 슬금슬금 바깥으로 도망갔다. 헬라드가 부들거리는 목소리로 중얼거렸다.

"머리 검은 짐승은 거두는 법이 아니라더니……."

술병째로 벌컥거리는 헬라드 옆에서 로시엘도 연거푸 잔을 비워나갔다. 술기운에 살짝 발갛게 달아오른 눈을 한 로시엘은 낮은 웃음을 흘리며 말했다.

"생각해봤는데, 자드카르가 없어도 스칸샤는 충분히 상대할 것 같지 않아?"

로시엘이 흐트러진 머리카락을 쓸어 넘기며 속삭였다.

"아무리 생각해도 죽여야겠어……."

"하지만 두 번째 맹세를 바쳤잖아. 안 죽을걸?"

"시험 삼아 목을 잘라보는 것도 괜찮겠지."

둘이서 카힐 자드카르를 썰어버릴 계획을 짜던 때였다. 벤야민이 흡연실 안으로 들어섰다. 주변을 두리번거리던 그는 구석에 박혀 있는 쌍둥이를 발견하곤 얼른 다가왔다. 벤야민은 저를 삐딱하게 쳐다보는 헬라드와 로시엘에게 비굴히 웃으며 말했다.

"죄송합니다. 여동생이 미숙한 탓에……."

로시엘이 옆으로 느리게 고개를 기울였다. 가뜩이나 머릿속이 복잡한 상황이었다. 굳이 찾아와서 귀찮게 구는 꼴이 마음에 들지 않았다. 이 새끼를 어찌할까, 고민하는 동안 벤야민은 계속 주절거렸다. 혼잣말에 가까운 그의 헛소리는 가지 말아야 할 곳을 향해 부지런히 달려갔다.

"공국의 왕자님만 아니었다면 황녀님과 대화를 나눠볼 수 있었을 텐데 말입니다. 무례를 사죄하는 뜻으로 제가 내일 아들과 함께 훌륭하게 오찬을 대접……."

"……아들?"

헬라드가 턱을 까딱이며 질문했다.

"왜 당신 아들이 오찬에 함께하지?"

"예? 그야……."

벤야민이 은근슬쩍 들이밀어 보았다.

"남녀 사이 일은 어찌 될지 모르는 법 아니겠습니까? 황녀님도 결혼 적령기이시고, 마침 제 아들놈과 서로 호감이 있으신 듯하니…….."

그가 활짝 웃으며 말했다.

"잘 어울리는 한 쌍이지 않습니까?"

기어코 이성의 끈을 뎅강 잘라버리는 벤야민이었다.

헬라드의 손에 있던 술병이 허공을 날았다. 대리석 바닥 위에 떨어진 술병은 요란한 소리를 내며 퍼석 부서졌다. 헬라드가 으드득 이를 갈며 중얼거렸다.

"하, 진짜, 개 같은 놈들이…….."

벤야민은 눈을 끔뻑였다. 그는 자신이 제대로 들은 것이 맞는지 귀를 의심하는 표정이었다. 상스러운 말을 내뱉은 히페리온의 첫 번째 별이 자리에서 벌떡 일어났다. 그 뒤를 따라, 두 번째 별 또한 느릿하게 일어섰다. 로시엘이 단추를 풀어서 소매를 접어 올리며 질문했다.

"혹시 알고 계십니까?"

정신 못 차리고 있던 벤야민이 당황하여 되물었다.

"무, 무엇을……?"

"히페리온 황족들은 광증을 앓고 있습니다. 가끔씩 발작을 일으키곤 하는데……."

로시엘이 눈웃음치며 말했다.

"그게 지금인 것 같군요."

❧❀❧

"……어머나."

사라진 벤야민을 찾아온 유디트는 손으로 입을 살짝 가렸다. 그녀의 눈앞에는 몹시 참혹한 광경이 펼쳐져 있었다. 아무도 없는 흡연실에서 히페리온의 쌍둥이가 해사하게 웃고 있고, 그 발치에는 핏덩이가 쓰러져 있었다. 팔꿈치까지 소매를 걷은 로시엘이 산뜻하게 웃으며 사과를 건넸다.

"실례를 저질렀습니다."

전혀 미안해하지 않는 어조는 기본이고, 얼굴에 튄 핏물 또한 지우지 않은 채였다.

유디트는 검지를 곧게 뻗었다. 그리고 바닥에서 꿈틀거리는 핏덩이를 가리키며 질문했다.

"그거 제 오라버니인가요?"

헬라드가 기절한 벤야민을 발로 툭 차며 답했다.

"어쩌다 보니 이리되었군."

"……."

유디트는 웃지 않기 위해 입술을 꽉 물었다. 왕손부터 처리하고 나서 벤야민을 찾아봤더니 보이지 않았다. 어디로 갔나, 찾아왔더니 여기서 처맞고 있는 것이다.

내 생애 이런 모습을 보게 될 줄이야…….

어느 누가 엘하르크의 왕태자를 이렇게 만들어놓겠는가. 유디트도 벤야민의 주변만 건드렸을 뿐, 본인한테 직접 손을 댄 적은 없었다. 항상 머릿속으로만 생각했던 일을 현실로 만들어준 것이다. 피범벅이 되어 꿈질거리는 벤야민을 보고 있자니 아주 속이 시원했다. 내 약혼자도 쓸데가 있구나 싶었다. 하여간 히페리온 황족들, 상상 이상으로 재밌는 사람들이었다. 그들이 엘하르크에 오고 나서 벌써 몇 번이나 웃음 참기의 시련이 들이닥친 유디트였다. 그녀는 경련이 일어나는 입매를 애써 가다듬으며 말했다.

"……제 선에서 적당히 수습하도록 하겠습니다."

여태껏 지켜본 바, 히페리온이 불같이 화를 내는 일은 오직 황녀와 연관된 일뿐이었다. 분명 벤야민이 개소리를 지껄였을 것이다. 솔직히 두들겨 패는 정도로 끝내줘서 다행이라는 생각이었다. 제대로 미치면 엘하르크도 정벌하겠다고 날뛰었을 테니 말이다.

로시엘이 손수건을 꺼내 피 묻은 손을 닦으며 말했다.

"그럼 부탁드리겠습니다. 아무래도 제가 나서면 일이 커질 듯하여······."

유디트는 생각했다. 대륙 어느 누구도 히페리온의 두 번째 별이 직접 나서는 꼴을 보고 싶진 않을 거라고. 냉혹한 일처리로 유명한 둘째 황자가 나서면 과연 어떻게 될지 궁금하긴 했지만, 유디트는 호기심에 목숨을 거는 사람은 아니었다.

"걱정 마셔요. 깔끔하게 처리할 테니."

"감사합니다."

로시엘의 짤막한 감사 인사에 유디트는 후후 웃으며 말했다.

"별말씀을. 이 정도 내조는 해드려야 하지 않겠어요?"

내조라는 말에 헬라드는 오만상을 찌푸렸다. 그러거나 말거나, 유디트는 두 사람을 흡연실 밖으로 내보내며 하고 싶은 말을 이어 갔다.

"오늘 받으신 도움은 잊지 마시고······."

그녀는 생긋 웃으며 말했다.

"제가 히페리온에 머물 때 되돌려주시길 바라요."

✦

격동의 첫째 날 이후, 둘째 날부터는 연회에 참석하지 않기로 했다. 원래도 이틀 이상 참석할 생각이 없었지만, 어제 일로 완전히 지쳐버렸다.

　아침 일찍 일어난 에니샤는 두 가지 불안에 시달리며 눈을 떴다. 쌍둥이가 찾아와 어제의 사건에 대해 캐물으면 무어라 대답할지, 그리고 엘하르크의 왕손이 찾아와서 귀찮게 굴면 어찌할지. 하지만 조용한 아침이었다. 시녀를 불러다 간단히 치장하고 밖으로 나가니, 유디트가 기다리고 있었다. 편한 옷차림에 머리를 틀어 올린 그녀가 에니샤를 꼭 끌어안았다. 그리고 다정한 아침 인사를 건네며 말했다.

　"잠깐 산책하고, 같이 아침 먹을까요?"

　에니샤는 유디트와 함께 밖으로 나갔다. 정원이 예쁜 궁이 있다며 에니샤를 데려가는데, 가만 들어보니 왕손의 궁인 것 같았다. 어제 수작 부리던 그가 떠올라, 에니샤는 불안한 눈으로 유디트를 올려다보았다.

　"아, 우리 왕손께서는 부재중이랍니다."

　"그래요?"

　"네에. 갑자기 학구열에 불타셔서 외국으로 유학을 떠나셨지 뭐예요."

　하룻밤 사이에 유학을……?

　에니샤는 의아함에 눈을 깜빡였다. 그러자 유디트는 다른 쪽으로 알아들었는지, 작게 소리 내어 웃으며 말했다.

　"헤르노어 아카데미는 아니에요. 멍청해서 거기 들어갈 머리가 안 되거든요."

　잔디 깔아주고 건물 세워줘도 못 들어간다며, 유디트는 왕손을 가차 없이 평했다. 그러더니 에니샤에게 한쪽 눈을 찡긋해 보이며 말했다.

"주인 없는 궁이니까, 우리가 마음껏 쓰도록 하자구요."

과연 유디트의 말처럼, 왕손의 궁은 조용했다. 섬세하게 꾸민 정원은 작약꽃밭이 특히 아름다웠다. 작약꽃밭 근처에는 천사 조각상이 세워진 분수대가 있었다. 분수대를 보니 어젯밤이 생각나서 괜히 귀 끝이 홧홧해졌다.

에니샤가 삐걱거리는 동안, 유디트는 작약을 한 송이 꺾어왔다. 탐스러운 꽃을 에니샤의 손에 쥐여 주며, 그녀가 질문했다.

"둘이 교제 중인가요?"

에니샤는 그만 꽃을 떨어트릴 뻔했다. 간신히 손에 쥐고서 소리쳤다.

"아니에요!"

"서로 알아가는 중?"

"그…… 그것도 아닌 것 같아요…….."

알아가는 중이라기엔, 서로에 대해 아는 게 너무 많았다. 유디트가 분수대에 기대앉고서 다시 질문했다.

"그럼 한쪽의 일방적인 구애?"

"……아마도요."

에니샤는 유디트를 따라 분수대에 앉았다. 졸졸졸 물 흐르는 소리가 두근거리는 마음을 조금 차분히 가라앉혀주었다.

유디트가 빙글빙글 웃으며 말했다.

"그쪽에선 꼬마아가씨를 아주 제대로 공략하고 있던데요?"

그건 사실이었다. 앞구르기 뒤구르기만 안 했을 뿐이지, 카힐은 좋아한다고 거의 노래를 불러댔다. 잊을 만하면 상기시켜주는 탓에 도저히 모를 수가 없었다. 전생과 현생을 통틀어서 이렇게 좋아한다는 말을 많이 하는 사람은 카힐밖에 없었다.

"연애해보는 것도 나쁘지 않다고 생각해요. 물론 그놈이 마음에 차는 건 아니지만……."

유디트는 잠시 섬뜩한 미소를 지었다가 얼른 표정을 지워냈다. 에니샤는 작약을 만지작거리느라 그녀의 얼굴을 보지 못했다. 고개 숙인 에니샤의 정수리를 내려다보던 유디트는 만지고 싶은 충동을 참기 위해 손을 꼼질거리다 말했다.

"일단 꼬마아가씨가 마음을 주고 의지할 수 있는 상대인 것 같으니까요."

에니샤는 유디트와 눈을 마주했다. 그녀가 길게 한숨을 내쉬었다.

"가끔 보면 꼬마아가씨는 나이에 맞지 않는 눈을 해요. 그래서 그 나이대 소녀들이 할 만한 것들도 해봤으면 좋겠어요."

다정한 손길이 에니샤의 뺨을 어루만졌다.

"좋아한다는 거, 생각보다 정말 별거 없어요. 둘의 마음이 똑같아야 할 필요도 없고요."

진지하게 생각하지 말고 그냥 갖고 놀다가, 아니다 싶으면 버리라는 충고도 아끼지 않았다. 유디트가 싱긋 웃으며 말했다.

"당장 내일도 모르는 것이 인생인데, 할 수 있는 건 다 해봐야 하지 않겠어요?"

"……."

그녀의 말이 가슴에 선뜩하게 박혔다. 유디트의 뜻과는 다른 의미로 다가왔기 때문이었다. 내년 생일까지는 이제 1년도 채 남지 않았다. 그리고 언제나 그렇듯이, 에니샤는 최악의 경우도 염두에 두고 있었다. 에니샤는 가만히 작약꽃을 움켜쥐었다가, 배시시 웃으며 답했다.

"고마워요, 언니."

유디트의 말이 옳았다. 남은 시간 동안 이것저것 다 해봐야겠다는 생각이 들었다. 어떤 후회도 남지 않도록 말이다.

⚜

엘하르크에서 시간은 평화로웠다. 의외로 쌍둥이는 카힐에 대해선 일절 언급도 하지 않고, 평소처럼 에니샤를 대했다. 이유가 궁금했지만 괜히 폭탄에 불붙이는 일이 될까 봐 물어보지 않았다. 그리고 며칠 뒤, 에니샤는 제국으로 돌아갔다. 가기 싫어하는 카힐을 억지로 공국에 보내고, 레시나와 쌍둥이와 함께 드디어 히페리온을 찾았다. 아카데미에 있는 이동마법진을 이용해 귀국했는데, 황궁 분위기가 심상찮았다. 도착하자마자 눈에 들어온 것은 각종 현수막들이었다.

황녀님의 귀국을 축하합니다!

경축 ― 황녀님 오신 날

황녀님 보고 싶었어요

온 황궁에 주렁주렁 걸린 현수막에 눈이 어지러울 지경이었다. 그리고 에니샤가 황녀궁으로 걸어가는 동안, 시종시녀부터 입궁해 있던 귀족들까지 죄다 뛰쳐나와서 보고 싶었다고 엉엉 울었다. 난리도 이런 난리가 없었다.

대체 내가 없는 동안 무슨 일이 벌어지고 있었던 거지……?

당황한 에니샤는 쌍둥이를 쳐다보았다. 헬라드가 팔짱을 끼고서 대수롭잖다는 듯 말했다.

"너 늦게 온다고 폐하가 기분 나쁜 티를 냈겠지."

그런 것치곤 다들 죽다 살아난 얼굴을 하고 있었다. 에니샤는 고개를 갸웃갸웃했다. 제 앞에서 로드고가 기분 나빴던 적이 없어서, 그게 얼마나 큰일인지 잘 실감이 나지 않았다. 아무튼 에니샤는 황궁의 평화를 위해서라도 제일 먼저 로드고를 찾아갔다.

본궁으로 들어서자마자 시종장이 구를 듯이 뛰쳐나와서 에니샤를 반겼다. 그리고 에니샤는 신속하게 로드고의 집무실로 수송되었다. 거의 전쟁 중에 긴급한 구호물자를 파견하는 수준이었다.

집무실 앞에서 시종장을 물리고 직접 문을 두드렸다. 하지만 돌아오는 대답이 없었다. 에니샤는 재차 문을 두드리며 말했다.

"아빠, 저 왔어요."

에니샤의 말이 끝나자마자, 문이 활짝 열렸다. 로드고는 잠시 말없이 에니샤를 내려다보았다. 눈앞에 에니샤가 있는 게 믿기지 않는다는 표정이었다. 에니샤는 그에게 두 팔을 내밀었다. 그제야 로드고는 에니샤를 번쩍 안아 들었다.

"앗, 내려주세요……!"

에니샤는 바닥에 내려주는 대신 그의 허리춤을 끌어안고 있는 것으로 합의 보았다. 한참 둘이서 시답잖은 장난을 치다가, 에니샤는 그에게 자랑할 것을 하나 건넸다.

"이거 성적표예요."

시험에서 하나 빼고 다 맞았고, 전체 1등이라고 말하자 로드고의 광대가 한껏 치켜올라갔다. 굉장히 으쓱한 표정을 짓고 있던 로드고는 성적표를 슬쩍 제 주머니에 넣었다. 쌍둥이가 탐내긴 했지만, 그냥 로드고한테 주는 게 제일 좋을 듯했다.

혼자 황궁에서 얼마나 외로웠을까…….

로드고의 허리춤에 매달려 있던 에니샤는 그를 올려다보며 말했다.

"우리 가족소풍 갈까요?"

로드고의 눈이 살짝 커졌다. 에니샤는 조곤조곤한 목소리로 말을 이어갔다.

"옛날에 르타뉴 소풍 갔을 때 되게 좋았잖아요. 아빠랑 오라버니들이랑……."

여름방학 동안 가족끼리 추억 하나를 남기고 싶었다. 멀리 갈 필요도 없고, 그냥 가까운 금빛숲에 도시락 싸 들고 가서 같이 돗자리 펴고 수다 떨어도 좋다며 열심히 부연설명을 덧붙였다. 에니샤는 눈썹을 모으고서 조심스레 물었다.

"안 될까요……?"

갑자기 로드고가 손으로 제 눈 위를 덮었다. 그가 커다랗게 한숨을 내쉬더니, 굵직하게 잠긴 목소리로 답했다.

"······그럴 리가."

"일이 바쁘시니까 천천히 가도 좋아요."

"아니."

딱 잘라 답한 로드고가 에니샤의 머리를 쓰다듬으며 다정히 말했다.

"아주 한가로우니까 그런 걱정은 하지 않아도 된다, 에니샤."

에니샤는 활짝 열려 있는 문 너머로 서류탑을 쌓아 오던 시종이 흠칫거리며 뒷걸음치는 것을 보았다. 하지만 잠깐 망설이다가, 이내 모른 척하며 활짝 웃었다.

"네, 아빠!"

◈◈◈

로시엘이 잔뜩 우울한 눈을 하고서 말했다.

"무서워서 못 물어봤습니다. 진짜일까 봐."

헬라드도 으아아 하고 머리를 쥐어뜯으며 말했다.

"나도 무서워가지고······."

무려 히페리온 황족의 입에서 무섭다는 말이 나오도록 만든 장본인은 바로 카힐 자드카르였다. 엘하르크의 연회에서 카힐이 '연인입니다'라고 선언한 뒤, 쌍둥이는 극도로 분노했다. 하지만 한 차례 분노가 가라앉은 후에는 두려움에 시달리기 시작했다.

카힐의 말이 진실이라면? 정말로 에니샤와 교제 중이라면?

둘이서 사귀는 것은 둘째 치고, 그런 중대사를 귀띔도 없이 홀랑 결정 내렸다는 것이 가장 충격이었다. 이제 에니샤는 아빠와 오라버니들보다 남자친구가 중요해져버린 것이다.

"우린 뒷방 신세 됐습니다, 폐하……."

좌절하는 헬라드의 말에 로드고는 세상 심각한 표정이 되었다. 그리고 진지하게 의견을 제시했다.

"암살자를 보내는 것은?"

"에니샤한테 걸리면 무슨 소리를 들으려고요. 그리고 그놈 안 죽습니다."

헬라드가 미간을 찌푸리며 덧붙였다.

"불사의 몸인 것은 둘째 치고, 너무 강해졌습니다. 우리가 직접 나서야 할 수준입니다."

검술 실력도 하루가 다르게 발전하는데, 이제는 정령의 힘까지 자유자재로 다루고 있었다. 얌전한 들꽃인 줄 알고 물을 줬더니, 드센 잡초여서 쑥쑥 자라나버린 것이다. 어릴 때부터 황궁에서 굴러서 그런지, 카힐은 히페리온 황족들 앞에서도 무서워하는 기색이 없었다. 아마 카힐만큼 간덩이가 부은 놈은 대륙 전체를 통틀어도 없으리라. 국가적 비상사태를 놓고 고심하던 가운데, 로시엘이 가볍게 탁자를 두드리며 말했다.

"이번에 소풍 가서 결판을 내야겠습니다."

로드고와 헬라드가 일제히 그를 쳐다보았다.

"정말 둘이 연인인지 아닌지 확실하게 확인하고……."

로시엘이 삐딱하게 웃으며 말을 끝맺었다.

"건방진 북부놈이 거짓말을 했다면, 불사의 몸이 사실인지 확인해보는 거지요."

들고 있던 헬라드가 불쑥 말했다.

"거짓말 안 했어도 불사인지 확인해보자."

"그럴까."

의견의 일치를 이뤄낸 헬라드와 로시엘이 사악하게 웃었다. 이미 둘의 머릿속에서 카힐은 조각조각 나뉘고 있었다. 어느 쪽이든 똑같은 결론을 내려놓고서, 히페리온 삼부자는 회의를 파했다.

소풍 장소는 금빛숲으로 정해졌다. 숲의 깊은 곳에 산장이 하나 있는데, 황족들이 찾지 않아서 거의 버려지다시피 한 곳이었다. 황궁 사람들도 잊고 있던 산장을 찾아낸 계기는 로드고가 닦달한 덕이었다. 가까운 곳에 소풍 다녀올 만한 장소를 마련하지 않으면, 지방으로 확 떠나버리는 수가 있다고 협박한 것이다.

비서관들은 울면서 소풍 장소를 찾아 헤맸다. 역사서까지 뒤진 결과, 금빛숲의 산장을 찾아냈다. 시종들을 파견해 산장을 그럴듯하게 쓸고 닦아놓은 뒤, 로드고에게 잽싸게 보고를 올렸다. 숲에서도 특히 깊숙한 곳에 위치한 산장이었다. 앞에 호수가 있어 아름답긴 하지만, 근처에 위험한 야생동물이 많아서 쓰이지 않던 산장이었다. 하지만 언제나 그렇듯, 아무도 황족들의 안위를 걱정하지 않았다. 예나 지금이나 히페리온 황족들이 다칠까 봐 걱정하는 것은 에니샤뿐이었다. 그런고로 소풍은 산장에서 하룻밤을 지내고 오는 것으로 결정되었다.

금빛숲 산장은 에니샤의 마음에도 쏙 들었다. 크게 멀지 않아서 황족들끼리 하루 정도면 다녀올 수 있다는 것이 제일 좋았다. 그리고 숲에서 노숙은 해봤어도 산장은 처음이었다. 시종들이 산장에 낚싯대도 가져다 놓아서, 호수에서 낚시도 할 수 있다고 들었다.

기대감에 들뜬 에니샤와 달리, 소풍에 임하는 황족들의 자세는 지극히 진지했다. 예전에 르타뉴로 소풍 갔던 때가 딱 이런 분위기였던 것이 떠올랐다. 다들 안 그렇게 생겨선 소풍 갈 때마다 설레서 긴장하는 걸까, 하고 에니샤는 생각했다.

"좋아, 출발하자!"

헬라드가 배낭을 단단하게 고쳐 메며 말했다. 로드고와 쌍둥이는 전부 등에 거대한 배낭을 메고 있었다. 배낭의 정체는 잘 먹는 히페리온 넷이서 하룻밤 동안 먹을 식재료였다. 로드고는 고기, 헬라드는 해산물과 채소, 기타 부식, 로시엘은 간식이 들어 있는 배낭을 메고 있었다. 생전 짐 같은 건 들어본 적 없는 로시엘은 조금 투덜거리긴 했지만, 그래도 막둥이랑 가는 소풍이라고 얌전히 배낭을 짊어졌다. 에니샤는 산장에서 입을 잠옷과 양말, 손수건 따위가 들어 있는 조그마한 배낭을 멨다.

각자 한 짐씩 들고서 산장으로 출발했다. 이미 사전조사를 다녀온 헬라드가 길 안내 담당이었다.

"가는 길에 산딸기나무 있는데, 하나 따줄까?"

"어디 있는지 말해주면 내가 딸게요."

"안 돼. 가시 있어."

조심해야 한다며, 손이 찔릴 수도 있으니 꼭 오라버니가 따줘야 한다고 고집을 부렸다. 결국 가는 길에 산딸기나무 앞에서 잠시 멈춰 서서 그가 따주는 것을 몇 개 먹었다.

"다리 아프면 말해. 업어줄게."

"업힐 곳이 있어요⋯⋯?"

"가방 위에 얹어서 가면 되지. 아니면 안아줄까?"

커다란 배낭을 메고서도 땀 한 방울 흘리지 않는 헬라드가 말했다. 에니샤는 잠시 고민했다. 생각보다 산장이 훨씬 깊숙이 있어서 한참 걸었던 것이다. 헬라드의 말로는 이제 반 왔다고 하니, 남은 절반을 걸어갈 것이 까마득했다. 고심 끝에 안겨서 가기로 결론 내렸다. 헬라드가 신나서 안아 들려는데, 누군가 휙 하고 빼앗아가 버렸다. 에니샤를 안아 든 로드고가 씩 웃으며 물었다.

"아빠가 안아주는 것은?"

에니샤는 웃음을 터뜨리며 그것도 좋다고 답했다. 빈손이 된 헬라드만 로드고를 노려보았다.

오랫동안 버려져 있었다는 금빛숲의 산장은 생각보다 번듯했다. 시종들이 피눈물 흘려가며 열심히 갈고닦아놓은 모양이었다. 산장에 도착하자, 로시엘의 지휘 아래 짐 정리부터 시작했다. 싸들고 온 식재료를 칸칸이 정리해 넣고, 낚싯대를 집어 들었다. 지난번에 바다에서 물고기 잡고 놀았던 것과는 비교도 되지 않는 본격적인 낚시였다. 이런 데 별로 관심 없는 로시엘은 자잘하게 남은 정리를 맡기로 하고, 로드고와 헬라드, 에니샤만 간이의자를 펴놓고 호수 옆에 쪼로록 앉았다.

거울 같은 수면이 잔잔했다. 로드고와 헬라드는 낚싯대 다루는 솜씨가 굉장히 능숙했다. 에니샤의 낚싯대에 미끼도 대신 끼워주고, 입질이 오면 어떻게 해야 하는지도 다 알려줬다. 하지만 훌륭한 선생에 비해 학생의 재능이 형편없었다. 양옆에서 두 남자가 물고기를 휙휙 낚는 동안, 에니샤는 한 마리도 못 잡았다. 보다 못한 헬라드가 말했다.

"자리 바꿀까?"

에니샤는 헬라드의 자리에 앉아보고, 로드고의 자리에도 앉아보았다. 하지만 에니샤가 앉자마자 거짓말처럼 물고기의 씨가 말랐다. 시무룩하게 낚싯대를 만지작거리다, 저녁 먹기 직전이 돼서야 손바닥만 한 붕어 하나를 잡았다. 로드고와 헬라드는 자기들이 잡은 팔뚝만 한 물고기들을 죄다 호수에 쓸어 넣고, 에니샤의 붕어를 칭찬했다.

"붕어가 심상찮네. 엄청난 붕어야."

헬라드의 호들갑에 에니샤는 말도 안 된다는 눈으로 쳐다보았다. 로드고가 슬며시 한마디 보탰다.

"호수의 주인인가 보군. 원래 작은 놈이 무섭지."

그런 무서운 붕어를 잡았으니, 에니샤가 제일 낚시를 잘했다며 어떻게든 끼워 맞춰 칭찬해댔다. 오랜 낚시 끝에 에니샤 혼자 붕어 한 마리 잡아 온 꼴을 보고 로시엘이 혀를 차며 말했다.

"저녁이나 먹읍시다. 에니샤 배고플 것 같으니."

에니샤는 로시엘에게 붕어를 자랑한 뒤, 다시 호수에 놓아주고 왔다.

저녁 식사 준비를 위해 호수 옆에 고기 구울 장소를 만들었다. 로시엘이 부싯돌을 꺼내자, 에니샤는 척 하고 앞으로 나섰다. 그리고 마법으로 불을 붙여주었다. 의기양양한 에니샤를 보며 로시엘은 귀여워 죽겠다고 머리를 마구 쓰다듬었다.

요리는 의외로 헬라드와 로드고가 담당했다. 덩어리째 들고 온 고기를 칼로 가지런하게 썰고 향신료를 뿌렸다. 다른 재료도 숭덩숭덩 썰어서 스튜까지 뚝딱 끓여냈다. 정교한 생김새는 아니지만, 전부 맛있어 보였다. 둘이서 이것저것 만들게 시켜놓고, 로시엘은 고기를 구웠다. 다 익은 고기는 가장 먼저 에니샤의 입에 한 점 넣어줬다.

"어때?"

고기 굽기에 정석이 있다면 바로 이런 것이지 않을까 하는 맛이었다. 에니샤는 감동해서 말했다.

"오라버니는 못 하는 게 뭐예요……?"

그리고 로시엘은 상큼하게 웃으며 답했다.

"없어."

옆에서 헬라드가 재수 없는 놈이라고 들으란 듯이 외쳤지만 로시엘은 깨끗이 무시했다.

다 같이 노릇노릇하게 고기를 굽고 있을 때였다. 에니샤가 잠시 같이 구워 먹을 것들을 가지러 산장 안에 들어간 동안, 숲속에서 짐승 울음소리가 들려왔다. 수풀 사이에서 커다란 흑곰이 어슬렁거리며 나타났다. 산장 근처에 위험한 야생동물이 많다더니, 맹수가 살고 있었던 것이다. 저 정도쯤이야 순식간에 해체할 수 있다며 나서려던 헬라드가 멈칫했다. 작은 목소리가 들려온 탓이었다. 버섯과 소시지가 담긴 바구니를 끌어안은 에니샤가 깜짝 놀라서 외쳤다.

"곰……!!"

헬라드는 잠시 에니샤 앞에서 멋지게 곰을 잡는 것과, 잔인한 모습을 보여주는 것 중 뭐가 더 나은지 고민했다. 헬라드의 망설임을 눈치 빠른 로드고가 모를 리 없었다. 로드고 또한 슬그머니 뒤로 물러났다. 서로한테 떠넘기는 두 남자를 지켜보던 로시엘이 냉소를 지었다.

"엄살은……."

그렇다고 본인이 나설 생각은 전혀 하지 않는 로시엘이었다. 흑곰을 앞에 두고 삼부자가 서로 떠넘기기 바쁠 때였다. 눈을 부라리던 곰이 쿠와아앙 소리를 지르며 달려들었다. 거대한 앞발이 날아드는 긴박한 순간, 삼부자는 잽싸게 시선을 주고받았다. 곰한테 얻어맞는 위치에 있는 사람이 처치하자는 암묵적인 약속이었다. 그러나 그들의 약속은 실천되지 못했으니…….

"위험해요!!"

금빛 마력이 유성처럼 날아들었다. 흑곰은 종잇장처럼 휙 하고 밀쳐져서, 쾅 소리와 함께 쓰러졌다. 에니샤가 헐레벌떡 뛰어왔다. 그리고 발갛게 상기된 얼굴을 하고서 로드고와 쌍둥이를 살폈다.

"안 다쳤어요?"

다쳤을 리가 없었다. 말짱하다 못해 반짝반짝한 세 남자를 올려다보며, 에니샤는 조심스럽게 입을 열었다.

"오늘 다들 어디 아파요……?"

왜 곰 한 마리도 못 잡고 그러냐며, 걱정스레 물었다. 평소에는 곰을 찢는 사람들이 이러고 있으니, 에니샤에겐 퍽 근심스러운 일이었다. 내숭 떠느라 그렇다고 할 수는 없는 노릇인지라, 삼부자는 꿀 먹은 벙어리가 되었다. 다들 말을 못 하고 있자 에니샤는 알아서 생각했다. 피곤해서 그런 모양이구나!

"걱정 마요!"

에니샤는 두 손을 꼭 주먹 쥐며 당차게 말했다.

"위험한 짐승들이 오면, 제가 다 잡도록 할게요!"

로드고와 쌍둥이는 잠시 손으로 입을 틀어막았다. 그리고 이내 홀린 듯이 고개를 끄덕였다.

⬥

흑곰을 구워 먹네 마네 하며 잠시 토론이 벌어졌다. 에니샤가 잡은 곰이니 에니샤에게 처분을 맡기기로 했다. 에니샤는 곰을 그냥 숲에 놓아주자고 의견을 냈다. 가죽을 벗기는 것부터 손질까지 귀찮은 일들이 산더미였다. 가져온 식재료도 많은데 굳이 곰까지 잡아먹을 이유가 없었다. 헬라드가 곰을 짊어지고 저만치에 내다버리고 왔다. 잠시 기절했을 뿐이니, 내일 아침쯤이면 알아서 정신 차리고 도망가리라.

뜻밖의 흑곰을 간단하게 처리하고, 본격적인 저녁 식사가 시작되었다. 식재료를 너무 많이 가져온 게 아닐까 걱정했지만 역시나기우였다. 넷이서 끝없이 먹어 치우다 보니 금방이었다. 소고기는 진즉 동났고, 나중에는 새우와 채소, 닭고기를 끼워서 꼬치를 만들어 구워 먹었다. 에니샤도 옆에서 함께 만들었는데, 똑같이 해도 뭔가 어설픈 꼬치가 나왔다. 석쇠 위에 나란히 올려놓아도 이름표를 달아놓은 것처럼 에니샤가 만든 티가 났다. 그래서인지 다들 그것만 집어 먹으려고 난리였다. 후식까지 단단히 챙겨 먹고 나니 빵빵하던 배낭은 빈껍데기만 남았다.

내일 아침과 점심에 먹을거리만 간단하게 챙겨두고, 다들 산장 안에서 뒹굴거렸다. 기다란 안락의자에 늘어져서 시원한 냉차를 마시며 한가로이 잡담을 나눴다. 살짝 텁텁한 공기가 나른하면서도 따뜻했다. 로드고의 어깨에 기대서 하품을 하자, 세 남자는 슬금슬금 서로 눈치를 보았다. 에니샤가 보지 않는 곳에서 치열한 눈빛 교환이 오간 끝에, 로시엘이 입을 열었다.

"……저기, 에니샤."

그는 봄바람 살랑살랑한 목소리로 질문했다.

"혹시 지금 사귀는 사람이 있니?"

어떤 대답이 들려와도 다 포용할 것처럼 한없이 보드랍고 너그러운 목소리였다. 하지만 에니샤는 로드고한테 기대고 있던 자세를 바로 했다. 여기서 대답 잘못하면 바로 카힐한테 암살자 파견이었다. 에니샤는 일단 솔직하게 대답했다.

"없어요."

그리고 얼른 덧붙였다.

"사귀는 사람이 생겼다면 아빠랑 오라버니들한테 가장 먼저 말했을 거예요!"

로드고와 쌍둥이의 표정이 조금 풀어졌다. 에니샤는 살짝 양심
이 찔렸다. 사실 생긴다고 해도 말할 수 있을지 의문이었다. 하지만
일단 이렇게 말해둬야 할 것 같았다. 헬라드가 다소 조급한 목소리
로 질문했다.

"북부놈, 아니, 카힐과는 무슨 사이야?"

"그게······."

에니샤는 망설이다 유디트가 했던 그대로 말했다.

"한쪽이 일방적으로 구애하는 사이······인 거 같아요······?"

자신 없는 말끝이 슬그머니 올라갔다. 하지만 로드고와 쌍둥이
는 물음표가 아닌 마침표로 알아들었다. 세 사람의 얼굴에 꽃이 피
었다.

"그렇구나."

로시엘이 환하게 웃으며 말했다.

"카힐이 연인이라 거짓말을 하며 무례하게 행동한 것이었구나."

아주 즐거운 얼굴을 하고서, 로시엘은 에니샤에게 살금살금 졸
랐다.

"오라버니가 그에게 적절한 수준에서 무례를 지적하여도 괜찮
을까?"

히페리온 기준으로 적절한 수준이 어느 정도인지, 에니샤는 짐
작이 가질 않았다. 한참 고민하던 에니샤는 망설이다 입을 열었다.

"아, 저기, 그런데······."

그리고 눈치를 살피며 물었다.

"한번 사귀어보는 것도 괜찮지 않을까요?"

웃고 있던 삼부자의 얼굴이 파삭 깨져버렸다. 에니샤는 얼른 손을 내저으며 말했다.

"아뇨, 그러니까 막 결혼을 전제로, 이런 거 아니고 그냥……!"

유디트의 말처럼, 할 수 있는 건 다 해보고 싶었다. 후회 없는 시간을 보내는 일 중에는 연애도 있었다. 그리고 연애를 한다면, 에니샤는 카힐하고 하게 되지 않을까 내심 생각했었다. 저를 많이 좋아해주는 사람이고, 에니샤도 그가 싫지 않으니까 말이다. 하지만 그런 설명을 할 수가 없었다. 헬라드가 말라비틀어진 표정으로 질문했다.

"왜……?"

모든 의미가 담긴 한 단어였다. 거기다 대고 뭐라도 잘못 말했다간, 다들 당장 내일부터 자드카르 침공에 나설 기세였다. 이미 한 차례 카힐을 납치한 경력이 있어서 더 무서웠다. 에니샤는 대답 대신 질문을 던졌다.

"그럼 아빠랑 오라버니들은 제가 어떤 사람이랑 사귀면 좋겠어요?"

로시엘이 재빠르게 답했다.

"얼굴 되고 능력 되고 재력과 권력을 갖췄을 것. 이게 기본 조건이지."

"처가살이 시킬 거니까 히페리온 황족들 보고서도 안 무서워해야 하고."

헬라드가 덧붙이고선 로드고를 쳐다보았다. 빨리 한마디 하라는 눈빛에 로드고가 입을 열려는데, 에니샤가 순진하게 되물었다.

"그거 카힐 아니에요?"

그리고 로드고는 대답했다.

"……아니."

그는 비뚜름하게 입매를 치켜올리며 다시 쐐기를 박았다.

"절대 아니다."

"……."

에니샤는 생각했다. 아마 대륙 사람 전부를 한 줄로 세워놓아도, 다 퇴짜 놓을 것 같다고.

✿

즐거운 가족소풍을 끝내고 돌아오니 한밤중이었다. 오는 길에 금빛숲에서 나무 열매를 따 먹고, 이것저것 장난치고 하다 보니 그리되었다. 황족들의 뒤늦은 귀환에 황궁은 잠시 소란스러워졌다가 다시 가라앉았다.

늦은 저녁 식사를 한 뒤, 황족들은 각자의 궁으로 헤어졌다. 에니샤는 신나는 마음으로 팔랑팔랑 걸었다. 내년에도, 내후년에도, 해마다 계속 가족소풍을 갈 수 있으면 좋겠다는 생각이 들었다. 그렇게 되도록 열심히 노력해야겠다고 혼자 굳게 다짐하며 황녀궁으로 돌아왔을 때였다.

"……?"

어딘가 서늘한 한기가 느껴졌다. 제도의 여름은 덥지 않지만, 그렇다고 밤에 추울 정도는 아니다. 에니샤는 고개를 갸웃하며 방으로 향했다. 문을 열고 들어서자마자 바닥에 하얗게 낀 서리를 발견했다. 눈꽃무늬를 그리며 얼어붙은 서리는 아름다웠다. 하지만 여름밤에, 그것도 황녀의 침실에서 볼 것은 아니었다.

시선을 천천히 앞으로 던졌다. 커튼이 걷힌 창가에 새하얀 남자가 서 있었다. 창밖을 내다보며 달빛을 한가득 맞고 있던 그는 천천히 뒤를 돌아보았다. 옅은 청회색 눈동자가 에니샤를 바라보았다.

"카힐?"

에니샤는 그의 이름을 부르며 자박자박 다가갔다. 카힐은 에니샤가 바로 코앞에 다다를 때까지도 꼼짝하지 않고 쳐다보기만 했다. 얼음기둥이 된 것처럼 구는 그를 올려다보며 고개를 갸웃하는데, 갑자기 와락 끌어안겼다.

"황녀님……."

카힐이 목덜미에 얼굴을 파묻었다. 깜짝 놀라서 굳어 있던 에니샤는 조심스럽게 그를 마주 끌어안았다. 악몽을 꾼 어린아이처럼, 카힐은 안쓰러울 정도로 몸을 떨고 있었다. 덜덜 떨리는 손이 절박하게 에니샤를 붙잡았다. 북부에 있어야 할 그가 어쩌다 이곳에 있는지, 무슨 일이 있었던 건지……. 묻고 싶은 말들은 많았지만, 에니샤는 그냥 말없이 그를 안아줬다. 때로는 100번의 말보다 한 번의 포옹이 나을 때도 있는 법이었다.

거칠게 들썩거리던 호흡이 천천히 가라앉았다. 카힐이 조금 진정된 것을 확인하곤, 에니샤는 조심스럽게 그의 어깨를 밀어냈다. 얼굴을 좀 보려고 그런 것이었는데, 저를 떼어내는 줄 알았던지 카힐이 힘껏 달라붙어 왔다. 딱 붙어서 떨어지지 않는 채로 그가 속삭였다.

"너무 보고 싶어서 왔습니다."

혼란한 공국을 바로 세우고 있는 카힐이었다. 잠잘 시간도 얼마 되지 않는데, 그걸 버려가면서 에니샤를 보겠다고 찾아온 것이다.

"그런데 아무도 없어서……."

카힐은 텅 빈 침실에서 홀로 몇 시간이고 에니샤를 기다렸다. 어둠이 짙어지고 달이 한참 기울었을 때, 그는 문득 생각했다.

"그냥 이 모든 게 꿈일지도 모른다는 생각이 들었습니다."

어리석은 망상이라 여기면서도, 생각이 뻗어나가는 것을 막을 수가 없었다.

"행복했던 순간들은 전부 꿈이고, 나는 여전히 자드카르의 어두운 골방에 홀로 갇혀 있는 게 아닐까……."

에니샤를 끌어안은 손끝에 힘이 들어갔다.

"그랬더니 참을 수 없이 두려워져서……."

카힐은 쓰게 웃었다. 자조는 깊고 어두웠다. 더 이상 파고들 곳도 없는데, 카힐은 조금 더 깊숙이 몸을 묻었다. 넘치도록 밀어붙이는 탓에 에니샤의 몸이 기우뚱해졌다.

"예전에는 당신의 기사였습니다. 그런데 이제는 뭣도 아닙니다."

오늘 에니샤를 기다리며, 카힐은 뼈저리게 깨달았다. 그는 바깥을 돌아다니는 시녀들에게 황녀님의 행방을 물어볼 수조차 없었다. 아무런 자격이 없기 때문이었다. 맹세를 바쳤다고 해봤자, 그건 카힐과 에니샤 사이의 약속일 뿐이었다. 북부의 왕태자와 제국의 황녀는 접점이 없다. 아무리 좋아한다고 외쳐봐도 두 사람의 거리는 점점 멀어질 수밖에 없는 것이다. 지금이야 그나마 아카데미라도 같이 다니고 있지만, 내년에 졸업하고 나면 정말 그 무엇도 남지 않으리라.

"왕위 따위 버리고, 다시 제국에서 기사나 할까요……."

낮게 웃으며 던지는 농담은 공허하게 흩어졌다. 에니샤는 눈을 깜빡이다, 카힐의 머리를 밀어냈다. 드디어 서로 마주 보게 되었다. 젖은 눈을 한 카힐이 에니샤를 가만히 바라보았다. 그의 눈동자를 들여다보고 있자니, 처음 만난 순간부터 지금까지 있었던 일들이 하나씩 떠올랐다. 기억 속에서 카힐은 언제나 맹목적일만큼 에니샤를 따랐다. 확실한 건, 에니샤는 카힐만큼 그를 좋아하지 않는다. 카힐의 마음에는 오직 에니샤뿐이고, 그건 그가 죽는 순간까지 변하지 않을 진리와 같았다. 하지만 에니샤는 이런저런 사람들을 전부 가득 담고 있었다. 여러 사람이 나눠 가진 마음 조각은 카힐에 비하면 참으로 작고 보잘것없었다. 그렇지만 에니샤에게는 가장 특별한 조각이었다.

"좋아합니다, 황녀님."

카힐이 나직하게 속삭였다.

"너무 좋아해서 계속 황녀님 곁에 있고 싶습니다."

제가 어떻게 해야 당신 옆에 머무를 수 있을까요…….

코끝이 스칠 듯한 거리에서 조곤조곤 들려오는 속삭임이었다. 숨결은 얼굴을 간질이고, 깊은 속까지 파고들어서 에니샤를 뒤흔들었다.

에니샤는 입술을 말아 물었다. 에니샤 또한 그가 제 옆에 없는 모습이 도저히 상상되질 않았다. 이상한 기분이 몸을 휘감았다. 그건 단 한 번도 느껴보지 못했던 감정이었다. 이게 대체 뭘까, 머릿속에서 마구마구 의문이 떠올랐다. 복잡하게 엉키던 의문의 실타래는 어느 순간 뚝 잘려나갔다.

어쩌면 이게 좋아한다는 마음이지 않을까?

아닐지도 몰랐다. 하지만 유디트도 너무 거창하게 생각할 필요 없다고, 별것 아니라고 제게 말하지 않았는가. 호기심 많은 마법사의 본능은 에니샤를 자꾸 가보지 않은 길로 이끌었다. 거세게 밀려오는 충동을 참지 못하고 입술을 열었다.

"카힐."

에니샤는 그냥 간단하게 생각하기로 결심했다.

"나랑 사귈래?"

충동 발언의 위력은 엄청났다. 방금까지 글썽글썽하고 있던 카힐은 눈물이 쏙 들어간 듯했다. 그는 에니샤와 함께한 몇 년의 시간을 통틀어, 가장 멍청한 얼굴을 하고서 되물었다.

"예……?"

에니샤는 잠시 눈을 깜빡였다가, 그에게 다시 말해주려 입술을 벌렸다. 그런데 카힐이 잽싸게 손으로 입을 틀어막았다. 에니샤가 아프지 않도록 살짝 힘주어 누르면서, 그가 빠르게 말했다.

"농담이시죠? 실언하신 것이죠?"

에니샤는 카힐의 손을 입에서 떼어내며 답했다.

"그런 거 아니야."

"그럼······."

그는 조심스럽게 질문했다.

"진심으로 하신 말씀입니까? 사귀자는 것······."

"응."

카힐은 손으로 제 눈을 덮었다. 그리고 숨을 크게 들이마셨다가 내쉬기를 몇 번 반복했다.

"황녀님······."

그가 얼굴을 성마르게 쓸어내렸다.

"지금 이게 무슨 뜻인지, 알고는 계신 겁니까?"

마냥 기뻐할 줄 알았는데, 그렇지도 않은 모양이었다. 카힐은 조금 화난 듯한 눈을 하고 있었다.

"저를 동정해서 그리 말씀하셨다면 후회하실 겁니다."

에니샤는 그를 올려다보았다. 달빛을 등신 탓에, 카힐의 얼굴이 유독 어둡게 보였다. 역광의 그림자가 그에게 한가득 드리워 있었다.

"저는 착한 놈이 아닙니다. 황녀님께서 실수하신 것을 가지고 어떻게 물고 늘어질지 모릅니다."

그러니 지금이라도 없던 일로 하라고, 카힐은 에니샤를 몰아붙였다. 에니샤는 살짝 눈매를 늘어뜨리며 물었다.

"나랑 사귀는 거 싫어······?"

"아뇨, 절대 아닙니다!"

저도 모르게 목소리를 높였던 카힐이 끙끙거리며 말했다.

"너무 좋아서 문제인 겁니다······."

에니샤는 솔직하게 고백했다.

"난 너만큼 안 좋아해. 너한테 비교하면 한없이 가벼운 마음일 텐데 사귀자고 말하는 거야."

어째서일까. 많이 안 좋아한다는 말을 하니, 카힐은 오히려 얼굴이 풀어졌다. 그가 한결 누그러진 목소리로 답했다.

"알고 있습니다."

"내가 그냥 너 갖고 노는 걸지도 모르는데, 괜찮아?"

"괜찮습니다."

말 떨어지기 무섭게 재깍 답한 카힐은 진지한 얼굴로 첨언했다.

"저 장난감 되는 거 좋아합니다. 잘할 수 있습니다."

"……?"

장난감 역할을 잘한다는 게 뭔지 모르겠다만, 어쨌든 그는 모든 것을 감수해줄 모양이었다. 기왕 이기적으로 구는 김에, 에니샤는 조건도 하나 달았다.

"그리고 기간을 정해두고 사귀고 싶은데……."

에니샤의 말에 카힐이 눈을 크게 떴다.

"우선 내년 내 생일까지만."

카힐은 심각하게 질문했다.

"그거 연장되는 겁니까?"

"음, 별일이 없다면 아마도."

기간을 정해둔 이유는 앞으로 어떻게 될지 모르는 탓이었다. 내년 생일을 무사히 넘기고 나면, 그때 가서 관계의 방향을 확실하게 해도 늦지 않으리라. 그것 말고도 달아야 할 조건이 뭐 있나 하고 생각해보던 에니샤는 불쑥 분수대에서의 기억을 떠올렸다.

"아, 신체적 접촉은 주의해줘."

내가 성년이 될 때까진 얼굴 밑으로 내려가는 건 안 된다고 못 박자, 카힐이 허탈하게 대꾸했다.

"애초에 그런 건 생각도 안 했습니다……."

아까워서 손도 제대로 못 대겠는데, 어찌 그러겠냐고 그가 중얼거렸다.

에니샤는 살짝 웃었다. 이렇게 연애하는 게 맞나 싶지만, 아무렴 어떠랴 싶었다.

"……."

카힐은 홀린 듯한 눈으로 에니샤를 바라보았다. 여태까지 몇 번이나 웃는 모습을 봐놓고서, 난생처음 보는 사람처럼 굴었다. 세상 어느 누가 보더라도 사랑에 빠진 눈빛이었다. 그가 느끼는 행복과 설렘이 에니샤에게도 흘러 들어와서 가슴이 두근거렸다. 깨끗한 눈밭 위에 처음으로 내딛은 한 걸음이었다. 자그맣게 찍힌 제 발자국을 바라보며, 에니샤는 직감했다. 카힐과의 연애가 어찌 흘러갈지는 몰라도, 최소한 자신은……. 오늘 이 순간을 결코 후회하지 않으리라고. 그렇게 생각하며 카힐을 마주 보는데, 그가 갑자기 다시 에니샤를 끌어안았다.

폭 파묻혀버린 에니샤는 조금 당황했다. 카힐은 아까처럼 떨고 있었다. 하지만 이번엔 두려움이 아닌, 격한 감정을 참지 못해 그러는 것이었다.

"무슨 말을 해야 할지 모르겠습니다."

카힐은 그리고 한참 동안 침묵했다. 제 품에 안긴 에니샤가 진짜 인지, 제게 닥친 일이 진실인지를 가늠하듯 천천히 호흡할 뿐이었다. 아주 오랜 시간이 지난 후에야, 카힐은 입을 열었다.

"그냥, 저는…… 황녀님께서 제게 기회를 주신 거라고 생각하겠습니다."

기회를 주는 것치곤 자신이 너무 박하지 않느냐고 말하려다가, 에니샤는 그냥 입을 닫았다. 어쨌든 사귀는 것이 중요한 일 아니겠는가. 좋은 게 좋은 거라고 생각하는 에니샤 앞에서 카힐이 중얼거렸다.

"제가 잘하겠습니다. 정말 잘할 테니까……."

그러다 숨을 푹 내쉬더니, 들뜬 목소리로 물었다.

"세 번째 맹세라도 할까요……?"

정말 이 호구는 간이고 쓸개고 다 빼줄 기세였다. 에니샤는 눈을 세모꼴로 만들며 답했다.

"농담으로도 그런 말 하지 마."

❧✦❧

사귀기로 결정한 후, 카힐은 녹아버린 것 같았다. 에니샤한테 딱 달라붙어서 떨어질 줄을 몰랐다. 자드카르로 돌아갔다가 내일 또 찾아오면 되지 않느냐고, 오늘은 그만 돌아가라고 그를 달랬다. 카힐은 그럼 황녀님이 주무시는 것만 보고 가겠다고 졸랐다. 이제 연인 사이이니, 이 정도는 괜찮지 않느냐는 것이었다. 이것마저 허락해주지 않으면 울 것 같았다. 그리고 그의 말처럼, 연인이 됐으니 이전과는 다른 부분도 있어야 할 것이다. 에니샤는 카힐의 의견을 십분 고려하여, 자는 모습을 보고 가는 걸 허락했다. 안 그래도 하루 종일 숲을 쏘다니며 많이 피곤했던 차였다. 씻고 잠옷으로 갈아입은 에니샤는 입이 찢어져라 하품하고서 침대에 풀썩 누웠다. 카힐은 에니샤가 반듯하게 누울 수 있도록 도와주고, 이불도 덮어줬다. 에니샤는 반쯤 감긴 눈을 하고서 그에게 당부했다.

"일찍 돌아가…….."

"걱정 마십시오."

애 이러다 밤새우고 가는 건 아닌가 걱정하며, 에니샤는 천천히 잠들었다. 금세 숨소리가 고르게 변했다. 침대 옆에 앉아 있던 카힐은 문득 혼자 소리 없이 웃었다. 아직도 믿기질 않았다. 지금 누군가 당장 저를 흔들어 깨우며, 이거 전부 다 꿈이라고 소리치는 것이 훨씬 현실감이 넘칠 듯했다. 잠든 황녀님을 하염없이 바라보며, 아까 있었던 일들을 천천히 되씹었다. 이제 옆에 머무를 수 있다. 다른 누구도 아닌, 당신이 직접 내어준 자리였다. 그 사실이 가슴속에서 터질 듯이 부풀어 올랐다. 격류처럼 휘몰아치는 감정은 두려울 정도였다. 카힐은 자신이 품은 마음이 얼마나 깊고 어두운지 알고 있었다. 이제껏 황녀님 앞에 내보였던 감정은 극히 일부일 뿐이었다. 전부를 꺼내놓았다간, 황녀님은 놀라서 도망가 버릴 것이 뻔했다. 그렇기에 지금까진 잘 눌러서 참아왔다. 달콤한 쿠키를 조금씩 갉아먹듯, 이따금씩 살짝살짝 꺼낸 것이 전부였다. 하지만 앞으로도 그럴 수 있을지 자신이 없었다. 제 마음이 과하여 황녀님을 놀라게 할까 걱정되었다. 당장 지금만 해도 끓어오르는 마음을 간신히 추스르고 있는데…….

"……."

카힐은 느리게 눈을 감았다 떴다.

아마 황녀님은 본인이 무슨 짓을 저질렀는지 제대로 모를 터였다. 그러나 실수로 흘린 기회라 해도 좋았다. 카힐은 이미 기회를 붙잡았고, 절대 놓치지 않을 생각이었다. 지금이야 저를 향한 황녀님의 마음이 작고 보잘것없다 해도, 조금씩 키워나갈 수 있도록 옆에서 살살 밀어주면 될 일이었다. 여태 그래왔던 것처럼 말이다. 아주 까마득한 시간이 걸릴지도 모르지만 상관없었다. 기다림은 카힐이 가장 잘하는 것 중 하나이니까.

❦

황궁에 이상한 소문이 돌기 시작했다. 밤마다 황녀궁에서 서늘한 눈바람이 분다는 것이었다. 여름밤에 어울리지 않는 한기 가득한 북풍이었다. 처음 소문이 퍼졌을 때는 다들 헛소리로 취급했으나, 얼마 지나지 않아 황녀궁 후원에서 덜 녹은 얼음 조각이 발견됐다.

황녀궁의 결계마법진을 새로이 손보기 위해, 황궁 수석마법사 델 하르인과 레시나가 팔을 걷어붙이고 나섰다. 하지만 어째서인지 아무리 겹겹이 결계를 두르고 마법을 걸어놓아도, 눈과 얼음은 꾸준히 발견되었다.

황녀궁에 찾아든 때 이른 겨울바람 이야기는 결국 로시엘과 헬라드의 귀에까지 흘러 들어갔다. 소문을 보고받은 로시엘은 손에 들고 있던 깃펜을 부러뜨렸다. 옆에서 보조하고 있던 비서관은 익숙한 솜씨로 부러진 깃펜을 치우고, 새 깃펜을 꺼내 로시엘의 펜대에 꽂아놓았다. 함께 있던 헬라드가 로시엘을 대신해서 질문했다.

"……눈이랑 얼음?"

보고를 올리러 온 시종이 잔뜩 눈치를 살피며 말했다.

"예. 때 아닌 이상현상에 황녀궁 시녀들이 마법사도 불러 결계를 보수했지만, 소용이 없는 듯합니다."

"……."

헬라드와 로시엘은 말없이 서로를 바라보았다. 그리고 그날 밤, 쌍둥이는 남몰래 황녀궁을 찾았다. 달이 한참 기울 때까지 정원 수풀에 숨어 있던 그들은 결국 보고 말았다. 황녀궁 정원 한가운데 부드럽게 소용돌이치며 생겨나는 눈바람과, 그 속에서 나타난 카힐 자드카르를. 그가 나타나고 얼마 지나지 않아, 에니샤의 침실 창문이 열렸다. 잠옷 위에 간단히 겉옷을 걸친 에니샤가 창문 아래로 폴짝 뛰어내리자, 카힐이 가뿐하게 받아냈다. 두 사람은 손을 잡고 도란도란 이야기를 나누며 밤의 정원을 산책했다.

……내가 지금 뭘 본 거지.

쌍둥이는 자신들이 지독한 환상마법에 걸린 게 틀림없다고 생각했다. 하지만 불행히도 모든 것은 현실이었다. 헬라드와 로시엘이 수풀을 헤치고 바깥으로 나온 순간, 에니샤는 눈이 동그래졌다.

"오라버니들……?"

심한 충격에 쌍둥이들이 아무 말도 못 하고 있자, 에니샤는 발을 동동 굴렀다. 그러다 손가락을 꼼지락거리며 입을 열었다.

"그게, 죄송해요…… 미리 말했어야 했는데……."

에니샤가 빨개진 얼굴을 하고서 말했다.

"저 카힐이랑 사귀기로 했어요."

◈◈◈

"근데 어르신, 그 황녀궁에 눈이랑 얼음 말입니다."

한창 마법 수식을 계산하고 있던 델 하르인이 고개를 들었다. 옆에서 수식 계산을 돕고 있던 레시나가 흠 하고 짧은 소리를 내면서 턱밑에 손을 받치고서 말했다.

"아무리 봐도 카힐 아닙니까?"

"……."

델 하르인은 차마 대답하질 못하고 기나긴 침묵을 흘렸다. 너도 알고 나도 아는 사실을 함부로 말하지 못하는 이유는 하나뿐이었다. 레시나와 델 하르인이 아무리 결계마법진을 보수해봤자, 결국 마법진의 주인은 에니샤였다. 에니샤가 원하는 사람은 언제든지 황녀궁에 드나들 수 있었다. 결국 에니샤의 허락 하에 카힐이 궁에 드나들고 있다는 말인 것이다.

"제가 계속 옆에서 봤는데요. 황녀님도 카힐한테 쪼금 마음이 있는 것 같습니다."

"……정말인가?"

델 하르인이 깜짝 놀라서 되물었다. 레시나는 뒷머리를 벅벅 긁으며 말했다.

"예, 아무래도요."

아카데미에서 이러쿵저러쿵했다면서 이야기를 늘어놓던 레시나가 얼굴을 찡그렸다.

"아니, 근데 황족들께서도 좀 너무하지 않습니까? 솔직히 우리 황녀님도 연애는 해보셔야지."

결혼까지는 저도 질투 나니까 반대지만, 연애 정도는 해볼 수도 있지 않느냐며 레시나는 열변을 토했다. 나이도 됐고, 대법사니까 이미 알 건 다 알고 계실 거고, 그러니 연애 정돈 해봐도 되지 않느냐는 게 레시나의 의견이었다.

"그건 그렇지만……."

델 하르인이 근심 어린 얼굴로 말했다.

"자네도 알다시피, 황족들께서 참으로 비범하신 분인지라……."

고상하게 돌려 말하지만, 결국 개또라이들이니 평범한 인간의 사고를 기대해서는 안 된다는 소리였다.

레시나가 에휴, 하고 한숨을 내쉬며 중얼거렸다.

"황녀님은 왜 하필 히페리온 막둥이로 태어나서는……."

아카데미에서도 헬라드와 로시엘이 얼마나 극성맞게 굴었는지 일러바치던 때였다.

"!!!"

요란한 종소리가 울려 퍼졌다. 비상사태를 알리는 종소리였다. 날카로운 쇳소리가 조용하던 밤의 황궁을 들쑤셨다.

레시나와 델 하르인은 헐레벌떡 바깥으로 뛰쳐나갔다. 황궁의 기사들이 죄다 완전무장을 갖추고 어디론가 뛰어가고 있었다. 그들이 향하는 방향이 황녀궁이란 사실을 알게 된 두 마법사는 얼굴이 새하얘졌다. 그리고 동시에 가속마법을 전개하여 날듯이 황녀궁으로 향했다. 혼비백산해서 도착하니, 황녀궁은 대낮처럼 환하게 불이 밝혀져 있었고……. 반쯤 부서져 있었다.

"……."

채 다물어지지 않는 입을 벌린 채, 앞을 바라보았다. 이게 뭐가 어찌 돌아가는 일인지 둘 다 선뜻 이해가 되질 않았다. 멍하니 바라보던 레시나와 델 하르인은 얼마 지나지 않아 콰쾅 소리를 들을 수 있었다. 뒤이어 각기 검 한 자루씩을 들고 누군가를 추격하는 헬라드와 로시엘도 말이다. 몸 쓰는 일에는 나서는 법이 없는 로시엘이었다. 그런 황자님마저 검을 들게 한 상대는 카힐 자드카르였다. 시퍼렇게 안광이 도는 쌍둥이의 협공이 쏟아지는데도, 그는 절대 공격을 맞받아치지 않고 방어만 해내고 있었다. 가끔씩 치명적인 공격은 피해내곤 했는데, 그럴 때마다 황녀궁이 파삭파삭 부서졌다. 몰려온 기사들은 어찌할 줄을 모르고 멍하니 그 광경을 지켜보았다. 눈바람을 불러내며 잘 도망 다니는 카힐을 바라보던 레시나는 망연자실한 표정의 에니샤를 발견했다.

"황녀님……!"

델 하르인과 함께 황급히 에니샤의 옆으로 다가갔다. 이제 3분의 2 정도 부서진 황녀궁을 바라보고 있던 에니샤가 울상이 되어서 레시나와 델 하르인을 돌아보았다.

"다치신 곳은 없고요?"

"난 괜찮아……."

레시나는 눈동자를 도록 굴리다가 조심스럽게 질문했다.

"그……. 이게 어찌 된 일입니까?"

에니샤는 단 한마디로 모든 상황을 이해시켜주었다.

"내가 카힐이랑 사귄다고 말했어."

"예에에엣?"

날벼락 같은 소식에 펄쩍 뛰는 두 사람 앞에서, 에니샤는 두 손에 얼굴을 묻고서 웅얼거렸다.

"그러니까 갑자기 카힐이 진짜 안 죽는지 시험해보겠다고……."

"……."

저놈의 목을 잘라봐야겠다며, 헬라드와 로시엘이 일제히 검을 빼 들었다는 것이다. 그 말을 들은 레시나는 저도 모르게 감탄하고 말았다.

"카힐 많이 강해졌네요……! 아직도 멀쩡하다니."

진즉에 동강 났어야 하는데 말짱하게 도망 다니는 카힐의 실력을 칭찬하자, 델 하르인이 옆에서 깊은 한숨을 내쉬었다.

✦

카힐과의 연애는 무척 평화로웠다. 왕태자이나 현 자드카르 공국을 이끄는 실질적인 공왕으로서, 카힐은 정신없이 바빴다. 그는 잠 잘 시간을 쪼개서 며칠에 한 번씩 에니샤를 보러 히페리온까지 찾아왔다. 한밤중에 그가 찾아오면, 에니샤는 잠시 시간을 내어 함께 이야기를 나눴다. 대부분 시답잖은 잡담들이었다. 가끔은 서로 말없이 가만히 산책만 할 때도 있었다.

어느 날은 선물을 가져오기도 했다. 카힐이 가져오는 선물은 전부 북부에서만 볼 수 있는 것들이었다. 눈꽃이 달라붙은 예쁜 나뭇가지, 북부 설산의 만년설 한 움큼, 깊은 협곡의 밑바닥에서만 피어난다는 꽃송이 등등. 만년설을 가져왔을 때는 제도의 여름밤 공기에 금방 녹아버렸다. 에니샤가 아쉬워하자, 다음번에는 아예 작은 눈사람을 만들어 오더니 정령의 힘을 이용해 충분히 구경할 때까지 녹지 않도록 만들었다. 별것 없고 심심한 일상들이었지만, 에니샤는 꽤 재미있다고 생각했다. 언제 찾아올지 모르는 카힐을 기다리는 것도, 이따금 뜻밖의 선물을 가져오는 것도. 전부 한 번도 해보지 않았던 것들이라 그럴지도 몰랐다.

에니샤는 여름방학이 끝나고 아카데미로 돌아갈 즈음, 황족들에게 남자친구가 생겼다고 말할 생각이었다. 어차피 가끔 한 번씩 보는 게 고작이었고, 며칠 되지도 않았는데 냉큼 말하는 건 뭔가 호들갑스럽게 보일 것 같기도 해서였다. 그리고 곧 아르커스에서 남은 방학 기간 내내 마법 연구에 매진할 예정인지라, 어차피 카힐을 보지도 못한다. 그러니까 천천히 말하면 되겠지, 하고 대수롭잖게 생각했는데 이 사달이 난 것이다.

쌍둥이의 분노는 황녀궁을 회생 불가능한 수준으로 파괴한 뒤에야 겨우 수그러들었다. 물론 아예 없어진 것은 아니고, 도망 다니던 카힐이 황녀님의 침실마저 파괴하면 안 된다고 말한 탓에 겨우 정신을 차린 것이었다. 에니샤는 그냥 자신이 아르커스에 다녀오고 나면 다 수리되어 있겠지, 하고 생각하기로 했다.

카힐은 목이 잘리기 전에 얼른 자드카르로 돌려보냈다. 하지만 아직 최종 관문이 남아 있었다.

"……그래서 황녀궁만 다 부숴놓고, 목 하나 자르질 못했다고?"

로드고가 비죽 웃으며 말했다.

"요새 아카데미에서 놀고먹더니 실력이 녹슬었군그래."

"……."

헬라드와 로시엘은 잔뜩 분한 표정을 하고서도 아무 말도 하지 못했다. 로드고는 스윽 시선을 옮겨 에니샤를 바라보았다. 잘못한 건 없는데 잘못한 것처럼 되어버린 에니샤는 조금 기죽은 표정으로 그를 올려다보았다.

"아빠랑 얘기 좀 할까."

"네에……."

로드고는 쌍둥이에게 머리 식히고 내일 아침까지 황녀궁 복구할 계획서를 짜 오라 명한 뒤, 에니샤를 안아 들었다. 황녀궁 바닥에 석재 파편이며 유리 조각 따위가 온통 널브러져 있어 위험한 탓이었다. 하지만 황녀궁을 벗어나 본궁에 다다를 때까지도 에니샤를 내려주지 않았다. 본궁 응접실에 이르러서야, 에니샤를 장의자 위에 앉혀주었다.

"피곤하진 않고? 자고 일어나서 이야기할까."

"아뇨! 저 잠 다 깼어요."

에니샤의 말에 로드고는 슬쩍 웃더니, 잠시 바깥으로 나갔다. 그리고 따뜻한 잔을 들고 와 에니샤의 손에 쥐여 줬다. 넉넉한 크기의 잔에서는 초콜릿 냄새가 확 올라왔다. 갑자기 군침이 돌아서, 에니샤는 꼴깍꼴깍 마셨다. 로드고는 옆에 앉아 있다가, 에니샤가 잔을 내려놓은 후에야 입을 열었다.

"사귀는 것 자체는 반대할 생각이 없다."

"네……?"

에니샤는 눈이 땡그래졌다. 토끼처럼 놀라는 모습을 본 로드고가 스윽 웃었다. 안락의자에 느슨하게 기대앉은 그가 너그럽게 말했다.

"내 딸이 하고 싶다면 해야지. 물론 결혼은 아빠 허락을 꼭 맡도록 하고……."

"……."

이 사람 로드고 맞아?

에니샤는 무척 의심스러워졌다. 에니샤의 눈빛을 읽어낸 로드고가 머리를 쓰다듬어주며 말했다.

"사실 그놈을 그냥 옆에 있도록 허락해주는 것은 아니다. 너도 알다시피, 히페리온은 출정을 계획 중이지. 내년 봄에는 스칸샤와 전면전을 벌일 것이고."

"……."

"그래서 네 옆에 카힐 자드카르를 붙여놓는 것이다."

암살자를 보내려고 진지하게 계획했던 것은 쏙 빼놓고 말하는 로드고였다. 쌍둥이가 황녀궁을 다 부숴도 소용없는 것을 보고 급하게 방향을 선회했지만, 이쪽도 진심이긴 했다. 히페리온과 스칸샤가 전쟁을 벌일 경우, 가장 위험해지는 것은 에니샤였다. 히페리온의 막내 황녀가 황족들의 약점이라는 건 누구나 알고 있었다. 스칸샤의 편에 선 자들은 수단과 방법을 가리지 않고 에니샤를 노릴 것이다. 아르커스가 있고 에니샤 또한 대법사이니 호락호락하게 당할 리는 없지만, 상대는 인간이 아니었다. 로드고는 자신이 안심하고 전쟁에 나설 수 있는 안전장치가 필요했고, 카힐 자드카르는 무엇보다 훌륭한 방패였다. 그는 에니샤를 위해 자신의 모든 것을 아끼지 않고 내던질 테니. 하여 내년 봄, 스칸샤와 전쟁이 끝날 때까지는 카힐 자드카르를 내버려둘 생각이었다.

로드고는 제 앞의 주홍색 눈동자를 바라보았다. 저와 똑같으면서도, 전혀 다른 색으로 빛나는 주홍색이었다. 히페리온의 세 번째 별이 얼마나 보드라운 온기를 품고 있는지 알기 때문에……. 그래서 로드고는 항상 불안했다. 에니샤가 남을 위해 스스로를 희생할까 봐 두려웠다.

"누누이 말했지만, 네가 위험해지면 다른 사람의 목숨을 짓밟고라도 살아남아야 한다."

로드고는 에니샤의 이마에 가볍게 입 맞추며 속삭였다.

"이기적으로 굴도록 하여라, 에니샤."

하루아침에 집을 잃은 에니샤는 예정보다 일찍 아르커스로 가게 되었다. 쌍둥이 때문에 황녀궁이 파괴된 탓임을 알게 되자, 벨루안은 드물게 칭찬했다.

"황족들의 참지 않는 성정이 마음에 들 때도 있군요."

에니샤는 그냥 웃고 말았다.

아르커스에 도착하자마자 눈코 뜰 새 없이 바쁘게 움직였다. 가장 먼저 대회의를 소집하여, 현 상황에 대해 의견을 나눴다. 내년 에니샤의 생일이 결전이라는 사실은 이미 아르커스에도 전달해두었다. 시간은 부족한데 인력도 달려 모두 초조해하는 중이었다. 히페리온과 함께 전쟁 준비에 나서고, 조사관들 또한 활동을 계속해야 했다. 동시에 마력봉인과 마법 연구도 지속적으로 하고 있으니, 다들 몸이 두세 개씩 있어도 모자랄 지경이었다.

에니샤는 잠시 생각에 잠겼다. 어차피 마력봉인에 대한 연구는 내년 생일까지 완성되지 않을 것이다.

그럴 바에야…….

"마력봉인 연구는 그만하고, 전부 다른 쪽으로 인력을 돌리도록 하자."

에니샤의 발언에 대회의장이 얼어붙은 듯 조용해졌다. 다들 놀라서 눈을 크게 뜬 채 에니샤를 바라보았다. 에니샤는 눈썹을 치켜올리며 말했다.

"효율적으로 움직이자는 거야."

좌우법사는 아무 말도 하지 않았다. 원로마법사들은 에니샤를 보았다가, 다시 벨루안과 녹시타를 바라보았다. 그들이 눈빛으로 말하는 것이 보였다.

좌우법사께서 설득 좀 해주십시오……!

일단은 에니샤가 지시하는 대로, 마력봉인을 담당하고 있던 인력은 마법 연구와 히페리온 지원 쪽으로 분산 배치하기로 결론 내렸다. 이후 다른 안건 몇 가지도 논의를 해야 했지만, 녹시타가 깃펜을 탁 소리 나게 내려놓으며 말했다.

"회의 여기서 끝내요."

"우법사의 의견대로, 이쯤에서 끝내는 것이 좋겠습니다."

벨루안이 녹시타의 말을 받으며 에니샤를 쳐다보았다.

대회의가 파한 뒤, 에니샤는 후다닥 도망갔다. 하지만 어차피 천공섬 내에서 도망갈 곳은 없었다. 얼마 도망치지도 못하고, 벨루안과 녹시타에게 체포되었다.

둘은 에니샤의 팔을 한쪽씩 꿰어 차고서 조용한 곳으로 끌고 갔다. 질질 끌려간 에니샤는 구석진 길목에 박혀서 두 사람을 올려다보았다. 벨루안과 녹시타가 동시에 입을 열었다.

"대법사."

"대법사아……."

에니샤는 곤란한 얼굴로 눈동자를 도록도록 굴렸다. 그들이 저를 이리 몰아세우는 이유는 알고 있었다. 아바르티아를 상대할 수 있는 것은 결국 에니샤뿐이었다. 그런데 봉인 연구를 멈추라고 지시했으니, 속셈이 빤하게 보이는 것이다. 벨루안이 눈매를 가늘게 좁히고서 날카롭게 캐물었다.

"봉인을 그냥 뜯어내려는 겁니까?"

에니샤는 태연하게 행동하려 했으나, 그만 한 박자 늦게 대답하고 말았다.

"……아니."

누가 봐도 티 나는 거짓말이었다. 벨루안이 기가 차다는 헛웃음을 터뜨렸다.

"……."

에니샤는 하는 수 없이 꾸물꾸물 답했다.

"하렌이 나한테 해준 예언이 있잖아. 마지막에는 행복해진댔어. 그러니까 괜찮지 않을까?"

태평한 말에 벨루안의 눈에서 불꽃이 튀었다. 그가 입술을 깨물었다. 험한 말을 하지 않으려 참는 것이었다. 에니샤는 아무 말도 하지 못하고 눈치만 살폈다. 죽을 수도 있었다. 아니, 무조건 죽을 것이다. 단순히 봉인을 건드리는 게 아니라, 전부 뜯어내고 마법까지 쓸 테니 그 반작용은 어마어마할 터였다. 하지만 방법이 없었다. 사실 에니샤는 지금 준비하는 대비책이 대부분 쓸모없으리라고 예상했다. 여섯 군주를 잡아먹은 유일한 악령의 군주는 상식과 질서에서 아득하게 벗어난 존재이니까. 그러니 에니샤는 제 목숨을 걸어서라도 아바르티아를 죽일 생각이었다.

"나도 이쪽은 최후의 수단으로 생각하고 있으니까……."

다른 방안도 최대한 강구하고 있다며 열심히 설명했다. 하지만 벨루안과 녹시타의 눈매는 점점 가느스름해지기만 했다. 에니샤는 땀을 삐질삐질 흘리다 얼른 대화를 돌렸다.

"그런 의미로 마력증폭구 하나만 만들어줄래?"

순진한 녹시타는 금방 미끼에 걸려들었다.

"마력증폭구요……?"

귀가 팔랑팔랑하는 것이 이미 넘어왔다. 에니샤는 얼른 벨루안을 돌아보았다. 여전히 미간에 골이 팬 그에게 배시시 웃으며 말했다.

"둘이서 하나 만들어줘. 어차피 요새 사역마 안 써서 마력도 남잖아."

하지만 벨루안은 만만치 않은 상대였다.

"……하아."

벨루안이 크게 한숨을 내쉬며 팔꿈치로 녹시타를 툭 쳤다. 그러자 마력증폭구 생각에만 빠져 있던 녹시타가 얼른 정신을 차리고서 말했다.

"대법사 죽으면 안 돼요!"

"절대 안 죽어."

단호하게 확답을 해주는데도, 좌우법사는 각기 에니샤의 손목을 붙잡았다.

"당신이 원하는 건 전부 해드릴 겁니다. 그러니까 대법시……."

벨루안이 떨리는 목소리로 나직이 말했다.

"제발 사람 불안하게 만들지 말고……."

에니샤는 가만히 고개를 끄덕였다. 정말로 다른 방법이 있으면 참 좋겠다고, 그리 생각하면서.

❧❦❧

막내 황녀님이 아르커스에서 열심히 일하는 동안, 히페리온에서는 피바람이 불고 있었다. 에니샤는 카힐의 문제가 전부 마무리된

줄 알았다. 하지만 그건 에니샤가 히페리온 황족들을, 특히 로드고를 굉장히 과소평가한 것이었다.

에니샤를 배웅할 때까지만 해도 분위기는 화기애애했다. 방학 끝나기 며칠 전에 돌아오겠다며, 로드고와 쌍둥이에게 작별 인사를 나눴다. 마력으로 만든 배를 끌고 온 좌우법사가 에니샤와 레시나를 데려갔다. 그리고 에니샤가 완전히 구름 사이로 사라진 뒤, 조금 전까지 방긋방긋 웃고 있던 로드고와 쌍둥이의 얼굴이 순식간에 무표정해졌다. 로드고는 하, 하고 짧은 숨을 내뱉고선 헬라드와 로시엘을 돌아보았다. 쌍둥이는 자연스럽게 한쪽 무릎을 꿇으며 바닥에 부복했다. 자신들이 지은 죄를 알고 있기 때문이었다. 안 그래도 이번 여름에는 아르커스에서 오래 머무르겠다고 말했던 에니샤였다. 그런데 헬라드와 로시엘이 황녀궁을 부숴놓은 탓에, 에니샤랑 같이 있을 시간이 더 줄어들어 버렸다. 로드고가 여기서 칼로 찔러버려도 할 말 없을 대역죄를 저지른 것이다.

"황태자와 황자는 들으라."

고개 숙인 쌍둥이에게 로드고는 사납게 명령했다.

"일주일 근신이다. 궁에 처박혀서 일만 하도록."

헬라드와 로시엘은 군말하지 않고 얌전히 근신을 받았다.

막내 황녀님이 사라진 황궁은 다시 흉흉해졌다. 황궁 사람들은 황녀님을 환영하기 위해 걸어놓았던 현수막을 거둬들이며 속으로 눈물 흘렸다. 하지만 여기서 끝이 아니었다. 자드카르 공국에서 사절단이 찾아온 것이다. 왕위 쟁탈전에 도움을 준 제국에 감사를 표하고, 일전 황궁에서 벌어졌던 소란을 사죄한다는 의미였다. 차기 공왕인 카힐 자드카르가 직접 사절단을 끌고 제국을 방문했는데, 그들이 들고 온 선물의 규모가 놀라웠다. 북부에서만 나는 약초나 광석, 각종 금은보석 같은 귀물은 말할 것도 없었다. 사절단은 북부 설산 은빛늑대의 흠 없는 모피를 무려 열 장이나 들고 왔다. 돈을 주고도 살 수 없는 귀한 물건이었다. 실제로 과거 황녀님이 자드카르에서 은빛늑대의 모피를 선물 받은 이후, 돈 많은 귀족 몇몇이 거금을 들여 늑대모피를 사려 했다. 그러나 그들이 구할 수 있었던 것은 조금 떨어지는 품질의 모피뿐이었고, 그마저도 몇 장 구할 수가 없었다. 그런 늑대모피를 열 장이나 들고 와서 황궁을 찾은 것이다.

황녀님과 세기의 사랑을 하고 있다는 차기 공왕의 방문에 제국민들은 환호했다. 그리고 카힐이 왔다는 말에 로드고는 활과 화살 하나를 들고 친히 마중을 나섰다. 로드고를 뒤따르던 비서관과 시종들은 얼굴이 새파래졌다.

설마.

그리고 설마가 사람 잡았다. 활시위가 팽팽하게 당겨졌다. 로드고는 망설임 없이 손을 놓았고, 화살은 유려한 선을 그리며 날아가서……. 정확히 카힐 자드카르의 어깨를 맞혔다.

"!!!"

눈앞에서 화살을 맞는 카힐의 모습에 공국 사절단들은 비명을 질렀고, 황궁 사람들도 뒤로 넘어갔다. 유일하게 웃은 것은 히페리온 황족들뿐이었다. 웃는 얼굴을 감추느라 손으로 입을 가린 쌍둥이 앞에서, 로드고가 느릿하게 활을 아래로 내렸다.

"아……. 이런."

그는 즐겁게 웃으며 말했다.

"실수했군. 늑대가 아니라 왕태자였나."

그리고 변명이랍시고 한마디 덧붙여주었다.

"자드카르에서 살아 있는 늑대를 황궁에 들인 줄 알고, 놀라서 그만."

놀라기는 무슨, 누가 봐도 작정하고 쏜 화살이었다. 두 번 놀랐다간 환영식이 장례식으로 변했으리라.

황궁의사들과 마법사들이 응급처치를 하러 황급히 몰려왔다. 그중에는 수석마법사 델 하르인도 있었다. 에니샤가 부탁한 일들을 처리하기 위해 황궁에 남아 있었던 델 하르인은 피를 줄줄 흘리고 있는 카힐을 보며 깊게 침음을 삼켰다.

"화살이……."

정말 짐승을 잡을 때 쓰는 화살이었다. 톱니 모양의 화살촉은 뽑아낼 때 살점을 거칠게 뜯어낼 것이다. 출혈과 감염으로 죽거나, 자칫하면 한쪽 팔을 못 쓰게 될 수도 있는 위험한 부위였다. 불사의 몸이 아니었다면 매우 위중한 상처였으리라. 하지만 피할 수도 있었을 텐데, 카힐은 얌전히 화살을 맞았다. 근심 걱정에 휘말린 주변 사람들과 달리 그는 태연했다. 폐하께서 너무 심하셨다고 몰래 뒷담화 하는 델 하르인에게 카힐은 희미하게 웃으며 답했다.

"이 정도는 감수해야 하지 않겠습니까."

화살을 맞았는데도 어째 기분이 좋아 보였다. 가만 놔두면 콧노래라도 부를 기세였다. 델 하르인이 어이없게 쳐다보자, 카힐은 조금 수줍은 어조로 말했다.

"사실 심장을 맞히실 줄 알았는데, 어깨를 겨눠주셔서……."

너그러운 처사에 감동하는 카힐이었다. 딸의 남자친구한테 화살 쏘는 황제도 미쳤지만, 이쪽도 절대로 정상은 아니었다. 델 하르인은 생각했다.

이 정도 또라이는 되어야 황녀님의 남자가 될 수 있구나…….

❦

얇은 입술이 나른하게 숨을 뱉어냈다. 짙고 축축한 연기가 달콤한 과실향을 품고 허공으로 번져나갔다. 길쭉한 유리병에서 부글부글 끓어오르는 연기를 지켜보던 하크만은 시샤의 물부리를 옆으로 내려놓았다.

물담배 연기로 사방이 뿌옇게 흐려져 있었다. 기하학적인 무늬가 새겨진 값비싼 태피스트리가 벽에 커다랗게 걸려 있지만, 그 무늬조차 제대로 볼 수 없을 정도였다. 침대에 느슨하게 기대 누워 있던 그는 천천히 손을 까닥였다.

인형처럼 하크만의 옆을 지키고 있던 이르가는 바깥의 사람들에게 신호를 보냈다. 문이 열리고, 신하들이 고개를 바닥에 박으며 경의를 표했다.

"하크만이시여."

그리고 하크만의 앞까지 무릎걸음으로 걸어와 보고를 올렸다.

"히페리온이 본격적인 전쟁 준비에 나섰습니다. 황녀는 헤르노어 아카데미에 머무를 예정이라 합니다.”

“아아……”

하크만은 길쭉한 손가락으로 잠시 시샤의 물부리를 장난치듯 어루만졌다. 그러다 샐쭉하게 미소 지으며 말했다.

“히페리온에 마지막 청혼을 넣어라.”

물부리를 깊게 빨아 당겼다가 연기를 뱉으며 키득키득 웃었다.

“이쯤에서 성질을 긁어주는 것이 괜찮겠지.”

그쪽에서 열 뻗쳐서 실수라도 저질러주면 더욱 좋고, 그렇지 않더라도 히페리온에 적당한 균열을 만들 수 있을 것이다.

청혼을 거절당하면 그것을 명분으로 선전포고를 넣을 생각이었다. 제국 내에서도 분명 전쟁을 반대하는 세력이 있을 것이다. 스칸샤는 히페리온이 상대했던 그 어떤 나라보다도 강하고 잔인하니까. 두려워하는 자들은 황녀를 제물로 바치고 전쟁의 겁화에서 벗어나고 싶어 할 터였다. 아주 조금이라도 내부 분열을 일으킬 수 있다면 그걸로 충분했다.

“북부 쪽은 어찌 되어가고 있지?”

“왕태자가 빠르게 공국을 안정시키고 있습니다. 고대 정령의 계약자라는 배경 때문에 북부의 다른 나라도 자드카르를 주시하고 따르는 분위기입니다.”

카르티나 부인을 시체로 되살려냈다는 보고를 들은 하크만은 낮은 웃음을 흘렸다.

“북부의 늑대가 재미있는 짓을 하였군.”

하지만 나쁘지 않은 방법이었다. 하크만은 그녀를 떠올렸다. 몇

번이나 부숴도 꺾이지 않고 되살아나던 그녀를. 준비는 끝났다. 이
번에야말로 그녀를 무너뜨릴 수 있으리라 확신하지만, 언제나 예
외는 있는 법이었다.

만일 그녀가 또다시 마음을 지켜낸다면…….

북부 늑대가 저지른 짓거리를 참고하는 것도 나쁘지 않으리라.

샛노란 금안 위로 붉은 기운이 섬뜩하게 감돌았다. 하크만은 나
른히 웃으며 속삭였다.

"시체라도 가져야겠어……."

✦❀❀✦

여름방학이 끝나기 며칠 전, 에니샤는 히페리온 황궁으로 돌아
왔다. 며칠간 황궁에서 머물렀다가 아카데미로 돌아갈 예정이었다.
사실 다음 학기에는 아카데미에 가지 않는 쪽도 생각했었다. 하지
만 여러모로 고려한 결과, 에니샤는 아카데미를 가는 것으로 결론
내렸다.

아카데미는 정치적 중립지이자 평화 구역과 같은 곳이었다. 대
륙 각국의 학생들이 북적거리는 아카데미에서 소동을 일으키는 것
은 어떤 국가라도 부담스러운 일이었다. 납치, 암살과 같은 일이 불
가능하니, 전쟁 준비로 어수선할 황궁보다 오히려 나을 수 있었다.
그리고 결정적으로 에니샤가 아카데미를 다니고 싶었다. 얼마 남
지 않은 시간 동안 하고 싶은 것들을 전부 해보기로 했으므로…….

다만 에니샤와 달리, 쌍둥이는 교수직을 사임하기로 했다. 아카

데미에서 교수 노릇하고 막내 구경하면서 꿀 빨던 헬라드와 로시엘이었지만, 이젠 여유 부릴 때가 아니었다. 대륙 위로 전운이 드리우고 있었다. 진정한 패자를 가리기 위한 전쟁이었다. 언제나 그러하였듯, 황족들은 패배라는 단어는 생각조차 하지 않고 있었다. 그들은 히페리온의 승리를 믿어 의심치 않았다. 에니샤 또한 로드고와 쌍둥이가 승리하길 바랐다. 그러기 위해선 아바르티아를 물리쳐야 했다.

에니샤는 다시금 마음을 단단하게 다잡았다. 새롭게 수리한 황녀궁에서 하루를 보낸 뒤, 곧장 아카데미로 출발했다. 이번엔 로드고와 쌍둥이가 직접 아카데미에 데려다주기로 했다. 학생들이 몰리는 것을 피해 조금 일찍 아카데미에 도착했지만, 주목은 피할 수 없었다. 딸을 데려다주러 온 나름 공식적인 방문이니, 딱히 외모를 가리지 않았다. 덕분에 히페리온 황족들은 모든 학생들의 시선을 강탈하고 있었다.

아카데미를 가로지르는 동안, 에니샤는 여러 사람이 바닥에 주저앉거나 도망치는 광경을 보았다. 원래도 무서워서 다 도망가긴 했는데, 방학 동안 조금 더 심해진 듯했다. 히페리온 황족들에 대해 뭔가 새로운 소문이 생겨난 게 틀림없었다. 하지만 가족인데 어쩔 수 없지 않은가. 에니샤는 그냥 어깨만 으쓱하고 말았다. 이번 학기에도 친구 사귀기는 요원할 모양이었다.

짐부터 내려놓기 위해, 가장 먼저 기숙사를 들렀다. 나름 널찍한 기숙사 방이었다. 하지만 훤칠한 장정 셋이 들어서자 방이 터질 것 같았다. 이렇게 비좁아 보이는 건 처음이었다.

"……."

에니샤는 잠시 허리에 손을 얹고서 방을 한 바퀴 휘둘러보았다. 여기서 차를 마시기는 힘들 것 같았다. 잠시 고민하던 에니샤는 반짝 떠오르는 생각에 손을 들었다.

"다 같이 케이크 먹으러 갈까요?"

로드고와 로시엘은 케이크를 즐기지 않지만, 거기는 차도 괜찮았다. 조용히 대화를 나누기에 좋으리라. 맛집을 안내하겠다며 쫄랑거리는 막둥이의 말을 거절할 히페리온은 아무도 없었다. 에니샤는 황족들과 함께 우르르 케이크 가게로 몰려갔다.

❦◆❧

막내 황녀님 덕분에 케이크 가게의 점원이 된 레오는 오늘도 부지런히 일하는 중이었다. 열심히 일해서 나중에 가게를 물려받는 것이 레오의 꿈이었다. 그래서 이따금 찾아오시는 황녀님께 맛있는 케이크를 잔뜩 드릴 수 있다면, 소원이 없을 것 같았다. 여름방학 동안 만나지 못한 황녀님을 그리며, 레오는 혼잣말을 중얼거렸다.

"누나 언제 오려나……."

보고 싶기도 했고, 요새 황녀님이 조금만 도와주셨으면 좋겠다 싶은 일이 있었다. 동네 불량배가 자꾸 가게에 와서 시비를 거는 것이다. 동부는 치안이 좋지 않아서, 뇌물을 주지 않는 이상 경비대의 도움을 받기가 어려웠다. 하지만 레오는 고개를 내저었다. 자꾸 의지할 생각만 해선 곤란했다. 스스로 해결할 방법을 고민해야 했

다. 사장님하고 오늘 진지하게 이야기해봐야겠다고 생각하며, 진열
장의 케이크를 예쁘게 배치하고 있을 때였다.

딸랑, 종소리가 울렸다. 레오는 후딱 몸을 일으키며 인사했다.

"어서 오십……."

그리고 그대로 굳어버렸다. 악귀가 들어오고 있었다. 시꺼먼 피
부를 가진 남자는 흉악스러운 기세를 감추지 않았다. 불타는 주홍
색 눈동자가 가게 안을 스윽 훑었다. 눈이 마주치는 순간, 레오는
아주 자연스럽게 바닥에 무릎을 꿇고 고개를 박았다. 안쪽에 있던
사장님 또한 심상찮은 기류를 느끼고 바깥으로 나왔다가, 자연스
레 레오 옆에서 고개를 박았다. 사장님이 간신히 입을 열어 말했다.

"누…… 누추한 가게에 어인 일로 귀한 발걸음을……."

사장님과 함께 바들바들 떨고 있을 때였다. 맑은 목소리가 지옥
으로 변해가던 가게를 환히 밝혔다.

"아빠!"

허어억.

죽기 직전까지 목 졸리다가 풀려난 기분으로, 레오는 크게 숨을
들이마셨다.

"먼저 그렇게 가버리시면 어찌해요."

가게 안에 들어온 에니샤는 레오와 사장님이 바닥에 엎드려 있
는 것을 보고 깜짝 놀랐다. 로드고를 쳐다보자 그는 억울하단 듯
눈썹을 치켜올렸다. 뒤따라온 헬라드과 로시엘이 낄낄거리며 웃었
다. 에니샤는 잠시 그들을 흘겨보았다가 말했다.

"제가 주문할게요. 아빠랑 오라버니들은 앉아 계세요!"

그러면서 주머니를 뒤적이던 에니샤는 눈을 깜빡였다.

"앗, 지갑 안 가져왔다."

"아빠가 계산하도록 하지."

"사드리려고 했는데……."

에니샤와 로드고는 진열장 앞에 나란히 서서 케이크를 골랐다. 그리고 레오는 공포에 떨었다. 그냥 드셔도 된다고 말을 해야 하는데, 너무 무서워서 입술이 떨어지질 않았다. 그러거나 말거나, 두 부녀는 조곤조곤 이야기를 나눴다.

"케이크 안 좋아하시지만, 요건 먹어볼 만한 거 같아요. 많이 안 달고 부드러운데 맛이 쌉쌀하구요……."

주로 열심히 설명하는 에니샤 옆에서 로드고는 가만히 듣는 역할이었다. 도란거리며 케이크를 고른 뒤, 에니샤는 계산대 앞에서 레오에게 아는 체를 했다.

"안녕, 레오."

하지만 레오는 목소리가 나오지 않았다. 로드고는 와들와들 떠느라 바쁜 레오를 흘긋 쳐다보더니, 금화 한 닢을 떨어트리며 말했다.

"거스름돈은 되었다."

금화를 받아 든 레오는 고장 난 태엽인형처럼 입만 뻐금거렸다. 대답도 안 한다고 불경죄로 목이 날아가는 게 아닐까 걱정했지만, 이런 일이 잦은 로드고는 조금도 신경 쓰지 않았다. 레오가 삐걱거리면서 케이크를 준비하고 찻물을 우리는 동안, 에니샤는 황족들과 함께 자리에 앉았다.

아직 개강을 하지 않은 탓에, 가게 안은 한산했다. 손님은 에니샤 일행뿐이었다. 로드고 옆에 앉은 에니샤는 맞은편의 쌍둥이와 뽀시락거리며 장난쳤다. 헬라드는 기회를 놓치지 않고 에니샤를 놀렸다.

"폐하 옆에 있으니까 콩만 하네."

"오라버니이……."

그러자 신나게 놀리다가도 삐졌어? 하면서 얼른 챙겼다.

레오는 흘금흘금 그 모습을 관찰했다. 아무리 봐도 황녀님 혼자 똑 떨어진 것처럼 이질적이었다. 커다란 대형견들 사이에 홀로 끼인 아기고양이 같은 느낌이었다. 태연하게 황족들을 대하는 모습은 눈으로 보면서도 믿기지 않았다.

같은 공간에 있는 것만으로도 오금이 저리는 사람들인데, 어찌 저리 대하실 수 있는지…….

한 차례 부르르 몸을 떤 레오는 조심스럽게 케이크를 쟁반에 받쳤다. 실수하지 않기 위해 잔뜩 긴장한 채로 한 발짝씩 조심조심 걸어갈 때였다. 픽 소리와 함께 가게 문이 열렸다. 문 위에 달려 있던 종이 떨어질 듯이 요란스레 딸랑거렸다. 케이크에만 잔뜩 집중하고 있던 레오는 당황해서 문을 쳐다보았다. 최근 가게에 찾아오던 불량배였다. 건들건들한 인상의 그는 목청껏 소리쳤다.

"어이, 사장! 손님 왔는데 인사도 안 하고……."

그러나 자신감 넘치던 목소리는 순식간에 쪼그라들었다. 자리에 앉아 있던 황족 넷의 시선이 일제히 꽂혀 든 탓이었다. 무표정한 세 남자와 똘망똘망한 소녀는 가만히 그를 쳐다보았다. 남자는 바로 조신하게 사죄했다.

"죄송합니다아……."

기어 들어가는 목소리로 용서를 구한 뒤, 슬금슬금 뒷걸음치다가 후다닥 도망가 버렸다. 가게는 다시 평화를 되찾았다.

에니샤는 고개를 갸웃하며 말했다.

"그냥 가버렸네요?"

이상한 손님이라고 의아해하는 에니샤 옆에서 로드고와 쌍둥이는 비뚤게 웃었다. 그 미소를 보는 순간, 레오는 불량배가 산 채로 토막 나는 환상을 보았다. 로시엘이 금방 얼굴을 가다듬곤, 우아하게 답해줬다.

"급한 일이 생겼겠지."

"그런가?"

혼자만 아무것도 모르는 황녀님을 보며, 레오는 속으로 중얼거렸다.

그거 도망간 거예요…….

◈

로드고와 쌍둥이는 아카데미 주변이 지저분하니 청소 좀 해야겠다는 말을 남기고 떠났다. 에니샤가 보기에는 깨끗한데 말이다. 레시나에게 의견을 물어보자, 그녀는 칙칙한 얼굴로 이상한 말만 했다.

"전 화살 맞기 싫어요……."

"??"

뭔 말인가 싶어서 쳐다보니 불쑥 딴소리를 해댔다.

"거, 카힐이랑 꼭 사귀셔야 됩니까? 언제 헤어지시는데요?"

일단 내년 생일까지만 사귀는 것이라고 설명해주자, 레시나가 얼굴을 꾸깃꾸깃하게 만들었다. 그녀는 입술을 삐죽 내밀며 말했다.

"그냥 질투가 좀 나고 그러네요. 황족들께서 왜 그러시는지 조금은 이해가 된다고 할까……"

카힐이 데굴데굴 굴렀으면 좋겠다며, 레시나는 한참을 투덜거렸다.

"대체 어디가 좋으십니까?"

"음, 그냥……"

에니샤는 가장 먼저 떠오른 생각을 말했다.

"끝까지 내 옆에 있어줄 것 같아."

그가 있기에 날개를 잃고 추락하는 순간에도 두렵지 않았다. 카힐이 받아줄 것이기 때문이었다. 에니샤는 그가 자신을 지켜줄 것이라는 확신이 있었다. 실제로 두 번째 맹세까지 바쳤으니, 카힐은 절대 에니샤를 떠나지 못한다. 그리고 에니샤 또한 카힐을 저버릴 수 없었다. 심장을 감도는 맹세의 무게가 묵직했다. 확실히 아직 연애라고 단정 짓기에는 조금 애매했다. 남들이 말하는 것처럼 귓가에 종이 울린다든가, 꽃잎이 휘날리고 천사들이 나팔을 불지도 않았다. 하지만 같이 있으면 좋았고, 떨어지는 건 싫었다. 에니샤의 마음은 아직 끓어오르지 않았다. 그러나 천천히, 그리고 분명하게 온도를 높여가고 있었다.

생각에 잠긴 에니샤 옆에서 레시나가 중얼거렸다.

"하긴 뭐, 카힐이 아니라면 진즉 죽어서 시체로 굴러다녔을 것 같긴 합니다."

히페리온 등쌀에 살아남지 못했을 것이란 그녀의 추론은 아주 그럴듯했다. 에니샤가 열심히 공감을 표하고 있을 때였다.

"그나저나 좌법사랑 우법사는 이거 알고 있습니까?"

"……아."

에니샤는 그제야 깨달았다. 일하느라 바빠서 카힐 이야기를 못 했다는 사실을 말이다. 레시나는 혀를 쯧쯧 차며 타박했다.

"어쩐지 조용하다 싶었습니다."

아르커스에서 알게 되는 순간 바로 마법 폭격이라며, 레시나는 무시무시한 소리를 해댔다.

연애 한번 하기가 이렇게 힘들 줄이야…….

에니샤는 고개를 절레절레 내저으며 교장실 앞에 멈춰 섰다. 아카데미로 오면 가장 먼저 저를 만나달라고 이스미온이 부탁했었다.

"에니샤 님!"

미리 연락을 하지 않았는데도, 이스미온은 기다렸다는 듯이 에니샤를 맞이했다. 그는 신수가 훤해져 있었다. 쌍둥이가 교수놀이를 관둔 덕분이었다. 10년은 젊어진 것처럼 탱글탱글한 얼굴을 한 이스미온과 가볍게 안부를 주고받았다.

이스미온이 내놓은 다과는 버터크림으로 갖은 모양을 낸 케이크였다. 꽃잎을 생생하고 화려하게 빚었지만 맛은 그냥 그랬다. 그래도 열심히 먹고 있는데, 이스미온이 흥미로운 화제를 던졌다.

"이번 학기에 학술제가 있다는 것, 알고 계시죠?"

에니샤는 케이크를 꿀꺽 삼키곤 알고 있다고 대답했다. 가장 기다리고 기대하던 행사였다. 과거 아카데미를 다닐 때도 해마다 학술제가 있었지만, 에니샤는 단 한 번도 참석한 적이 없었다. 그때마다 온갖 사건사고가 터진 탓이었다. 이번에야말로 꼭 꼭 꼭 참가하고 싶었다. 정신없이 바쁜 로드고와 쌍둥이도 학술제만큼은 보러 오겠다고 약속했다. 그들에게 멋진 모습을 보여주고 싶었다. 기대감에 눈을 반짝이는 에니샤에게 이스미온이 말했다.

"한 가지 부탁드리고 싶은 게 있습니다. 마법학부 대표로 학술발표를 해주셨으면 좋겠습니다."

에니샤는 눈이 동그래졌다. 이야기를 들어보니, 일전에 대법사의 정리를 풀어낸 것 때문에 학계가 한바탕 난리 났던 모양이다. 히페리온의 막내 황녀님이라서 감히 건드리지 못했지, 아니었다면 아카데미 정문에 드러누워서 시위라도 했을 기세였다. 대법사의 정리에 대해서 해설을 해달라고 말이다.

"해서 이번에 해설을 해주시고, 마법 시연도 보여주셨으면 하는데……."

이스미온이 저를 위해 여러 편의를 봐주고 있으니, 그 정도는 해줄 생각이 있었다. 하지만 딱 하나 마음에 걸리는 게 있었다. 에니샤는 포크를 만지작거리며 물었다.

"저 신입생인데 그래도 될까요……?"

"그게 무슨 상관이겠습니까."

이스미온이 어깨를 으쓱해 보였다. 이미 막내 황녀가 경이로운 재능을 가진 마법사이며, 아르커스와 연관이 있다고 온 대륙에 소문이 자자한 상황이었다. 황녀는 차기 대법사로 낙점됐으며, 그 때문에 아르커스가 히페리온과 동맹을 맺었다는 말도 공공연히 돌고 있었다.

"이번 학술제를 보러 온 대륙에서 마법사들이 몰려든다 하니, 꼭 부탁드리겠습니다."

이스미온은 헤르노어 아카데미의 자존심이 걸려 있다며 주먹을 불끈 쥐어 보였다. 의욕 넘치는 모습에 에니샤도 엉겁결에 그를 따라 주먹을 쥐고서 말했다.

"열심히 할게요!"

❧❦❧

헬라드와 로시엘이 교수직을 관둔 탓에, 이번 학기 에니샤의 시간표는 약간 변동이 생겼다. 미법학부 수업들로 시간표를 채우고, 시간 배치도 여유롭게 잡았다. 남는 시간은 대부분 아르커스와 연락을 주고받고, 마법 연구를 하는 데에 쓸 예정이었다.

카힐은 학기가 시작되고 며칠이 지난 뒤 돌아왔다. 그는 학교에 돌아오자마자 가장 먼저 에니샤를 찾았다. 레시나와 함께 마법학부 건물을 지나고 있던 에니샤는 갑자기 눈앞에서 소용돌이치는 눈바람에 걸음을 멈췄다. 하얀 입김을 뱉어내며, 얼음처럼 투명한 남자가 나타났다.

"에니샤 님……."

오랜만에 보는 카힐이 반가워서 손을 흔들어주자, 어째서인지 그는 입술을 꾹 깨물었다. 그러더니 초조한 얼굴로 질문했다.

"안아봐도 됩니까?"

그 정도는 괜찮다고 고개를 끄덕이자, 얼른 꽉 끌어안아 왔다.

"보고 싶었습니다……."

옆에서 레시나가 토하는 시늉을 했다. 물론 카힐은 조금도 개의치 않았다.

"혹시 지금 시간 괜찮으십니까?"

다음 수업까지는 한참 시간이 남아 있었다. 에니샤가 고개를 끄덕이자, 카힐이 선물을 가져왔다며 학생회장실에 가자고 꼬여냈다. 레시나는 불손한 의도라고 비난했지만, 이미 에니샤는 궁금해져버렸다. 학생회장실은 가본 적이 없기 때문이었다.

카힐은 결국 호기심 가득한 에니샤를 꼬셔내는 데 성공했다. 레시나를 보내두고, 에니샤는 카힐과 함께 학생회장실로 향했다. 그리고 방 안에 들어서자마자 놀라서 팔짝 뛰었다. 탁자 위에 수북하게 차려진 음식 때문이었다. 전부 에니샤가 좋아하는 음식들이었다. 카힐의 성격처럼 깔끔하고 단정하게 정리된 학생회장실의 풍경은 한참 뒤에야 눈에 들어왔다. 음식들만 정신없이 보고 있자니, 카힐이 웃음기 어린 목소리로 말했다.

"오는 길에 히페리온 황궁에 잠시 들렀습니다. 황녀궁 주방장에게 부탁하여 평소 즐겨 드시던 것들을 조금 얻어 왔는데……."

에니샤는 크게 감동했다. 이미 반쯤 정신을 놓은 에니샤를 의자에 앉히고, 카힐은 옆에 앉아서 시중을 들어줬다. 에니샤는 그와 함께 식사를 하며 대화를 나눴다.

"황궁에서는 별일 없었어?"

황녀궁에 음식 얻으러 갔다가 쌍둥이한테 어디 한 군데 잘린 것은 아닌지 걱정이었다.

팔다리랑 손가락은 멀쩡한데…….

에니샤는 저도 모르게 카힐을 유심히 살폈다. 카힐은 커다란 구이 요리를 작게 잘라서 접시에 놓아주며 답했다.

"별일 없었습니다. 그냥 황족들께서 제게 작은 일을 하나 부탁하셨습니다."

"……?"

"제가 신경 쓰지 못한 동안 아카데미 주변이 조금 더러워진 모양입니다. 깨끗하게 청소를 하라고 부탁하셔서 그것까지 해결하고 오느라 늦었습니다."

다들 깔끔하네…….

그나저나 자드카르의 왕태자에게 청소가 웬 말인가. 그걸 또 다 받아주고 있다니, 하여간 카힐도 너무 착해서 탈이었다. 이런저런 이야기를 하다 보니 자연스레 학술제도 화제에 올랐다.

"검술학부는 모의전을 치를 예정입니다. 저와 예르넨 님이 각기 지휘관을 맡게 되었습니다."

하일레제 소공자는 과거 히페리온의 무술대회에서도 본선까지 진출했던 실력자였다. 두 사람이서 지휘관을 맡고 모의전을 벌인다니, 확실히 볼 만한 구경거리가 나오리라.

"난 학술발표하고 마법 시연을 하기로 했는데……. 조금 걱정이야."

공격과 방어가 이어지는 실제 전투를 구현하고 싶은데, 다치지 않고 마법을 받아줄 상대가 있을지 의문이었다. 레시나한테 말을 꺼냈더니 자신은 오래 살고 싶다며 칼같이 거절해버렸다. 벨루안 이나 녹시타를 불러다 도와달라고 할까 고민이라고 하자, 카힐이 손가락으로 자신을 가리켰다.

"……!"

에니샤는 훌륭한 마법 시연 상대를 얻게 되었다. 문제를 해결하고 나니 더욱 가벼운 마음으로 식사를 할 수 있었다. 먹기 전에는 너무 많지 않은가 걱정했는데, 카힐이랑 둘이서 먹으니 금방이었다. 에니샤는 통실통실해진 배를 끌어안고 행복한 마음으로 후식을 먹었다.

"북부는 어때? 공국 귀족들은 말 잘 듣고 있어?"

"아아……. 그렇게 고분고분한 작자들은 아닙니다."

"왜?"

"얼마 전에는 제게 결혼 얘기를 꺼내더군요."

북부의 다른 국가와 정략혼을 맺는 게 어떠냐는 의견을 냈다는 것이다. 히페리온의 막내 황녀와 계속 사귀다간 죽을까 봐 걱정돼서 그런 것이라곤 하지만, 카힐에겐 몹시 불쾌한 소리였다. 카힐이 냉소 지으며 중얼거렸다.

"사람을 종마 취급하는 것도 아니고…….."

제법 과격한 언사였다. 놀라서 그를 바라보니, 카힐은 언제 그랬냐는 듯이 싱긋 웃어 보였다.

"신경 쓰실 필요는 없습니다."

알아서 잘 해결했다고 첨언하는 그에게 아무 말도 하지 못했다. 앞으로 연애가 어떻게 흘러갈지 모르나, 카힐의 위치를 고려했을 때 혼인을 생각하지 않을 수 없었다.

대법사는 결혼을 하지 못한다. 물론 지금은 대법사지만 이름을 가지고 있는 등, 제멋대로 뒤엉킨 상황이긴 했다. 그럼에도 에니샤는 카힐에게 어떤 확신도 내어줄 수 없었다. 에니샤는 말없이 찻잔만 내려다보았다.

"에니샤 님."

문득 들려온 말에 고개를 들자, 청회색 눈동자와 마주쳤다.

"저는 그런 쪽으론 욕심이 없습니다."

서늘한 인상과 어울리지 않는 부드러운 웃음이 얼굴 위로 번져 나갔다. 그는 시무룩해진 에니샤를 달래듯 살금살금 웃으며 농을 던졌다.

"천하의 히페리온도 당신을 잡지 못했는데, 고작 공왕비로 어찌……."

에니샤는 웃지 않을 수가 없었다. 하지만 소리 내어 웃는 에니샤와 달리, 카힐은 얼굴이 살짝 굳어졌다. 그가 눈매를 슬쩍 좁히다가 불쑥 물었다.

"그거 아십니까?"

아직 웃음기가 남은 눈으로 그를 바라보자, 카힐은 손을 뻗어왔다.

"웃으실 때……."

곧은 손가락이 벌어진 입술 아래에 닿았다. 둥그스름한 손끝은 입매를 가볍게 어루만지다 살짝 눌러왔다. 누르는 감각이 간질간질하면서도 뜨거웠다. 낮은 목소리가 깊숙하게 속으로 파고들었다.

"여기 보조개가."

에니샤는 눈을 깜빡이는 것도 잊고 멍하니 카힐을 바라보았다. 카힐의 눈매가 천천히 휘어졌다.

"……귀여우십니다."

◈

아르커스와 히페리온이 동맹 체제를 구축하며, 자연스럽게 각국의 대표들은 자주 연락을 주고받게 되었다. 벨루안과 녹시타는 에니샤가 아카데미에 있는 동안, 둘이서 종종 황궁을 찾았다. 함께 전쟁을 치르는 만큼 논의할 사항이 많은 탓이었다.

"어린아이와 노약자를 제하고, 보조나 전투가 가능한 아르커스 마법사 전원을 히페리온에 지원하겠습니다."

오늘도 히페리온 황족들과 아르커스 좌우법사는 회의장에 둘러앉아서 의견을 주고받았다. 타국 사신들을 만나고 있는 로드고를 빼고, 총 네 명이 둘러앉은 회의장은 건조하다 못해 버석했다. 톡 치면 바사삭 하고 부서질 것 같은 사무적인 분위기 속에서, 로시엘이 서류 위로 사각사각 숫자를 써 내려가며 중얼거렸다.

"확실히 아르커스 마법사들이 있으면 많은 부분에서 큰 힘이 되겠어. 공성무기 숫자를 줄인다든가……."

로시엘은 은테 안경을 쓰고 있었다. 아카데미에서 한번 쓴 뒤로 재미를 붙였는지, 가끔 이렇게 안경을 쓰곤 했다.

"공성무기 숫자를 지금에서 반으로만 줄일 수 있어도 소원이 없 겠는데."

헬라드가 로시엘 옆에서 진지하게 말을 받았다. 기동성을 높이 고 싶다는 헬라드의 대각선 맞은편에서 녹시타가 할 말 많은 표정 으로 꼼지락거렸다.

로시엘이 깃펜을 내려놓고 녹시타를 바라보았다. 녹시타는 입을 삐죽이며 말했다.

"공성무기라뇨……."

헬라드의 시선도 녹시타를 향했다. 제게 모이는 시선들에 녹시 타는 잠시 움찔했지만, 옆에 앉은 벨루안을 방패 삼아 재차 목소리 를 높였다.

"아르커스 마법사들이 있는데, 그런 게 왜 필요해요?"

로시엘은 살짝 눈매를 좁히고서 답했다.

"하지만 마법사들만으로 성벽을 부술 수는……."

벨루안이 로시엘의 말을 잘라냈다.

"아르커스입니다."

"……."

누가 말 끊는 거 싫어하는 로시엘은 잠시 미간을 구겼다. 하지만 그와는 별개로, 자신이 실언하였음을 인정했다. 아르커스 마법사들 을 평범한 여타 마법사들과 똑같이 취급하다니, 확실히 자존심을 건드릴 만한 소리였다. 짤막히 사과하는 로시엘 옆에서 헬라드가 굉장히 뿌듯한 얼굴로 말했다.

"그런 마법사들의 왕이 내 동생이란 말이지."

내 동생이라는 말에 녹시타는 조금 발끈해서 대꾸했다.

"우리 대법사예요."

그 말이 불씨가 되어서, 회의는 한참 딴 길로 새버렸다. '막둥이 귀여워'와 '대법사 사랑해'로 흘러가다가, '누가 에니샤와 더 친밀한가'를 두고 불꽃 튀는 논쟁이 벌어질 때였다. 헬라드가 한 손으로 턱을 괴며 심드렁하게 말했다.

"……이러면 뭐 하냐. 에니샤는 연애하느라 정신없는데."

벨루안과 녹시타는 그대로 석상이 되었다. 두 사람은 아무 말도 못 하고 눈빛으로 물었다.

연애? 언제부터? 설마 카힐 자드카르?

당황한 얼굴들을 보며 로시엘은 씰룩이는 입꼬리를 감추지 못했다. 결국 여우처럼 웃으며 새침하게 입을 열었다.

"모르셨습니까? 이런…….."

로시엘은 한없이 안타깝다는 눈으로 좌우법사를 바라보며 말했다.

"그럴 만도 합니다. 아무래도 이런 문제는 가족들에게 의논하는 법이니."

"……."

충격에서 헤어 나오지 못하는 벨루안과 녹시타에게 로시엘은 마지막 쐐기를 박았다.

"평소에 얼마나 괴롭혔으면 에니샤가 비밀로 했겠습니까? 반성하십시오."

녹시타는 그만 눈물이 그렁그렁해졌다. 울 것 같은 우법사를 보며 로시엘은 사악하게 미소 지었다. 헬라드가 옆에서 대놓고 숨넘어갈 듯이 끅끅 웃었다. 그러다 침통한 얼굴의 좌법사를 돌아보며 질문했다.

"거, 좌법사는 불사의 존재도 죽일 수 있지 않나?"

"경우에 따라 다릅니다."

벨루안이 쌀쌀맞게 대답했다. 헬라드는 씩 웃으며 은근한 목소리로 물었다.

"카힐 자드카르도?"

벨루안의 눈 위로 이채가 돌더니, 갑자기 진지해졌다. 귀찮음 역력하던 표정은 싹 사라지고, 그는 각 잡고 대답해주었다.

"연구가 필요합니다. 세 가지 맹세는 전례가 드물어 알려진 바가 많이 없기 때문입니다. 하지만 불가능하진 않다고 생각합니다."

"히페리온에서 예산 전액 지원해줄 테니까, 한번 도전해보는 건 어때?"

스칸샤 정벌 끝나고 나서 좀 죽여보라고, 아르커스 좌법사에게 암살 의뢰를 넣는 헬라드였다. 회의 주제는 갑자기 카힐 자드카르의 암살로 뒤바뀌었다. 그리고 네 사람은 그 어느 때보다도 따스한 분위기 속에서, 미소 띤 얼굴로 의견을 주고받았다.

⁂

연애는 참 어려운 것 같다고, 에니샤는 생각했다. 조금 부끄러운 행동을 하면 어떻게 반응해야 할지 도통 알 수 없었다.

입꼬리에 보조개가 있다니…….

그날 에니샤는 너무 당황해서 손에 들고 있던 찻잔을 한입에 털어 넣곤, 도망치듯 학생회장실을 벗어났다. 그러고 나서 카힐이 확 바빠지는 바람에 지금껏 제대로 못 만나고 있었다. 공국 일을 처리하는 동시에 학생회장의 업무를 수행하고, 학술제에서 선보일 모의전까지 준비하니 그럴 수밖에 없었다. 한번은 본관 건물 앞에 웬 줄이 길게 늘어서 있기에 레시나에게 물어보니, 전부 카힐을 만나러 온 사람들이라고 했다.

"뇌물 싸들고 온 놈들도 있을걸요?"

학생회장인 카힐은 아카데미 예산을 편성하고 집행하는 권한도 가지고 있었다. 학술제를 보조할 외부 상단의 선정 또한 카힐 몫이었다. 아카데미의 학술제는 규모가 상당하기 때문에, 한 발짝이라도 걸치면 상당한 이득을 얻을 수 있었다. 그 때문에 어떻게든 끼어보려고 카힐에게 필사적으로 매달리는 것이다. 카힐이 너무 무리하는 건 아닌지 걱정이었다.

그리고 시간은 착실하게 흘러가, 드디어 학술제가 시작되었다. 일주일간 열리는 학술제에서 에니샤의 학술발표는 둘째 날이었다. 황족들과 함께 벨루안과 녹시타에게도 시간이 되면 보러 오라고 일러놓았다.

에니샤는 두근두근한 마음으로 교내를 둘러보았다. 아카데미는 축제 분위기가 물씬 났다. 검술, 마법, 인문, 예술, 실용학부를 상징하는 다섯 가지 깃발과 헤르노어 아카데미의 상징, 날개 달린 일각

수를 그린 대형 깃발이 곳곳에 내걸렸다. 학술제 기간에는 외부인 출입도 허용하기 때문에, 일주일 동안 아카데미는 북적북적할 예정이었다.

다만 올해 학술제는 신원이 확인된 외부인만 출입이 가능했다. 작년까지만 해도 제한 없이 아카데미를 개방했으나, 규칙이 변경된 이유는 막내 황녀님 때문이었다. 불안한 대륙 정세 속에서 황녀님을 보호하기 위함도 있지만, 그보다 더 큰 이유가 있었다. 바로 '막내 황녀님을 사랑하는 모임' 때문이었다. 황녀님을 실물로, 그것도 가까이서 볼 수 있는 절호의 기회였다. 대륙 각국에서 회원들이 동부로 몰려들고 있었다. 아카데미가 터져나가는 위기를 막기 위해, 교장 이스미온은 출입에 제한을 둘 수밖에 없었다. 하지만 그걸로 끝이 아니라, 더 골 때리는 상황이 벌어졌으니…….

"대법……. 아니, 황녀님……."

레시나의 동생이자 대륙마법협회의 회장인 제나. 그녀는 아카데미가 개방되자마자 누구보다 빠르게 에니샤를 찾아왔다. 일전에 대법사로서 얼굴을 본 적이 있기에, 제나는 현재 에니샤가 처한 상황을 대강 짐작하고 있었다. 하지만 죽기 싫으므로 지금껏 조용히 비밀 유지를 해왔고, 여러 가지 도움을 주고 있었다.

"제나, 잘 지냈어?"

그간 잘 지냈냐고 상냥하게 안부를 묻는 에니샤와 달리, 레시나는 그녀를 타박했다. 헐레벌떡 찾아온다고 황녀님께 예의를 갖추지 못했다는 이유였다. 레시나와 달리 제나는 신체나이를 되돌리지 않고, 본연의 나이를 유지하고 있었다. 덕분에 젊은 처자가 다

늙은 초로의 여인을 훈계하는 이상한 광경이 펼쳐졌으나, 누구도 신경 쓰지 않았다.

제나는 해쓱한 얼굴을 하고서 다급히 외쳤다.

"큰일 났습니다……!"

북부에서 있었던 일 때문에, 에니샤가 차기 대법사라는 말이 대륙에 공공연히 퍼져버렸다. 그때부터 수면 아래서 불만이 끓기 시작했다. 대법사는 단순한 아르커스의 왕이 아니라, 대륙 모든 마법사를 대표하는 자리이기도 했다. 에니샤는 과거 대법사의 자리에 오르기 전에, 대륙 곳곳을 돌아다니며 공적을 세웠다. 때문에 최연소 대법사가 되었을 때도 어느 누구 하나 불만을 가지지 않았다. 하지만 히페리온의 막내 황녀는 제대로 된 업적을 이룬 게 없었다. 모든 마법사의 존경을 받기엔 부족하니, 대륙 마법사들은 황녀님이 신임 대법사가 되는 것을 반대했다. 그리고 그중 일부 과격분자들이 아카데미에 외부인 출입이 허용되는 학술제 때 막내 황녀 반대시위를 벌이기로 한 것이다.

제나는 질색하며 고개를 내저었다.

"그거 아셔야 합니다. 제가 진짜 죽을힘을 다해서 말렸는데도 말을 안 들어요. 마법사들 성질머리가……."

최후의 최후까지 열심히 말리다 화까지 냈으나, 아무도 듣지 않았다는 것이다. 그럴 만했다. 원래 마법사들이란 하나에 꽂히면 아무것도 안 보이는 외골수 같은 족속이었다.

제나가 눈치를 살피며 조심스레 말했다.

"아무튼 이번에 사고 칠 거 같아서 말씀드리려고 왔습니다."

안 돼…….

에니샤는 피가 쑥 빠지는 기분이었다. 과거에도 학술제 때마다 사건이 터져서 참여를 못 했는데, 이번만큼은 무사히 치르고 싶었다. 하지만 언제나 그렇듯, 사건은 미처 에니샤가 대비할 새조차 없이 벌어졌다. 마법학부 건물 앞에서 이미 시위가 벌어졌다는 소식이 날아들었다. 에니샤는 레시나, 제나와 함께 후다닥 달려갔다. 그곳엔 시위가 아닌 패싸움이 벌어지고 있었다. 황녀 반대파가 머리에 투쟁, 단결 같은 띠를 매고 팻말을 들고서 소리쳤다.

"막내 황녀가 뭔 대법사냐!"

"대법사가 장난이냐!"

"반성하라! 반성하라!"

다른 쪽은 교내 어둠의 세력, 막내 황녀님을 사랑하는 모임이었다. 와글와글 모여든 이들이 지지 않고 마주 외쳤다.

"아니, 대법사 해준다면 감사히 여겨야지, 어디서 우리 황녀님을……!"

"이 자식들이 건방지게!"

그들 중에는 익숙한 얼굴도 있었다. 주근깨가 귀여운 소녀는 분명 마법학부 선배였다. 오가며 얼굴 몇 번 보고 인사했던 그녀는 가장 앞에 서서 바락바락 소리 지르고 있었다. 분위기는 점차 험악해지더니, 결국에는 서로한테 와르륵 달려들었다. 멱살 잡고, 팻말로 두들겨 패고, 주먹질까지 해댔다. 그 모습을 넋 놓고 보고 있던 에니샤는 뒤늦게 소리를 질렀다.

"그만해요!"

사태의 주인공, 막내 황녀님이 등장하자 뒤엉켜 있던 사람들이 일순 동작을 멈췄다. 그리고 처음으로 황녀님의 실물을 영접한 반대파들은 눈이 휘둥그레졌다. 그들은 정신 못 차리고 에니샤를 바라보았다. 그러다 갑자기 눈을 질끈 감고서 외치기 시작했다.

"얼굴에 현혹되지 마라!!"

"눈을 감아! 그러면 괜찮아!!"

어이가 없어서 말문이 막혔다. 간신히 뭐라고 말하려던 때였다. 사람들 속에서 익숙한 얼굴이 고개를 불쑥 내밀고서 소리쳤다.

"얼굴만 예쁜 거 아냐! 마법도 엄청나니까……!"

주먹을 불끈 쥐어가며 열성적으로 소리치는 남자는 녹시타였다. 에니샤는 하려던 말도 잊어버리곤 멍하니 쳐다보았다.

너 거기서 뭐 해……?

❧❀☙

막내 황녀님을 사랑하는 모임은 일단 해산시켰다. 그리고 황녀 반대파에서 대표자 셋 정도만 추려서 남기고, 나머지는 죄다 아카데미 밖으로 쫓아냈다. 반대파 대표들을 마법학부 건물 내의 빈 교실로 데려온 에니샤는 막막함에 한숨을 내쉬었다.

"하아……."

그들은 전부 대륙에서 어느 정도 이름값 날리는 마법사들이었다. 심지어 가장 나이 많은 노마법사는 에니샤도 안면이 있었다. 과거 대법사 시절 자신을 열렬하게 지지하던 이였다. 이름이 기억 날

듯 말 듯해서 빤히 쳐다보자, 노마법사는 흠칫거리며 뒤로 물러섰다. 그러더니 빽 소리쳤다.

"외, 외모로 현혹하려 해도 소용없습니다!"

그냥 쳐다본 것밖에 없는데 왜 저러는지 모를 일이었다. 에니샤가 다시금 한숨 쉬자, 옆에 있던 벨루안이 말했다.

"제가 처리하겠습니다."

은근슬쩍 넘어가려는 그에게 에니샤는 눈을 치켜뜨며 말했다.

"너는 대체 뭐 하고 있었던 거야?"

둘째 날에 오기로 해놓고, 하루 일찍 와서는 이상한 곳에나 참견하고 있다니.

에니샤의 추궁에 벨루안이 녹시타를 쳐다보았다. 녹시타는 슬그머니 시선을 피하더니 꿍얼거렸다.

"그냥 왔는데 저런 게 보여서요……."

참새가 곡식창고 못 지나가듯, 대법사 이야기를 하기에 홀린 듯이 갔다는 것이다.

에니샤가 녹시타를 혼내는 동안, 반대파 마법사들은 눈을 끔뻑였다. 아르커스 좌우법사와 막역하게 대화를 나누는 황녀님의 모습 때문이었다. 벨루안이 에니샤의 팔뚝을 살짝 붙잡으며 말했다.

"제가 이분들과 대화를 나눌 테니, 잠시 바깥에 계시는 것이 좋겠습니다."

그리고 에니샤가 뭐라 말하기 전에, 조금 낮은 목소리로 이어 질문했다.

"저희에게 하실 말씀이 있으시지 않습니까?"

에니샤는 가슴이 철렁했다.

들켰구나.

이번에 오면 얘기해주려고 했는데, 어디서 들었는지 먼저 알아버린 것이다. 아무 말도 못 하고 있자, 벨루안이 녹시타를 잡아다 에니샤 옆에 붙이며 말했다.

"우법사와 얘기하고 계십시오."

"……."

에니샤는 조용히 녹시타의 손을 잡고 교실 바깥으로 나섰다. 조금 전까지 쪼글쪼글했던 녹시타는 금세 어깨를 쭉 펴고선 에니샤를 몰아붙였다.

"카힐 자드카르랑 사귄다면서요……?"

녹시타가 허리를 굽히고서 얼굴을 잔뜩 가까이 붙였다. 코끝이 닿을락 말락 할 정도로 들이밀고 재차 물었다.

"왜 말 안 했어요……?"

"……아, 그러니까."

구석으로 몰려서 벽에 납작하게 달라붙은 에니샤는 필사적으로 변명했다.

"정말 비밀로 하려던 거 아니고, 너도 알다시피 아르커스에선 너무 정신이 없었으니까……!"

이것저것 주워 담듯이 변명을 하는데도, 녹시타는 물러설 줄을 몰랐다. 이마가 톡 하고 맞닿았다. 눈앞에 진녹색 눈동자가 가득 들어찼다.

"내가 좋아요, 카힐이 좋아요……?"

에니샤는 숨도 못 쉬고 얼른 대답했다.

"거기랑 너랑은 다른 종류야!"

녹시타는 눈을 찡그렸다. 축 처진 눈꼬리를 하고서 한참 에니샤를 보다가, 불쑥 물었다.

"……아무튼 내가 더 좋다는 거죠?"

여기서 아니라고 했다간 무슨 일이 벌어질지 몰랐다. 에니샤는 말까지 더듬으며 다급히 말했다.

"그, 그런 걸로 할까?"

"네."

단호하게 결론을 내린 뒤, 녹시타는 그제야 뒤로 떨어졌다. 에니샤는 끄응 소리 내며 바닥에 주저앉았다. 아무래도 조만간 카힐한테 방어마법진 같은 거라도 하나 그려줘야 할 것 같았다.

✠

에니샤가 녹시타에게 추궁당하는 동안, 교실 안에서는 벨루안이 반대파 대표 셋을 말로 때리고 있었다.

"언제부터 대륙 마법사들이 아르커스 내정에 간섭했습니까?"

"……."

반대파 마법사들은 침묵했다. 솔직히 할 말이 없었다. 아르커스 좌우법사를 직접 만나리라고는 상상조차 못 했고, 그들과 막내 황녀가 이렇게까지 막역한 관계인 줄도 몰랐다.

뭐가 어찌 돌아가는 것인지…….

호기롭게 반대시위를 벌일 때까지만 해도 자신감 넘치던 마법사들이었지만, 지금은 군기 바짝 들어간 자세로 벨루안의 눈치만 살폈다.

벨루안은 쯧 하고 혀를 차며 말했다.

"황녀님께선 고사하신 자리입니다. 싫다는 분을 설득해서 간신히 잡아놓았건만, 이런 식으로……."

다 된 빵에 재 뿌리지 말라며 눈을 번뜩이자, 반대파 마법사들은 기가 팍 죽었다. 노마법사가 우물쭈물하다가 겨우 입을 열었다.

"하지만, 히페리온의 황녀는 아직 대법사가 되기엔 많이 미숙한……."

"미숙?"

벨루안이 짧게 헛웃음을 내뱉었다.

"아르커스의 좌우법사가 내린 결론을 반박할 근거라도 있습니까?"

"……그것이."

"책상에서 펜 굴리며 알량하게 떠올린 생각 몇 가지로 이따위 짓거리를 벌이다니……."

보랏빛 눈동자에 살기가 감돌았다.

"대법사가 없다 하여, 아르커스를 만만하게 보는 겁니까?"

"……."

마법사들은 일제히 대륙마법협회의 협회장, 제나를 떠올렸다. 그녀가 대법사 죽었다는 소식을 듣고 아르커스한테 까불다가 죽도록 얻어터졌다는 소문도 함께 말이다. 얼굴이 파래지는 그들 앞에서, 벨루안은 마지막 경고를 날렸다.

"앞으로 지켜보겠습니다."

마법사들은 필사적으로 고개를 끄덕였다.

한편, 마법학부 건물 뒤편에서는 오랜만에 만난 제나와 레시나가 두런두런 이야기를 나누고 있었다. 두 자매는 나란히 박하잎 궐련을 태우며 안부를 물었다.

"별일 없냐……?"

"난 별일 많지. 언니는……?"

"나도…….."

아런한 대화를 주고받은 자매는 동시에 허공에 연기를 프아 하고 내뱉었다. 주름살이 두 배로 늘어났다며 투덜거린 제나는 흘긋흘긋 주변을 살피다가 슬며시 질문했다.

"근데 언니. 황녀님하고 자드카르 왕태자하고 정말 사귀는 거야?"

레시나가 고개를 끄덕이자, 제나는 히익 하면서 손에 들고 있던 궐련을 떨어트릴 뻔했다. 단순히 연인 사이라서 놀란 것치고는 수상쩍은 모습이었다. 뭔 일인지 빨리 털어놓으라는 레시나의 눈짓에 제나가 머뭇거리며 말문을 열었다.

"아니 그게……. 요새 협회에 카힐 자드카르 암살 의뢰가 그렇게 많이 들어오거든."

하지만 레시나는 놀라지 않았다. 다만 예상했다는 듯 침착하게 답했다.

"계약 기간 끝날 때까지 기다렸다가 의뢰 받자."

"계약 기간?"

"거기 비정규직 남자친구야."

"……."

자매는 잠시 말없이 궐련을 태우다가, 다시 푸우 하고 연기를 내뱉었다.

✦◦✦◦✦

학술제 첫째 날의 고비를 넘기고, 둘째 날이 되었다. 각 학부별로 하루씩 발표를 하는데, 오늘은 마법학부의 발표일이었다. 발표자로 나선 에니샤는 전날부터 바지런히 준비를 해뒀다. 레시나는 미리 발표회장에 가 있고, 마법 시연을 도와줄 카힐이 기숙사 앞으로 에니샤를 데리러 왔다.

기숙사 건물을 나온 에니샤는 나무 그늘 밑에 서 있는 카힐을 발견했다. 팔짱을 끼고서 나무에 기대선 그는 눈을 감고 있었다. 나뭇잎 사이로 새어 든 햇볕이 흰 피부 위를 얼룩덜룩하게 덮었다. 에니샤가 가까이 다가가자, 고요히 감겨 있던 눈이 느릿하게 뜨였다.

"에니샤 님……."

나른한 기운이 묻은 눈매가 천천히 휘어졌다. 직전까지 일을 하다 온 모양이었다. 에니샤는 그에게 걱정스레 물었다.

"많이 피곤해?"

카힐은 가만히 웃더니, 에니샤를 끌어당겼다. 넓게 벌어진 어깨는 에니샤를 한 품에 담기에 충분했다. 그는 에니샤를 꼭 끌어안은 채, 머리카락 사이에 한참 얼굴을 부비적거리다가 놓아주었다.

"……이제 괜찮습니다."

자연스럽게 흘러간 상황에 눈만 깜빡이고 있던 에니샤는 어색하게 떨어졌다.

바로 어제 녹시타가 부비적거릴 때는 아무렇지도 않았는데…….

에니샤가 우물쭈물하는 동안, 카힐은 손에 들린 짐을 가져갔다. 그리고 먼저 발표회장으로 앞장섰다. 에니샤는 빨개진 귀를 손으로 감추고선 카힐을 쫄래쫄래 따라갔다.

괜히 손가락을 꼼지락거리면서 발표회장으로 걸어가던 때였다. 하늘에서 뭔가 막 펄럭펄럭 떨어졌다.

"……?"

열기구를 탄 사람들이 전단지를 뿌리고 있었다. 에니샤가 전단지에 맞지 않도록, 카힐이 손으로 머리 위를 가려줬다. 바닥에 떨어진 전단지를 내려다본 에니샤는 눈을 의심했다.

막내 황녀님 학술발표 및 마법 시연 — 오늘 대연회장 ××시

이게 뭐냐는 시선으로 카힐을 쳐다보자, 그가 눈매를 찌푸리며 말했다.

"아무래도 그 모임에서……."

"막내 황녀님을 사랑하는 모임?"

"……예. 그리고 사실, 황족들께서도 오늘……."

카힐은 무언가 말하려다 말았다. 에니샤도 그냥 묻지 않았다. 이

미 로드고와 쌍둥이를 학술발표에 초대하면서, 그들이 무슨 짓이든 저지르리라고 예상했다. 웬만한 미친 짓에는 놀라지 않을 자신이 있었다. 하지만 에니샤의 자신감은 대연회장에 도착하자마자 흔들리기 시작했다. 대연회장은 화환들로 뒤덮여 있었다.

전날 열린 인문학부 발표 때는 분명 이런 게 없었는데……?

화환들을 살펴보니 전부 막내 황녀님의 이름이 적혀 있었다. 바닥에 깔린 붉은 카펫도 어제는 없던 것이었다. 굉장히 부담스러운 마음으로, 에니샤는 발표자들이 대기하는 앞쪽 자리에 앉았다.

대연회장은 이미 사람들로 꽉꽉 차 있었다. 자리가 없어서 뒤쪽에 겹겹이 서 있고, 2층까지 올라가서 내려다보는 등 난리가 난 가운데 유난히 텅텅 빈 공간이 있었다. 역시나 그곳엔 히페리온이 앉아 있었다. 반경 몇 걸음 내에 사람이 전멸한 곳을 셋이서 널찍하게 차지하고선, 에니샤에게 아는 체를 해댔다. 발표자의 가족이라기보단, 발표회를 망치러 온 악당 같은 모습이었다. 에니샤는 반갑게 손을 흔들어줬다.

여러 학술발표가 이어지고, 가장 마지막 순서인 에니샤의 차례가 되었다.

"마법학부 에니샤 로드고 히페리온 학생의 발표입니다."

수염이 성성한 학부장이 음성증폭마법으로 에니샤의 발표를 알렸다. 대연회장이 박수로 떠나갈 듯이 울렸다. 그리고 에니샤가 단상에 올라가는 순간, 조명이 쫙 떨어졌다. 당연히 앞선 발표자들에게는 없었던 효과였다. 얼른 천장을 쳐다보았다. 꽃가루라도 떨어지나 했는데, 다행히 그건 아닌 모양이었다.

칠판으로 다가가 백묵을 손에 쥐었다. 청중들을 향해 돌아섰을 때였다. 앞줄에 앉아 있던 로드고와 헬라드, 로시엘이 손팻말을 하나씩 척 꺼내 들었다.

지금 발표하는 미소녀가 내 딸임
내 동생임
옆 사람 동생 아니고 내 동생임

그러곤 한껏 우쭐한 표정을 짓는 것이 아닌가. 셋 다 에니샤가 우리 집 애라고 자랑하지 못해서 안달 난 모습이었다. 에니샤는 생각했다.
······이 정도면 괜찮은 것 같은데?

ﾷﾷﾷ

에니샤가 학술발표에 초대한 이후, 황족들은 소처럼 일했다. 일정을 하루 비우기 위해서였다. 히페리온이 본격적으로 전쟁 준비에 나선 순간부터, 대륙 각국에서 온갖 연락들이 쏟아졌다. 다들 어느 쪽에 줄을 설지 치열하게 눈치 싸움 중이었다. 평소 같았다면 생각할 필요도 없이 히페리온의 편에 섰을 것이나, 이번 상대는 스칸샤였다.
하크만은 히페리온을 두려워하지 않았다. 감히 막내 황녀에게 혼사를 넣을 정도로 담대한 자였다. 그가 이끄는 기마부대가 얼마나 용맹스러우며 잔혹한지는 대륙에 익히 알려져 있었다. 때문에 스칸샤의 승리를 점치는 자들도 제법 되었고, 실제로 히페리온을 저버리는 나라들도 속속들이 나타났다. 다만 북부의 경우, 자드카르를 주축으로 하여 히페리온의 편에 서는 것으로 연합했다. 전부 카힐이 힘써준 덕분이었다.

카힐은 히페리온 북부 외교의 중심축이 되어줬다. 눈과 얼음을 신성시하는 북부인들 사이에서 고대 정령의 계약자는 큰 영향력을 지녔다. 자드카르 차기 공왕이자 계약자인 카힐이 앞장서서 히페리온을 지지하니, 제국은 비교적 손쉽게 북부의 우호를 얻어낼 수 있었다. 그 외 주변국들과도 동맹과 지원 등에 관하여 여러 협약을 맺고 연락을 주고받는 등, 몸이 열 개씩 있어도 모자란 상황이었지만……. 에니샤의 학술제는 반드시, 무조건, 대륙이 두 쪽 나더라도 참석해야 했다.

살인적인 업무량을 연쇄살인마 같은 기세로 해치운 황족들은 결국 하루의 시간을 만들어내는 데 성공했다. 그 과정에서 로시엘의 공이 지대했다. 제일 먼저 제 업무를 처리한 다음, 로드고와 헬라드 것까지 도움을 줬기 때문이었다. 물론 혼자서 가고 싶었지만, 그러기엔 로시엘은 너무 착한 오라버니였다. 에니샤는 조그만 손으로 로시엘의 손을 꼭 붙잡고서 부탁했다.

— 아빠랑 오라버니들 전부 오셨으면 좋겠어요. 가족끼리 다 같이 모이고 싶어요. 꼭이요!

종종거리던 모습이 얼마나 귀여웠는지……. 에니샤를 위해서라면, 로시엘은 두 짐승놈들을 사람으로 만들어주는 것 정도야 얼마든지 할 수 있었다. 그리하여 오늘, 에니샤의 학술발표에 황족 셋이 나란히 참석하는 쾌거를 이룬 것이다.

"……그간 '대법사의 정리'를 풀이할 때 난항을 겪은 이유는 수식 풀이의 접근법이 잘못되었기 때문입니다. 기존에 알려진 해법들과는 전혀 다른 방식으로 접근해야……."

칠판 위에서 하얀 백묵이 경쾌한 소리를 내며 수식을 적어나갔다. 마법학부 교복을 단정하게 갖춰 입고서 또박또박 발표를 이어나가는 막둥이의 모습에 황족들은 흐뭇함을 감추지 못했다. 마법 지식이 없으므로 내용은 반도 알아듣지 못했지만, 아무튼 우리 집 애가 똑똑하다는 것만은 확실했다. 로시엘이 아련한 눈을 하고서 중얼거렸다.

"조그맣게 뽀작거리던 때가 엊그제 같은데……."

"그러게. 언제 저렇게 컸냐."

헬라드도 감회에 차서 단상 위의 에니샤를 바라보았다. 로드고 또한 에니샤가 꼬물꼬물 수식 적어가며 발표하는 모습에서 눈을 떼지 못했다. 그리고 황족들이 에니샤 감상에 푹 빠져 있는 동안, 학술발표를 듣고 있던 마법사들은 죄다 넋을 빼고 홀린 듯이 필기 중이었다. 일반인들에겐 그저 에니샤의 미모 감상 시간일 뿐이나, 마법사들은 달랐다. 그들은 숨도 제대로 쉬지 못하고 발표를 조금이라도 머릿속에 욱여넣기 위해 전전긍긍했다.

히페리온의 막내 황녀가 대법사의 정리를 풀어냈다는 것이 처음 알려졌을 때, 학계에서는 암암리에 소문이 돌아다녔다. 어떻게 어린 황녀가 저런 걸 풀어낼 수 있느냐, 혹시 다른 사람이 풀어낸 것을 훔쳐다 자신의 공적처럼 발표한 것이 아니냐. 히페리온의 악명과 막내 황녀를 위해선 뭐든지 하는 황족들을 생각한다면, 충분히 그런 나쁜 짓이 일어날 만하다고 여겼다.

마법계의 여론이 황녀에게 더없이 좋지 않은 쪽으로 흘러가던 중, 정면 돌파처럼 벌어진 학술발표였다. 내로라하는 마법사들이 전부 아카데미로 몰려왔다. 얼마나 잘하는지 한번 보겠다는 것이었다. 다들 고깝고 비뚤어진 마음을 잔뜩 품고서 황녀의 발표를 지켜보았다. 처음엔 분명 팔짱 끼고 의자에 등을 기댄 채 껄렁하게 들었다. 하지만 발표가 이어질수록 죄다 몸이 서서히 앞으로 기울어지더니, 어느 순간부터 미친 듯이 깃펜과 종이를 찾기 시작했다. 그리고 지금은 뭐 하나라도 놓칠세라 눈을 번뜩이고 있는 것이다.

완벽했다. 그것 말고는 다른 어떤 말로도 설명할 수 없는 발표였다. 일전에 밝혀냈던 해법을 훨씬 쉽고 간략하게 정리하고, 덧붙여 여러 사례를 예시로 들며 수식의 응용까지 보여줬다.

"……실제 사용은 이어질 마법 시연에서 보여드리도록 하겠습니다. 이상입니다."

마침내 발표가 끝났을 때, 마법사들은 앞다투어 손을 번쩍 들었다. 질문하고 싶어서 미쳐버린 모습들이었다. 하지만 질문을 받을 수가 없었다. 에니샤의 발표가 끝나자마자, 천장에서 꽃잎이 우수수 폭포처럼 쏟아졌기 때문이었다. 에니샤가 꽃잎 속에서 허우적거리는 동안, 로드고와 쌍둥이는 손팻말을 뒤집었다.

10점

10점

100,000,000점

10점 만점으로 적기로 해놓곤, 혼자 손팻말에 빽빽하게 0을 채워 넣은 로시엘이었다. 헬라드가 배신감에 찬 눈으로 돌아봤지만, 로시엘은 한쪽 눈썹만 삐죽 올리고선 모른 척했다. 그 모습을 본 에니샤는 온통 달라붙은 꽃잎을 털어내며 웃었다.

대연회장은 박수와 환호로 떠나갈 듯이 울렸다. 열화 같은 성원에 당황한 마법학부장이 꽃잎 폭포 속에서 헤엄치며 외쳤다.

"아직 마법 시연이 남아 있습니다……!"

조금만 진정해달라고 거듭 간청하고 나서야, 기립박수를 보내던 사람들은 겨우 자리에 앉았다.

마법사들은 절망적인 표정으로 깃펜 끄트머리를 잘근잘근 씹었다. 그들이 마법 시연 끝나자마자 질문을 던지겠다고 기회를 노리는 동안, 어디선가 기다란 밀대를 들고 나타난 레시나가 무대 위의 꽃잎을 쓸어냈다. 레시나는 별로 놀라지도 않은 기색이었다. 콧노래를 흥얼거리며 꽃잎을 쓸어내더니, 에니샤의 옷에 달라붙은 것도 떼어주곤 태연하게 퇴장했다.

마법 시연을 보조할 카힐이 단상 앞으로 걸어 나왔다. 카힐과 에니샤가 나란히 서자, 감탄 섞인 술렁임이 번져나갔다. 황족들 주변에 앉아 있던 두 남자도 감탄하며 말을 주고받았다.

"잘 어울리는 한 쌍이지 않습니까?"

"그러게 말입니다. 확실히 선남선녀……. 흐엑!"

작게 수군거리던 그들은 목덜미에 서늘하게 날아와 꽂히는 살기에 얼른 입을 다물었다. 히페리온 삼부자가 무표정하게 쳐다보고 있었다. 로드고가 느릿하게 입을 열었다.

"……잘 어울린다고?"

얼어붙어 있던 두 남자는 기어들어가는 목소리로 답했다.

"아니요……."

"아닙니다……."

헬라드와 로시엘이 코웃음 치는 것을 끝으로, 수군거림은 쑥 들어가 버렸다.

꿍

에니샤는 가볍게 대연회장을 둘러보았다. 처음 발표를 시작할 때까지만 해도 반응이 조금 심드렁해서 걱정이었는데, 지금은 다들 눈에서 안광이 번들거렸다. 아무래도 발표를 훌륭하게 해낸 것 같았다. 이제 마법 시연만 해내면 끝이었다.

에니샤는 맞은편의 카힐에게 눈짓했다. 그에겐 어떤 마법을 쓸지 미리 언질을 주었다.

"마력 총량을 결정짓는 부분에서 수식을 적용하면서……."

청중들에게 발표했던 수식을 어떻게 응용하는지 설명하며 마력을 끌어올렸다. 대부분의 마법은 마법진을 그리지 않고 간단하게 처리하는 에니샤지만, 설명을 위해서 친절하게 마법진도 그렸다.

허공에서 기하학적인 금빛 문양이 피어났다. 마법을 모르는 사람이 보아도 아름다운 광경이었다. 반짝거리는 미소녀 마법사의 모습에 '막내 황녀님을 사랑하는 모임'의 회원들은 일제히 가슴을 부여잡았다. 치열한 경쟁을 뚫고 대연회장 입장에 성공한 스스로 에게 칭찬을 아끼지 않으며, 황녀님의 마법 시연을 애타게 기다리던 때였다. 한 마법사가 자리에서 우뚝 일어나 소리쳤다.

"이의 있습니다!"

그의 목소리가 조용하던 대연회장을 우렁차게 울렸다.

"미리 짜고 마법 시연을 하는 것 아닙니까?"

답할 가치도 없는 질문이었다. 하지만 그는 대답을 바란 것이 아니었다.

"제대로 된 전투마법이 맞는지, 제가 직접 상대가 되어 검증하고 싶습니다."

저를 시험하겠다고 당당히 발언하는 마법사를 바라보던 에니샤는 옆을 돌아보았다. 어느새 카힐이 다가와 있었다. 그가 목소리를 낮춰 속삭였다.

"한 번쯤 보여주는 것도 괜찮지 않겠습니까."

에니샤는 걱정스레 물었다.

"힘 조절 못 해서 죽으면 어쩌지?"

"사람은 생각보다 잘 안 죽습니다. 그리고 마법사이지 않습니까."

망설이던 에니샤가 결국 고개를 끄덕이는 것을 보며, 카힐은 살며시 웃었다. 이때까지만 해도 그냥 짜고 치는 판이 아니라는 정도만 적당히 보여줄 생각이었다. 마법사가 앞으로 걸어 나오면서 그 말만 하지 않았더라면 말이다.

"히페리온의 이름을 걸고, 진실한 마법을 쓰겠다고 약속해주십시오."

마법사들이 원래 하나에 꽂히면 앞뒤 안 가리고 달려드는 것은 알고 있었다. 막내 황녀가 새로운 대법사가 된다는 사실을 못 받아들여서 시위까지 벌인 자들이 아닌가. 그러니 웬만한 시비는 너그럽게 이해해주려 했으나……. 이렇게 알아서 무덤 파고 관 짜서 드러눕는 사람까지 말릴 수는 없었다.

에니샤는 미소 지으며 입을 열었다.

"히페리온의 이름을 걸게요. 다만……."

그러나 웃는 입매와 달리, 주홍색 눈동자는 싸늘하게 굳어 있었다.

"당신이 그에 맞는 책임을 질 수 있을지 모르겠군요."

에니샤와 마법사가 나란히 마주 보고 섰다. 에니샤는 허공에 다시금 척척 마법진을 그려나가며 말했다.

"아까와 똑같은 마법이에요."

알아서 보고 막으라는 소리였다.

마법사는 살짝 긴장한 얼굴로 방어마법을 전개했다. 둥근 마법진이 그의 앞에 방패처럼 떠올랐다. 그리고 에니샤는 그가 마법을 완성하는 순간, 바로 마력을 쏘아 보냈다. 일직선으로 뻗어 나간 마력이 마법진을 강타했고, 산산조각 냈으며, 그대로 꿰뚫어 마법사의 명치를 후려쳤다.

"흐억!!"

마법사는 볼품없이 바닥을 나뒹굴었다. 방어마법을 펼친 것이 무색한 꼴이었다. 하지만 마법사가 몸을 추스르기도 전에, 에니샤는 두 번째 마법을 전개하기 시작했다.

"잠, 잠깐……!"

마법사가 다급하게 손을 내저었으나, 에니샤는 가차 없었다.

"마법 시연 상대가 되어주시기로 했잖아요. 성실하게 임해주세요."

그리고 귀엽게 웃으며 물었다.

"이번 마법도 막아주실 거죠?"

더할 나위 없이 확실하게, 히페리온의 막내 황녀였다.

❧❦❧

이본은 '막내 황녀님을 사랑하는 모임'의 헤르노어 아카데미 지부장이 되었다. 황녀님께서 아카데미에 머무르시니, 나름 권력의 중심축이라 할 수 있는 자리였다. 하지만 이본은 사사로운 마음 없이 오로지 황녀님을 위해 열심히 노력했다. 모임의 일급 기밀로 공유되는 정보들은 대개 다음과 같았다.

황녀님 오늘 학생식당에서 닭 한 마리와 빵 두 덩이만 드셨음. 평소보다 몸 상태가 좋지 않으신 모양. 레시나 회원에게 전달 및 관리 요망.

오늘 황녀님 배 타고 등교하심……!

황녀님 늦잠 자고 일어나셨는지 뒷머리 삐쳤음. 무척 귀여우니 꼭

보고 갈 것. 현재 위치: 마법학부 건물. 수업 중이시니 방해하지 않도록 유의.

학술제에서 황녀님의 학술발표 확정!!! 입장 제한이 있으니 서둘러 신청할 것. 화환 및 현수막 등 준비 예정. 후원하실 분은 이본 지부장에게 연락.

이본은 빠르게 정보를 전달하며 모임을 이끌었다. 황녀님 반대파의 시위가 아카데미 내부에서 벌어진다는 소식을 전해 들었을 때, 누구보다 앞장서서 맞불 시위를 놓았다. 그러다 황녀님한테 걸려서 죄다 해체하긴 했지만 말이다. 마법사들이 반대하는 이유도 이해했다. 히페리온의 황녀라는 배경 때문에, 권력으로 대법사 자리를 차지한 것이 아니냐고 의심하는 것이었다. 하지만 이번 학술발표를 보면 그런 오해들, 전부 깨끗하게 사라질 것이라 생각했지만……. 기어코 사고 치는 마법사가 나타났다.

자신이 직접 마법 시연 상대가 되겠다고 나서는 마법사를 보며 이본은 손수건을 물어뜯었다. 우리 막내 황녀님이 여린 마음에 상처를 입는 것은 아닐까, 전전긍긍하고 있을 때였다. 허공에 마법진을 그려낸 황녀님이 마법을 전개하는 순간, 금빛 마력이 쏜살같이 날아가 마법사를 강타했다. 다섯 바퀴쯤 굴러서 구석에 퍽 하고 처박힌 마법사가 몸을 꿈틀거렸다. 마법사가 구르거나 말거나, 황녀님은 충실하게 마법 시연의 설명을 이어나갔다.

"이번에는 조금 더 난도를 높여서, 다중 마법에서의 예시를 보여드리겠습니다."

황녀님은 해맑게 웃으며 곧장 다음 마법을 전개해나갔다. 허공에 세 개의 마법진이 삼각형을 그리며 동시에 떠올랐다. 청중들 사이에서 감탄이 터지고, 마법사는 기겁하며 방어마법을 전개했다. 그래봤자 이번에도 데굴데굴을 피할 수 없었다. 두 번째로 벽에 처박힌 마법사가 다급하게 소리쳤다.

"그, 잠깐만, 알겠습니다! 황녀님께서 부정한 방법을 쓰지 않았다는 것을 확인했으니, 이제 그만……!"

"무슨 소리세요."

황녀님은 입술을 삐죽이더니, 눈썹을 모으고서 낭랑한 목소리로 말했다.

"제 마법 시연은 아직 끝나지 않았어요."

그리고 도망가려는 마법사에게 전투마법을 난사했다. 금빛 마력이 번쩍거릴 때마다 마법사는 돌돌 굴러갔다. 실제 전투처럼 실감나는 마법 시연에 사람들이 박수를 보냈다. 그 모습을 보고 있던 이본은 잊고 있었던 사실을 상기해냈다.

아, 황녀님 히페리온이었지…….

✖◆✖

오랜만에 전투마법을 마음껏 썼더니 속이 후련했다. 마법사가 나서준 것이 고맙게 느껴질 정도였다. 물론 죽으면 안 되니까 간신히 막을 수 있을 정도로 조절해서 공격하긴 했다. 너덜너덜해진 마법사는 마법 시연이 끝나자마자 네 발로 기어서 도망갔다. 패잔병으로 도망치는 뒷모습을 바라보며, 에니샤는 눈썹을 쓱 치켜올렸다.

그러게 왜 히페리온의 이름을 건드렸는지…….

도를 넘은 건방짐은 용서할 수 없었다. 마법 시연을 마친 에니샤는 단상에 다시 반듯하게 자리하고선, 발표를 마무리했다.

"……이상, 마법학부의 에니샤 로드고 히페리온이었습니다. 감사합니다."

대연회장을 꽉 채운 사람들은 전부 기립박수를 보냈다. 에니샤는 살며시 로드고와 쌍둥이가 앉아 있는 쪽을 확인했다. 웃으며 저를 바라보는 모습이, 다행히 화가 난 것처럼 보이진 않았다. 마법학부장이 손수건으로 이마에 맺힌 식은땀을 닦아내며 입을 열었다.

"그럼, 지금부터 질문을 받도록……."

그리고 그의 말이 채 끝나기도 전에, 발표회장은 아수라장으로 변했다. 아까부터 대기하고 있던 마법사들이 일제히 손을 들고 제 질문을 받아달라며 외치기 시작한 것이다. 손 드는 것만으로 부족함을 느낀 몇몇은 앞으로 뛰어나와서 마구 손을 흔들었다. 그러다 금방 전부 다 와르르 쏟아져 나왔다. 서로 질문하겠다고 싸워대는 난장판 속에서, 에니샤는 그만 마법사들 사이에 파묻히고 말았다.

"앗, 잠시만요……!"

인파에 밀려서 넘어질 뻔한 순간이었다. 누군가 가뿐하게 에니샤를 안아 들었다. 서늘한 눈바람과 함께 몸이 허공으로 두둥실 떠올랐다. 에니샤를 끌어안은 카힐이 침착하게 질문했다.

"괜찮으십니까?"

"응, 난 괜찮은데……."

에니샤는 아래를 내려다보았다. 마법사들끼리 머리 쥐어뜯으며 싸움 난 꼴이 보였다. 조금 있으면 서로 마법도 쏴댈 듯했다. 대연 회장이 파괴될 위기를 맞이한 에니샤는 곤란한 눈으로 카힐을 쳐다보았다. 카힐은 명쾌한 결론을 내렸다.

"질문을 받지 않는 게 좋겠습니다."

진정한 마법사라면 스스로 탐구할 줄도 알아야 하지 않겠느냐는 말이 그럴듯했다. 에니샤는 카힐의 말대로 하기로 했다.

카힐은 사흘 밤낮 굶주린 짐승처럼 눈을 번들거리는 마법사들이 절대 건드리지 못할 안전한 장소에 에니샤를 내려줬다. 바로 로드고와 쌍둥이 옆이었다. 로드고가 냉큼 에니샤를 뺏어 안고선, 이마 위에 쪽 소리 나게 입 맞추며 말했다.

"고생했다, 내 딸."

자랑스러웠다고 칭찬을 아끼지 않는 그에게 배시시 웃어 보인 후, 바닥에 내려섰다. 그리고 급한 것부터 얼른 말했다.

"마법사는 안 혼내주셔도 돼요!"

마법 시연을 상대해준 마법사는 이미 에니샤에게 충분히 혼이 났다. 그 이상은 과한 처벌이었다. 에니샤의 말에 로시엘이 샐쭉하게 웃으며 입을 열었다.

"무슨 소리니, 에니샤."

그가 에니샤의 머리를 살살 쓰다듬으며 물었다.

"설마 오라버니가 시도 때도 없이 나서는 사람처럼 보이는 거야?"

몹시 그렇게 보였다. 하지만 에니샤는 그냥 로시엘을 폭 끌어안으며 말했다.

"아뇨! 안 그러실 것 알고 있어요."

"……."

로시엘은 굉장히 양심 찔린 표정을 지었고, 옆에서 헬라드도 같이 뜨끔한 얼굴을 했다. 그러더니 갑자기 급하게 사람을 불러다가 무어라 지시하는 것이 아닌가.

에니샤는 모른 척 지켜보았다. 대충 상황이 마무리된 뒤, 헤헤 웃으며 학술제 구경을 가지 않겠느냐고 제안했다.

"아……."

로시엘이 나직한 탄식을 내뱉었다.

"미안해, 에니샤. 급하게 처리해야 할 사안이 있어서……."

헬라드와 로시엘은 아카데미까지 와서도 일을 해야 하는 모양이었다. 설마 마법사를 죽이러 가는 건 아닐까, 의심의 눈초리를 보내니 절대 아니라고 펄쩍 뛰었다. 에니샤는 두 사람을 믿어주기로 했다.

쌍둥이를 보내고, 바쁜 학생회장인 카힐이 학생회 임원들에게 잡혀가는 것까지 배웅해준 후, 로드고와 함께 학술제 구경에 나섰다. 학술제는 학술발표가 중심이지만, 축제처럼 놀잇거리도 함께 즐길 수 있도록 마련한 공간 또한 있었다. 학부생들이 만든 천막과 외부 상인들이 세운 천막들이 섞여 있었는데, 각종 잡다한 음식과 잡화들, 간단한 게임 같은 것들이 가득했다. 에니샤는 홀긋 로드고를 살폈다. 그는 이런 걸 지루해할 것 같아서였다. 하지만 로드고는 천막들은 아예 쳐다보고 있지도 않았다. 그의 시선은 무조건 에니샤에게 고정이었다. 딱 하고 눈이 마주쳐서, 에니샤는 웃을 수밖에 없었다. 역시 같이 있는 게 가장 중요하구나 싶었다.

앞장서서 이것저것 안내하던 에니샤의 눈에 한 천막이 들어왔다. 장난감 활로 풍선을 터뜨리면 경품으로 인형을 주는 천막이었다. 과거 로드고와 축제를 구경하다가 팔씨름대회에 참가했던 기억이 났다. 그때 로드고가 우승해서 에니샤에게 준 장난감 배는 아직도 황녀궁 침실을 뽈뽈 돌아다니고 있었다. 에니샤는 로드고의 팔을 잡아끌었다.

"우리 저기 들렀다가……."

하지만 로드고의 시선을 받은 천막 주인이 기절할 것 같은 얼굴을 하는 바람에, 계획을 바꿔야했다.

"아니다. 아빠, 잠깐만 여기 계세요."

천막으로 종종 걸어가니, 주인은 이미 무릎 꿇고 있었다. 로드고가 풍선을 다 터뜨려버릴 것 같은 눈빛으로 이쪽을 보고 있는 탓이었다. 에니샤는 울먹거리는 주인을 간신히 어르고 달랜 후에야 활을 쏠 수 있었다.

동전 하나를 내고 장난감 활과 화살을 받아 들었다. 아주 옛날에 쌍둥이들과 활쏘기 연습했던 기억을 떠올리며 풍선을 겨눴다. 나름 풍향 같은 것도 고려하며 열심히 쐈지만, 화살은 풍선 근처도 가지 못했다. 에니샤는 열다섯 발을 쏘아서 고작 풍선 하나를 터뜨리는 것으로 게임을 마무리했다. 받을 수 있는 상품은 참가상 격의 작은 인형뿐이었다. 천막 주인은 1등 상품을 포함해 있는 거 죄다 털어서 바치려 했지만, 에니샤가 거절했다. 자신의 실력으로 얻은 상품을 주고 싶었다. 하여 에니샤의 손에는 작은 고양이인형이 놓이게 되었다.

인형을 받은 에니샤는 구경하고 있던 로드고에게 쪼르르 돌아갔다.

"실력이 부족해서 꼴찌 상품밖에 못 타왔어요……."

헝겊으로 만들어 단추로 눈을 단 인형은 딱 보기에도 싸구려였다. 볼품없는 모양새지만, 에니샤는 선물하기를 주저하지 않았다. 자신이 준다면 무엇이든 기쁘게 받아줄 것을 알고 있기 때문이었다. 그리고 로드고는 에니샤가 생각한 그대로 좋아해줬다. 덩치 커다란 그가 손바닥에 고양이인형을 얹고 있는 모습이 재밌어서, 에니샤는 키득키득 웃으며 말했다.

"오늘을 기념하는 인형이에요."

가끔 인형을 보면서 같이 즐거웠던 추억을 되새길 수 있으면 좋겠다고 말하니, 로드고가 갑자기 한숨을 내쉬었다.

"너는 정말이지……."

로드고가 미간에 깊게 주름을 잡고서 말했다.

"어디 가서 이러고 다니지 말거라. 너무 귀여우니까."

위험한 귀여움이라며 신신당부하는 로드고의 모습에 에니샤는 또 웃음이 터져버렸다.

그리고 며칠 뒤, 로드고의 집무실. 황궁으로 돌아온 로드고는 어느 때와 다름없이 업무에 매진 중이었다. 산처럼 서류를 쌓아서 집무실로 들어오던 비서관은 흠칫 몸을 떨었다.

"……!"

집무실에 있어선 안 될 것이 있었다. 조심스럽게 서류를 내려놓은 비서관은 연신 눈을 끔뻑였다. 그러나 아무리 보아도, 책상 위에 놓인 싸구려 헝겊인형은 사라지질 않았다. 주인을 꼭 닮아 분위기도 흉악스러운 집무실이었다. 모든 가구가 크고 위압적인 이곳에서, 홀로 조그맣고 볼품없는 인형은 절대 어울리지 않았다. 추론에 추론을 거듭하던 비서관은 마침내 그럴듯한 결론을 내렸다.

신형 무기구나……!

어린아이들을 상대로 하는 폭탄 같은 것인 모양이었다. 역시 히페리온은 피도 눈물도 없다며, 새삼스레 황족들의 잔인함에 질색했다. 비서관은 재빠르게 집무실을 탈출했다.

비서관이 문을 닫고 나간 뒤, 로드고는 보고 있던 서류를 잠시 내려놓았다. 그리고 말없이 고양이인형을 쳐다보았다.

"……."

일자로 딱딱하게 다물려 있던 입매가 일순간 부드럽게 휘어졌다. 로드고는 인형을 한번 쓱쓱 쓰다듬고선, 다시 서류에 집중했다.

◈

한편, 아카데미까지 와서 에니샤랑 놀지도 못하고 일하게 된 쌍둥이는 불만이 하늘을 찌르고 있었다.

"하아아아……."

헬라드가 한숨을 내쉬었다. 로드고와 에니샤가 둘이서만 알콩달콩할 것을 생각하니, 속에서 천불이 끓었다. 약 올라하는 이유 중에는 준비했던 것들을 하나도 하지 못하게 된 탓도 있었다. 에니샤를 위해서 이런 저런 요란한 것들을 준비해뒀지만, 결국 눈치가 보여서 취소해버렸다. 마음 같아선 전부 다 해주고 싶었다. 허나 그게 에니샤를 위한 일이 아니란 것을, 황족들은 이제 알고 있었다. 헬라드가 투덜거렸다.

"정말 좋은 오라버니가 되는 것도 힘드네."

학술발표 때 사람들이 요란하게 구는 것을 보고 우리도 저렇게 할걸, 하고 조금 후회한 헬라드였다. 옆에서 얌전히 듣고 있던 로시엘이 불쑥 딴소리를 했다.

"마법사는 어디 소속인지 파악해서 직위 해제하는 정도만 할까⋯⋯."

에니샤한테 건방지게 대들었던 마법사를 말하는 것이었다. 마음 같아선 그 자리에서 목을 자르고 싶었지만, 에니샤 때문에 참고 또 참은 쌍둥이였다. 헬라드가 초조한 눈으로 물었다.

"에니샤가 그것도 심하다고 뭐라 하면 어쩌하지?"

"글쎄. 에니샤도 우리한테 많이 익숙해졌으니까⋯⋯."

로시엘이 생긋 미소 지으며 말했다.

"죽이지 않은 것을 다행으로 여기지 않을까?"

헬라드와 로시엘은 서로를 마주 보고서 씩 웃었다. 키득거리며 장난치던 쌍둥이가 다다른 곳은 인문학부 건물의 교수실이었다. 로시엘이 인문학부에서 사용하던 교수실은 아직 그대로 남아 있었다. 교장 이스미온에게 에니샤가 졸업할 때까지만 쓰겠다고 통보 같은 양해를 구했기 때문이다. 제 취향대로 꾸며놓은 공간이 아깝기도 했고, 에니샤 때문에 아카데미에 올 일이 종종 있을 것 같아서 남겨놓았다. 그리고 쌍둥이가 무려 에니샤를 제쳐놓고 대화하러 온 상대는……

"히페리온의 별들을 뵙습니다."

하일레제 공작가의 소공자, 예르넨 하일레제였다.

쌍둥이는 잠시 마음에 안 든다는 눈으로 그를 쳐다보았다. 하일레제 노공작은 현재 스칸샤와의 전쟁을 반대하고 있었다. 히페리온 귀족들의 정신적인 지주인 노공작이었다. 귀족들을 설득하기 위해선, 하일레제 공작의 찬성이 필수였다. 하지만 꼬장꼬장한 능구렁이 영감을 설득하기가 쉬울 리 없었다. 자꾸 에니샤랑 예르넨을 엮어대서 별로 이야기하고 싶지도 않고 말이다. 그리하여 쌍둥이가 짜낸 묘책이 바로 예르넨 하일레제를 자원입대시키는 것이었다. 어차피 예르넨 정도 되는 인재를 아카데미에서 놀리는 것도 낭비였다. 예르넨이 앞장서서 전쟁을 지지하도록 만들어서, 노공작이 빼도 박도 못 하고 끌려오도록 만들 생각이었다. 예르넨의 강직한 성정으로 미뤄 짐작컨대, 그가 나라를 지키기 위한 입대를 거부하지 않으리란 계산도 있었다. 이런 사정들 때문에, 예르넨은 쌍둥이가 직접 모셔가겠다고 데리러 올 만큼 귀하신 몸이 된 것이다.

영리한 하일레제 소공자는 이미 이런 내막을 알고 있었던 모양이었다. 그는 순순히 입대를 약속했다. 예상대로 흘러가는 상황에 쌍둥이는 슬쩍 미소 지었다. 하지만 예르넨도 마냥 순진한 상대는 아니었다. 그가 조용히 입을 열었다.

"한 가지 묻고 싶은 것이 있습니다."

헬라드와 로시엘이 일제히 쳐다보았다. 두 황족의 시선이 단박에 쏟아지자, 예르넨은 등골이 서늘해졌다. 언제 보아도 익숙해지지 않는 눈빛이었다.

"카힐 자드카르는……."

예르넨은 입안에서 한참 동안 단어를 골라낸 뒤에야 말했다.

"삿된 자입니다. 왜 그를 황녀님 곁에 내버려두시는지 모르겠습니다."

헬라드가 팔짱을 끼고서 심드렁히 답했다.

"뭐……. 황녀를 지키기 위한 인간 방패이지."

스칸샤 정벌 끝나면 바로 쳐낼 것이라는 말도 잊지 않고 덧붙였다. 예르넨은 주먹을 꽉 움켜쥐었다가 말했다.

"저도 황녀님을 지킬 수 있습니다."

침묵이 흘렀다. 그리고 잠시 후, 쌍둥이는 동시에 피식 웃음을 터뜨렸다. 로시엘이 헬라드에게 눈짓했다. 네가 답하라는 뜻이었다. 피식피식 웃고 있던 헬라드가 입을 열었다.

"경은 너무 착해."

예르넨은 뒤통수를 한 대 맞은 듯한 기분으로 그를 바라보았다.

"어긋난 선택을 해야 할 순간, 윤리와 에니샤 사이에서 갈등하겠지. 하지만 그놈은 그런 게 없거든."

여기가 맛이 갔으니까. 헬라드는 손가락으로 머리를 툭툭 두드리며 웃었다.

"우린 에니샤 일이라면 개처럼 구를 수 있는 놈이 필요한데……."

주홍색 눈동자가 깊숙하게 빛났다.

"그러기엔 경은 너무 고귀하고, 정의로우며, 선한 존재이지."

"……."

예르넨은 눈을 아래로 내리깔았다. 분하게도, 말뜻을 너무나 완벽하게 이해할 수 있었다. 카힐 자드카르는 저와 정반대에 서 있는 남자였다. 그는 아카데미 내에서 수단과 방법을 가리지 않고 권력을 차지했다. 그것이 전부 황녀님 옆에 서기 위한 일이라는 것을 알았을 때, 예르넨은 카힐을 비난했다. 어떤 목적이든 간에 잘못된 것을 옳다 할 수는 없기에. 같은 상황에 처했다면, 자신은 옳은 길을 찾아냈을 것이다. 조금 시간이 걸리고 돌아가는 한이 있더라도 말이다. 하지만 황족들이 원하는 것은 그런 게 아니었다. 황녀님을 위해선 무엇이든 할 수 있어야 했다. 살육, 방화, 약탈과 같은 모든 범죄들을 포함하여 말이다. 그리고 그건 예르넨이 할 수 없는 일이었다.

정상적인 사고방식으로는 저 집안을 버텨낼 수 없구나…….

예르넨은 쓸쓸하게 웃으며 말했다.

"모의전만이라도 치르고 가게 해주십시오."

그러나 황족들은 끝까지 잔인했다. 헬라드가 비죽 웃으며 되물었다.

"그게 뭐 필요한가?"

당황한 예르넨에게 헬라드는 비수를 꽂았다.

"어차피 카힐 자드카르가 이길 터인데."

예르넨은 허탈하게 웃었다. 하여간 정말 나쁜 사람들이었다.

학술제 셋째 날에 예정되어 있던 검술학부의 모의전은 조금 싱겁게 끝나버렸다. 상대편이었던 예르넨이 기권해버린 탓이었다. 새롭게 대장을 급조하여 모의전을 벌였지만, 당연히 카힐의 상대가 되질 않았다. 카힐은 압승을 거뒀다. 그리고 에니샤는 우승한 카힐을 축하해주며, 예르넨의 소식을 듣게 되었다.

"……자원입대를 했다고?"

"예. 황족들께서 직접 예르넨 님을 찾아가신 모양입니다."

그날 저를 놔두고 어딜 그리 급하게 가나 했더니, 예르넨을 찾아간 것이었다. 쌍둥이가 협박하지는 않았을까 잠시 걱정됐다. 그래도 하일레제 소공자니 알아서 적당히 했겠지, 하고 생각하며 카힐에게 물었다.

"오늘은 일 안 해도 괜찮아?"

모의전이 끝나자마자 에니샤에게 딱 달라붙은 카힐이었다. 카힐은 작게 웃으며 말했다.

"괜찮습니다. 오늘은 휴가입니다."

분명히 아직도 할 일이 산더미일 텐데 휴가라고 당당히 선언하다니.

왠지 밀려 있는 일거리를 다 얼려버리고 온 것 같은 느낌이었다. 같이 학술제 구경하자며 유혹하는 말에 망설이고 있자, 그가 불쌍한 척하며 말했다.

"계약 기간 연장을 위해 노력할 기회는 주셔야 하는 것 아닙니까?"

매정하시다는 항의에 에니샤는 하는 수 없이 카힐과 놀러 가기로 결정했다.

언제나 그렇듯이, 카힐과 다니는 것은 재밌었다. 그는 미리 에니샤가 좋아할 만한 것들을 잔뜩 알아 와서 재밌는 곳만 쏙쏙 데려갔다. 여태 있는 줄도 몰랐던 구석진 천막들까지 다 데려가서, 에니샤는 발갛게 상기된 볼을 하고서 정신없이 구경했다. 가는 곳마다 학생들이고 상인들이고 에니샤와 카힐에게 과도한 친절을 베풀었다. 어떻게든 잘 보이려 애쓰며 뭔가 자꾸 팍팍 주는 바람에, 두 사람은 금세 양손이 가득 찼다.

이미 짐이 수북한 에니샤에게 누군가 커다란 문어 통다리를 줬다. 버터를 발라서 구운 냄새가 황홀했지만 받을 손이 없었다. 마음속으로 발만 동동거리고 있자니 카힐이 간단하게 해결해줬다. 짐을 전부 가져다가 착착 정리해서 한 손에 들어버린 것이다. 에니샤는 무사히 문어 다리를 먹을 수 있었다.

문어와 전투를 벌이며 와구와구 씹고 있자니, 옆에서 웃음소리가 들렸다. 삐죽 튀어나온 문어 다리를 마저 밀어 넣자, 카힐이 손수건을 꺼내 입을 닦아주며 다정히 물었다.

"오늘 밤에 실용학부 학생들이 폭죽을 쏜다고 하던데, 알고 계십니까?"

처음 듣는 이야기였다. 카힐은 실용학부 학생들이 직접 화약을 가지고 만든 폭죽인데, 예술학부 학생들의 도움을 받아 모양새를 잡은지라 무척 예쁘다고 설명해줬다. 에니샤는 문어를 꿀꺽 삼키고 물었다.

"넌 어떻게 이런 걸 다 알고 있어?"

"학생회장이지 않습니까."

그가 손수건을 접어 넣으며 덧붙여 말했다.

"에니샤 님이 좋아하실 만한 것들은 전부 따로 기억해두기도 했고요."

에니샤는 괜히 쑥스러워서 헛기침을 몇 번 하고는 그에게 잘했다고 칭찬해줬다.

해가 저물고, 카힐과 에니샤는 마법학부 쪽으로 향했다. 마법학부의 건물이 높다란 탑이라서 폭죽 구경하기에는 제격이었다. 카힐은 에니샤를 안아다가 간단하게 탑 꼭대기로 올라갔다. 평평한 탑의 꼭대기는 출입구가 없었다. 아예 올라오지 못하도록 만든 곳이었지만, 카힐은 제법 들락날락거렸던 모양이다. 푹신한 방석과 차양 따위가 놓여 있었다.

미리 준비해온 간식거리를 꺼내고 있자니, 하늘로 쏘아 올라가는 직선의 불꽃이 보였다. 펑 하는 커다란 소리와 함께 하늘 가득히 빛이 퍼져나갔다. 검은 도화지 위에 흩뿌려지는 물감 같은 모습이었다. 나란히 앉아서 폭죽을 구경하다, 에니샤는 어깨를 살짝 떨었다. 얼음 넣은 과일음료를 마셨더니 밤공기가 조금 쌀쌀하게 느껴졌다. 그러자 카힐이 어디선가 담요를 꺼내서 어깨에 덮어줬다. 도톰한 담요를 꼼꼼하게 둘러주는 그의 등 뒤로 환한 빛이 터졌다가 사그라졌다. 폭죽 모양이 마법진이랑 비슷하단 생각을 하면서, 에니샤는 불쑥 말했다.

"너한테 방어마법진 하나 그려줄게."

뜬금없는 말에 카힐이 의아해했지만, 에니샤는 설명하지 못했다. 좌우법사가 너 죽일 기세라서 그렇다곤 차마 말할 수 없었다.

어쩌면 이미 알고 있을지도…….

에니샤는 가만히 카힐을 바라보았다. 어둠 속에서도 이목구비가 선명했다. 폭죽의 빛이 감도는 맑은 청회색 눈동자, 단정하면서도 서늘하게 떨어지는 얼굴선. 누구든 얼굴을 붉힐 만큼 잘생긴 외모였다. 얼굴, 능력, 성격……은 조금 모르겠지만, 어쨌든 뭐 하나 빠지는 것이 없는 카힐이었다. 그런 그가 제 옆에만 오면 이리 심하게 고생을 했다. 에니샤는 진심이 가득 담긴 말을 중얼거렸다.

"넌 왜 하필이면 날 좋아해서……."

가뜩이나 가시밭길 같던 인생에 제 손으로 고난을 추가하다니, 바보도 이런 바보가 없었다. 그가 조금만 영리했다면, 에니샤와 관계를 정리했으리라. 그랬다면 남부럽지 않게 잘 먹고 잘 살 수 있었을 텐데 말이다. 하지만 카힐은 가만히 웃으며 말했다.

"제가 에니샤 님 말고 누굴 좋아할 수 있겠습니까?"

그의 손이 담요를 꾹 잡아당겨서 단단히 조였다. 담요에 꽁꽁 휘감긴 에니샤는 얼굴만 빼꼼 하고 내민 채 카힐을 바라보았다.

"저는 가장 행복할 수 있는 선택을 한 것뿐입니다."

그러니 끝까지 당신 곁에 있을 거라고, 밀어내지만 말아달라고 속삭였다. 하지만 에니샤는 대답할 수 없었다. 대신 다른 말을 꺼냈다.

"……내년에도."

조금 갈라지는 목소리를 가다듬고서, 활짝 웃으며 말했다.

"내년 가을에도 여기서 폭죽 볼 수 있으면 좋겠다."

✦

카힐과 즐거운 시간을 보낸 뒤, 에니샤는 기숙사로 돌아왔다. 언제나 그렇듯 카힐은 에니샤를 문 앞까지 바래다줬다. 카힐과 작별 인사를 한 뒤, 에니샤는 콧노래를 부르며 방 안으로 들어왔다. 흥얼거리며 어두운 방 안을 밝히기 위해 간단한 마법을 시전했을 때였다.

"!!"

에니샤는 그 자리에서 굳어버렸다. 침대 위에 장미꽃이 가득했다. 장미들은 죄다 멋대로 쥐어뜯은 것처럼 꽃잎이 떨어져 나가 있고, 줄기도 엉망으로 들쑥날쑥하게 잘려 있었다. 누가 그랬는지는 생각할 것도 없이 명백했다. 저를 잊지 말아달라는 악령의 심술이었다. 에니샤는 근래 자신이 행복하고 즐거운 나날을 보냈다는 걸 떠올렸다. 아바르티아를 조금도 생각지 않고서 말이다. 에니샤가 제 생각으로 가득하길 바라는 악령으로선, 굉장히 마음에 들지 않는 상황이었으리라.

"……."

에니샤는 얼마간 생각에 잠긴 채, 장미꽃으로 엉망이 된 침대를 바라봤다. 조금 전까지 카힐과 놀면서 잔뜩 상기되었던 뺨이 차갑게 식어 내렸다. 크게 숨을 들이마셨다가 내뱉곤, 침대 쪽으로 걸

어가며 마력을 끌어올렸다. 금빛 마력이 침대 위를 부드럽게 쓸어
냈다. 마력이 닿는 곳마다 장미꽃잎은 흔적조차 없이 사라졌다. 마
력을 거둬들였을 땐, 아무 일도 없었던 것처럼 깨끗한 침대만 남아
있었다. 하지만 상념은 사라지지 않았다. 아바르티아가 새빨간 눈
을 하고서 웃는 소리가 귀에 들리는 듯했다. 에니샤는 잠시 입술을
깨물었다가, 고개를 마구 내저었다.

※◇◆◇※

　학술제는 생각보다 평온하게 끝났다. 사건사고 없이 끝난 학술
제라니, 난생처음 겪어보는 일이었다. 물론 자그마한 사건들이나
황족들의 팔불출 행각이 좀 있긴 했지만, 그 정도야 이제 아무렇지
않은 에니샤였다.
　학술제를 무사히 끝내고, 에니샤는 교장실에서 이스미온, 하렌
과 함께 셋이서 차를 마셨다. 하렌이 함께한 것에 딱히 큰 이유는
없었다. 새롭게 예언을 했다거나 그런 건 아니고, 그냥 교장실 근처
에서 알짱대고 있기에 에니샤가 같이 차를 마시자고 데려온 것이
었다. 이스미온도 하렌을 흔쾌히 받아들였다. 워낙 조용한 성정인
지라, 함께 다과를 들어도 하렌은 있는 듯 없는 듯했다. 말없이 옆
에서 차를 꼴깍 마시고 과자를 집어 먹는 것이 전부였다.
　얌전한 하렌을 곁에 두고, 에니샤와 이스미온은 조잘조잘 이야기
를 나눴다. 무사히 치러낸 학술제 이야기를 하다가, '막내 황녀님을
사랑하는 모임'이 화제에 올랐다. 이스미온은 얼굴을 팍 구기더니,

곱게 땋아서 늘어뜨린 머리카락을 손가락으로 빙빙 꼬며 말했다.

"아주 악질적인 놈들옙니다. 에니샤 님 뒤를 어찌나 쫓아다니는지……."

숨 들이마시고 내뱉으면 그것도 유리병에 담아갈 기세라며, 이스미온이 질색했다. 에니샤는 깜짝 놀라서 되물었다.

"그래요?"

전혀 몰랐다. 그냥 여기도 날 좋아하는 사람들이 많이 있구나, 하고 생각했을 뿐이다. 애초에 그런 쪽에는 좀 무던한 편이기도 했고, 옛날부터 하도 극성스러운 팔불출 짓에 시달렸던 탓도 있었다. 아무것도 모른다는 눈의 에니샤를 보며, 이스미온은 그냥 한숨만 내쉬고 말았다. 극성 모임 이야기는 관두고, 그는 홍차를 홀짝이며 다른 이야기를 꺼냈다.

"사실 이번 학술발표, 카힐 학생이 제게 제안한 것입니다."

예상하지 못한 곳에서 튀어나온 카힐의 이름에 에니샤는 눈을 동글하게 떴다. 카힐은 마법학계에서 막내 황녀에 대해 악의적인 말이 돌고 있다는 것을 가장 먼저 알아챘다. 소문을 알게 되자마자 에니샤의 귀에 쓸데없는 이야기가 들어가지 않도록 조처하면서, 해결할 수 있는 방안을 강구했다. 그리하여 생각해낸 묘안이 학술발표와 마법 시연이었다. 실력을 보여주면 자연스럽게 입을 다물 거라는 판단 아래, 이스미온의 옆구리를 찔러서 에니샤가 발표자로 나서도록 만든 것이다. 덕분에 이제 마법학계에서 막내 황녀가 대법사 자리에 오를 자격이 없고 어쩌고 하던 소리는 쏙 들어갔다. 다만 결과는 성공적이었으나, 한 가지 부작용이 생겼으니…….

"그날 질문 안 받아주셨잖습니까. 다들 지금 미쳤습니다."

"……아."

도저히 질문 받을 수 있는 상황이 아니라서 넘겼는데, 그것 때문에 여러 마법사가 앓아누운 모양이었다. 궁금한 게 있으면 절대 못 참는 마법사들이었다. 그런데 질문할 수 있는 기회를 눈앞에서 놓쳤으니, 머리 싸매고 누울 만했다. 제발 질문을 받아달라고 애원하는 눈물 젖은 편지가 아카데미로 산더미같이 날아들고 있었다.

"그럼 어떡하죠?"

걱정스레 묻는 에니샤에게 이스미온이 사악하게 웃으며 말했다.

"싹 다 무시하시면 됩니다."

황녀님 욕하던 사람들이니 호되게 반성해야 한다며, 이스미온은 탄산수를 마신 것처럼 속 시원해했다. 에니샤는 잠시 고민했지만, 그의 말대로 하겠다고 답했다. 귀찮기도 하고, 질문 받아줄 여유도 없었다. 에니샤에게는 남은 시간이 얼마 없었으므로.

한참 이야기를 나누다가, 이스미온이 찻잔을 내려놓았다.

"그리고……."

그가 나직하게 깔린 목소리로 말했다.

"도움을 드리지 못해 죄송합니다."

에니샤는 고개를 내저었다. 헤르노어 아카데미는 설립 이래 줄곧 정치적 중립을 유지해왔다. 아무리 이스미온이 에니샤를 도와주고 싶더라도, 교장으로서 지켜야 할 선이 있었다. 아카데미는 관망할 수밖에 없었다.

가라앉은 분위기 속에서, 여태 말없이 앉아 있던 하렌이 꼼지락거렸다. 에니샤가 쳐다보자, 하렌은 용기를 얻은 듯 고개를 살며시 들었다. 그리고 조그맣게 말했다.

"괜찮을 거예요……."

그러나 흔들리는 하렌의 눈동자에는 두려움과 슬픔이 섞여 있었다. 에니샤는 그 모든 것을 보고서도, 아무것도 모르는 척 가만히 미소 지었다.

학술제 이후 들떴던 아카데미의 분위기는 금방 차분하게 가라앉았다. 곧 닥쳐올 시험 때문이었다. 에니샤도 시험 기간을 맞이하여 열심히 공부하는 한편, 아르커스와도 지속적으로 연락을 주고받았다. 하크만이 마지막 청혼을 빙자한 최후통첩을 보낸 것을 끝으로, 두 국가는 서로에게 전쟁을 선포하는 일만이 남아 있었다.

대륙 국가들은 두 거물 사이에서 열심히 저울질하며 줄을 서는 중이었다. 이 혼돈이 얼추 가라앉고, 겨울이 지나 날이 풀리면 곧장 전쟁이 시작되리라.

아르커스는 히페리온을 전폭적으로 지원했다. 직접 전투에 참여하는 것은 물론이요, 황실마법사들에게 아르커스의 마법 또한 아낌없이 가르쳐줬다. 히페리온 마법사들의 실력은 비약적으로 상승했다.

에니샤는 아카데미에서 모든 상황을 보고받고 명령하며 아르커스를 이끌었다. 마법 연구를 하는 것도 물론 잊지 않았다. 바쁜 나날 속에서 시험을 치렀고, 무리 없이 만점과 함께 수석을 차지했다. 지난번 '마법의 역사'에서 하나 틀린 것을 교훈 삼아, 이번에는 아예 교과서적을 통째로 외워버렸다. 아르커스에 대해 몇 가지 잘못된 서술이 있는 것도 그냥 다 외워버렸다. 그 결과 100점짜리 성적표를 받아 든 에니샤는 뿌듯한 미소를 지었다.

시험이 끝난 후, 종강식을 치르고 겨울방학을 맞이한 에니샤는 황궁으로 돌아왔다. 원래는 아르커스로 곧장 가려고 했지만 일정을 바꿨다. 황궁에 들러서 잠깐이라도 로드고와 쌍둥이의 얼굴을 보고 가야겠다 싶어서였다.

에니샤는 주머니에 넣어놓은 성적표를 괜히 만지작거렸다. 저번엔 로드고에게 성적표를 줬으니, 이번에는 헬라드나 로시엘한테 줘야 할 것 같았다. 만점 성적표를 자랑할 생각에 신나서 귀궁했다. 하지만 얘기했던 것보다 일찍 돌아온 탓일까. 황궁에는 아무도 없었다.

"……."

시녀들이 다가와 황녀님을 맞이했지만, 로드고나 쌍둥이는 보이지 않았다. 살짝 당황한 에니샤를 대신해 레시나가 황족들의 행방을 캐물었다. 황녀궁의 시녀가 공손히 답했다.

"황족들께선 전부 출타 중이십니다."

로드고와 헬라드는 군사훈련을 위해 외곽지로 나간지라 사흘 후에 귀궁할 예정이고, 로시엘은 하일레제 공작을 만나기 위해 잠시 외출했다는 것이다.

에니샤는 멍하니 황궁을 둘러보았다. 이렇게 사람들로 가득 차

있는데도, 텅 빈 것처럼 느껴지기만 했다. 15년을 보아온 황궁인데 오늘따라 한없이 이질적이었다. 가슴에 구멍이 난 것처럼 찬바람이 스며들었다. 속이 허전하고 시렸다. 말로 설명할 수 없을 만큼 공허한 감정이었다. 에니샤는 저도 모르게 풀죽은 표정을 지었다.

에니샤의 변화를 눈치 빠른 레시나가 모를 리 없었다. 그녀는 옆에서 안절부절못하고 있다가, 퍼뜩 소리쳤다.

"그, 황녀님! 둘째 황자님께선 오늘 귀궁하신다니, 저희가 마중을 나가는 건 어떻습니까?"

"……그럴까?"

축 늘어져 있던 에니샤는 쫑긋 귀를 세웠다. 좋은 생각인 것 같았다. 항상 황족들이 마중을 나왔으니, 이번엔 자신이 나가는 것도 괜찮을 터였다. 에니샤는 후다닥 로시엘을 마중 나갈 준비를 했다. 마차 타고 나가기엔 마음이 급해서, 마법사의 장점을 전면 활용하여 이동마법으로 휘리릭 날아갔다.

로시엘이 있는 곳은 하일레제 공작저였다. 레시나와 함께 근처에 숨어 있다가, 공작저에서 황실 문양이 그려진 마차가 나오는 것을 보고 급습했다. 마차가 멈추고 문이 벌컥 열렸다. 로시엘은 시종이 마차 계단을 펴주는 것도 기다리지 못하고 성큼 내려섰다.

"에니샤……!"

"로시엘 오라버니!"

놀란 눈으로 저를 바라보는 그에게 단박에 달려가 안겼다. 품에 안기는 순간, 조금 전까지 시리던 마음이 뜨끈한 온기로 사르르 녹아내렸다. 로시엘의 품에서 얼굴을 부비적거리자, 그가 힘주어 끌어안아쳤다. 꽉 안아주던 로시엘이 눈매를 미미하게 찌푸렸다.

"몸이 왜 이렇게 차가워."

로시엘은 제 겉옷을 벗어 에니샤에게 덮어주는 한편, 레시나에게 매서운 눈빛을 보냈다. 혹시 무슨 일이 있었던 것은 아니냐는 뜻이었다. 성실하게 호위 임무를 수행했던 레시나는 있는 힘껏 억울하고 불쌍한 표정을 지었다. 에니샤는 로시엘을 올려다보면서 말했다.

"황궁에 아무도 없어서요……. 오라버니 마중 나왔어요."

"그랬어요, 우리 에니샤?"

로시엘의 얼굴 위로 활짝 꽃이 피었다. 방해하는 황족들 없이 단둘이서 황궁에 머무를 수 있다는 사실에 꽂힌 것이 분명한 표정이었다. 귀여워 죽겠다는 듯 에니샤의 빰을 만지작거리던 로시엘이 살며시 웃었다. 그가 샐쭉하게 눈웃음 지으며 살살 꼬여냈다.

"오늘은 오라버니랑 같이 잘까?"

❦

로시엘과 함께 마차를 타고 황궁으로 돌아왔다. 예상치 못한 막둥이의 마중에 기분이 좋아진 로시엘은 꽃 같은 미소를 아낌없이 뿌렸다. 세상에서 제일 행복한 사람이 된 로시엘을 보며, 황궁 사람들은 고개를 설레설레 내저었다.

금지옥엽인 손주를 전쟁터로 내보내게 된 하일레제 노공작이 울고불고 난리가 난 탓에, 로시엘은 직접 하일레제 공작저에 방문하

여 그를 위로하기로 했다. 말이 위로이지, 로시엘은 시끄럽게 징징
대는 노친네를 죽여버릴 기세로 외출했다. 그러나 지금은 인류를
용서할 것처럼 자애로워져 있었다. 로시엘은 에니샤와 손을 꼭 잡
고서 황자궁으로 향하며 다정히 물었다.

"오라버니가 남은 일이 조금 있는데……. 에니샤도 옆에서 같이
있을래?"

어차피 저도 해야 할 일거리들이 산더미였다. 에니샤는 로시엘
의 집무실에서 함께 일하기로 결정했다.

황자궁은 먼지 한 톨 없이 깔끔하고 조용했다. 이곳의 시종들은
특히 소리 내지 않고 걷는 법, 목소리를 낮춰 말하는 법 등을 철저
히 교육받은 후에야 배치된다고 들었다. 확실히 황궁의 어느 곳보
다 고요했다. 사람이 없는 것처럼 느껴졌지만, 그래도 집무실에 가
니 비서관과 시종들이 대기하고 있었다. 살인마로 출궁했다가 성
자가 돼서 귀궁한 로시엘의 모습에 비서관들은 눈을 크게 떴다. 그
리고 로시엘을 뒤따라 쫄랑쫄랑 나타난 에니샤를 보고서 모든 것
을 이해한 얼굴이 되었다.

로시엘은 시종들을 시켜 제 책상 옆에 작은 의자를 가져다 놓았
다. 책상이 워낙 넓어서, 의자만 갖다 놓으면 에니샤도 구석에서 끄
적거릴 수 있었다.

에니샤가 편하게 자리 잡은 것을 확인한 후에야 로시엘은 업무
를 시작했다. 에니샤는 할 일을 하는 틈틈이 로시엘도 구경했다. 히
페리온 황궁 업무의 중심축답게, 과연 업무 처리 속도가 굉장했다.
서류를 빠르게 한 번 속독하는 것만으로도 내용을 파악하고 허점

을 짚어냈으며, 완벽한 지시 사항을 내렸다. 어떤 서류를 보든지 고민하는 경우는 거의 없었다. 대부분 단숨에 결정 내리고 도장을 쾅쾅 찍어주는데, 그게 다 깔끔하고 명쾌한 판단이었다. 가끔씩 쓰레기 같은 서류가 섞여 들면 싸늘한 냉소를 지었다. 평소 같았으면 대놓고 독설을 쏟아부었을 텐데, 그래도 오늘은 에니샤 앞이라고 자제해서 말했다.

"서류 작성법을 다시 배워야겠어. 아니 그런가?"

그나마 순화한다는 것이 이 정도니, 원래는 어찌 말했을지 상상도 가질 않았다.

일하는 로시엘 옆에서 에니샤는 마법 연구를 마무리하고, 황자궁의 시종장이 가져다준 간식도 열심히 먹었다. 간식은 크림이 듬뿍 들어간 밀푀유였다. 그런데 바삭한 파이 부분을 포크로 누르다가, 그만 부스러기가 사방으로 튀어버렸다.

"앗……!"

에니샤는 당황해서 포크를 내려놓았다. 집무실의 시종과 비서관들은 대륙이 멸망한 것 같은 표정으로 온통 어질러진 책상을 바라보았다. 하지만 로시엘은 태연했다. 그는 시종들을 불러다 책상을 치우게 하고, 직접 손수건을 꺼내 에니샤의 옷을 털어줬다. 그러곤 혹시나 에니샤의 손이 다치진 않았는지 확인하며 난감하단 듯 말했다.

"이리 먹기 불편한 것을 내오다니……. 주방장에게 한마디 해야겠네."

포크를 잘못 찌른 것은 에니샤인데, 애꿎은 주방장이 칼에 찔려

죽을 분위기였다. 에니샤는 황자궁 주방장의 목이 날아가지 않도록 로시엘을 잘 설득했다.

작은 소란을 넘기고, 집무실에서 알콩달콩 업무를 마친 후에는 함께 저녁을 먹고 침실로 향했다. 로시엘의 침실은 무척 나른한 분위기였다. 달빛조차 스며들지 못하도록 두터운 암막커튼으로 창문을 꽁꽁 덮어놓았다. 그래서 촛불만 꺼지면 새까만 어둠에 잠겨들게 만들어져 있었다.

침대 옆의 안락의자에는 로시엘이 앉아서 남은 서류를 훑고 있었다. 뭔가 잘 안 풀리는 듯, 살짝 미간을 찌푸리고 있던 로시엘이 방긋 웃으며 말했다.

"먼저 누워 있어."

에니샤는 로시엘의 침대를 탐사했다. 그동안 로시엘은 깃펜으로 대충 휘갈기듯 작성한 후에, 서류를 탁 하고 덮어놓고선 곧장 침대로 왔다. 그가 베개를 꾹꾹 눌러보고 있던 에니샤를 보고서 낮게 웃었다.

"그거 갖고 싶어? 줄까?"

"그냥 눌러본 거예요."

황녀궁에도 베개가 많다고 답하자, 로시엘은 뭐가 그리 재밌는지 또 웃었다.

불을 끄고 나란히 얼굴을 마주 보며 누웠다. 에니샤의 등을 토닥여주던 로시엘이 나직하게 질문했다.

"……무슨 일 있어?"

에니샤는 천천히 고개를 저었다. 침실이 어두워서 아무것도 보이지 않는다는 게 참 다행스러웠다. 그렇지 않았다면 형편없이 불안해하는 제 얼굴이 고스란히 드러났으리라. 꼼지락거리는 에니샤를 로시엘은 한참 말없이 쳐다보았다.

"에니샤."

이불 속에 얼굴을 파묻은 에니샤는 웅얼거리는 목소리로 대답했다.

"……네."

"제국이 전쟁을 하는 것은 너 때문이 아니야. 건방지게 구는 스칸샤를 참지 못한 것이지."

정복과 지배는 황족의 본능이고, 그에 따라 행동하는 것뿐이라고 조곤조곤한 설명이 이어졌다. 단정한 손이 조심스럽게 이불을 헤치고 에니샤를 꺼냈다. 얼굴을 파묻고 있던 에니샤는 로시엘과 마주 보게 되었다. 어둠에 익숙해진 눈에 희미한 윤곽이 들어왔다.

"저기, 로시엘 오라버니."

로시엘은 가만히 눈을 깜빡이며 에니샤의 말을 기다렸다. 에니샤는 한참 입술을 달싹이다가 자그맣게 말했다.

"혹시 내가 없더라도……. 아빠랑 오라버니들은 행복했으면……."

더듬거리며 말을 이어나가는데, 픽 웃는 소리가 들려왔다. 그러더니 로시엘이 에니샤의 코끝을 손으로 살짝 꼬집었다가 놓았다.

"잘 들어, 에니샤."

에니샤는 입술을 꼭 말아 물고서 그를 바라보았다.

"너는 우리에게 너무 많은 것을 가르쳐줬어."

"……."

"히페리온은 영특해서 한 번 배운 것을 잊지 않아. 손에 들어온 것을 놓아주는 법도 없고."

분명 다정하다 못해 몰캉몰캉한 어조였다. 허나 깊숙한 곳에는 단단하고 날카로운 무언가가 숨겨져 있었다.

"사랑하는 내 동생이 무슨 생각을 하고 있는지 모르겠지만……."

로시엘이 잠시 말을 멈추고 숨을 들이마셨다. 그가 여태껏 단 한 번도 들어본 적 없는 목소리로 속삭였다.

"우릴 버리지 마."

그러면 지옥 끝까지 쫓아갈 것이라며, 로시엘이 짐짓 장난스러운 말을 덧붙였다. 하지만 그의 말끝은 가늘게 떨리고 있었다. 에니샤는 참지 못하고 따뜻한 품에 파고들었다. 로시엘은 말없이 에니샤를 안아주었다. 손에 잡히는 옷자락을 꽉 움켜쥔 채, 에니샤는 속삭였다.

"그러지 않을게요. 절대 그러지 않을게요……."

로시엘을, 그리고 에니샤를 위한 거짓말이었다.

❧❦❧

야속할 만큼 빠르게 흘러가는 시간 속에서, 겨울이 끝나고 봄이 찾아왔다. 얼어붙은 땅이 녹아내리고 새순이 고개를 내밀었다. 하지만 향긋해야 할 봄바람에는 피비린내가 섞여 있었다.

봄이 찾아오자마자, 히페리온과 스칸샤는 서로를 향해 약속된 전쟁을 선포했다. 에니샤도 아르커스와 함께 있는 힘껏 막바지 준비에 매달렸다. 전운으로 뒤덮인 제국은 긴장감에 짓눌리고 있었으나, 정작 당사자인 황족들은 태평하기 짝이 없었다.

"그거 알아, 에니샤?"

황녀궁에 놀러 온 헬라드가 함께 점심 식사를 하며 이야기했다.

"폐하랑 우리가 네 생일선물을 정했다고."

"생일선물이요?"

에니샤는 열여섯 번째 생일을 앞두고 있었다. 하지만 그간 온갖 종류의 선물을 다 받아왔던 에니샤였다. 더 이상 사줄 선물이 없을 텐데, 또 뭘 준다고 저러는지 모를 일이었다.

선물 안 줘도 되는데…….

그래도 궁금한 것은 어쩔 수 없었다. 에니샤는 호기심을 품고 헬라드에게 물어보았다.

"뭔데요?"

"아, 비밀이야."

절대 절대 말하지 않을 거라며, 그는 손으로 입을 틀어막는 시늉까지 해 보였다. 옛날에 너한테 말 잘못 흘렸다가 폐하랑 로시엘한테 구박받은 기억이 아직도 선명하다고 질색해댔다. 그래도 궁금하니 몰래 알려달라고 조르자, 헬라드는 씩 웃으며 말했다.

"뭐어……. 조만간 알게 될걸?"

그러곤 다른 쪽으로 말을 휙 돌려버렸다.

"오라버니 출정 얼마 안 남았는데, 손수건이나 줘."

에니샤는 입을 삐죽하면서도, 그의 말대로 손수건을 챙겨줘야겠다고 생각했다. 부루퉁한 에니샤를 보면서 키득거린 헬라드가 말했다.

"아마 네 생일까진 못 돌아오겠지만……. 늦더라도 선물은 꼭 챙겨줄게."

그리고 에니샤의 생일을 한 달여 남짓 앞두고, 히페리온의 출정이 결정되었다. 모든 것을 결정지을 전쟁이었다. 제국은 그 어느 때보다도 화려한 출정식을 준비했다.

출정식 당일. 에니샤는 최선을 다해 예쁘게 치장했다. 크림색 드레스를 입고 구불구불한 금빛 머리 타래를 늘어뜨린 모습은 천사처럼 아름다웠으나, 에니샤는 제 모습을 살필 여력이 없었다. 저를 데리러 온 로시엘과 함께 황궁 앞으로 향했다. 끝이 보이지 않는 제국군의 행렬이 늘어져 있었다. 행렬의 가장 앞에는 로드고와 헬라드가 당당히 자리했다. 금빛 갑주를 입은 그들은 참으로 눈부셨다. 광휘를 업은 듯한 모습에는 태양이라는 수식어가 결코 과언이 아니었다.

에니샤는 두 사람 앞으로 다가갔다.

"아빠, 헬라드 오라버니……."

에니샤가 조그맣게 부르자, 로드고와 헬라드는 손을 척 내밀었다. 그들의 손에 손수건을 얹어줬다. 손수건 귀퉁이에 삐뚤빼뚤하게 새긴 자수를 본 로드고가 눈썹을 치켜올렸다. 부족한 솜씨나마 바늘에 손가락 찔려가며 놓은 자수였다. 에니샤는 자꾸만 잠겨드는 목소리를 억지로 돋워서 말했다.

"둘 다……. 다치지 말구요……."

손수건을 품속에 단단히 챙겨 넣은 헬라드가 걱정 말라며 장난스럽게 웃어 보였다. 에니샤는 로드고와 헬라드에게 짤막한 포옹을 하고선 뒤로 물러났다. 로드고는 마지막으로 에니샤를 지긋하게 쳐다보았다가, 이내 군마 위에 올라탔다. 뒤이어 헬라드가 말에 올라타고, 옆에 있던 시종장이 나팔수에게 신호를 보냈다. 황제의 출정사를 알리는 나팔 소리가 짧게 세 번 울렸다.

사방이 고요해졌다. 구름처럼 많은 사람이 모여 있으나, 숨소리 하나 들리지 않았다. 로드고는 더없이 오만한 얼굴을 하고서 입을 열었다.

"제국군은 들으라."

묵직한 목소리가 힘을 싣고 사방으로 울려 퍼졌다. 그는 사납게 웃으며, 단 한마디를 내뱉었다.

"황녀의 열여섯 번째 생일선물은 스카샤다."

그것이 연설의 끝이었다. 로드고가 검을 뽑아 들었고, 제국군 또한 일제히 뒤따라 검을 뽑았다. 우레 같은 함성이 천지를 뒤흔들었다. 히페리온의 출정이었다.

⚜

히페리온 제국으로 승전보가 연이어 날아들었다. 처음에는 초원과 늪, 황야 같은 새로운 지형에 적응하지 못해 제국군이 고전했다. 그러나 과거 아칼라 연방국 정벌에서 그러하였듯, 황족들은 괴물 같은 적응력을 아낌없이 발휘했다. 겨우 한 달 만에 서부의 지형을

완벽하게 익혀냈고, 그때부터 무시무시한 속도로 승기를 잡아가기
시작했다.

하지만 스칸샤는 결코 만만한 상대가 아니었다. 서부 유목민들
의 잔혹함은 히페리온조차도 얼굴을 찌푸릴 정도였다. 그들은 항
복과 후퇴를 용납지 않았다. 전장에서 도망치는 병사는 그 자리에
서 목을 베었고, 항복하는 영지는 재탈환해 적군보다 더 잔인하게
짓밟았다. 주술사들을 전면에 내세워 악령과 시체로 대륙을 뒤덮
으니, 스칸샤를 돕던 나라들조차 그들의 잔인함을 두려워했다.

히페리온과 스칸샤가 팽팽하게 줄다리기를 벌이는 가운데, 양분
된 대륙의 타국들 또한 바쁘게 움직였다. 북부는 자드카르 공국을
중심으로 북부연합을 구성해 물자와 병력을 지원했다. 동부 엘하
르크 또한 상당량의 물자를 지원했으며, 대륙마법협회는 스칸샤를
돕는 척하며 부지런히 기밀을 빼돌려 히페리온에 보고했다. 그렇
게 대륙이 핏물로 젖어드는 동안, 에니샤 또한 최후의 결전을 준비
했다.

에니샤는 로시엘, 좌우법사와 함께 군사회의를 가졌다.

"제 생일날, 하크만이 전장을 비울 거예요."

잠시 정적이 흘렀다. 이 자리의 모든 사람이 하크만이 전장을 비
우는 이유를 알고 있었다. 에니샤는 침착하게 말을 이어갔다.

"그 틈을 타서 밀어붙이세요. 그날 스칸샤를 완전히 꺾어야만
해요."

로시엘은 한참 침묵하다가, 느릿하게 말했다.

"……폐하와 헬라드에게 전달하도록 하지."

그것을 끝으로, 로시엘은 자리에서 벌떡 일어나 나가버렸다.

에니샤는 작게 한숨 쉬었다. 불구덩이로 뛰어드는 동생을 말리고 싶은데, 그럴 수 없다. 뻔히 지켜봐야만 하는 상황이니 로시엘로서는 미쳐버릴 노릇이었다. 하지만 동생한테 화난 모습을 보이고 싶지 않아 자리를 피하는 걸 선택한 것이다. 무거운 마음을 품고서, 에니샤는 벨루안과 녹시타에게 지시를 내렸다.

"어린아이와 전투 능력 떨어지는 마법사들은 천공섬에 남고, 나머지는 최대한 히페리온 쪽으로 돌리도록 하고……."

지금 천공섬에는 보호받아야 할 비전투 인력만이 남아 있었다. 혹시 모를 위험을 대비해, 천공섬은 그간 아르커스에서 연구한 3단계 다중 방어마법을 적용하고, 환상마법을 걸어 숨겨놓기로 했다. 조금 과하다 싶을 정도로 섬을 꽁꽁 숨겨놓은 이유에는, 아바르티아가 그간 꾸준히 만들어온 제단의 정체를 끝내 밝혀내지 못해 불안한 탓도 있었다. 에니샤는 탁자 위에 펼쳐진 히페리온 지도를 바라보았다.

"제국령 내에서 인적이 드물고, 근처에 민가가 없는 벌판을 알아보는 중이야."

외곽지 주변을 눈으로 훑으며 말했다.

"그곳에서 결전을 치르겠어. 그날, 좌우법사와 원로마법사는 전원 나를 따르도록."

모든 준비를 마치고 기다리고 있으면, 아바르티아는 알아서 자신이 있는 곳을 찾아올 것이다. 아르커스에서 준비한 마법이 먹혀들지 모르겠지만, 일단은 최선을 다해볼 생각이었다.

에니샤는 주의사항을 단단히 일렀다. 원거리에서 마법을 전개할 것, 절대 아바르티아와 눈 마주치지 말 것, 흥분해서 가까이 다가가지 말 것. 에니샤가 최대한 막겠지만, 일정 거리 이상 다가가는 순간 영혼을 빼앗길 가능성이 높았다. 사실 에니샤 혼자 전투하는 것이 가장 옳은 선택지였다. 하지만 그러기엔 아직 턱없이 힘이 부족했다. 심장을 옥죄는 봉인의 흔적을 느끼며, 에니샤는 쓰게 웃었다.

그리고 생일을 사흘 앞둔 밤.

카힐이 찾아왔다. 공식적으로는 병가였다. 에니샤가 치를 결전은 대외적으로 알려지지 않았다. 차기 공왕이 전쟁에 참전하는 것도 아니고, 개인적으로 황녀를 돕는다 하면 문제 될 소지가 있으니 병가로 위장한 것이다.

카힐이 합류하면서, 전력은 크게 상승했다. 그렇다 해도 아바르티아를 꺾을 수 있다는 보장은 없었다. 하지만 그런 것을 떠나서, 에니샤는 카힐이 곁에 있다는 것만으로도 큰 위안을 받았다. 황족들 또한 그가 제 옆에 있어줄 것을 알기에 조금이나마 안심하고 전쟁을 치를 수 있었다.

"고마워, 카힐."

에니샤의 인사에 카힐은 알 수 없는 표정을 지었다. 그러더니 다소 무뚝뚝한 목소리로 답했다.

"제가 있어야 할 곳으로 돌아왔을 뿐입니다."

에니샤는 그의 말에 잠깐이나마 웃을 수 있었다. 그렇게 모든 준비가 끝났다.

열여섯 번째 생일날 아침은 여느 때와 다를 바 없었다. 제도의 따스한 봄바람이 꽃잎을 살랑살랑 흔들었고, 나른한 햇볕이 황궁을 가득 메웠다.

"……."

에니샤는 거울을 바라보며 옷매무새를 다듬었다. 카힐과 좌우법사가 밖에서 기다리고 있을 것이다. 로시엘도 배웅해주겠다고 기다릴 테니, 빨리 나가야 했다.

로브의 술 장식을 한번 쓸어내린 것을 마지막으로, 에니샤는 방을 나섰다. 내딛는 걸음을 따라, 금실로 삼족오 문양을 수놓은 로브가 황궁의 대리석 바닥 위를 가만히 쓸었다.

황녀궁 밖으로 나가니 이미 모든 사람이 저를 기다리고 있었다. 로시엘과 좌우법사, 레시나와 델 하르인 그리고 카힐까지. 에니샤는 가장 먼저 레시나와 델 하르인에게 인사했다.

"다녀올 테니까……. 부탁해."

두 사람에게는 로시엘의 호위를 부탁했다. 레시나가 빨개진 눈을 하고서 코를 훌쩍였다. 그녀는 에니샤의 옷자락을 괜히 잡아당겼다가 놓으며 울먹이는 목소리로 말했다.

"빨리 돌아오십시오."

옆에서 델 하르인도 차분하게 인사에 답했다.

"기다리고 있겠습니다, 황녀님."

두 사람을 도닥여준 후, 에니샤는 로시엘을 돌아보았다.

"……."

로시엘이 눈매를 가늘게 좁혔다. 화려한 아르커스의 로브는 에니샤에게 잘 어울렸지만, 히페리온 황궁과는 어울리지 않았다. 이질적인 모습이 그의 마음에 들지 않은 것이다. 못마땅한 기색을 여과 없이 드러내는 로시엘에게 에니샤는 작게 웃으며 인사했다.

"다녀올게요."

로시엘은 그대로 에니샤를 끌어당겨 품에 안았다.

"가지 마."

에니샤는 대답 대신 그를 마주 안았다. 로시엘은 에니샤를 끌어안은 채 카힐을 쳐다보았다. 아무 말 없이 바라보는 시선이었다. 그러나 대화가 없더라도, 시선의 뜻을 이해하기에는 충분했다. 카힐은 느릿하게 고개를 끄덕였다. 로시엘은 깊은 숨을 내뱉으며, 에니샤를 천천히 품에서 놓아주었다.

에니샤는 그를 올려다보며 물었다.

"다녀오면 같이 저녁 먹을까요?"

조금 늦어서 내일 아침이나 점심이 될 수도 있다며, 에니샤는 배시시 웃었다. 로시엘은 에니샤의 머리를 슥슥 쓰다듬으며 답했다.

"네가 온다면 언제든지. 기다리고 있을 테니……."

그가 이마에 짧게 입 맞추고서 속삭였다.

"그러니까 꼭 집으로 돌아오렴, 에니샤."

에니샤는 고개를 끄덕였다. 그리고 뒤로 물러났다. 벨루안과 녹시타가 각기 에니샤의 왼쪽과 오른쪽에, 카힐이 그 뒤에 자리했다.

"이동마법진을 시전하겠습니다."

벨루안의 말과 함께, 네 사람은 빛에 휘감겼다. 완전히 빛에 뒤덮일 때까지, 에니샤는 로시엘을 바라보았다. 로시엘은 아랫입술을 잘근잘근 깨물었다. 그러다 이내 참지 못하겠다는 듯, 무어라 외치며 손을 뻗었다. 하지만 에니샤는 빛에 휘감겨 사라졌고, 로시엘의 손은 허공을 갈랐을 뿐이었다.

"……."

눈앞에 너른 들판이 펼쳐졌다. 갑자기 가슴이 먹먹해졌다. 방금까지 보이던 황궁, 그리고 제게 손을 뻗던 로시엘의 모습이 자꾸 눈앞에 어른거렸다. 에니샤는 잠시 고개를 아래로 푹 숙였다가, 아무 일도 없었단 듯이 치켜들었다.

곧이어 들판 위로 색색의 빛이 번쩍였다. 에니샤의 등 뒤로 아르커스의 원로마법사들이 속속들이 나타났다. 100명의 원로마법사가 모두 자리하니, 그것만으로도 장관이었다. 에니샤는 짧게 숨을 들이마신 후, 그의 이름을 불렀다.

"……아바르티아."

허공에 검은 연기가 퍼져나갔다. 맑은 물 위에 떨어트린 검은 물감처럼, 빠르게 퍼져나간 연기 속에서 두 인영이 드러났다. 하크만과 이르가였다. 예복을 입은 그는 전쟁을 치르는 중이라기보단, 한창 연회를 즐기던 사람 같았다. 옆에서 기다란 황금낫을 들고 있는 이르가 또한 화려한 예복 차림이었다.

바람이 불었다. 벌판 위를 기다랗게 쓸어내는 바람에 풀들이 파도 소리를 냈다. 에니샤와 하크만은 서로를 마주 보았다. 금안 위로 붉은 물이 번졌다. 나른하던 눈동자에 광기가 깃들고, 붉게 달아올랐다. 새빨간 눈동자를 한 아바르티아가 눈웃음치며 말했다.

"생일 축하해, 에니샤."

에니샤는 대답하지 않았다. 길게 찢어진 눈매가 호선을 그리며 휘어졌다. 바람을 타고 달콤한 냄새가 건너왔다. 아바르티아는 다정하게 속삭였다.

"지금이라도 생각을 바꾸는 건 어때?"

"……."

"이번에도 안 되면 널 죽여서 시체라도 가질 거야. 죽은 사람으로 되살아나긴 싫지? 그러니까 순순히, 고분고분하게……."

제발, 응?

조르듯이 묻는 목소리가 어쩌나 살가운지, 모르는 이가 들으면 에니샤가 무정하다 생각할 정도였다.

에니샤는 잠시 눈을 감았다. 복잡한 생각이 자꾸만 머릿속을 어지럽혔다. 어깨 위에 얹힌 마음의 무게가 무거웠다. 그러나 지금은 단 한 가지만 생각해야 할 때였다. 모든 상념을 지워내고, 천천히 눈을 떴다. 들판을 쓸어내던 바람도 서서히 멎어들었다. 휘날리던 금색 머리카락이 느리게 가라앉았다. 금빛 속눈썹 사이에서 주홍색 눈동자가 차분하게 빛났다.

"아르커스."

어느 때보다 차분한 목소리로, 에니샤는 명령했다.

"마법을 전개하라."

헬라드는 입술을 핥아냈다. 살을 베어내고 뼈를 자르는 감각에 피가 끓어올랐다. 살육을 쫓는 본능이 더운 혈류가 되어 몸을 홧홧하게 달궜다. 주홍색 눈동자 위로 안광이 번들거렸다. 제 모습이 살인귀 같을 줄 알고 있으나, 굳이 감출 필요는 없었다. 모든 것을 고스란히 드러냈다. 이곳엔 그가 본성을 숨겨야 할 어떤 이유도 존재하지 않았다. 사랑하는 동생은 제국에 있을 터이니.

핏물 젖은 초원 위에서 말을 내달리며 마음껏 검을 휘둘렀다. 베어내는 검로를 따라 스러지는 목숨은 끝이 없었다. 용맹한 스칸샤의 기마부대라 할지라도 악귀처럼 날뛰는 히페리온 황족을 당해내지 못했다. 헬라드가 정신을 차렸을 땐, 이미 스칸샤는 퇴각한 후였다.

"……쯧."

짧게 혀를 차며 검에서 핏물을 털어냈다. 뒤쫓았다간 고립될 수도 있었다. 이쯤 하고 한 차례 정비에 나설 때였다. 군마를 달래며 호흡을 고르고 있자, 옆으로 누군가 말을 몰아 다가왔다.

"망아지처럼 날뛰는군."

비아냥거리는 말에 헬라드는 비죽 웃으며 맞받아쳤다.

"그러시는 폐하도 만만찮은 모습이십니다."

로드고가 눈썹을 치켜올리며 머리카락을 쓸어 넘겼다. 장갑과 건틀릿을 타고 핏물이 뚝뚝 흘러내렸다. 피를 머금은 갑주는 본래의 색을 잃어버린 지 오래였다. 어땠는지 굳이 물어볼 필요도 없었다. 헬라드가 죽인 그 이상으로 적군을 썰어냈을 사람이었다.

두 황족은 잠시 말없이 지평선 너머를 내다보았다. 저 멀리 허겁 지겁 퇴각하는 스칸샤의 기마부대가 보였다. 헬라드는 눈매를 살짝 좁히고서 말했다.

"확실히 오늘따라 세력이 약한 느낌입니다. 하크만의 부재가 확실합니다."

조언에 따라, 에니샤의 열여섯 번째 생일인 오늘 히페리온은 총공을 펼치고 있었다. 그간 비정상적일 정도로 사납게 날뛰던 스칸샤이나, 오늘은 달랐다. 전체적으로 사기가 저조했으며 주술사들의 움직임도 느렸다. 악령과 시체가 날뛰는 일도 없었다. 마치 무언가를 숨죽여 기다리는 듯한 모양새였다. 왕이 떠난 진영을 허무는 일은 히페리온에겐 더없이 손쉬운 일이었다. 크게 승리를 거두고 있으면서도, 로드고는 미간을 찌푸렸다. 스칸샤의 왕이 어디로 향했는지를 알기 때문이었다.

"기어코 가버린 건가……."

로드고의 중얼거림에 헬라드는 시선을 아래로 내리깔았다. 결국, 에니샤는 자신이 해야 할 의무를 위해 떠났다. 그것은 황족들이 가장 원치 않았던 일이었다. 헬라드는 로시엘이 보냈던 서신을 떠올렸다. 도저히 막을 수가 없다고 괴로워하던 심정이 고스란히 담겨 있었다. 저도 모르게 검을 든 손을 꽉 움켜쥐었다.

"……."

여태껏 아빠나 오라버니들 속 썩이는 일 한 번 없었던 착한 아이다. 그러니 이번에도, 걱정했던 것이 무색하게 돌아오리라고 생각하고 있지만…… 자꾸만 불안함이 몸을 엄습했다. 날카로운 직감은 저를 비웃고 있었다.

"……잘해낼 것이라 믿습니다."

불안감을 쫓아내려고 중얼거린 말에, 로드고가 미간을 좁혔다.

"잘해낼 것은 나도 의심치 않아."

로드고는 천천히 말을 이어갔다.

"내가 걱정하는 건, 그 아이가 쓸데없는 짓을 할까 봐…… 저보다 다른 이를 소중하게 여길까 그러는 것이지."

"만일 그런 일이 일어난다면."

헬라드가 섬뜩하게 가라앉은 얼굴로 입을 열었다.

"에니샤의 목숨으로 살아남은 자들은 전부 죽이겠습니다. 아르커스든, 뭐든 가리지 않고."

그리고 짓씹어 내뱉듯이 말을 끝냈다.

"……그것이 설혹 히페리온일지라도."

로드고는 헬라드를 만류하지 않았다. 다만 그를 물끄러미 바라보다가, 느릿하게 답할 뿐이었다.

"나쁘지 않은 생각이로군."

꽃무늬

금빛 날개가 펼쳐졌다. 에니샤가 펼치는 날개를 따라, 뒤이어 벨루안과 녹시타도 각기 보라색과 녹색의 날개를 펼쳤다. 100명의 원로마법사 또한 날개를 펼쳤다. 가장 선두부터 후미까지, 파도치

듯 연이어 펼쳐지는 날개가 벌판을 환하게 밝혔다.

에니샤는 오른손을 위로 내뻗었다. 치솟는 금빛을 신호로 하여, 색색의 빛이 뒤따라 솟아올랐다. 갖가지 빛깔의 마력이 선을 그리며 서로 뒤엉켰다. 거대한 마법진이 푸른 하늘 위에 새겨졌다. 빛을 발하는 순간, 아름다운 모양새의 새장이 모습을 드러냈다.

과거 사냥대회 때 에니샤가 갇혔던 새장이었다. 연구를 거듭하여 새장은 그때보다 훨씬 정교하고 강력한 마법으로 거듭났다. 허나 아바르티아에게 통할지는 미지수였다. 에니샤는 어금니를 꽉 맞물며 손가락을 움직였다. 강한 돌풍이 일어나며 로브 자락이 요동쳤다. 아바르티아의 몸이 새장 안으로 빨려 들어갔고, 구석에 처박혔다. 새장의 문이 굳게 닫혔다. 힘을 빨아들이는 새장에 갇힌 탓에 그의 몸에서 검은 연기가 끊임없이 피어올랐다. 아바르티아는 작게 웃음을 터뜨렸다.

"이런 것도 준비했어? 귀여워라."

새빨간 눈동자가 번뜩였다. 검은 연기가 확 피어오르더니, 새장을 가득 메웠다. 한 치 앞조차 보이지 않도록 자욱한 검은 연기에 에니샤는 다급히 소리쳤다.

"다들 뒤로 물러나!!"

마법사들이 흩어지는 순간, 새장이 쾅 소리와 함께 마력 파편으로 부스러졌다. 악령의 힘을 감당해내지 못한 것이다. 연기를 헤치며 나타난 아바르티아가 싱긋 웃으며 물었다.

"다음은 뭐야?"

"……."

안 될 것이라 생각했지만, 이렇게 허무하게 부서지는 꼴을 보고 있으니 속이 뒤집히는 것은 어쩔 수 없었다. 그래도 새장이 조금이나마 악령의 힘을 빼놓았다. 그것이면 역할을 충분히 다한 것이다. 넋 빼고 있을 시간이 없었다. 곧장 다음 안으로 넘어가야 했다.

에니샤는 날개를 크게 펄럭여 하늘로 날아올랐다. 금강석으로 만든 육각주를 품에서 꺼냈다. 마력을 주입하자 파삭 소리와 함께 부서진 육각주에서 거대한 마력이 밀려들었다. 벨루안과 녹시타에게 부탁해 만든 마력증폭구였다. 뒤이어 에니샤를 향해 빛의 줄기가 쏟아졌다. 원로마법사와 좌우법사가 쏟아내는 마력이었다. 밀려드는 마력에 에니샤는 잠시 눈을 감았다가, 이내 날개를 크게 떨쳤다. 허물을 벗어내듯, 금빛의 날개가 무지갯빛으로 새로이 태어났다.

색색의 빛이 일렁이는 날개를 펼친 채 가쁜 숨을 몰아쉬었다. 밀어닥치는 마력의 양이 상당해 육체에 무리가 가고 있었다. 손발에 저릿저릿한 감각이 돌았다. 에니샤는 잠시 아래를 내려다보았다. 저를 올려다보는 마법사들이 보였다. 그리고 몸부림치는 카힐을 어떻게든 붙잡아두고 있는 벨루안과 녹시타도. 카힐이 끼어들지 못하도록 막아서라고, 좌우법사에게 미리 일러두길 잘한 것 같았다. 여기서부턴 오로지 에니샤의 몫이었다. 도와주려 하다가 영혼을 빼앗길지도 몰랐다.

에니샤는 앞을 바라보았다. 아바르티아가 저를 바라보며 미소 지었다. 그가 가만히 속삭였다.

"그래도 안 돼, 에니샤."

에니샤는 대답 대신 마법을 전개했다. 허공에 그려나가는 손짓을 따라 아홉 개의 마법진이 동시에 둥근 원을 그리며 떠올랐다. 마법진에서 쏟아지는 마력 줄기가 아바르티아를 향해 쏟아졌다. 에니샤는 날개를 움직여 빠르게 앞으로 쏘아나가며, 다시 새로운 마법 하나를 전개했다. 아바르티아가 아홉 개의 마법을 막아내는 순간, 그의 뒤쪽에서 공격마법을 날렸다. 아슬아슬하게 피해냈지만, 아바르티아는 옷깃이 크게 베였다. 에니샤는 눈을 찌푸렸다.

느낌 탓인지 모르겠으나…….

악령은 예전보다 더 강해진 것 같았다. 저를 옭아매려 달려드는 검은 연기를 방어마법으로 쳐내고, 아바르티아에게 가까이 붙어 공격마법을 쏟아부었다. 번쩍이는 빛이 검은 연기와 몇 번이고 맞부딪혔다. 눈으로 쫓기 어려운 속도로 공격과 방어가 연이었다. 하지만 마법을 전개하면 할수록, 에니샤는 부족함을 느꼈다. 아바르티아와 가까이 달라붙었을 때였다.

"네 생일선물을 준비했는데……. 궁금하지 않아?"

그가 샐쭉 웃으며 말했다.

"네가 아홉 살일 때부터 준비해온 거야. 성년에 맞춰서 주려던 선물이었는데, 생각보다 조금 일찍 주게 되었지만."

악령의 속삭임이 선뜩했다. 걷잡을 수 없는 불안감이 밀려왔다. 에니샤는 마른침을 삼켰다. 아바르티아가 강하게 힘을 내뻗었다. 검은 연기가 에니샤를 크게 밀어냈다. 방어마법을 시전하는 동시에 멀찍이 떨어진 에니샤를 바라보며, 그가 입을 열었다.

"3,000명의 갓 성년을 맞이한 여자와 사내, 3,000명의 순결한 소녀와 소년, 3,000명의 때 묻지 않은 아기."

노래하듯 흥얼거리는 목소리를 따라 검은 연기가 땅 위에서 뭉쳐 들었다.

에니샤는 바닥을 내려다보았다. 검은 연기는 제단을 만들어내고 있었다.

"그들의 심장을 제물로 바치니."

황금낫을 든 이르가가 제단을 바라보며 황홀한 표정을 지었다.

에니샤는 다급하게 제단을 향해 날아갔다. 그러나 검은 연기가 줄기줄기 뻗어나와 에니샤를 막아섰다.

"채우지 못한 시간은 마지막 산 제물로 메우리라."

이르가는 하늘 높이 낫을 치켜올렸다가, 망설임 없이 제 심장을 내리찍었다. 심장을 꿰뚫은 낫에서 피가 치솟았다. 스스로를 제물로 바쳐 제단을 완성한 것이다. 뒤늦게 이르가의 옆에 다다르자, 그는 달뜬 눈을 하고서 에니샤에게 속삭였다.

"제 몸과 마음을 다한 생일선물이에요……."

제물이 된 육체와 영혼은 연기로 바스러졌다. 기이한 파동이 공기를 울렸다. 소름끼치는 울림에 등골이 섬찟했다.

몸서리치던 그때였다. 머리 위로 그림자가 어둑하게 드리웠다. 하늘을 올려다본 에니샤는 머릿속이 하얘졌다.

"……!!"

구름을 헤집고, 천공섬이 모습을 드러내고 있었다. 분명 가장 안전한 곳에 갖가지 마법을 걸어 숨겨놓았던 천공섬이……. 하얗게 물든 머리에 한 가지 생각이 차올랐다.

막아야 해.

본능과도 같이 날개를 펼쳤다. 하지만 마법을 쓸 수 없었다. 아바르티아가 싸늘한 표정으로 말했다.

"이제 장난은 끝났어."

바닥에서 솟아난 검은 줄기가 날개를 관통했고, 몸을 옭아맸다. 가득하던 마력이 순식간에 닳아 없어져 텅 비어버렸다. 핀에 꽂힌 나비처럼 허공에 박제된 에니샤는 다급하게 뒤를 돌아보았다. 마법사들 또한 똑같이 줄기에 날개가 꿰뚫리고 몸이 묶였다. 모두 사로잡힌 채로, 눈앞에서 펼쳐지는 참극을 꼼짝없이 지켜보아야 했다.

이르가의 피로 젖은 제단에서 검은 줄기가 끝없이 뻗어 나왔다. 천공섬의 방어마법진이 가동되었으나 얼마 버텨내지 못했다. 결국 검은 줄기는 천공섬에 온통 얼기설기 달라붙었고, 우드득 소리와 함께 섬을 파고들기 시작했다. 줄기가 닿은 부분에서 타들어가는 듯한 연기가 피어올랐다.

섬에서 비명이 들려왔다. 마치 마지막 단말마의 비명과 같은 소리였다. 그것을 끝으로 일순간 강한 빛이 사방을 뒤덮었고, 천지를 뒤흔드는 굉음이 고막을 찢어발겼다. 이명이 돌며 시야가 아득해졌다. 일순간 멎었던 감각이 제자리로 돌아왔을 때, 에니샤는 자신이 비명을 지르고 있음을 뒤늦게 깨달았다. 눈물을 터뜨리며 절규했다.

"안 돼……!"

하지만 아무것도 막을 수 없었다. 에니샤의 눈앞에서, 천공섬은 산산조각으로 부서졌다. 천공섬의 파편과 함께, 섬에 남아 있던 마법사들이 땅으로 추락했다. 그들은 다급하게 날개를 펼쳐 들었다.

그러나 치솟은 검은 줄기가 날개를 꿰뚫었다. 날개는 부서졌고, 마력을 잃은 마법사들은 꼼짝없이 흙바닥으로 떨어졌다. 곳곳에서 부서지는 날개의 파편은 빛의 가루가 되어 흩어졌다. 사방이 빛으로 반짝였다. 마치 반딧불이 가득한 듯해서, 일견 아름다워 보이기까지 하는 광경이었다.

에니샤는 필사적으로 몸부림쳤다. 살리고 싶었다.

제발 한 명이라도, 단 한 명이라도…….

하지만 지켜보는 것 말고는 할 수 있는 일이 없었다. 극도로 치닫는 감정에 숨이 제대로 쉬어지질 않았다. 호흡조차 하지 못하고 헐떡이는 에니샤의 앞에 퍽 소리와 함께 무언가 추락했다. 에니샤는 버쩍 굳은 채로 그것을 바라보았다. 피로 뒤덮인 마법사가 몸을 꿈틀거렸다. 차라리 즉사가 더 나았으리라. 죽지 못하고 끔찍한 고통에 시달리고 있으나, 그녀는 비명을 지르지 않았다. 대신 에니샤를 올려다보며 마지막 힘을 다해 속삭였다.

"괜찮아요…….."

괜찮아요, 대법사. 당신 잘못이 아니에요.

그녀는 그렇게 속삭이고 숨을 거뒀다.

"……."

죽음을 지켜본 에니샤는 천천히 고개를 들어올렸다. 평원에는 시체가 가득했다. 셀 수도 없이 많은 시체는 전부 아르커스의 마법사들이었다.

뒤를 돌아보았다. 벨루안과 녹시타도, 원로마법사들도, 카힐도……. 전부 망연한 표정으로 눈앞의 비참한 광경을 바라볼 뿐이었다. 그들의 날개는 전부 부서져 있었다. 아바르티아에게 모든 마력을 빼앗긴 것이다. 한없이 무력하기 짝이 없었다. 몸을 옭아매던 검은 줄기들이 스르륵 사라졌다. 하지만 에니샤는 날 수 없었다. 등뒤의 날개가 천천히 부스러지고, 마력파편이 되어 흩어졌다. 바닥에 무릎을 꿇고 털썩 주저앉았다. 눈물이 쉴 새 없이 뺨을 타고 흘러내려 툭툭 떨어졌다.

아바르티아가 다가왔다. 그는 무릎을 굽히고 앉아선 가엾다는 듯 에니샤를 바라보았다. 텅 빈 동공을 들여다보며 마음 아프다는 얼굴을 하더니, 손으로 에니샤의 눈 위를 덮었다.

"아직 보여줄 것이 남아 있어."

아바르티아의 손을 타고 시야가 흘러 들어왔다.

"……!"

에니샤는 흠칫 몸을 떨었다. 히페리온 제국기가 보였다. 로드고와 헬라드는 스칸샤의 기마부대를 쓸어내고 있었다. 검은 연기가 두 사람의 발밑으로 짙게 드리워졌다. 눈앞의 풍경이 다시 뒤바뀌었다. 이번에는 히페리온 황궁이었다. 회의장에서 귀족들과 대화를 나누고 있는 로시엘이 보였다. 그의 발치에도 스멀스멀 검은 연기가 기어오르고 있었다. 에니샤는 다급하게 외쳤다.

"아빠, 오라버니……!"

그러나 그들의 모습은 이내 사라졌다.

아바르티아가 덮고 있던 손을 떼어냈을 때, 에니샤는 아무 말도할 수 없었다. 그러지 말라는 애원조차 할 수 없어서 가슴을 쥐어뜯었다. 하염없이 눈물 흘리는 에니샤에게 그가 안타까움 가득한 목소리로 말했다.

"이를 어쩌해. 가족조차 지키지 못했네."

그러나 목소리와 달리, 눈빛은 참을 수 없는 희열로 끓어올랐다. 새빨간 눈동자가 뱀의 혓바닥처럼 날름거렸다. 아바르티아가 눈가를 어루만지며 다정하게 속삭였다.

"그래도 걱정하지 마. 내가 다 되돌려줄게."

네 영혼만 내게 준다면.

간악한 속삭임과 함께, 에니샤의 눈앞이 까맣게 물들었다.

❦❦❦

— 대법사.

얼굴을 간질이는 숨결과 나른한 목소리가 들려왔다.

— 일어나요, 대법사…….

에니샤는 부스스 눈을 떴다. 진녹색 눈동자가 코앞에 있었다. 에니샤는 헉 하고 숨을 삼키며 자리에서 일어났다. 그런 에니샤를 보며 녹시타가 작게 웃었다.

— 늦잠 잤어요……. 벨루안 기다리고 있는데.

에니샤는 허둥지둥 자리에서 일어나 로브를 챙겼다. 녹시타가 옆에서 콧노래를 부르며 옷 입는 것을 도와줬다. 로브를 입다 말고, 에니샤는 멈칫했다. 녹시타가 눈을 깜빡이며 질문했다.

— 왜 그래요?

— 아, 그러니까…….

고개를 갸웃 기울여보았지만, 아무것도 생각나지 않았다. 뭔가 중요한 것을 하고 있었던 듯한데……. 의아해하는 에니샤에게 마저 로브를 입히며, 녹시타가 손을 잡아끌었다.

문을 열고 나가니 벨루안이 서 있었다. 그가 습관처럼 에니샤의 머리카락을 만지작거리며 말했다.

— 오늘 히페리온으로 돌아가는 날이지 않습니까.

그런데 이리 늦게 일어나시다니, 내일 가는 것도 괜찮겠다며 은근슬쩍 설득해왔다.

— 미안, 벨루안.

로드고와 쌍둥이가 저를 애타게 기다리고 있을 터였다. 다 같이 모여서 저녁을 먹기로 철석같이 약속했는데 그럴 순 없었다. 에니샤의 답에 벨루안이 어쩔 수 없다는 듯 웃더니 말했다.

— 그럼 인사라도 하고 가주십시오. 다들 대법사 돌아간다고 슬퍼하는 중입니다.

— 그럴까.

벨루안과 녹시타와 함께 광장으로 나갔다. 빛나는 세 개의 황금 기둥 아래 놓인 제단에서 금빛 성화가 타오르고 있었다. 계단 밑에는 에니샤를 배웅하려고 마법사들이 옹기종기 모여 있었다. 저들끼리 와글거리던 마법사들은 에니샤를 보자마자 후다닥 달려왔다.

— 대법사님!

— 대법사아아!

와르르 달라붙는 그들 사이에서 에니샤는 웃음을 터뜨렸다.

— 히페리온으로 돌아가시는 겁니까?

― 언제 또 와요?

― 가지 마요오…….

저마다 한마디씩 물어보니 금세 시끄러워졌다. 에니샤는 한 명씩 차근차근하게 답을 해줬다. 갓난아기를 품에 안은 마법사가 다가와 말했다.

― 대법사, 지난달 새로 태어난 아이인데……. 마력이 금색입니다.

물론 대법사처럼 선명하고 아름다운 금색은 아니지만, 똑같은 색이라는 것만으로도 영광스럽다며 수줍게 웃었다. 에니샤는 아기의 이마에 가볍게 입을 맞추며 축하해줬다.

― 훌륭한 마법사가 되었으면 좋겠네.

아기가 까르르 웃으며 에니샤에게 손을 뻗었다. 작은 손으로 저를 어루만지는 아기에게 에니샤는 생긋 웃으며 말했다.

― 차기 대법사는 네가 하도록 할까?

그러자 주변에서 왁자한 웃음이 터졌다. 대법사가 죽을 때까진 어림도 없다며, 종신제라고 다들 농담과 진담을 섞어가며 조잘거렸다. 정말 무슨 말을 못 하겠다며 에니샤가 고개를 내저을 때였다. 갑자기 세상이 온통 뒤바뀌었다. 환한 햇살과 웃음은 사라지고, 어둠과 절규가 자리했다. 땅이 갈라지고 초목이 불타올랐다. 천공섬은 수백, 수천의 조각으로 부스러져 내렸다. 모든 것이 잿더미로 변했다. 지옥의 악귀가 된 마법사들이 울면서 비명을 질렀다.

― 살려주세요!

― 죽고 싶지 않아요. 살려주세요……!

— 대법사, 대법사……!

그들은 에니샤를 향해 아우성쳤다. 괴로워하는 마법사들을 어떻게든 하나라도 구해보려, 있는 힘껏 손을 뻗었다. 그러나 허망한 손끝은 닿을 듯 말 듯 스칠 뿐이었다. 마법사들은 에니샤를 향해 애원했다.

— 우리를 구할 방법은 하나뿐이에요.

— 영혼을 주세요.

— 당신의 순결하고 고귀한 영혼을 주세요.

— 아르커스를 위해서.

— 그리고 히페리온을 위해서.

히페리온이라는 말에 에니샤는 눈을 크게 떴다. 눈앞에 황궁이 보였다. 엉망으로 무너지고 짓밟힌, 폐허가 된 황궁이었다. 스칸샤의 깃발이 곳곳에 꽂히고, 야만족이 남자들의 목을 자르고 여자들을 강간했다. 부모 잃은 어린아이가 피에 젖은 흙 위에서 어찌할 바를 모르고 엉엉 울었다. 통곡과 비탄에 잠긴 제국이 사라지고, 다시 마법사들이 나타났다. 하늘에서 땅으로 추락한 그들은 기괴하게 뒤틀린 몸을 하고서 입을 모아 외쳤다.

— 대법사의 책임과 의무를…….

겹겹이 쌓인 목소리가 귓가에 메아리쳤다. 에니샤는 두 손으로 얼굴을 덮었다. 슬픔에 젖어 든 가슴이 금방이라도 찢어질 것만 같았다. 눈물이 흥건하게 손바닥을 적셨다.

너희들에게 내가 무엇이든 못 해줄까.

내 모든 것을 다하여서 지키고 싶었던 아르커스이고 히페리온이 있는데. 영혼 따위, 얼마든지 내어줄 테니 모두 되돌아 와달라고 애원하고 싶었다. 그러나 에니샤는 느릿하게 입술을 열었다.

"아니야."

뚜렷하고 선명한 목소리가 환상을 꿰뚫었다. 눈앞의 마법사들이 울부짖고, 풍경은 뒤섞이는 물감처럼 일그러졌다.

"내 책임과 의무는 이게 아니야."

잠시나마 행복했던 달콤한 꿈이었다. 사라지는 환상을 바라보며 에니샤는 중얼거렸다.

"사과는 모든 것이 끝나고 나면, 제대로 할 테니까……."

그리고 슬프게 웃으며 말했다.

"지금은 나를 보내줘."

천천히 시야가 되돌아왔다. 모든 것은 환상이었다. 받아들였다면 영원히 깨어나지 못했을 환상.

"……."

에니샤는 가만히 앞을 바라보았다. 죽은 마법사들의 시체는 여전히 평원에 가득했고, 히페리온 황족들의 생사는 알 길이 없었다. 그러나 에니샤는 흔들리지 않았다. 굳은 마음은 결국 이번에도 악령의 간계를 넘어섰다. 하지만 슬픔과 괴로움까지 넘어선 것은 아니었다. 에니샤는 모든 감정을 끌어안고, 마지막 결단을 내렸다. 저를 바라보던 아바르티아의 얼굴 위로 뚜렷한 동요가 새겨졌다. 그도 깨달은 것이다. 지금 이 순간, 그 어떤 간교한 말로도 에니샤를 설득할 수 없음을.

"에니샤."

그가 제 이름을 부르는 찰나가 참으로 길게 느껴졌다. 에니샤는 망설임 없이 마력봉인을 뜯어냈다.

"……!"

몸이 크게 들썩였다. 열여섯 해를 품고 있었던 봉인이 뜯겨나가는 것은 허무할 만큼 간단했다. 그러나 뒤이어 쏟아지는 마력의 감각은 결코 간단하지 않았다. 거대한 마력이 해일처럼 에니샤를 뒤덮었다. 미성숙한 육체가 마력을 감당하지 못하고 빠르게 무너졌다. 폭주한 마력은 전신을 들쑤시며 날뛰었다. 그러나 고통은 느껴지지 않았다. 아니, 느낄 수 없었다. 에니샤는 입가로 흘러내리는 피를 무표정하게 닦아내며 마력을 끌어올렸다.

황금의 날개가 펼쳐졌다. 죽음을 각오하고, 마지막 생명을 다하여 펼치는 아르커스의 날개였다. 금빛 날개는 온 하늘을 뒤덮을 듯 커다랗고, 눈부시게 아름다웠다. 에니샤는 아바르티아를 똑바로 쳐다보며 입을 열었다.

"에니샤 로드고 히페리온."

그리고 손을 내뻗어 금빛 마법진을 그려나갔다.

"아르커스와 히페리온의 이름을 걸고 맹세하나니."

허공에 거침없이 그어지는 선과 함께 피맺힌 목소리가 이어졌다.

"오늘 이 자리에서 일곱 대죄의 군주를 멸하리라."

아바르티아가 간절히 속삭였다.

"에니샤, 이러지 마……."

달콤한 냄새가 한층 강해졌다. 새빨간 눈동자가 사력을 다하여 에니샤를 꾀어냈다. 내가 모든 것을 되돌려주겠다고, 너를 행복하게 만들어주겠다고. 하지만 에니샤는 멈추지도, 망설이지도 않았다.

"이는 내가……."

잠시 말을 멈추고 어금니를 맞물었다. 솟아오르는 눈물을 삼키고, 속으로 뜨겁게 파고드는 울음을 삭였다. 주홍색 눈을 선명하게 치켜뜨며, 에니샤는 마지막 말을 끝맺었다.

"대법사로서 짊어진 책임과 의무다."

금빛이 온 사방에 휘몰아쳤다. 아직 미성숙한 몸이 마력을 채 담아내지 못해 새어나가는 것이었다. 몰아치는 금빛 폭풍 속에서 에니샤는 마법을 전개해 나갔다. 마법진에서 거대한 마력기둥이 솟아올랐다. 하늘을 꿰뚫으며 치솟았다가, 수천 개의 별이 되어 쏟아졌다.

아바르티아가 검은 장막을 불러내어 유성우를 막았다. 장막은 떨어지는 별을 부드럽게 흡수했다. 검은 연기가 에니샤를 붙잡기 위해 달려들었다.

에니샤는 검지를 곧게 내뻗었다. 손가락 끝에서 금빛 둥근 마법진이 커다랗게 생겨났다. 수십 갈래의 연기가 콰드득 소리를 내며 마법진 안으로 빨려 들어갔다. 재차 다음 마법이 이어졌다. 아름다운 마력의 빛이 번쩍일 때마다 땅이 갈라지고 흔들렸다. 쏟아지는 마법을 받아내며, 아바르티아는 커다랗게 웃음을 터뜨렸다. 검은 연기가 몸집을 확 불리더니 온 사방을 뒤덮었다. 자욱한 연기에 태양이 가렸다. 빛을 잃은 땅은 어둠 속에 잠겨들었고, 연기가 쓸어낸 곳에는 모든 것이 스러졌다.

"……."

에니샤는 잠시 숨을 고르며 주위를 살폈다. 소름 끼치는 정적이었다. 살아 있는 생명은 전부 깊은 잠에 빠져들었다. 깨어 움직이는 것은 오직 에니샤와 아바르티아뿐이었다.

"너와 나를 위한 마지막이야, 에니샤."

아바르티아가 들뜬 목소리로 말했다.

"어느 누구의 방해도 받지 않고, 온전한 우리 둘만의 결전……."

에니샤는 입술을 깨물었다. 온통 검은 어둠만이 가득했다. 혼자라는 사실이 적나라하게 느껴졌다. 그러나 감상에 젖어 들 시간은 없었다. 강제로 뜯어낸 봉인에 마력이 폭주하고 있었다. 몸이 얼마나 버텨줄지 알 수 없었다. 육신이 완전히 망가지기 전에 아바르티아를 죽여야 했다. 사무치게 밀려드는 외로움을 뒤로하고, 다시 악령에게 달려들었다. 날아가는 에니샤를 따라 금빛 궤적이 그어졌다. 악령의 웃음이 고요 속에서 메아리쳤다.

"봉인까지 뜯어냈는데, 이를 어찌하지."

그가 상기된 얼굴로 에니샤를 바라보았다. 온통 너덜너덜해진 채, 필사적으로 발버둥치는 에니샤를 낱낱이 핥으며 속삭였다.

"귀엽고 안타까워서 웬만하면 져주고 싶지만……."

아바르티아가 한숨 쉬며 말했다.

"이쪽도 간절하거든."

"!!!"

에니샤는 눈을 크게 떴다. 지옥 같은 고통이 몸을 꿰뚫었다. 부들부들 떨면서 아래를 내려다보았다. 복부를 관통한 검은 연기가 흩어지고 있었다. 공격을 느끼지도 못했다. 악령은 예전보다 훨씬 강해졌고……. 에니샤는 형편없이 약해져 있었다. 아바르티아는 지금까지 에니샤를 가지고 논 것이었다. 닿을 수 없는 수준의 차이를 깨닫는 순간, 속에서 뜨거운 역류가 울컥 치솟았다. 날개가 흔들리고, 땅바닥을 나뒹굴었다. 격한 기침과 함께 몸을 웅크렸다. 엉망으로 토해낸 핏물에는 살점이 섞여 있었다. 내장이 망가지고 있는 탓이었다.

"흑, 흐윽……."

숨을 몰아쉬었지만 눈앞이 어지러웠다. 자꾸만 일그러지는 시야에 제대로 정신을 차릴 수가 없었다. 절망, 두려움, 공포, 고통이 마구 뒤섞여 에니샤를 거세게 흔들었다. 최상의 상태로도 사흘 밤낮을 싸워 겨우 봉인하는 데 그쳤던 상대였다. 그런 상대인데, 이런 몸을 하고서 이길 수 있을 리가 없었다. 처음부터 불가능하다는 것을 알면서도, 그랬으면서도…….

마음 깊숙한 곳에서 누군가 소리쳤다.

아파. 힘들어. 너무 고통스러워. 더는 못 하겠어.

"……."

에니샤는 이를 악물고서, 고개를 내저어 소리를 떨쳐냈다.

해야 돼. 해내야만 해.

통증을 견디는 손이 흙바닥을 괴롭게 긁어댔다. 덜덜 떨리는 입술에서 핏물이 흘러내렸다. 악령은 틈을 놓치지 않았다.

"포기해, 에니샤."

부드러운 목소리가 에니샤를 어루만졌다.

"지금이라도 포기한다고 말하면 내가 전부 원래대로 되돌려줄 테니까."

그가 간절하게 속삭였다.

"고집부리지 말고……. 응?"

에니샤는 대답 대신 마력을 끌어올렸다. 하지만 부질없는 저항이었다. 안간힘을 써서 끌어올린 마력은 금세 악령에 의해 흩어졌다. 날개가 부서지고, 에니샤의 몸은 끈 떨어진 인형처럼 다시금 바닥을 나뒹굴었다. 두 번째 추락은 첫 번째보다 훨씬 아프고 고통스러웠다. 일어나야 했다. 또다시 일어나서 날개를 펼치고 악령을 공격해야 했다. 그러나 손가락 하나 움직일 수 없었다. 마력이 제멋대로 속을 들쑤시고, 온몸이 바스러질 듯 비명 질렀다.

괴로워…….

새까만 절망이 에니샤를 뒤덮었다. 눈앞에 보이는 벽은 높고 거대했다. 아무리 두드리고 악을 써도 무너지지 않았다. 굳건한 벽은 절대 넘어설 수 없을 것만 같았다. 불가능이라는 말이 커다랗게 박혀 들었다. 무력함은 달콤한 유혹이 되어 에니샤를 자꾸만 가라앉혔다. 꼼짝하지 못하는 에니샤의 몸을 아바르티아가 안아 들었다. 소중하고 귀하게 끌어안고서, 그는 나직이 도닥였다.

"괜찮아. 이제 편하게 쉬어도 좋아. 너는 할 만큼 했잖아……."

자장가처럼 들려오는 목소리가 감미로웠다. 의식이 가물가물하게 잠겨 들어갔다. 아바르티아의 입술이 이마에 닿았다. 짧게 붙었다 떨어지는 소리가 적나라했다. 미동조차 없이 멍하니 바라보는 에니샤에게 아바르티아는 미소 지었다. 그가 머리카락을 쓸어주며 속삭였다.

"착하지, 에니샤……."

이렇게만 있으면 되는 거야. 아무것도 하지 말고, 그냥 이렇게. 부드럽고 상냥하게 죽여줄 테니까.

키스는 반쯤 감긴 눈꺼풀 위에, 콧등 위에, 그리고 입술로 이어져갔다. 다가오는 입술을 바라보면서도 피할 수가 없었다. 무력하게 늘어져 있던 때였다.

"에니샤 님!!!"

누군가 이름을 불러왔다.

✧◦❉◦✧

아름답게 펼쳐지는 날개를 보며, 카힐은 절망했다. 그것이 어떤 의미인지 알기 때문이다. 생명을 제물 삼아 타오르는 금빛에 아바르티아가 희열에 가득 찬 웃음을 터뜨렸다. 세계가 검게 물들어갔다. 검은 연기가 스친 곳에는 모든 생명들이 속절없이 잠들었다. 아르커스의 마법사들도 예외는 없었다. 허물처럼 스러지는 마법사들 속에서 좌법사와 우법사가 소리쳤다.

"카힐 자드카르……!"

악령에게 저항하려 안간힘을 쓰는 그들의 눈에서 피눈물이 흘러내렸다. 마치 절규하는 듯, 좌우법사가 말했다.

"당신은 정령의 계약자이니······. 어떻게든 버텨낼 수 있을······. 대법사를······."

뚝뚝 끊어지는 말끝은 결국 똑같은 속삭임이었다. 대법사를 부탁한다고, 제발 그녀를 살려달라고. 쓰러진 좌우법사와 밀려오는 검은 연기를 바라보며, 카힐은 망설임 없이 얼음송곳을 만들어냈다. 그리고 무표정하게 제 살갗을 꿰뚫었다. 얼어붙는 듯한 한기와 함께 몸을 뒤덮던 나른함이 달아났다. 정령의 힘을 담고 있으니, 조금이나마 악령을 밀어낼 수 있는 것이다. 하지만 이것으로는 부족했다. 검은 연기는 끝이 없었고, 다시 스멀스멀 온몸을 뒤덮어왔다. 끝없이 얼음송곳을 불러내 마구잡이로 몸을 내려찍었다. 고통 따윈 아랑곳하지 않았다. 자신은 죽을 수 없는 몸이었다. 살아서 에니샤 님의 곁으로만 갈 수 있다면······. 그것이면 충분했다.

얼음에 살이 갈라지고, 핏줄기가 흘러내리다가 얼어붙었다. 천천히 숨을 몰아쉬었다. 겨우 정신을 차렸을 땐, 날카로운 얼음이 온통 몸에 꽂힌 채였다. 고슴도치 같은 꼴이었으나 스스로를 돌아볼 새가 없었다. 휘청거리며 몸을 일으켰다.

"······!!"

고개를 든 순간, 하늘에서 추락하는 그녀가 보였다. 작은 몸이 피투성이가 되어서, 날개를 잃고 땅으로 떨어지고 있었다. 그녀를 받기 위해 달려 나가려 했으나, 검은 연기가 발목을 잡았다. 스르륵 무너지는 정신에 카힐은 낮게 욕설을 지껄이며 얼음송곳으로 허벅지를 꿰뚫었다. 등줄기를 타고 내달리는 고통과 한기에 다시 눈앞이 맑아졌다. 카힐은 손을 내저어 몸에 꽂혀 있던 얼음송곳들을 단박에 바스러뜨렸다. 그리고 자신이 있어야 할 곳을 향해 달려갔다.

"에니샤 님!!!"

어디서 그런 힘이 났는지 알 수 없었다. 카힐은 아바르티아를 밀쳐내고 에니샤를 품에 안았다. 순간적으로 힘을 끌어내며 악령에게서 멀찍이 떨어졌다. 붙잡으려 달려드는 검은 연기를 피하다가, 둘은 서로를 안은 채 나란히 바닥을 뒹굴었다. 에니샤는 몸을 추스르지도 못하고 소리쳤다.

"너……. 너, 어떻게……!"

깜짝 놀란 눈으로 바라보다가, 저를 밀쳐내며 소리쳤다.

"도망가!!"

영혼을 빼앗기고 싶은 거냐며 다그쳤다. 그러나 카힐은 물러나지 않았다. 떨리는 주홍색 눈동자를 바라보며, 카힐은 결심했다. 결국 처음부터 이렇게 될 운명이었다. 입술이 느릿하게 벌어지며 단단한 말을 내뱉었다.

"카힐 자드카르가 세 번째 맹세를 바치니."

에니샤는 눈을 크게 떴다.

"맹세의 주인은 에니샤 로드고 히페리온."

"카힐!!"

"세상이 종말을 맞이하는 순간까지 나의 영혼을 오롯이 그대에게."

"안 돼!!!"

에니샤는 맹세를 받아들이지 않고 거부했다. 카힐은 침착하게 속삭였다.

"받아주십시오."

세 번째 맹세를 바치면 제 모든 것은 에니샤에게 귀속된다. 아바르티아에게 영혼을 뺏기지 않을 수 있으니, 함께 싸울 수 있다. 하지만 에니샤는 불같이 화를 냈다.

"이건 영혼이 묶이는 맹세야. 너는 그 인과를 제대로 알지 못하니까, 이리도 쉽게 말하는 거라고!"

분노하는 에니샤에게 카힐이 마주 소리쳤다.

"알고 싶지 않습니다!!"

그녀에게 언성을 높인 것은 처음이었다. 놀란 에니샤의 앞에서, 카힐은 짓눌린 목소리로 말했다.

"제게 중요한 것은 당신뿐입니다."

손가락으로 피에 젖은 얼굴을 닦아냈다.

"당신에게 첫 번째 맹세를 바쳤을 때부터, 저는 잿더미만 남으리라 각오했습니다."

저를 바라보는 그녀의 눈 위로 과거의 어느 순간이 겹쳐 보였다.

"이미 타오르는 불 속에 내던졌으니, 아무것도 남지 않았습니다. 그러니······."

카힐은 울음을 토해내듯 말했다.

"그러니 제가 끝까지 당신 곁에 남을 수 있도록······."

혼자서 모든 것을 짊어지려 하지 마시라고, 저에게 당신의 책임을 나눠달라고. 간절하고 절박하게 애원했다. 에니샤는 아무 말도 하지 못하다가, 아랫입술을 꼭 깨물었다. 주홍색 눈동자 위로 물기가 어리더니, 눈물이 흘러내렸다. 카힐은 한없이 약해진 채로 속삭일 수밖에 없었다.

"울지 마십시오……."

제가 잘못했습니다.

용서를 구하는 말에 작은 손이 카힐의 옷자락을 붙잡았다. 눈물 젖은 눈으로 저를 바라보며, 에니샤는 희미하게 고개를 끄덕였다. 심장이 세차게 뛰었다. 시선을 마주한 채, 카힐은 천천히 맹세를 마무리했다.

"이는 온전한 세 가지 맹세이니, 신조차도 꺾지 못하리라."

당신 혼자 내버려두지 않겠습니다. 제 육신이 부서지고 영혼이 소멸되어도, 당신만큼은 살리겠습니다.

"그 무엇에도 결코 변치 않을……."

그래서 환히 웃으실 수 있도록, 집으로 돌아가실 수 있도록. 반드시 그리 만들겠습니다.

"영원 불멸의 약속이리라."

새하얗게 번져나가는 빛과 함께, 카힐은 스스로에게 영속의 족쇄를 채웠다.

❧❦❧

에니샤는 눈을 감았다. 봉인이 뜯겨 나간 심장 위에 마지막 맹세가 채워졌다. 온전한 세 가지 맹세가 이뤄짐과 동시에, 끝없는 감각들이 쏟아졌다. 카힐의 모든 것이 느껴졌다. 마음과 마음이 연결되는 순간은 이루 말할 수 없이 기묘했다.

너는 나를 이렇게 생각하고 있었구나.

따뜻한 무언가가 온몸을 채웠다. 그가 자신을 생각하는 감정의 온기가 참으로 보드라웠다. 육체의 괴로움을 잠시 잊을 정도로 다정한 감정이었다. 느릿하게 감각을 받아들이며, 카힐의 마음 가장 깊은 곳에 다다랐다. 그곳에서 에니샤는 어린 카힐을 보았다. 검은 어둠 속에서 어린 카힐이 겁에 질린 눈으로 말했다.

— 저를 혼자 두지 마세요.

깊은 외로움과 두려움이 밀려들었다. 고스란히 느껴지는 감정에 심장이 부서질 듯 아파왔다. 그것은 비단 카힐의 감정만은 아니었다. 에니샤가 느꼈던, 그리고 지금 느끼고 있는 감정과도 같았다. 에니샤는 어린 카힐을 품에 안고서 약속했다.

— 혼자 두지 않을게.

쏟아지던 감각들이 서서히 잦아들었다. 느릿하게 눈을 뜨니, 앞에는 어른의 모습을 한 카힐이 보였다.

"……."

에니샤는 말없이 그의 눈동자를 들여다보았다. 대화는 필요하지 않았다. 이미 서로를 알고 있으니까.

맞닿은 시선에서 에니샤는 깨달았다. 자신이 진정 원하는 것이 무엇인지. 살고 싶었다. 죽음을 각오하였으나, 그 이면에는 볼품없는 자신이 숨어 있었다. 겁에 질리고 두려움을 주체하지 못하는, 아주 작고 보잘것없는……. 에니샤는 여태 외면해왔던 자신의 다른 부분을 받아들였다. 반드시 목숨을 내걸어야만 처절한 것은 아니었다. 살아남아서 집으로 돌아가고 싶었다. 그러기 위해서 다시 힘을 내고, 최선을 다해 싸울 것이다.

절망을 제물 삼아 새로운 의지가 타올랐다. 사그라졌던 불씨가 다시금 커다랗게 타오르는 순간, 모든 것이 고요해졌다. 에니샤는 깊게 숨을 들이마셨다. 제멋대로 폭주하던 마력이 움직임을 멈췄다. 넝마처럼 조각난 몸도 더 이상 아프지 않았다. 머릿속이 잔잔한 수면처럼 가라앉았다. 영원히 넘어설 수 없을 것 같았던, 끝없이 높은 벽의 너머가 보였다. 여태껏 다다르지 못했던 경지였다. 저편에서 비치는 밝고 찬란한 빛에 눈이 부셨다. 가본 적 없는 곳에 대한 희미한 두려움이 그림자처럼 달라붙었다. 그러나 작은 두려움은 이내 타오르는 불꽃에 깨끗이 사라졌다. 에니샤는 망설임 없이 벽을 넘어섰다. 눈앞에 새로운 세계가 펼쳐졌다.

"……!!!"

두근, 심장의 박동이 귓가를 울렸다. 확 트이는 감각과 함께 짜릿한 소름이 번져나갔다. 저도 모르게 몸을 떨었다. 차오르는 힘은 깊은 바다처럼 끝이 없었다.

"에니샤……."

나직한 목소리가 들려왔다. 아바르티아가 저를 가만히 바라보고 있었다. 그도 눈치챘을 것이다. 에니샤가 벽을 넘어섰고, 또 다른 경지에 다다랐다는 사실을. 그리고 다른 무엇보다 아바르티아는……. 깨달음의 계기가 카힐이라는 것에 분노하고 있었다. 일렁이는 붉은 눈동자에서 안광이 번들거리고, 어둠처럼 짙은 연기가 치솟아 올랐다. 검은 줄기가 사방으로 꿈틀거리며 뻗어나갔다.

에니샤는 깊게 숨을 뱉어냈다. 이제 모든 것을 마무리 지을 때였다. 넘쳐나는 힘을 갈무리하며, 날개를 펼치고 다시금 하늘로 날아올랐다. 양손을 앞으로 내뻗었다. 작은 금빛 마력구가 생겨났다. 아주 조그마한 성냥불처럼 타오른 마력은 점차 커지고, 또 커져나갔다. 에니샤는 차분하게 이름을 불렀다.

"카힐."

그저 이름을 부른 것뿐이지만, 카힐은 에니샤가 무엇을 원하는지 정확히 알고 있었다. 그의 얼굴 위로 짙은 문양이 떠올랐다. 자신이 할 수 있는 최대한의 힘을 끌어내는 것이었다. 벌어진 입술 사이로 하얀 입김이 번졌다. 수천 자루의 얼음검이 생겨났다. 헤아릴 수 없이 빽빽하게 들어찬 얼음검의 끝은 일제히 악령을 겨누었고, 화살처럼 쏟아져 나갔다.

아바르티아는 신경질적으로 손을 내저었다. 검은 장막이 겹겹이 너울거리며 얼음검을 빨아들였다. 장막이 막아내지 못한 얼음검은 연기에 꿰뚫려 부서졌다. 쏟아지는 얼음폭풍에 시야가 가려진 순간이었다. 청회색 눈동자가 푸르게 빛났다. 단 한 자루의 검을 움켜쥐고서, 카힐은 아바르티아에게 달려들었다.

악령의 심장에 얼음검이 꽂혔다. 깊숙하게 파고드는 정령의 얼음은 제아무리 아바르티아라도 치명적이었다. 그의 입에서 처음으로 고통 섞인 신음이 흘러나왔다. 그러나 곧 사납게 웃으며, 아바르티아는 제 심장에 꽂힌 얼음을 바스러뜨렸다.

"이 따위 조잡한……!"

파삭, 부서져 내리는 얼음 조각과 함께 거칠게 연기를 끌어냈을 때였다.

"!!!"

아바르티아는 눈을 부릅떴다. 그것은 태양이었다. 분명 검은 연기에 가리어 보이지 않아야 할, 눈부시게 타오르는 금빛의 태양. 황금빛 마력구가 어둠을 몰아내고 사방을 환하게 비추었다. 에니샤는 하늘로 손을 뻗어 올렸다. 모든 힘을 쏟아 부어 만들어낸 찬란한 빛과 함께, 에니샤는 속삭였다.

"이제 끝이야, 아바르티아."

태양이 떨어졌다. 아바르티아는 짐승 같은 소리를 내지르며 어둠을 끌어냈다. 주변이 새까맣게 물들어갔다. 그러나 그 또한 직감했으리라. 자신이 상대할 수 없는 힘이라는 것을. 태양과 맞부딪히는 순간, 위협적으로 날뛰던 어둠은 흔적도 없이 타올라 사라졌다. 끔찍한 비명과 함께 빛이 폭발했다. 환하게 터져나간 빛은 대륙을 뒤덮고 있던 검은 연기를 모두 말끔하게 지워냈다. 하얗던 빛이 가라앉았을 때, 하그만의 봄에는 이제 악령의 마지막 조각만이 남아 있었다. 아바르티아는 핏발선 눈으로 에니샤를 노려보았다.

"……에니샤."

새빨간 눈이 마지막 저주를 내렸다.

"너는 평생 나를 잊지 못할 거야."

그의 목소리에 담긴 증오와 애정이 새까맣게 달라붙었다.

"내 기억을 되짚을 때마다 괴로워하고, 고통스러워할 거야."

악령은 광기 어린 목소리로 속삭였다.

"나는 그것만으로도 충분해, 에니샤."

최후의 힘을 다해 내뱉는 저주였다. 커다란 뱀처럼 저를 옭아매는 말은 악기로 가득했다. 진득하게 쏟아지는 감정에 숨통이 틀어막히는 듯했다. 그러나 에니샤는 차갑게 잘라 말했다.

"아니."

악령의 붉은 눈이 커다랗게 흔들렸다. 그에게 새겨지는 동요를 바라보며, 에니샤는 또렷하게 말을 이어갔다.

"나는 행복해질 거야. 행복해지고 또 행복해져서……."

그리고 흔들림 없이 단단한 목소리로 쐐기를 박았다.

"너 따위는 생각할 시간조차 없어질 테니까."

아바르티아가 눈을 부릅떴다. 그는 무엇인가 말하려 했으나, 그것이 악령의 최후였다. 날카로운 절규를 마지막으로, 아바르티아는 한 줌의 검은 연기로 화했다. 텅 빈 하크만의 육체가 바닥으로 추락했다.

"……."

하크만의 시체를 한참 동안 바라보다가, 천천히 날개를 접었다. 에니샤는 느릿하게 땅으로 내려섰다. 그러나 발을 디디는 순간, 몸이 휘청거렸다. 고꾸라지는 몸을 단단한 팔이 받아들었다.

"에니샤 님……!"

카힐이 황급히 저를 끌어안았지만, 그도 힘이 없었다. 함께 바닥에 주저앉았으나, 카힐은 에니샤를 붙든 손을 놓지 않았다. 그의 피부 위에는 문양이 가득 떠올라 있고, 곳곳에 얼어붙은 상처로 가득했다. 그럼에도 불구하고, 카힐은 에니샤를 받아주었다.

"카힐……."

언제나 나를 받아주는 건 너구나.

에니샤는 희미하게 웃어 보였다. 긴장이 풀리고 나니 잊고 있었던 고통이 밀려왔다. 폭주한 마력에 속이 다 뭉개졌다. 겉껍질만 남은 것이나 다름없는 상태였다. 사실 지금까지 버틴 게 기적이었다. 에니샤는 제게 주어진 시간이 끝났다는 사실을 느꼈다. 하지만, 그렇지만.

"나 죽고 싶지 않아…….."

처음부터 그랬다. 목숨을 내던질 결심을 한 순간에도, 마음 깊숙한 곳에서는 살고 싶다고 두려움에 떨었다. 그러나 겁먹은 모습을 내보일 수 없기에. 대법사로서 책임과 의무를 다해야 하기에 모든 것을 억눌렀다. 하지만 지금은 더 이상 그럴 수가 없었다. 살고 싶었다. 집으로 돌아가고 싶었다. 로시엘과 저녁을 먹고 싶었다. 승리를 가져올 헬라드와 로드고를 기쁘게 맞이하고 싶었다. 좌우법사와 함께 아르커스 마법사들하고 서로 부둥켜안고서 펑펑 울고 싶었다. 하지만 그럴 수 없다는 걸, 누구보다 잘 알고 있었다.

"그런데…… 너무 졸려…….."

에니샤는 반쯤 잠긴 목소리로 속삭였다. 의식이 빠른 속도로 흐려져 갔다. 얼굴 위로 자꾸만 무언가 후두둑 떨어졌다. 흐릿한 시야 속에서 울고 있는 카힐이 보였다. 피 섞인 눈물을 흘리며 저를 바라보는 모습이 안타까웠다. 에니샤는 그의 뺨을 닦아주며 가느다랗게 말했다.

"나…… 조금만 잘 테니까…….."

깨워줘.

마지막 속삭임에 카힐의 턱이 뻣뻣해졌다. 차오르는 무언가를 참아내듯 이를 악문 그가 떨리는 목소리로 말했다.

"반드시 깨워드리겠습니다."

서늘한 기운이 몸을 덮어왔다. 카힐의 얼음이었다. 숨이 서서히 느려지고, 심장이 가라앉았다.

"아시겠습니까, 제가, 반드시 당신 깨울 테니까……!"

그러니까 조금만, 아주 조금만 잠들어 계시라고. 카힐은 그렇게 말했다.

옅어지는 그의 목소리를 들으며 눈을 감았다. 뒤이어 얼굴을 덮는 차가운 얼음이 느껴졌다. 까마득한 어둠 속에 빠져들면서, 에니샤는 생각했다. 나에게 다음 생이 있다면……. 또다시 히페리온의 별로 태어나고 싶다고.

✦

언제나 그렇듯이, 히페리온의 승리였다. 스칸샤마저 꺾어버린 제국의 위용에 대륙은 한편으론 감탄했고, 또 한편으론 공포에 떨었다. 더 이상 히페리온을 대적할 나라가 없었다. 그들의 독주 체제는 앞으로 최소 100년은 지속되리라.

히페리온의 승전과 더불어, 대륙에는 놀라운 소문이 함께 퍼져나갔다. 막내 황녀가 아르커스의 대법사라는 소문이었다. 일찍이 대법사의 자리에 올랐으나, 성년이 되기 전까지 비밀에 부치고 있었다는 것이다. 그것만으로도 충격적이었으나, 더 믿기지 않는 소식이 있었으니. 히페리온 황족들이 그리 귀애하던 막내 황녀가 깊은 잠에 빠져들었다는 사실이었다.

스칸샤의 주술사들과 아르커스의 마법사들이 전면전을 벌였고, 막내 황녀는 대법사로서 책임을 다했다. 그 과정에서 무리하게 힘을 사용하다 그만 비극을 맞이한 것이다. 아르커스는 승리를 거뒀지만, 대법사와 천공섬을 잃었다. 하루아침에 지도자와 나라를 잃어버린 마법사들은 히페리온 황실에서 거둬들였다.

전쟁의 주역, 황제 로드고와 황태자 헬라드는 황녀의 소식을 듣자마자 서둘러 귀국했다. 대륙 역사에 길이 남을 위대한 전쟁을 치러낸 승리자들이었다. 하지만 화려한 승전식과 연회, 축배와 환호성 따위는 없었다.

높다란 문이 양쪽으로 열리고, 로드고와 헬라드가 안으로 들어섰다. 두 남자는 제 눈앞에 펼쳐진 광경에 말문이 막혔다. 황녀궁은 겨울처럼 한기가 가득했다. 하얗게 입김이 번지는 황녀궁에는 거대한 얼음기둥이 바닥부터 천장까지 뒤덮고 있었다. 그리고 투명하고 푸르스름한 얼음 속에 에니샤가 잠들어 있었다.

"……."

로드고는 한참 석상처럼 서 있다가, 비틀거리며 걸음을 옮겼다. 얼음 위에 손을 가져다댔다. 서늘하고 차가운 감촉이 느껴졌다. 가만히 에니샤를 들여다보았다. 얼마나 많은 피를 흘렸는지, 온통 피투성이인 모습이었다. 조용하게 감긴 두 눈 아래 말라붙은 눈물자국이 보였다.

에니샤의 얼굴 위를 어루만지던 로드고는 천천히 뒤돌아섰다. 멍하니 굳어서 얼음기둥만 쳐다보는 헬라드, 차갑게 식은 표정의 로시엘이 보였다. 시선을 아래로 내리니 무릎을 꿇은 카힐 자드카르와 좌우법사가 보였다. 그 옆에 선 헤르노어 아카데미의 교장과, 대현자의 후손이라는 예언자 소년도.

로드고는 허리춤에서 검을 뽑았다. 스산한 쇳소리에 고개를 조아리고 있던 시종시녀들 사이에서 숨죽인 비명이 터져 나왔다. 예언자에게 검 끝을 겨누고서 질문했다.

"알고 있었나?"

한쪽 눈을 안대로 가린 소년이 하얗게 질린 얼굴로 몸을 덜덜 떨었다. 그러나 일말의 동정심도 없이, 로드고는 재차 질문할 뿐이었다.

"처음부터 이렇게 될 것을 알고 있었냐고 물었다."

소년은 아무 대답도 하지 못했다. 침묵은 긍정이었다. 눈앞이 새빨갛게 달아올랐다.

"알면서도, 뻔히 알면서도 내 딸을……!"

내 딸을 죽을 자리로 보냈나. 숭고한 희생 같은 개소리를 지껄이면서 등 떠밀었나. 아직 성년도 되지 못한 아이에게 같잖은 책임감을 요구하면서 이 꼴로 만들었나.

밀려오는 감정을 참지 못하고 검을 치켜들었다. 그러나 내려칠 수 없었다. 로드고는 결국 바닥으로 거칠게 검을 내던졌다. 악귀와 같은 표정으로 윽박질렀다.

"언제 깨어나는지 말하라."

흉악한 기운을 견디지 못한 예언자는 눈물을 흘리며 입술을 달싹였다. 두려워 그러는 줄 알면서도, 입을 찢어버리고 싶었다. 로드고는 결국 소리칠 수밖에 없었다.

"당장 지껄여보라고!!!"

벼락 같은 고함에 소년이 울음을 터뜨리며 바닥에 주저앉았다. 그때 카힐이 앞으로 나섰다.

"폐하!"

시선이 옮겨간 순간, 교장이 예언자 소년을 재빨리 끌어냈다. 로드고는 짓씹어 내뱉듯 그의 이름을 불렀다.

"카힐 자드카르……."

카힐은 온몸에 붕대를 휘감고 있었다. 움직이는 것이 신기할 정도의 중상이었다. 그가 바닥에 무릎을 꿇고서 간곡히 말했다.

"황녀님은 깨어나실 수 있습니다. 아니, 반드시 깨어나십니다."

"……."

로드고는 극도로 달아오른 감정을 진정시키기 위해 잠시 눈을 감았다. 황녀궁을 뒤덮은 얼음기둥이 누구의 솜씨인지는 뻔했다. 이미 죽었어야 할 아이를 그나마 붙잡아놓은 것이 카힐 자드카르였다. 그는 자신이 할 수 있는 최선을 다했고, 에니샤를 집으로 데려왔다. 로드고는 느릿하게 입을 열었다.

"설명해봐."

그러나 카힐 대신 아르커스의 좌법사가 답했다.

"제가 말씀드려도 괜찮겠습니까."

아르커스 놈들을 보니 다시금 화가 치밀었으나, 간신히 스스로를 억눌렀다. 일단 전후 상황을 파악하는 것이 우선이었다. 그러나 서두를 듣자마자 살심이 차올랐다.

"대법사께선……."

로드고는 속으로 욕설을 짓씹으며 말을 잘랐다.

"너."

안광이 번들거리는 눈으로 벨루안을 바라보며 말했다.

"내 앞에서 그 빌어먹을 대법사라는 호칭은 사용하지 말도록. 한 번만 더 황녀를 그리 불렀다간……."

살육의 충동을 참기 위해 애쓰며, 로드고는 악귀 같은 얼굴로 경고했다.

"그 자리에서 목을 꺾어버릴 테니."

하지만 경고로 끝나지 않는 사람도 있었다. 뒤편에서 멍하니 얼음기둥만 쳐다보던 헬라드가 별안간 달려들었다. 로드고를 밀쳐낸 헬라드는 벨루안의 멱살을 움켜쥐었다.

"개자식이……!!"

주홍색 눈동자가 벌겋게 타올랐다.

"그렇게 아끼고 귀하게 여긴다는 대법사라며? 그럼 네놈이 다쳤어야지, 어?"

"……."

"네놈이 얼음 속에 들어갔어야지!!!"

벨루안이 참담한 표정으로 눈을 내리깔았다. 헬라드가 진심으로 목뼈를 부러뜨리려던 때였다.

"진정해."

로시엘이 헬라드의 어깨를 지긋하게 내리눌렀다. 헬라드는 거칠게 몸을 뒤틀며 로시엘에게도 소리 질렀다.

"어떻게 진정할 수 있냐고!! 지금 에니샤가, 에니샤가……!"

"에니샤를 깨우려면 아르커스 마법사들이 필요해."

일견 냉정해 보이는 로시엘이었지만, 그 저변에는 차갑게 타오르는 분노가 깔려 있었다. 이성으로 감정을 억누르고 있을 뿐, 헬라드와 다를 바 없는 상태인 것이다. 무엇을 위해 로시엘이 그렇게 인내하는지 알고 있기에, 결국 헬라드는 욕설을 내뱉으며 뒤로 물러났다. 그러나 씨근덕거리는 숨소리는 여전히 가라앉지 않은 채였다. 끓어오르는 살의를 고스란히 드러내고서 좌우법사를 노려보았다. 구석에 무릎 꿇고 있던 녹시타가 눈물을 손등으로 문질러 닦아내더니, 벨루안의 앞을 막아섰다.

"황녀님은 깨어나실 거예요……!"

축축하게 젖은 눈에 덜덜 떨리는 목소리는 형편없었다. 하지만 녹시타는 꿋꿋하게 말을 이어갔다.

"살아남은 아르커스의 마법사들이 마력을 모아서 성화를 피울 예정이에요. 성화가 얼음을 녹이고, 육체를 회복시킬 테니……."

그러니 시간은 걸리겠지만 분명히 깨어날 거라고 확언했다. 더듬거리며 이어나가는 말에 담긴 절박함은 히페리온과 다를 바 없었다.

"……."

로드고는 손으로 성마르게 얼굴을 쓸어내렸다. 귀에 자꾸만 이명이 돌았다. 지금 이 상태로는 아무 말도 듣지 못할 것이었다. 무슨 이야기를 들어도 닥치는 대로 죽여버리고 싶은 살심을 참지 못할 테니.

"……나중에 의논토록 하지."

모든 것을 뒤로하고 황녀궁을 벗어났다. 본궁의 집무실에 들어선 로드고는 검을 풀어서 시종장에게 건네고, 근처에 아무도 얼씬하지 말 것을 명했다. 죽기 싫으면 알아서 피하라는 소리였다.

시종장은 희게 질린 얼굴로 명을 받들었다. 적막한 집무실에 홀로 남은 로드고는 느릿하게 눈을 감았다 떴다. 집무실 책상 위에 놓인 고양이인형이 보였다. 볼품없고 조잡한 생김새지만, 인형은 히페리온 황제의 책상을 당당히 차지하고 있었다. 로드고는 고양이인형을 한참 물끄러미 보다가, 제 품속에서 손수건을 꺼냈다. 비뚤배뚤한 자수가 새겨진 손수건은 에니샤가 준 것이었다. 받은 그 순간부터, 한시도 몸에서 떼어놓은 적이 없었다. 고양이인형의 허전한 목에 손수건을 묶어줬다. 자수가 앞으로 보이도록 단정하게 매듭지어주고 나니, 훨씬 춥지 않아 보였다. 고양이인형을 쓰다듬던 로드고는 홀로 피식피식 웃었다.

히페리온이 오랫동안 대륙에 군림해온 이유는 간단했다. 소중한 것이 없었기 때문이다. 지극히 이기적인 황족들은 오로지 자신만을 생각했다. 후회나 괴로움, 슬픔 따위의 감정들은 느낄 이유도, 필요도 없었다. 하지만 에니샤는 히페리온에게 사랑을 알려줬다. 처음 맛본 그 감각이 어찌나 달콤하던지, 정신 차릴 새도 없이 흠뻑 빠져버렸다. 그리고 에니샤를 빼앗겨버린 지금. 이제부터 황족들은 살아 있는 지옥이 무엇인지, 뼈저리게 겪으리라. 앞으로 펼쳐질 나날들이 훤히 보이는 듯해서, 절로 비틀린 웃음이 지어졌다.

"에니샤……."

손으로 열기가 오르는 눈 위를 덮었다. 어둠이 내려앉았지만, 머릿속 깊숙이 새겨진 모습은 사라지지 않고 더욱 생생하게 날뛰었다. 엉망으로 찢기고 핏물 밴 옷자락, 상처로 난도질된 가느다란 팔다리, 조그맣게 웅크린 한없이 작은 몸. 품에 안고 달래며 대체 무슨 일이 있었는지 묻고 싶었다. 너를 괴롭힌 자들은 전부 혼쭐을 내겠다고 말하며 눈물을 닦아주고 싶었다. 그러나 손에 닿는 것은 차디찬 얼음뿐이었다. 홀로 그 추운 곳에서 고요히 잠들어 있던 아이를 떠올리던 로드고의 몸이 잘게 떨렸다.

어찌하여 아빠 말을 들어주질 않았어. 내가 그리 부탁했는데. 너를 희생하지 말고, 히페리온답게 남을 짓밟으라고 그토록 단단히 일렀는데. 결국 이런 비참한 모습으로 돌아와서, 언제 깨어날지 모를 잠을 청하는 것이 네 선택이었다니.

"어찌 이리도 무정하게 구느냐……."

그러나 듣는 이 없는 원망은 허무하게 흩어질 뿐이었다. 로드고는 손으로 눈을 덮은 채 오랫동안, 아주 오랫동안 우두커니 서 있었다.

꒹꒤꒦

전쟁이 끝나고, 대륙에 평화가 찾아왔다. 그러나 히페리온 황궁은 짙은 피비린내가 가실 줄을 몰랐다. 그날 이후 제법 오랜 시간이 흘렀음에도 그러했다. 레시나가 우울하게 중얼거렸다.

"황족들께서 이렇게 변해버리실 줄은 몰랐습니다……."

한창 수식을 풀어나가던 델 하르인이 멈칫했다. 레시나는 잔뜩 처진 목소리로 말했다.

"예전에도 무서웠지만, 이제는 정말 숨도 못 쉬겠습니다."

시퍼렇게 날 선 칼날 같다는 푸념에 델 하르인은 한숨을 내쉬며 답했다.

"원래 그런 분들이지. 변한 깃이 아니라 본성대로 되돌아갔을 뿐······."

델 하르인의 말에 레시나는 입을 다물었다. 그런 레시나를 바라보며, 델 하르인은 부드럽게 타일렀다.

"우리가 할 일은 황녀님을 최대한 빨리 깨워드리는 것이네."

"······예, 어르신."

레시나는 아랫입술을 꽉 깨물었다가, 다시 수식 계산에 집중했다. 얼음 속에 잠든 황녀님은 마력 폭주로 장기가 다 녹아 없어지고 겉껍질만 남은 상태였다. 살아남은 아르커스의 마법사들은 모든 마력을 끌어 모아 성화를 만들어냈다. 마력으로 피워 올린 성화는 서서히 얼음을 녹이는 동시에, 망가진 육체를 회복시키는 역할을 하고 있었다. 조금도 긴장을 놓을 수 없는 섬세한 작업이었다. 약간이라도 어긋나는 순간, 황녀님의 몸이 바로 무너질 수도 있기 때문이었다. 얼음이 너무 빠르게 녹지 않도록, 하루에도 몇 번씩 마력 총량을 다시 계산하고 성화의 불길을 조절했다.

카힐 또한 매일 황녀궁을 찾아 상태를 확인하고, 혹여나 성화가 강하게 녹인 부분은 다시 얼음을 채워 넣었다. 느리지만 조금씩, 얼음 속의 육체는 회복되고 있었다. 예언자 하렌 또한 황녀님께서 분명히 깨어나신다고 예언했다. 그러나 문제는 그때가 정확히 언제인지는 알 수 없다는 것이었다. 황녀님의 육체가 회복되는 속도는 들쭉날쭉했다. 어느 날은 영원히 잠들어버릴 듯 회복이 더뎠고, 어느 날은 희망적인 징조를 보이기도 했다. 날마다 달라지는 상태에 모든 이가 천국과 지옥을 오갔다. 아르커스와 황실의 마법사들이 전부 매달려서 죽을힘을 다하고 있으나, 무엇 하나 확신할 수 없었다. 그저 언젠간 깨어나시리라 믿고, 끝없는 노력을 퍼부을 뿐이었다.

레시나는 델 하르인과 수식 계산을 끝마치고, 결과를 적은 종이를 둘둘 말아서 황녀궁으로 향했다. 언제 왔는지, 카힐이 좌우법사와 함께 얼음과 성화에 대해 의견을 주고받고 있었다. 얼마 뒤 카힐이 얼음기둥의 일부를 보완했다. 레시나는 다른 아르커스 마법사에게 수식 계산이 적힌 종이를 건네며 흘금 카힐을 쳐다보았다. 평소와 다를 바 없는 무표정한 얼굴이었다. 망가져기는 황족들과 달리 그는 평온해 보였다.

"……."

레시나는 잠시 눈을 깜빡였다. 긴 세월 동안 옆에서 지켜봐왔기에, 카힐 자드카르가 얼마나 황녀님에게 미쳐 있는지 잘 알고 있었다. 그렇기에 카힐 또한 형편없이 무너지리라 생각했지만……. 카힐은 누구보다 굳건하게 버텨내고 있었다. 심지어 레시나보다도 말이다. 얼음기둥 속에 잠든 황녀님의 모습을 차마 보지 못하고, 레시나는 고개를 돌렸다. 볼 때마다 가슴이 아파서 참을 수가 없었다.

좌우법사와 이야기를 끝낸 카힐이 이쪽으로 다가왔다. 가볍게 목례를 건네는 그에게, 레시나는 묻지 않을 수가 없었다.

"안 힘듭니까?"

복합적인 뜻이 담긴 질문이었다. 카힐은 의연히 답했다.

"제게 깨워달라고 부탁하셨으니, 저는 약속을 지킬 뿐입니다."

"하지만……."

"황녀님께선 깨어나십니다."

"……."

그는 세 번째 맹세를 바쳤다. 영혼이 묶여 있으니, 황녀님께서 깨어나지 못하면 가장 위험한 사람이기도 했다. 헤아릴 수 없는 시간 동안, 죽지도 못한 채 무한히 기다려야 할 수도 있었다. 언제 깨어나시나 불안해할 법한데, 단단한 목소리에는 어떤 흔들림도 섞여 있지 않았다. 곧은 청회색 눈동자를 바라보며, 레시나는 생각했다. 카힐 자드카르라면 영원히 황녀님을 기다릴 수도 있겠다고. 수백, 수천 년이 흘러 모든 사람이 사라지고, 역사가 바뀌고, 세상의 끝에 다다를 때까지도 그저 꿋꿋하게……. 변함없이 얼음 속에 잠든 황녀님 곁을 지킬 것 같았다. 어쩌면 처음부터 그리 각오하고 시작한 맹세일지도 모르리라. 거기까지 생각한 순간, 레시나는 그만 목구멍 끝까지 올라온 말을 툭 하고 내뱉어버렸다.

"……미쳤습니다."

그러자 카힐은 희미하게 웃으며 맞받아쳤다.

"이제 아신 모양입니다."

결국 레시나는 고개를 절레절레 저으며 물러날 수밖에 없었다.

깊은 잠에 빠져든 에니샤는 깨어날 줄 몰랐다. 시간이 흐르면 흐를수록, 히페리온은 망가졌다. 영특한 황족들은 자신들이 망가지고 있다는 사실을 잘 알고 있었다. 하지만 치료할 방법은 없었다. 무너지는 스스로를 속절없이 지켜볼 뿐이었다.

"시간 빠르네……."

헬라드의 중얼거림에 로시엘은 눈썹을 치켜올렸다. 에니샤가 잠든 지도 벌써 두 해가 다 되었다. 내일은 에니샤의 열여덟 살 생일이다. 깨어 있었다면 화려하게 성년식을 치러줬을 터였다. 헬라드와 로시엘은 잠시 아무 말도 않고 술잔을 기울였다. 그날 이후, 쌍둥이는 종종 야심한 밤에 만나서 술을 마시곤 했다. 이러니저러니 해도, 태어날 때부터 함께해온 형제였다. 그나마 답답한 속내를 털어놓을 수 있는 상대인 것이다.

"로시엘."

헬라드가 무겁게 숨을 토해냈다. 독주의 향이 물씬 나는 한숨을 내쉬며 말했다.

"잠을 못 자겠어."

로시엘은 술병을 집어 들던 손을 멈칫했다. 예민한 로시엘과는 정반대로, 헬라드는 무던한 성격이었다. 금방 잊고 털어버리는 그가 잠을 못 이룬다고 말한 것은 난생처음이었다. 아니, 그 이전에 이렇게 약한 모습을 드러내는 일 자체가 드물었다. 헬라드는 로시엘의 손에 들린 술병을 뺏어다가 제 입에 털어 넣었다. 단숨에 들이켜곤, 빈 병을 아무렇게나 내던졌다. 카펫 위에는 술병들이 벌써 몇 개나 굴러다니고 있었지만, 둘 다 취한 기색은 없었다. 로시엘은 천천히 눈을 내리깔며 그에게 물었다.

"……왜 못 자는데."

"자꾸 악몽을 꿔."

"무슨 악몽?"

헬라드가 떨리는 목소리로 말했다.

"에니샤가 나한테 살려달라고 애원해."

그의 말을 듣자마자, 로시엘은 어금니를 꽉 깨물었다. 손에 뭘 온전히 들고 있을 자신이 없어서 술잔을 내려놓았다. 탁자 위에 얹어놓은 손이 잘게 떨렸다.

"새까만 어둠 속에서 허우적거리면서, 그 작은 애가 아프다고, 괴롭다고……. 오라버니에게 제발 살려달라고 애원하는데……."

헬라드는 천천히 얼굴을 일그러뜨렸다.

"그런데 난 아무것도 할 수 없어서……. 그냥 꼼짝없이 지켜보기만……."

결국 끝까지 말을 잇지 못하고 욕설을 내뱉었다. 손바닥에 얼굴을 묻고 괴로워하는 형제를 바라보며, 로시엘은 쓰게 웃었다. 로드고와 헬라드는 제정신이 아니었다. 평상심을 유지하는 듯하다가도 발작적으로 날뛰곤 했다. 아르커스가 에니샤를 깨울 수 있는 유일한 희망이 아니었다면, 살아남은 마법사들은 진즉 몰살당했으리라. 그나마 현 황실을 지탱하는 게 로시엘이었다. 로시엘은 황제와 황태자의 빈자리를 메우고 황궁을 유지해나갔다. 하지만 유일하게 이성을 갖추고 있는 것처럼 보여도, 겉으로만 그럴 뿐이었다. 속은 새까맣게 썩어가고 있었다. 에니샤가 깨어났을 때를 위해서 버티고 있으나, 로시엘은 잘 알고 있었다. 이제 벼랑 끝에 다다랐다는 것을.

"……."

황태자궁을 나선 로시엘은 몽유병에 걸린 듯 비척비척 걸음을 옮겼다. 의식하지도 못하고 다다른 곳은 황녀궁이었다. 늦봄인데도 황녀궁 근처에는 찬 공기가 감돌았다. 황녀궁 앞을 지키고 있던 아르커스의 마법사들과 황실기사들이 인사를 건넸다. 로시엘은 그들 모두를 물리고, 홀로 에니샤를 만나러 갔다. 타들어 가는 제 속도 모르고, 에니샤는 얼음 속에서 조용히 잠들어 있었다. 무지갯빛 성화가 얼음 밑에서 부드럽게 넘실거렸다. 성화 속에 발을 디디니, 더운 열기와 함께 마력이 다리를 간질였다. 로시엘은 얼음을 천천히 쓸어내렸다.

"그만 일어나야지, 에니샤……."

에니샤는 자신이 해야 할 일을 했다. 그것이 피할 수 없는 운명의 흐름이었다는 것은 알고 있다. 하지만 원망스러웠다. 남을 위해 희생한 것이, 대법사로서 책무를 다한 것이 야속했다. 홀로 모든 것을 짊어진 작은 아이를 생각할 때마다, 가슴에서 생살을 찢는 듯한 고통이 밀려왔다. 대륙이 악령에게 무너지든 말든, 그냥 외면하길 바랐다. 아르커스를, 히페리온을 내버려서라도 에니샤는 살아남길 바랐다.

네 몸 하나만 생각할 것이지, 너란 아이는 어째서 항상…….

한참 동안 얼음기둥을 바라보던 로시엘은 고개를 툭 떨어트렸다. 이마에 서늘한 얼음이 닿았다. 그러나 차가운 감각에도 정신이 들기는커녕, 더욱 몽롱해져만 갔다.

"에니샤."

느릿하게 이마를 부비며 입을 열었다.

"네가 일어났을 때 멋진 모습을 보여주고 싶어서…… 오라버니가 열심히 하고 있는데……."

로시엘은 가만히 눈을 감고서 중얼거렸다.

"점점 힘드네……."

길게 뱉어낸 한숨을 끝으로, 정적이 내려앉았다. 깨어날 길 없는 지독한 악몽이었다. 한참 동안 얼음에 기대 있던 로시엘은 떨어지지 않는 발걸음을 옮겼다. 헬라드에겐 말하지 않았으나, 저 또한 근래 지독한 불면증에 시달리고 있었다. 오늘도 잠에 들지 못할 것이다. 그러나 눈만 감고 누워 있기라도 해야 다음 날 일정에 지장이 없을 터였다. 정신도, 육체도 한계에 몰린 상태였다. 억지로나마 휴식을 취하지 않으면, 바로 무너질지도 몰랐다.

"또 올게, 에니샤."

잘 자.

다정한 인사를 남기고, 로시엘은 황녀궁을 떠났다. 텅 빈 황녀궁에 기다랗게 달빛이 스며들었다.

새벽이 깊어지던 어느 순간이었다. 아주 작은 소리와 함께, 얼음 위로 실금이 그어졌다. 거미줄처럼 그어진 실금은 점차 커져나갔고, 얼음은 쩍 소리와 함께 커다랗게 벌어졌다. 깊은 잠에서 깨어나는 나른한 한숨이 퍼져나갔다. 그리고 에니샤는 눈을 떴다.

나른하게 어둠 속으로 가라앉아갔다. 참으로 안락한 어둠이었다. 포근하고 몽글몽글한 이불에 폭 싸여 있는 느낌이었다. 어찌나 편안한지, 영원히 이곳에 잠들어 있고 싶었다. 달게 푹 잠들어 있던 때였다. 누군가의 목소리가 들렸다.

― 에니샤.

― 일어나, 에니샤.

자꾸 부르는 목소리는 참으로 성가셨다. 에니샤는 인상을 쓰며 말했다.

― 싫어. 더 잘 거야.

그럼에도 목소리는 자꾸 에니샤를 깨웠다. 끝날 줄 모르는 부름에 에니샤는 울상을 지었다.

― 나 너무 힘들었어…….

그러니까 이제는 푹 쉬고 싶었다. 나를 좀 내버려두라고 삐죽하게 대꾸하고서 다시 잠을 청했다. 목소리는 귓가에 달라붙어 조곤조곤 속삭였다.

― 하지만 에니샤. 널 기다리는 사람들이 있는걸.

― 기다리는 사람들?

― 네가 지켜낸 소중한 사람들.

소중한 사람……?

목소리를 따라서 조그맣게 중얼거린 찰나였다. 어디선가 불어온 바람이 에니샤를 따뜻하게 감싸 안았다. 에니샤는 눈을 크게 떴다.

수많은 기억이 밀려들었다. 해일처럼 쏟아지는 기억 속에서 에니샤는 사무치게 그리운 이들을 찾아냈다. 내 힘으로 지켜낸 소중한 사람들.

어떻게 잊고 있었지?

정신이 번쩍 들었다. 에니샤는 축 늘어져 있던 몸을 단박에 일으키며 소리쳤다.

— 집에 가야 해!

한없이 느슨하던 마음이 갑자기 조급해졌다. 모두 애타게 저를 기다리고 있을 터였다. 발을 동동 구르자 웃음소리가 들려왔다. 에니샤는 문득 그 웃음이 저와 닮아 있다는 생각이 들었다. 그러나 자세히 뜯어볼 시간은 없었다. 어둠이 부서지고, 눈앞이 하얗게 변했다. 다정한 속삭임이 귓가에 아련히 번져나갔다.

— 앞으론 행복하자, 에니샤.

항상 웃을 수 있기를.

마지막 말을 끝으로 빛이 가득해졌다. 더 이상 환해질 수 없을 만큼 빛으로 가득 채워졌을 때였다.

"……!"

에니샤는 커다랗게 숨을 뱉어내며 주변을 둘러보았다. 어스름한 달빛이 스며드는 방 안은 익숙하지만 낯설었다. 분명 황녀궁인데, 마치 겨울의 성처럼 사방이 얼어붙어 있었다. 온몸에 한기가 느껴졌다. 에니샤는 자신이 얼음 속에 갇혀 있다는 사실을 깨달았다. 얼음은 커다랗게 갈라져 있었는데, 그 틈새로 따뜻한 공기가 흘러들어왔다. 발치에 무지갯빛으로 타오르는 마력의 불꽃이 보였다. 아르커스의 성화였다. 성화 주변에는 갖가지 마법진이 바닥 가득히 빽빽하게 그려져 있었다. 마법진의 수식을 하나하나 읽어보던 에니샤는 코끝이 찡해졌다. 전부 자신을 위한 마법이었다. 정성스레 그려진 마법진에는 애정과 그리움이 가득했다. 하나하나 만져보고 싶은 마음에 손을 뻗었지만, 얼음에 꽁꽁 붙들린 몸은 움직이질 않았다. 갈라진 틈새로 얼굴만 빼꼼 내밀고서 어찌할까 고민하던 때였다.

고요한 방 안에서 눈바람이 일어났다. 둥글게 소용돌이치는 설풍 사이에서 은빛의 남자가 나타났다. 서늘하고 날카로운 눈매에 담긴 청회색 눈동자가 에니샤를 바라보았다.

"……"

스미는 달빛 아래, 남자는 눈을 느릿하게 감았다 떴다. 이것이 꿈이나 환상은 아닌지, 천천히 헤집는 시선이었다. 에니샤는 그의 이름을 불렀다.

"카힐!"

그 순간, 높고 단단하던 얼음기둥이 부서졌다. 가루처럼 곱게 바스러진 얼음이 설탕처럼 흩날리고, 에니샤는 바닥으로 떨어졌다. 카힐이 한달음에 달려와 떨어지는 에니샤를 받아 안았다. 그에게서 전해져 오는 온기가 좋았다. 세상 누구보다 차가울 것처럼 생겼지만, 언제나 카힐은 따뜻했다.

에니샤는 살며시 웃으며 카힐에게 인사했다.

"안녕."

카힐의 얼굴이 일그러졌다.

"에니샤 님⋯⋯."

그는 울면서도 웃었다. 커다란 손이 에니샤를 마구 쓸었다. 머리카락도, 어깨도, 뺨도, 정신없이 쓸다가 꽉 끌어안기를 반복했다. 가슴팍이 크게 들썩이는 것이 느껴졌다. 불안정한 호흡 사이에 물기가 어렸다. 카힐이 진정할 때까지, 에니샤는 얌전히 안겨 있었다. 그는 한참 뒤에야 겨우 목소리를 내어 말했다.

"⋯⋯괜찮으십니까?"

어디 아프신 곳은 없습니까? 조금이라도 불편하신 곳은요?

질문 세례를 쏟아내는 카힐에게 에니샤는 얌전히 답했다.

"나 괜찮아. 마력도 멀쩡하고⋯⋯."

최후의 순간, 경지를 넘어서며 한 단계 성장했다. 그때 새로이 얻은 마력은 고스란히 몸속에 남아 있었다. 에니샤는 가볍게 시험 삼아 마력을 끌어올렸다. 얼마나 멀쩡한지 보여줄 겸, 어둑한 방 안을 밝히려는 생각이었다. 하지만 한 가지 간과한 점이 있었으니. 에니샤가 아직 새로운 마력에 익숙하지 않다는 점이었다.

"앗⋯⋯!"

분명 반딧불만 하게 마력을 끌어냈는데, 눈 깜빡할 사이에 집채만 해졌다. 그리고 당황한 에니샤가 무슨 조치를 취하기도 전에, 제멋대로 휙 하고 날아가선⋯⋯. 황녀궁 천장을 날려버렸다. 요란한 굉음과 함께 금빛이 사방을 환히 밝혔다. 카힐이 급하게 에니샤를 끌어안으며 떨어지는 낙석들을 막아냈다. 돌 조각이 바닥에 떨어지는 소음 속에서 밝은 웃음소리가 들렸다.

에니샤는 카힐을 쳐다보았다. 그는 에니샤가 본 이래로 가장 크고 환하게 웃고 있었다. 반짝거리는 웃음이 신기했다. 카힐이 웃음을 가득 머금고서 말했다.

"정말 에니샤 님이군요. 정말로……."

에니샤는 조금 쑥스러워졌다. 야밤의 소란에 곧이어 황녀궁으로 검을 빼든 기사와 마법사들이 쏟아져 들어왔다. 침입자를 막기 위해 들이닥친 그들은 황녀님을 보고서 눈이 휘둥그레졌다. 에니샤는 그들 사이에서 아르커스 마법사들을 찾아냈다. 전부 석상처럼 굳어서 멍하니 쳐다보고 있었다. 손을 뻗어서 흔들자, 마법사들이 허둥지둥 달려왔다. 몇몇은 급하게 달려오다 로브 자락을 밟고 바닥에 넘어지기도 했다.

"대법사……!"

와르르 몰려드는 그들 사이에서 에니샤는 웃음을 터뜨렸다. 하지만 웃는 에니샤와 달리, 주변은 눈물바다였다. 다들 훌쩍거리면서 펑펑 울어대서, 에니샤는 달래느라 정신이 없었다. 그리고 두 사람의 목소리가 들려왔다.

"대법사."

"대법사아……."

벨루안과 녹시타였다. 둘은 차마 다가오지도 못하고, 한 걸음 물러서서 에니샤를 바라보고 있었다. 녹시타는 이미 울고 있었고, 벨루안도 눈이 빨개져 있었다. 에니샤는 아무 말 없이 웃으며 그들에게 손을 내밀었다. 벨루안과 녹시타는 눈물을 터뜨리며 에니샤에게 안겼다. 에니샤는 두 사람의 머리를 다정하게 쓰다듬어주었다. 녹시타는 숨도 못 쉬고 껵껵 울었다. 눈물콧물 흘리며 울어대는 탓에, 에니샤는 옷소매를 끌어다 얼굴을 닦아줬다. 벨루안도 말없이 에니샤를 끌어안은 채 떨어지려 하질 않았다.

하지만 좌우법사를 포함해서, 달라붙은 마법사들은 곧 일제히 우수수 떨어지게 되었다. 뒤이어 나타난 세 남자 때문이었다. 로드 고와 쌍둥이가 우두커니 선 채로 에니샤를 바라보았다. 시간이 멈춘 것처럼, 그리 지켜보았다. 움직이지 못하는 그들에게, 에니샤는 먼저 달려갔다.

"아빠! 오라버니들!"

가장 먼저 움직인 것은 헬라드였다. 그가 앞으로 빠르게 걸어 나와선 달려오는 에니샤를 받아 안았다.

"……."

헬라드는 에니샤를 빤히 쳐다보다가, 제 옆으로 다가온 로시엘을 돌아보며 물었다.

"이거 꿈 아니겠지?"

악몽이라면 너무 지독한데…….

그의 중얼거림에 로시엘이 눈을 가늘게 좁히며 혼잣말했다.

"나도 잠을 못 자서 헛것이 보이는 건가…….

잔뜩 의심스러워하는 쌍둥이의 얼굴은 많이 야위어 있었다. 헬라드의 품에 안긴 채, 에니샤는 로시엘에게 손을 뻗었다. 로시엘은 머뭇거리다가, 제게 다가오는 손을 조심스럽게 움켜쥐었다. 그와 손을 맞잡고서 조그맣게 말했다.

"늦어서 미안해요, 오라버니. 같이 저녁 먹기로 해놓곤…….

로시엘은 눈매를 잔뜩 찌푸렸다. 촘촘한 속눈썹이 잘게 흔들렸다. 에니샤는 헬라드에게도 잊지 않고 말했다.

"승전 축하해요. 오라버니가 이길 줄 알고 있었어요."

느릿하게 눈만 깜빡이던 헬라드가 갑자기 이를 악 물었다. 에니샤를 끌어안은 손이 부들부들 떨렸다. 로시엘 또한 에니샤의 손을 꽉 움켜쥐어왔다. 절대 놓치지 않을 것처럼 움켜쥐고서, 한없이 가녀린 목소리로 이름을 불렀다.

"에니샤……."

쌍둥이는 약속이라도 한 것처럼 뚝뚝 눈물을 흘리기 시작했다. 히페리온의 눈물에 황녀궁의 모든 사람이 당황했으나, 가장 놀란 것은 에니샤였다.

"오, 오라버니들……!"

하지만 차마 달래줄 새가 없었다. 갑자기 몸이 홀렁 들렸다. 힘줄 돋은 구릿빛 손이 쌍둥이에게서 에니샤를 뺏어서 단단하게 안았다. 그러다 이내 느릿하게 품에서 떼어냈다.

"……."

가느다랗게 떨리는 주홍색 눈동자가 에니샤를 들여다보았다. 큼직한 손이 뺨을 감싸고, 손가락이 천천히 눈 아래를 쓸어냈다. 마치 눈물을 닦아주듯, 그리 한참 어루만졌다. 굳은살 박인 손끝은 거칠었지만, 손길은 한없이 부드러웠다. 에니샤는 가만히 미소 지으며 그에게 말했다.

"다녀왔어요, 아빠."

"……."

로드고는 답하지 않았다. 그가 무겁게 숨을 내쉬며 어깨에 얼굴을 물어왔다. 에니샤는 그만 크게 당황했다.

"아, 아빠……?"

울어요?

질문이 목 끝까지 차올라서 달막였다. 어깨에 실리는 묵직한 무게와 함께 느껴지는 뜨거운 물기는 분명 눈물이었다. 쌍둥이가 우는 것도 놀랍지만, 로드고까지 이럴 줄은 몰랐다. 에니샤는 어쩔 줄 모르고 안절부절못하다가 그냥 그의 어깨를 끌어안았다. 팔을 힘껏 뻗어 안아주니, 로드고는 잔뜩 잠긴 목소리로 말했다.

"돌아왔구나, 내 딸……."

겨우 그 한마디뿐이었다. 하지만 에니샤는 그 안에 담긴 수많은 속삭임을 들을 수 있었다. 보고 싶었다. 그리웠다. 네가 깨어나지 않을까 두려웠다. 에니샤도 그에게 마음속으로 속삭였다. 나도 보고 싶었어요. 그리웠어요. 집으로 돌아오지 못할까 무서웠어요. 하지만 지금 에니샤는 집으로 돌아왔고, 로드고의 품에 안겨 있었다. 가슴 깊숙한 곳에서 간질간질하면서도 아릿한 느낌이 올라왔다. 구름 위를 둥실둥실 떠다니는 것처럼 마음이 마구 부풀었다. 로드고에게 얼굴을 부비적거리며, 에니샤는 자신이 지켜낸 행복을 만끽했다.

❦

오랜만에 깨어난 에니샤가 가장 먼저 한 일은 식사였다. 커다란 식탁에 음식을 산처럼 쌓아놓고 마구마구 먹어치웠다. 로드고와 쌍둥이는 에니샤 옆에 딱 달라붙어서 뭐가 하나라도 더 먹이질 못해 안달이었다. 서로 이거 먹어봐라, 저거 먹어봐라 하면서 입에 들이댔다. 주는 대로 받아먹다 보니 어느새 그득하던 식탁이 점점 비어갔다. 배도 슬슬 불러왔지만, 에니샤는 있는 힘껏 먹었다. 뭐 하나 먹을 때마다 다들 너무 기뻐하는 탓이었다.

음식을 냠냠 먹어치우는 동안, 벨루안과 녹시타는 혹여나 에니샤의 신체에 이상은 없는지 각종 검사에 들어갔다. 에니샤는 고기를 한 입 먹고 손을 내밀어주고, 채소를 두 입 먹고 마력을 점검하는 등 아주 바쁘게 식사했다.

배가 터지기 직전에 더 이상 못 먹겠다고 선언했다. 그래도 좀 더 먹지, 하며 매달리는 이들을 한숨 자야겠다는 말로 물리쳤다. 빵빵하게 식사를 하고 나니 자연스레 졸음이 밀려왔다. 자고 싶다는 말에 쌍둥이는 신속하게 에니샤를 침실로 이동시켰다. 에니샤는 천장이 날아가 버린 황녀궁 대신, 로드고의 본궁 침실에서 잠을 청했다. 차갑고 딱딱한 얼음이 아닌, 폭신폭신한 침구가 깔린 침대였다.

이불을 목 끝까지 폭 덮고, 쌍둥이를 양옆에 끼고서 잠들었다. 하지만 일어나보니 로드고가 옆에 있었다. 에니샤는 아직 잠에서 덜 깬 눈을 부비며 그에게 인사했다.

"안녕히 주무셨어요……."

에니샤의 인사에 로드고가 지그시 쳐다보았다. 왜 인사를 받아주질 않는가 싶어서 눈을 깜빡이자, 그가 갑자기 뺨을 꼬집어왔다. 슬쩍 꼬집는 손길에 놀라서 파다닥거리니, 로드고는 그제야 슬며시 웃었다.

"꿈인가 싶어서 꼬집어봤지."

그러더니 이마 위에 쪽 소리 나게 뽀뽀해주곤 먼저 침대에서 일어났다. 이마를 만지작거리며 그를 따라 몸을 일으키자, 로드고가 다시 어깨를 누르며 말했다.

"움직일 생각 말고 푹 쉬거라."

하지만 에니샤는 고개를 내저었다.

"다녀올 곳이 있어요."

"……."

로드고는 말없이 눈매를 찌푸렸다. 마음에 들지 않는다는 기색이 역력한 모습이었다. 하지만 에니샤는 그냥 말없이 웃었다. 로드고가 한숨을 내쉬더니 짤막히 내뱉었다.

"……다녀오너라."

"네, 아빠!"

침대에 앉아서 로드고를 배웅하고, 아침 식사까지 마쳤다. 오랫동안 잠들어 있던 것이 거짓말인 듯 몸이 가뿐했다. 전부 아르커스의 성화 덕분이었다. 에니샤는 잠시 제 손을 내려다보았다.

"……."

바로 어제 일처럼 선명하게 떠오르는 기억들이 머릿속에서 어지럽게 흩어졌다. 눈물과 비명, 붉은 피와 새까만 어둠이 빠르게 눈앞을 스쳤다. 떨리는 손을 천천히 움켜쥐었다. 파르르 떨리던 몸은 한참 후에나 겨우 진정되었다.

에니샤는 시종을 불러다 검은 로브를 가져다달라고 부탁했다. 그리고 느릿하게 본궁을 걸어 나갔다. 마치 에니샤의 마음을 읽은 것처럼, 본궁 앞에는 이미 벨루안과 녹시타가 기다리고 있었다. 검은 로브를 입은 에니샤의 모습에 둘 다 아픈 표정을 지었다.

고요한 침묵 속에서, 아르커스의 삼두법사는 차분하게 걸음을 옮겼다. 세 사람이 향한 곳은 황궁에서 외따로 떨어진 공터였다. 드넓은 황궁에서도 사람들의 발길이 특히 드문 그곳에는 공동묘지가 있었다. 줄지어 늘어선 무덤들 앞에는 싱싱한 꽃다발이 놓여 있고, 묘비도 하나하나 각기 모양이 달랐다. 근처에 잡초 하나 없는 것이, 척 보기에도 정성껏 관리된 무덤들이었다.

에니샤는 가만히 서서 무덤들을 바라보았다. 어디선가 꽃잎이 살랑살랑 날아들었다. 발치에 떨어지는 꽃잎을 바라보다가, 다시 고개를 들어올렸다. 뺨을 타고 눈물이 흘러내렸다.

"……미안해."

목이 메어서 거의 속삭임에 가까운 말이었다. 혹시나 듣지 못했을까 걱정되어서, 다시 한 번 말했다.

"지켜주지 못해서 미안해."

좀 더 의연하고 멋있게 말하고 싶었지만 이제 한계였다. 입에서 엉망으로 흐끅거리는 소리가 새어나왔다.

"미안해……. 내가, 내가 부족해서……."

더 강하고 훌륭한 대법사이지 못해서, 그래서 너희들을 지켜주지 못해서…….

에니샤는 발개진 얼굴로 어린아이처럼 펑펑 울었다. 조용한 공동묘지에 서글픈 울음소리가 번져나갔다. 벨루안과 녹시타는 그저 가만히 끌어안고서 달래줬다.

에니샤가 간신히 울음을 그칠 즈음, 벨루안이 조용히 말했다.

"어느 누구도 당신을 원망하지 않습니다."

흥건한 눈물을 닦아주는 벨루안에 이어서, 녹시타가 손으로 달아오른 뺨을 식혀주며 말했다.

"오히려 대법사 혼자 이렇게 큰 짐을 짊어지게 했다고, 다들 슬퍼했어요……."

에니샤 홀로 아바르티아를 상대하고, 얼음 속에 잠든 것은 아르커스 마법사들에게도 엄청난 상처가 된 사건이었다. 모두 그동안 지옥 같은 시간을 보냈던 것이다. 한참의 침묵 끝에, 벨루안은 담담한 어조로 말을 꺼냈다.

"이제 아르커스는 무너졌습니다."

"……."

에니샤는 입술을 말아 물었다. 받아들이기 힘들지만, 이것이 현실이었다. 난공불락의 천공섬은 산산이 부서졌고, 마법사들은 몰살당했다. 과거의 영광은 사라졌다. 아르커스는 이름만 남은 것이나 다름없었다. 비참하고 초라한 현실에 다시 눈물이 차올랐다.

"하지만, 당신만 괜찮다면……."

벨루안이 잠시 말을 멈추고서 녹시타를 돌아보았다. 녹시타가 작게 고개를 끄덕였다. 그리고 좌우법사는 동시에 에니샤의 이름을 불렀다.

"에니샤 님."

"……!"

에니샤는 울던 것도 잊고 멍하니 그들을 바라보았다. 대법사가 아니라, 이름으로 불린 것은 처음이었다. 두 사람이 한쪽 무릎을 꿇고서 에니샤를 올려다보았다.

"좌법사, 벨루안 리고스가 감히 청합니다."

"우법사, 녹시타가 감히 청합니다……"

벨루안이 조심스럽게 입을 열었다.

"저희와 함께 새로운 아르커스를 만들어주십시오."

놀라서 눈만 깜빡이는 에니샤에게 그가 다급히 말했다.

"절대 강요는 아닙니다! 하지만……."

벨루안의 얼굴이 흐려졌다. 그는 잠시 눈을 내리깔았다가, 결연히 다짐했다.

"약속하겠습니다. 새롭게 태어날 아르커스는 결코 당신에게 희생을 요구하지 않겠다고."

"맞아요! 우리가 일 다 할게요. 그냥, 그냥 있기만 하면 되니까아……."

녹시타가 잔뜩 긴장한 눈을 하고서 침을 꼴깍 삼키더니, 간절히 말했다.

"다시 우리의 대법사가 되어주세요."

봄바람이 크게 불어왔다. 불어오는 바람은 마치 날개를 달고 하늘을 가로지르는 듯 시원했다. 금빛 머리카락이 나풀거리다 검은 로브 위로 흐트러졌다. 아직 눈물이 글썽거리는 눈을 하고서, 에니샤는 천천히 미소 지었다.

"나야말로 다시 나의 좌법사와 우법사가 되어줬으면 좋겠어."

"대법사아……!"

녹시타가 후다닥 에니샤를 끌어안았다. 눈물을 닦아내고 미소 짓는 에니샤를 바라보며, 벨루안은 가만히 속삭였다.

"저희는 단 한 순간도 당신의 것이 아니었던 적이 없습니다."

잠에서 깨어난 에니샤는 바쁜 나날을 보냈다. 여러 가지 사건들로 하루하루가 복작거렸지만, 가장 큰 골칫덩이는 마력이었다. 에니샤는 예전보다 더 큰 마력을 갖게 되었다. 하지만 아직 새로운 마력에 익숙해지지 않은 탓에, 조금만 마법을 쓰려 하면 난리가 났다. '적당히'의 기준이 잡히질 않아서, 마법만 쓰면 마력이 과하게 들어가 콰쾅 하는 사태가 나는 것이다. 덕분에 에니샤는 '황궁 파괴자'라는 칭호를 새로 얻게 되었다.

로드고와 쌍둥이는 에니샤가 황궁을 다 부수고 다녀도 그저 좋다고 웃었다. 심지어 부수는 맛이 좋도록 바삭바삭한 궁으로 몇 개 더 지어줄까, 하고 넌지시 묻기도 했다. 이러다 은근슬쩍 착공 들어갈 분위기라서, 에니샤는 필사적으로 마력 적응을 위해 힘썼다.

새로운 마력에 익숙해지려 애쓰는 한편, 아르커스 마법사들과 함께 집단 연구에 들어갔다. 바로 천공섬을 만드는 연구였다. 오랜 세월 동안 헤아릴 수 없는 수의 마법과 마력으로 겹겹이 쌓아올린 천공섬은 불가사의에 가까운 존재였다. 아바르티아조차도 몇 년에 걸쳐 공들여 만들어낸 저주로 부서뜨렸을 정도였다. 에니샤 또한 예전의 천공섬을 고스란히 되살릴 자신은 없었다. 에니샤의 목표는 천공섬의 첫 토대를 만드는 것이었다. 시작만 잘해놓으면, 후대 마법사들이 점차 부족한 부분을 보완해가며 천공섬을 완성해나가리라.

에니샤가 히페리온에서 천공섬 연구에 매진하는 동안, 카힐은 자드카르에서 그간 미뤄왔던 대관식을 준비하는 중이었다. 자드카르 공왕은 에니샤가 잠들어 있는 사이 유명을 달리했다. 카힐은 공왕으로서 공국을 이끌었으나, 대관식을 치르진 않았다. 에니샤가 잠든 동안, 자드카르와 히페리온은 그 어떤 행사도 열지 않았기 때문이다. 마치 국장 기간처럼 황실과 왕실 주최의 연회나 국가 단위의 행사를 일절 금했다. 하지만 이제는 에니샤가 깨어났으니, 미뤘던 대관식을 거행해야 할 때였다.

카힐이 대관식을 한다는 말에 에니샤는 무척 구경 가고 싶었다. 하지만 다들 결사반대했다. 카힐도 추운 북부에 왔다가 감기라도 걸리면 어찌하느냐고, 그냥 제국에 계시라고 딱 잘라 거절했다. 결국 에니샤는 히페리온과 아르커스의 이름으로 축하 선물만 보내기로 했다. 그리고 오늘, 에니샤는 쌍둥이와 함께 본궁 응접실에 앉아 있었다. 에니샤가 성년이 된 기념으로 가족끼리 다 같이 술을 마시기로 한 것이다.

"아, 폐하 언제 오냐."

헬라드가 안락의자 등받이에 느슨하게 몸을 기대고서 투덜거렸다. 로시엘이 탁자 위의 술과 안주들을 눈으로 훑으며 대꾸했다.

"곧 오시겠지. 밀린 일 처리하시려면 많이 바쁘실걸?"

"……."

그의 말에 헬라드는 양심 찔린 얼굴이 되었다. 그간 로시엘 혼자 업무 대부분을 도맡아왔다가, 이제 정상적인 흐름으로 되돌아가는 중이었다. 로시엘은 한쪽 손으로 턱을 괴며 생긋 웃었다.

"그걸 알아야 해, 에니샤. 네가 잠든 동안 황제와 황태자는 아무 쓸모도 없었단다. 그나마 분쟁 지역에 보내는 게 제일 나았지."

무식하게 검 휘두르는 거나 시켜놓고 있었다며, 로시엘이 부러 한숨 쉬었다.

헬라드가 눈동자만 데굴데굴 굴리던 때였다. 드디어 업무를 마친 로드고가 응접실로 들어왔다. 그는 자연스럽게 쌍둥이를 무시하고 에니샤에게 다가왔다.

"늦어서 미안하다, 에니샤."

가벼운 포옹을 나눈 뒤, 본격적인 술판이 벌어졌다. 코르크 마개를 간단하게 손으로 뽑아낸 로드고가 에니샤의 잔에 포도주를 부어줬다. 술잔을 받은 에니샤는 감동했다. 왠지 완전히 어른이 되었다고 인정받은 것 같았다.

둥그스름한 포도주잔을 가볍게 부딪치고, 네 사람은 일제히 잔을 기울였다. 오랜만에 맛보는 술에 에니샤는 잔뜩 들떴다. 맛있는 술과 음식, 그리고 좋은 사람들과 함께하니 이야기는 절로 꽃을 피웠다.

넷이서 나누는 대화는 끝이 없었다. 다들 느슨하게 풀린 얼굴을 하고서, 에니샤가 무슨 말만 하면 재밌어하며 낄낄 웃었다. 바닥에 술병이 5열 종대로 백만 대군처럼 늘어서고, 달이 완전히 기울어졌을 즈음에는 살짝 무거운 이야기들이 오갔다.

"……그래서, 계속 아르커스의 대법사를 하겠다고?"

로드고의 질문에 에니샤는 조금 혀가 풀린 발음으로 답했다.

"네에. 하지만 옛날과는 달라요. 이제 이름도 가질 수 있고, 결혼도 할 수 있어요. 많이 달라질 거니까……."

에니샤의 변호가 무색하게도, 세 남자는 일제히 얼굴을 찌푸렸다. 헬라드와 로시엘이 솔직하게 말했다.

"난 아르커스 싫어."

"나도 그리 좋게 보이진 않아, 에니샤."

"아, 나는 카힐 자드카르도 싫어."

"아아, 나도 그놈 별로 안 좋아해."

둘 다 취한 모양이었다.

에니샤는 그게 재밌어서 키득키득 웃었다. 로드고가 에니샤의 입에 작게 자른 과일을 넣어주며 말했다.

"하지만 우리가 강요할 수 있는 일이 아니란 것도 알고 있다. 모두 네게 소중한 것들이고, 네가 선택했으니……."

로드고는 잠시 말을 하다 말고 미간을 좁혔다. 그는 굉장히 싫은 표정을 하고서 중얼거렸다.

"……카힐 자드카르도, 네가 원한다면."

"으아악, 폐하!!"

헬라드가 질색하며 소리쳤다. 발광하는 그의 옆구리를 찌르며, 로시엘이 다소 새침한 표정으로 말했다.

"……어쨌든, 아르커스도 카힐 자드카르도 너를 위해 힘썼으니. 그런 부분을 고려해서, 어느 정도는 받아들여줄 용의가 있어."

황족들은 에니샤를 깨우기 위해 두 해 동안 매달린 그들의 정성을 보았다. 여전히 마음에 들진 않지만, 그 덕분에 아주 조금은 너그러워진 듯했다. 헬라드가 콧잔등을 잔뜩 찡그리고서 투덜거렸다.

"하지만 언제나 히페리온이 1번이야. 알고 있지?"

"알고 있어요."

에니샤는 배시시 미소 지으며 술잔을 들어올렸다. 황족들은 피식 웃으며 함께 잔을 맞부딪쳤다. 맑은 소리와 함께, 다시 밤이 깊어갔다. 평범하고 행복한 어느 날이었다.

끝.

에필로그

소녀는 고아였다. 아빠도, 엄마도, 형제나 자매도 없었다. 넓은 세상에 오로지 혼자뿐이었다. 처음부터 혼자였기에, 그것이 이상한 줄도 몰랐다. 하지만 어느 날 깨달았다. 다른 사람들은 가족이 있었다. 그건 소녀가 절대 가질 수 없는 것이었다.

쌀쌀한 바람에 몸을 오들오들 떨었다. 새순이 움트는 봄이 되었지만, 밤은 여전히 추웠다. 오늘 밤 조금이나마 따뜻하게 잠들 수 있는 곳을 찾아야 했다.

빨갛게 얼어붙은 손을 주머니에 넣고서 타박타박 걸음을 옮겼다. 한참 이곳저곳을 서성이는 동안, 해가 지고 어둠이 내려앉았다. 모두 각자의 집으로 향했다. 길거리에서 깔깔거리며 장난치던 아이들도 자신들을 찾으러 나온 엄마 아빠의 손을 잡고 집으로 돌아갔다.

북적북적하던 거리는 어느새 조용해졌다. 쌀쌀해지는 바람에 조바심을 내며 걷다가, 문득 텅 빈 밤거리에 멈춰 섰다. 커튼 틈새로 따뜻한 불빛이 새어나오는 집이 보였다. 저도 모르게 불빛 가까이로 다가갔다. 식탁에 둘러앉아 도란도란 이야기를 나누는 가족이 보였다. 그들의 모습을 홀린 듯이 바라보며, 더러운 맨발을 조심스레 끌어 모았다.

나도 가족이 있었다면…….

언제나 생각하고 상상하는 일이었다. 하지만 헛된 망상이라는 것은 잘 알고 있었다. 소녀는 시무룩하게 홀로 중얼거렸다.

"추워……."

아무도 들어주지 않는 혼잣말이었다. 소녀는 밝은 불빛을 등지고 뒤돌아섰다. 그리고 다시 검은 어둠 속으로 향했다.

ᘐᘐᘐ

"……!!!"

에니샤는 침대에서 벌떡 일어났다. 온몸이 식은땀으로 젖어 있었다. 보드라운 이불을 한참 움켜쥐고 있다가, 서서히 손에 힘을 풀었다. 과거 대법사가 되기 전, 고아 시절의 꿈이었다. 아주 가끔 악몽으로 꾸곤 했는데, 에니샤가 제일 싫어하는 꿈이기도 했다.

침대 옆에 놓인 주전자에서 물을 따라 마셨다. 미지근한 물을 몇 모금 먹고 나니 정신이 조금 맑아졌다. 그러나 꿈의 잔재는 여전히 씁쓸했다. 작게 한숨을 내쉬고 있을 때였다. 똑똑, 문 두드리는 소리가 들렸다.

"에니샤!"

문이 활짝 열리고 헬라드와 로시엘이 나타났다. 아침부터 들이 닥친 쌍둥이는 난데없이 대뜸 작은 폭죽을 터뜨렸다. 퐁 하는 소리와 함께 색종이가 팔랑팔랑 떨어졌다.

"열여덟 살 생일 축하한다!"

"그리고 성년이 된 것도 축하해, 에니샤."

둘이서 한마디씩 하는 말은 아주 뜬금없었다. 에니샤는 열여덟 살 생일에 깨어났다. 그런고로 생일은 한참 지났는데, 갑자기 뒤늦게 축하를 해주는 것이다. 로시엘이 예쁘게 눈웃음을 그리며 말했다.

"네가 아파서 생일 축하를 제대로 못 했으니까."

그러니 오늘 막둥이 성년 축하 소연회를 열기로 전격 결정했다는 것이다.

왜 미리 말해주지 않았냐고 묻자, 이런 건 깜짝으로 해야 재밌는 거라며 여우처럼 웃었다. 하지만 안 봐도 뻔했다. 먼저 이야기했다간 하지 말라고 할까 봐 몰래 준비한 것이리라. 말없이 쳐다보고 있자니, 헬라드가 얼른 설명했다.

"너도 좋아할 거야. 너무 요란하지 않다고. 나름 소박하게 준비했어."

그는 황궁 사람들뿐만 아니라, 다른 이들도 초대했다는 말을 덧붙였다. 에니샤는 의심스럽게 되물었다.

"정말요?"

"당연하지. 아, 카힐 자드카르는 대관식 때문에 못 오지만."

헬라드는 그리 말하며 씩 웃었다.

그러고 보니 오늘이 카힐의 대관식이었다. 왠지 그가 오지 못하도록 일부러 대관식 당일로 잡은 느낌이었지만, 에니샤는 그냥 그러려니 했다.

로시엘이 에니샤에게 손을 내밀며 말했다.

"그러니까 그만 일어날까, 에니샤?"

에니샤는 키득키득 웃음을 터뜨리며 로시엘의 손을 잡고 침대에서 일어났다. 간단하게 씻고 옷을 갈아입은 뒤, 쌍둥이와 함께 황녀궁 식당으로 향했다. 문을 열고 들어선 에니샤는 눈을 크게 떴다. 생각지도 못한 사람들이 와 있었기 때문이었다.

"성년 축하해요, 꼬마아가씨."

"언니……?"

유디트가 웃으며 포옹해왔다. 멀리 동부 엘하르크에서 에니샤를 보러 제국까지 온 것이다. 놀랍기도 하고 반가워서 에니샤는 그만 유디트를 꼭 끌어안았다. 어찌 오셨나, 오기 힘들진 않으셨나 하고 이것저것 물으니 그녀가 요염하게 웃으며 어딘가를 쳐다보았다. 그곳에는 헤르노어 아카데미의 교장, 이스미온과 예언자 하렌이 서 있었다. 이스미온이 유디트를 데리고 아카데미의 이동마법진을 이용해 여기까지 온 모양이었다.

이스미온은 조금 겁먹은 표정이었다. 그가 유디트의 눈치를 보며 슬금슬금 다가와서 축하 인사를 건넸다. 하렌도 이스미온 뒤에 숨다시피 해서 수줍게 인사했다. 구석에 박혀 있던 레시나와 델 하르인 또한 얼른 쪼르르 달려 나와 축하 인사를 건넸다.

여러 사람으로 북적북적한 가운데, 마지막으로 벨루안과 녹시타가 다가와 인사했다.

"성년 축하드립니다, 에니샤 님."

"축하해요, 에니샤 님……!"

두 사람은 이제 대법사라 부르기도 하고, 이름을 불러주기도 했다. 하지만 아직도 그들이 에니샤 님이라 부르는 것은 낯설고 어색했다.

에니샤는 괜히 손가락을 꼼지락거리다가 쑥스럽게 웃었다. 그리고 가장 마지막으로, 누군가 등 뒤에서 저를 끌어안았다. 귓가에 낮고 부드러운 목소리가 들렸다.

"에니샤."

에니샤는 뒤를 돌아보며 밝게 외쳤다.

"아빠!"

"그래, 내 딸. 조금 늦었지만……."

로드고가 다정한 미소를 지으며 말했다.

"성년 축하한다."

로드고에게 안긴 채, 에니샤는 천천히 주변을 둘러보았다. 모두 자신을 축하해주러 모인 사람들이었다. 시끌벅적한 모습에 속이 간질거렸다. 에니샤는 혼자가 아니었다.

성년 기념 소연회는 정말 재밌었다. 오랜만에 만나는 이들이 많아서 이야기가 끝이 없었다. 다 같이 즐겁게 떠들며 술도 잔뜩 마셔버렸다.

에니샤는 상기된 뺨을 손으로 식히며 침대에서 뒹굴거렸다. 아직도 즐겁고 행복했던 감각들이 몸에 남아서, 들뜬 기분이 가라앉질 않았다. 혼자서 헤헤 웃다가, 불쑥 카힐 생각이 났다. 에니샤는 가만히 중얼거렸다.

"대관식 잘했으려나……."

침대에 누워서 카힐의 대관식을 머릿속으로 그려보았다. 상상만으로도 무척 멋진 모습이었다. 그는 키도 크고 체구도 늘씬하니, 예복이 아주 잘 어울렸을 것 같았다. 카힐이 왕관을 쓴 모습을 상상해보던 에니샤는 귀를 쫑긋 세웠다.

똑똑.

누군가 창문을 가볍게 두드리고 있었다. 창가로 다가가 커튼을 젖힌 에니샤는 정말 화들짝 놀랐다.

"카힐……?"

분명 대관식을 마치고, 지금쯤 한창 축하 연회장에 머무르고 있어야 할 카힐이 창문 밖에 있었다. 근사한 예복을 차려입은 그가 눈이 동글동글해진 에니샤를 보며 웃었다.

"열어주십시오."

에니샤는 얼른 창문을 열어줬다. 길쭉한 다리로 안에 들어선 그의 손에는 뭔가 큼직한 것이 들려 있었다. 어둑한 방 안에서도 화려하게 반짝거리는 그것은 자드카르 공왕의 왕관이었다.

"……?"

에니샤는 왕관과 카힐을 번갈아 쳐다보았다. 대체 왜 연회장에 있지 않고 저를 찾아왔으며, 거기다 왕관은 뜬금없이 또 무엇인지.

당황해서 말문이 막혔다. 입술만 달싹거리는데, 카힐은 왕관을 앞으로 내밀기까지 했다.

"받아주셨으면 좋겠습니다."

누가 보면 꽃다발이나 주는 건가 싶을 것이었다. 에니샤는 한숨을 폭 내쉬며 그에게 말했다.

"이걸 왜 나한테 줘……."

카힐은 오히려 의아하단 듯 반문했다.

"당연히 에니샤 님의 것이지 않습니까?"

"……"

어디서부터 잘못됐다고 설명해야 할지 알 수 없었다. 에니샤는 손으로 이마를 짚었다가, 눈매를 뾰족하게 만들어 보였다.

"공왕이 애들 장난도 아니고, 뭐 하는 짓이야."

왕관의 의미를 알지 않느냐면서 혼냈지만, 카힐은 꿋꿋했다.

"의미를 알기에 그러는 것입니다. 제가 드릴 수 있는 가장 좋은 것이니까요."

그러니 응당 당신의 것이라며, 재차 에니샤에게 내밀었다.

카힐의 손에 들린 왕관을 바라보던 에니샤는 기분이 조금 이상해졌다. 작고 어린 카힐과의 첫 만남이 생각난 탓이었다. 무릎 꿇고 저를 올려다보던, 버려진 왕자. 하지만 조금씩 자라나 어느새 저와 눈높이가 비슷해지더니, 이제는 한 나라의 왕이 되었다. 그리고 지금, 카힐은 에니샤에게 자신이 가진 가장 좋은 것을 바치고 있었다.

저도 모르게 기분이 말랑말랑해졌을 때였다. 카힐이 슬며시 다른 말을 꺼냈다.

"······저희 연애 말입니다."

그가 심각한 표정을 지으며 말했다.

"계약 기간을 연장하고 싶습니다."

에니샤는 그만 웃음이 터졌다. 소리 내어 한참을 웃다가, 생긋 미소 지으며 말했다.

"계약 연애는 그만하자."

카힐의 눈이 커졌다. 아무 말도 못 하고 굳어버린 그에게 한 발자국 다가섰다. 발꿈치를 들어 얼굴을 가까이 붙이자, 카힐이 살짝 움찔하는 것이 느껴졌다. 에니샤는 살며시 웃으며 속삭였다.

"이제 정식으로 교제하는 건 어떨까요, 자드카르의 공왕님?"

카힐은 잠시 굳은 채로 눈만 깜빡였다. 그러다 이내 크게 숨을 내뱉으며 한 발자국 물러서선, 한쪽 무릎을 꿇고 앉았다.

"에니샤 님."

카힐이 왕관을 내밀며 정중히 청했다.

"저와 교제해주시겠습니까?"

올려다보는 시선은 곧았다. 처음 만났던 그날과 다를 바 없이, 여전히 선명한 빛을 품은 눈동자였다. 그가 일으킨 풍랑에 마음이 수런거렸다.

평생 나의 곁에 있어줄 사람······.

깊숙한 곳에서 차오르는 행복함과 함께, 에니샤는 활짝 웃었다. 그리고 여태껏 가보지 않았던, 새로운 길을 향한 첫걸음을 내딛었다.

막내 황녀님 4

초판 1쇄 발행 2020년 3월 5일
초판 2쇄 발행 2020년 7월 31일

지은이 사하
펴낸이 김문식 최민석
기획편집 이수민 김현진 박예나
　　　　　　 김소정 윤예솔
제작 제이오

펴낸곳 (주)해피북스투유
출판등록 2016년 12월 12일 세2016-000343호
주소 서울시 성북구 종암로 63, 4층 402호(종암동)
전화 02)336-1203
팩스 02)336-1209

© 사하, 2020

ISBN 979-11-6479-067-8 (04810)
　　　　 979-11-6479-063-0 (세트)